L'ANNÉE DU CERTIF

DU MÊME AUTEUR
CHEZ POCKET

LA SOURCE AU TRÉSOR
LES GRANDES FILLES

MICHEL JEURY

L'ANNÉE DU CERTIF

ROBERT LAFFONT

ISBN 2-266-06943-8

A mon filleul, Renaud Crouzet,
pour l'année du bac.

L'écolier et le ver à soie

« Heureux le papillon qui, libre dans l'air, vole !
Disait un écolier ennuyé de l'école.
Sans trêve et sans repos travailler, travailler :
Voilà mon sort à moi, malheureux prisonnier ! »
Et s'adressant au ver à soie :
« Comment peux-tu filer toi-même ta prison ? »
L'insecte répondit : « J'y travaille avec joie,
Car j'en sors papillon. »

L. Ratisbonne, in C. Maquet, L. Flot, L. Roy,
Cours de langue française, cours moyen,
Librairie Hachette, 1925.

Première partie

L'ÉTÉ D'AVANT

1.

A la terre d'Oc!

Terre des myrtes verts, terre des lauriers-
[roses
Et des cyprès de bronze au front blanc des
[coteaux;
Terre où les soirs d'été — nos soirs
[occidentaux —
Sont de rouges apothéoses!

Ta langue a la douceur du miel de nos
[Cévennes,
Les sauvages parfums des flots sur les
[brisants,
Et lorsque je l'entends aux voix des paysans,
Un sang plus vif bondit aux canaux de mes
[veines.

Pierre Jalabert, in A. Lyonnet, Pierre Besseige,
Lecture et langue française,
classe de fin d'études primaires élémentaires,
Librairie Istra.

Paul Fontanes a traversé la classe de sa femme, il est venu poser ses coudes sur le bureau où Claire est en train de calligraphier un modèle d'écriture à l'encre rouge.

— C'est demain le dernier jour de classe. Tu

pourrais te dispenser de préparer les cahiers des petits.

— Mais les gens nous regardent, depuis que nous sommes en école mixte. Et si les petits ne travaillent pas le dernier jour, les parents diront : « Ce n'était pas la peine de tout chambarder ! »

Paul Fontanes tire sur son faux col et sa cravate à système, essuie du dos de la main la sueur qui baigne son cou. C'est un homme de taille moyenne, mince, les épaules maigres, bien planté sur ses jambes courtes. Sa tête, un peu longue et chevaline, est juchée sur un cou nerveux, à la pomme d'Adam pointue et toujours en mouvement. Il a un beau visage, net et grave, avec les pommettes osseuses et le menton fort. Sa bouche mince et douce a les coins abaissés et des plis amers aux lèvres. Le maître d'école Paul Fontanes cache à peine à ses proches son sentiment d'avoir raté sa carrière et sa vie.

En cette torride fin d'après-midi de juillet, il est toujours vêtu de sa blouse grise de travail, par-dessus sa chemise d'un blanc douteux. Il est coiffé d'un chapeau en jonc tressé, genre Bowen, un luxe. Il tire de la poche de poitrine de sa blouse sa grosse montre à boîtier savonnette, puis la remet en place en oubliant de regarder l'heure. Il penche la tête vers sa femme.

— Tu as raison, comme toujours. Il faut que les petits travaillent jusqu'à demain midi, au moins.

Claire lève les yeux de son cahier, décoche à son mari un sourire moqueur et tendre.

— Toi aussi, tu as beaucoup travaillé, cette année, mon chéri. Et avec sept reçus sur sept au certificat, tu pourras te reposer tout l'été la conscience tranquille.

Paul recule d'un pas, laisse tomber ses bras, pousse un long soupir. Depuis son retour de la Grande Guerre, quinze ans bientôt, il est instituteur à Saint-André-la-Vallée, canton de Saint-Jean-de-

Combas, dans le nord du Gard. C'est un puits de science. Il connaît tout du traité de Verdun en 843, des subordonnées conjonctives et des intérêts composés. Avec ses capacités, sans parler de ses états de service à la guerre, qu'il a finie comme sous-lieutenant, il aurait pu devenir directeur d'école dans un gros bourg ou même inspecteur primaire, comme son père. Nul ne sait très bien pourquoi il s'est accroché à ce village perdu.

Par les larges fenêtres de la classe, il contemple les Cévennes, qui cernent l'horizon. Les lignes de crêtes — les serres — se chevauchent à l'infini, tassées les unes sur les autres et hérissées de rares pics veillant sur la montagne et ses gouffres bleus. Un relief enchevêtré cerne l'horizon de tous côtés et bouche la moitié du ciel.

Une jeune fille brune dévale un sentier qui coupe les traverses par une succession de petits escaliers, raides et étroits, taillés dans les murs de pierre des terrasses. Il reconnaît une de ses élèves, Thirza Favantin, qu'on appelle la Favantinette, sa mère étant la Favantine. Elle n'a pas douze ans et a l'air d'une jeune fille... Il la regarde s'éloigner et disparaître. Il se retourne vers sa femme.

— Il y a des moments où vous avez de la chance, *vous*...

Claire baisse ses lunettes sur son nez et, par-dessus, fixe son mari d'un air ombrageux. Elle a laissé, peut-être par mégarde, le dernier bouton de son fin corsage blanc à fleurs sortir de la boutonnière. La sueur perle en haut de sa poitrine. Elle caresse distraitement le creux de son cou.

— Tu veux dire nous, les femmes ?

Paul secoue la tête.

— Je veux dire vous, les catholiques.

Claire rit du bout des lèvres.

— Je le suis si peu. Comme tu es si peu protestant...

Paul a perdu la foi à l'École normale. Il s'est déclaré athée quand il a demandé la main de Claire : sa fiancée ne voulait pas d'un protestant mais acceptait un pur laïque. Ils se sont mariés civilement et ont résisté à toutes les avances du pasteur Pierret.

— Tu vas bondir. J'ai rêvé que je me confessais !

— Je suppose que pour un fils de huguenot, même s'il ne met pas les pieds au temple, la confession est le pire des cauchemars.

— Je me sens laïque avant tout.

— Mais tu as commis un gros péché que tu as envie de raconter à quelqu'un ? Alors, je t'écoute, mon chéri.

— Eh bien, je pouvais en avoir un de plus. Il me suffisait de présenter notre Antoine...

— Tu y penses encore ? Nous avions dit qu'il était un peu jeune et pas tout à fait assez régulier pour passer à coup sûr.

— C'est ce dont nous étions convenus.

— Tu jurais que mélanger filles et garçons nous mettait à la merci de toutes les critiques et que nous ne pouvions pas nous permettre de voir notre fils aîné échouer au certificat.

— Créer une école mixte en Cévennes était un risque.

— Moi, je m'en fichais. Je voulais garder Antoine un an de plus !

Paul tourne la tête vers le débarras, un cagibi sombre où l'on entasse les vieux livres et le matériel scolaire d'usage peu fréquent. Un courant d'air a fait bouger la porte, qui s'ouvre derrière le bureau. Le rez-de-chaussée de la mairie-école est un dédale de couloirs et d'escaliers dont la moitié au moins ne servent plus à rien.

Paul sourit, baisse la voix d'instinct.

— Depuis deux ans, je rogne d'un point ou deux toutes les notes de notre fils.

— Tous les maîtres qui ont un de leurs enfants en classe le font pour être sûrs de ne pas avantager leurs rejetons.

— Oui, mais Antoine pouvait passer le certificat cette année, sans mention. J'ai voulu le garder pour la mention très bien et le prix cantonal l'an prochain.

Claire éclate de rire.

— Je n'ai jamais accordé la moindre importance à ces histoires de classement et de prix, mais notre gentille collègue, Mlle Rachel, m'a avoué que son plus grand regret était de partir à la retraite sans avoir jamais eu le prix cantonal. Je me suis dit : quel malheur ! Alors, c'est ça qui te tourmente ?

Paul dit oui d'un signe de tête. Mlle Rachel Pouget est la maîtresse de Saint-Pierre, le village voisin. Il apprécie son sérieux. Claire le regarde en se mordant la lèvre.

— Je te donne l'absolution. De toute façon, je crois que c'est très bien pour notre grand. Il apprendra beaucoup l'année qui vient, avec toi, et ça lui servira au cours complémentaire, à l'École normale et même dans son futur métier.

— Donc, tu ne crois pas que j'aie commis une sorte de forfaiture, en tant que fonctionnaire public ?

— Non, mon chéri. Tu n'as pas trahi l'instruction publique, ni la société, ni l'humanité. Et l'année prochaine va combler tous tes vœux. Elle sera magnifique.

— Ah, merci. Que deviendrais-je sans toi, ma petite Claire ?

Il prend le bas de son visage dans ses mains puis guette sa femme.

— Tu ne crois pas que c'est une belle soirée pour faire un chemin de Saint-Jacques ? Et puis le dernier jour de classe...

Claire pose son porte-plume, joint les doigts en clocher sur son bureau et regarde son mari bien en face. Elle pince un peu sa grande bouche aux coins toujours relevés et naturellement rouge. Ce n'est pas une mimique d'humeur ni même d'agacement. Tout juste retient-elle un sourire qui, malgré elle, plisse son nez et creuse deux fossettes au bas de ses joues. Derrière ses lunettes rondes, une lueur de malice et de tendresse mêlées éclaire ses grands yeux sombres.

— Un chemin de Saint-Jacques ce soir ? Quelle idée !

Paul baisse son chapeau sur son front, se mâchonne la lèvre, enfonce une main dans la poche de sa blouse. Claire joue avec l'alliance qui tourne autour de son doigt amaigri et s'abandonne peu à peu au sourire qui adoucit son visage grave.

— Mon pauvre chéri, j'ai peur que tu ne sois bien déçu. Je n'ai plus que la peau sur les os.

Paul fronce les sourcils.

— Ce n'est pas normal que tu fondes comme ça. Il faudra consulter.

— Eh bien, mon chéri, si tu n'as pas peur de te blesser, nous regarderons les étoiles ensemble quand les enfants dormiront.

Paul fait le tour du bureau, saute les deux marches de l'estrade et s'assure d'un coup d'œil que personne ne le guette par les fenêtres de la classe. Puis il se penche pour embrasser sa femme sur le front.

— Claire, je t'aime.

— Mm... moi aussi, mon chéri.

2.

Rédaction. *Composez un récit sur le sujet suivant :*

1. *Un négrillon qui passe dans la forêt (où va-t-il ?). Il joue sans méfiance...*
2. *Sur l'arbre un énorme boa. Sa tête plate qui s'avance, ses anneaux qui se déroulent.*
3. *Un colon a vu la scène (où allait-il ?). Un coup de fusil...*
4. *Peur, puis joie du négrillon. Sa reconnaissance (comment la manifeste-t-il ?).*

L. Dumas, *Le Livre unique de français, cours moyen,* Librairie Hachette.

René, dit Ninikoff, se lève, bâille et s'habille en hâte. Son frère aîné, Antoine, dit Davy, est parti en éclaireur s'assurer que papa et maman dorment et que la voie est libre.

Les parents ont fait le « chemin de Saint-Jacques ». C'est une formule de papa, il l'a soufflée deux ou trois fois ce soir à l'oreille de maman. La première fois, Fofette, la petite sœur de Davy et Ninikoff, les a entendus depuis le débarras de la classe de maman. Elle a toujours l'oreille au bon endroit pour surprendre la conversation des grandes personnes. Plus tard, papa est revenu à la charge et René-Ninikoff lui-même l'a entendu. « Quel beau soir pour faire le chemin de Saint-Jacques, la veille des vacances ! » Maman n'a pas dit non.

L'hiver, quand il pleut, vente, neige, que le temps est très couvert et qu'il n'y a pas une étoile au ciel, papa murmure sur le même ton : « Claire, ce mauvais temps me donne envie d'un chemin de Saint-Jacques, pas toi ? »

Les enfants Fontanes sont donc tranquilles cette nuit, du moins pour ce qui est de papa, qui dort comme une souche après son chemin. Et maman feint de ne rien voir, d'ignorer leurs escapades nocturnes. Ou bien elle *passe l'éponge*.

Le chemin de Saint-Jacques : une écharpe d'étoiles qui s'enroule autour du ciel par les belles nuits d'été. Papa a bien sûr une idée spéciale quand il en parle à maman, c'est un code secret à eux, mais Ninikoff est trop jeune pour tout comprendre. Il n'a que dix ans et demi, et Davy-Antoine prétend qu'il n'est guère avancé pour son âge — à peine plus malin que Fofette ! Tout le monde dit que la petite sœur des garçons, qui porte un prénom catholique, Marie-Josèphe, et un autre républicain, Marianne, et qu'on appelle le plus souvent Fofette, est sotte, très bébé et un peu innocente. Ninikoff, lui, ne la trouve pas du tout demeurée, et à peu près aussi innocente qu'un chat qui joue avec une pelote de laine... Mais il songe amèrement : « Je suis encore plus bête qu'elle ! »

Pour l'aider à leur façon, ils s'échappent tous les trois en pleine nuit, quand il fait beau et qu'on y voit comme en plein jour, et ils vont jouer à l'école de Jules Verne. Ils en ont parlé à leur ami Augustin, qui étudie pour être docteur, mais ils l'ont caché à leur père, ils lui feront la surprise plus tard. Il est persuadé que sa petite fille n'a rien dans la cervelle et n'en démord pas. Avec leur mère, les garçons n'abordent jamais le sujet, parce qu'elle aurait de la peine. Alors, les voilà partis tous les trois, un peu avant minuit, pour l'école de Jules Verne. Davy, qui a tout organisé, se sert d'un vieux cahier de grand-père l'inspecteur, mais il ne s'en vante pas. Au fond, l'idée, c'est grand-père qui l'a eue, autrefois. Enfin, Ninikoff préfère de loin l'école de Jules Verne aux « bivouacs des stratèges », ces réunions à quatre ou cinq, où il doit écouter Davy pérorer et pour finir se ranger à l'opinion de son frère aîné. Et puis, avec Fofette, on bouge !

Ninikoff descend l'escalier en silence. Papa doit pioncer comme un loir, mais avec maman on ne peut jamais en avoir le cœur net. Ninikoff s'arrête deux secondes ou une minute sur le palier du premier étage. Deux secondes ou une minute, va savoir, le temps de la nuit coule par bouffées puis s'étale et se fige. Ninikoff ferme les yeux, s'emplit la tête du vaste monde.

Après le chemin de Saint-Jacques, Claire a l'habitude de sommeiller toute la nuit, sans jamais trouver un vrai repos. Ce soir, au lieu de s'écrouler pour six heures la tête au creux de l'oreiller, Paul s'assoit sur le lit, poings serrés, et s'exclame :

— Mon père est inspecteur primaire et moi je ne suis qu'un pauvre instituteur de campagne !

Claire se recoiffe, met de l'ordre dans sa toilette de nuit. Elle sourit pour elle seule. Elle n'aime pas agiter les soucis ordinaires de la vie tout de suite après la balade dans la Voie lactée. Il est vrai qu'elle n'a pas vu beaucoup d'étoiles, ce soir. On dirait qu'il y en a de plus en plus dans le ciel d'été et de moins en moins dans son ciel de lit. Elle soupire, revient sur la terre sans trop d'effort.

— Mon chéri, je te rappelle que tu as *deux* garçons.

— Ninik... René est trop écervelé pour réussir jamais l'École normale.

— Il n'est pas heureux.

— C'est un lunatique, un marchand de caprices, un minus habens. Il s'est mis en tête de s'engager à la coloniale !

— A dix ans, un enfant ne peut savoir ce qu'il fera dans la vie.

— N'importe. La pauvre Fofette, à huit ans et demi, tire encore la langue. Davy, euh... Antoine seul peut s'élever au-dessus de notre condition. L'année qui vient est capitale.

Claire renonce à discuter. Dans une école de village, le certificat revient tous les ans que Dieu fait. Mais l'année prochaine sera pour les Fontanes l'année du certificat, et elle sera longue, pleine de péripéties et d'épreuves. Dans la chaleur cuisante de la chambre aux volets fermés par souci de discrétion, Claire aimerait se cacher la tête sous le drap pour oublier d'un coup le passé, le présent et l'avenir. Mais Paul, bien réveillé pour une fois, martèle ses espérances jusqu'à plus soif.

— On commencera par le prix cantonal. Il nous le faut, chérie, il nous le faut. A Antoine pour sa carrière... Oui, pour sa carrière, sais-tu ? Suppose qu'il soit inspecteur, un jour, dans mettons vingt-cinq ans. Personne ne se souviendra plus de ses notes à l'École normale ou de son rang au brevet supérieur. Mais tout le monde se rappellera qu'il a été premier du canton dans les années trente. Tu sais que le conseil général va sans doute offrir un voyage à tous les lauréats du département ? Dans vingt ans, il y aura peut-être une douzaine d'instituteurs ou d'institutrices qui diront : « L'inspecteur Fontanes ? J'ai fait le voyage des premiers du canton avec lui ! » Il y aura peut-être même un député, un sous-préfet, un receveur des finances, que sais-je, moi, pour s'en souvenir. Ça crée des liens bien utiles pour une carrière dans l'administration. Et, chérie, pour ne rien te cacher..., enfin, je ne sais pas si je peux te le dire...

Claire noue les doigts derrière sa nuque, par-dessous ses épais cheveux bruns. Puis elle ferme doucement les yeux.

— Tu peux le dire, mon chéri.

— Tu me promets de ne pas te moquer de moi ? Voilà. Mon père est inspecteur primaire, à deux ans de la retraite. Il ne montera jamais plus haut. Je rêve — ah, je rêve — de voir mon fils inspecteur d'Académie avant de mourir. Dans quarante ans, j'en aurai presque quatre-vingts... Mais toi, tu le verras !

Claire ouvre les yeux, pose la main sur l'épaule de son mari, qu'elle presse gentiment.

— Je le verrai.

— Tu ne seras pas trop vieille, hein ? Et tu seras fière ?

— Je serai très fière, mon chéri. Mais j'espère bien voir René et Marie-Josèphe heureux dans leur vie et leur travail.

Paul réprime dans la pénombre un geste d'agacement.

— Moi aussi, bien sûr. Je ne me fais aucun souci pour Fofette. Les simplets sont toujours les plus heureux !

Claire se tourne pour dormir et se cache le visage dans les bras.

Ninikoff descend à pas de souris, la main sur la rampe lisse. Le logement des maîtres comprend, au rez-de-chaussée, une cuisine-salle commune, à la paysanne, une resserre et trois ou quatre couloirs, qui vont aux classes, à la mairie, à la cave, à la cour et à l'escalier du premier étage, où se trouvent les chambres. On n'entend plus un bruit, à part le craquement du plancher sous les sandales, le grincement d'un volet, la chanson d'un grillon caché dans la resserre à légumes, le ronron du chat Fou-Po, qui dort sur un coussin à la cuisine, les reniflements de Fofette qui se retient de rire, puis bâille à s'arracher les amygdales... Le silence du monde sous la mer.

Davy et Ninikoff vont faire l'école de Jules Verne pour Fofette, avec le cahier de grand-père l'inspecteur. Ils ont commencé aux vacances de Pâques et sont décidés à continuer tout l'été. Fofette a presque une année à rattraper et papa ne sait pas la prendre, alors Davy a décidé de s'occuper d'elle et Ninikoff a accepté avec enthousiasme de jouer un rôle à l'école de Jules Verne. Marianne, Marie-Josèphe Fontanes est un peu tête en l'air, mais ses frères sont persuadés qu'en l'aidant de leur mieux elle passera le certificat comme tout le monde et ne déshonorera pas sa famille.

Ninikoff arrive au rez-de-chaussée, suit le couloir, aux boiseries claires et odorantes, qui passe entre la classe et l'appartement. Il jette un coup d'œil sur l'illustration du calendrier. Elle représente l'attaque du croiseur chinois *Fou-Po* — qui a donné son nom au chat — par un torpilleur français devant Fou-tcheou, en 1884. Le bateau chinois est gigantesque comme la Chine, le bateau français tout petit, mais redoutable comme la France... Hop, un saut, il est dans Jules Verne.

Les planches sentent l'iode, on dirait qu'elles sortent des forêts de l'océan et qu'on a construit la maison avant-hier. Ninikoff lève les yeux sur le calendrier accroché à une cloison. On est au mois du poisson-scie, le plus beau mois de l'année, ah, si ça pouvait durer l'éternité ! Il s'approche de la porte du fort, massive et toute bardée de fer. Il entend de nouveau Fofette bâiller, avec des « ââââh » sans fin, et Davy lui crier de se taire, qu'elle va réveiller le gouverneur et sa famille. Davy chuchote d'une voix de maquignon, ses messes basses font plus de bruit que la foire à Saint-Jean. Fofette ne peut s'empêcher de rire tout haut.

— Ça risque pas que le gouverneur et sa femme se réveillent quand ils sont passés par le chemin de Saint-Jacques !

Ninikoff ronchonne en lui-même. Parle pour papa, peut-être, mais maman se contente de faire semblant ! Fofette l'agace quand elle veut avoir l'air trop maligne. Il se plante devant elle, mains aux poches, et la regarde fixement.

— Tu peux causer ! Tu ne sais même pas ce que c'est que le chemin de Saint-Jacques !

Elle lui bâille à la figure en soufflant un parfum de bonbon à la menthe. Davy donne à son frère une bourrade dans le dos qui l'envoie contre le portemanteau des filles.

— Te vante pas, Ninikoff tu n'y connais rien, toi non plus !

Davy l'appelle Ninikoff, à cause d'une histoire d'aventures illustrée qu'ils ont lue dans *Guignol*, un hebdomadaire de garçons, « L'Obsession de Ninikoff », et qui passionnait René. Une façon de le mettre en boîte, il le sait, mais il aime mieux Ninikoff que Faon de biche, son surnom usuel. Il fait la grimace, siffle, hausse les épaules. On sait ce qu'on sait ! Mais Ninikoff ne répond pas à cause de la petite, et puis Davy trouverait le moyen de le coincer. Il marmonne à voix basse que le chemin de Saint-Jacques mène au sixième ciel, ou peut-être au septième, il n'est pas sûr du chiffre. Pendant la guerre, papa écrivait à maman : « Je regarde le chemin de Saint-Jacques, je pense que tu le regardes aussi et je rêve très fort de monter au sixième ciel (ou au septième) avec toi. » Ninikoff l'a lu sur une carte postale de l'album, une carte avec des étoiles brodées. C'était il y a très longtemps, avant leur naissance à tous. Maintenant, quand papa parle du chemin de Saint-Jacques, maman soupire puis met une casserole d'eau à chauffer sur le fourneau et prépare une éponge vinaigrée. Mais Ninikoff serait bien ennuyé s'il lui fallait expliquer comment elle s'en sert plus tard !

Fofette suce son pouce en regardant ses frères d'un air narquois. Davy lui tire le doigt de la bouche doucement.

— Mademoiselle Nemo ! Une jeune fille de dix-huit ans ne suce plus son pouce !

Mlle Nemo, en réalité, n'a que neuf ans. Elle a suivi tant bien que mal le cours élémentaire deuxième année, mais papa a refusé de la prendre dans la grande classe à la rentrée, disant qu'elle n'avait pas, tant s'en faut, le niveau du cours moyen. Ninikoff s'interroge. Elle est heureuse comme ça, faut-il la tarabuster tout le temps pour la forcer à devenir une grande personne avant son heure ?

Il sourit à sa petite sœur. « Fofette, va... » Quand elle était petite, elle ne savait pas prononcer son prénom, elle disait « Fofette » pour Marie-Josèphe, et le diminutif lui est resté. Marianne est tombée à l'eau, on ne sait trop pourquoi. Elle essuie son pouce à son tablier, puis s'assoit sur les tomettes, tire la langue et la mordille tout en serrant sa balle de caoutchouc dans sa poche.

— Une jeune fille de dix-huit ans peut tirer la langue ?

Davy souffle des naseaux comme un âne fourbu.

— Et tripoter sa balle ? A vous de décider, mademoiselle Nemo !

Par l'imposte, un rayon de lune glisse sur la figure de Fofette, accroupie sous le portemanteau, l'air d'un gros bébé perdu. Ninikoff se demande une fois de plus si elle ne le fait pas exprès. Il ne sait que penser d'elle... Par moments, il ne sait que penser de la vie et de tout. Davy les pousse tous les deux vers la porte, qui s'ouvre presque sans grincer.

— On y va ?

— C'est moi la capitaine, décide Fofette. On y va !

Ninikoff ferme la porte, les deux autres courent déjà dans la rue du village comme des chiens lâchés. A propos de chiens, ceux du voisinage ont l'habitude, ils ne jappent plus après les enfants, sauf le roquet du père Dumas, mais celui-là donne de la voix pour un rien ; s'il réveille quelqu'un, le quidam se dira : « Le *cagnot* du père Dumas aboie à la pleine lune, c'est signe de ci ou de ça ! »

Davy et Fofette s'esclaffent. Ils se paient la tête de leur frère, c'est le jeu. Davy a persuadé Fofette qu'elle était plus sensée que Ninikoff quand elle voulait. Ça, c'est plutôt l'idée d'Augustin, qui étudie pour être docteur. « Les gars, si votre petite sœur se croit bête, son esprit ne s'éveillera pas. Il faut lui sortir ça de la tête... » Enfin, voilà, ils sont dehors, ils trottent comme des antilopes sauvages sous le ciel des tropiques. Le clair de lune brille sur la mer, la Voie lactée enrubanne le ciel. Un cirque de montagnes, vêtues d'une épaisse forêt de cocotiers, enserre le lagon et la plage de sable. Une vallée profonde et noire s'enfonce vers le centre de l'île. Rien que d'y jeter un regard, Ninikoff a des frissons dans le dos.

Les trois enfants admirent le paysage marin, éclairé d'une lueur vert-bleu, si majestueux et si émouvant que Fofette essuie deux larmes sur ses joues. Puis elle s'assoit sur le sable et secoue sa tignasse châtain clair, dénouée et embroussaillée.

— On attend le sous-marin de Jules Verne.

Davy enfonce les mains dans les poches de son pantalon trop large et tire sur ses bretelles.

— C'est toi notre chef !

— Je suis votre princesse.

Davy approuve d'un signe de tête.

— *Oka*, tu es notre princesse.

Ninikoff s'assoit à côté d'elle, se prend la tête dans les mains et se force à réfléchir très fort. Si la petite sœur est sotte et un peu demeurée, est-ce de naissance, comme papa a l'air de le croire ? Ou est-ce la faute de papa, comme maman a l'air de le penser quelquefois ?

Fofette et Davy éclatent de rire ensemble, Ninikoff sort de ses pensées avec un mauvais regard. Fofette se couche par terre, bâille en fermant les yeux, frappe dans ses paumes.

— Vous êtes sous la mer, ne respirez plus, laissez l'air entrer dans votre peau !

Le jour, en classe ou en récréation, elle est gnangnan, butée ou cruche. Si les copains la voyaient jouer à l'école de Jules Verne, ils n'en croiraient pas leurs yeux.

Elle se soulève sur les coudes, tend le cou vers la mer.

— Monsieur Jules Verne, envoyez votre sous-marin. Il est rose et très joli !

Elle récite à sa façon une poésie que Davy prétend avoir écrite pour elle, avec trois rimes et en comptant les pieds. Mais Ninikoff sait bien qu'il l'a prise dans un cahier de grand-père l'inspecteur, qu'il a chipé au grenier d'Alès.

Nous vous aimons tant, monsieur Jules Verne
Envoyez les goélands et les sternes !
Sans vos livres la vie serait bien terne.
Envoyez vite votre sous-marin,
Il est rose, joli, tout en airain.
Le voyage chasse tous les chagrins...

Fofette se cache les yeux sous les paumes et enchaîne d'une voix douce et chantante :

— *La longue-vue, après avoir parcouru lentement l'horizon, s'arrêta enfin sur le point suspect, et Cyrus Smith, l'abaissant, ne prononça que ce seul mot : Navire !*

« *Et, en effet, un navire était en vue de l'île Lincoln !*

Davy lui a fait apprendre par cœur des passages de *L'Ile mystérieuse*. L'émotion brûle les veines de Ninikoff. Davy se racle la gorge pour cacher son émotion. Navire ! Fofette ne peut comprendre l'émotion qui secoue les garçons à ce simple mot. Davy lui caresse l'épaule.

— Bien, bien, Votre Altesse. S'il vous plaît, maintenant, l'être mystérieux, pour vos serviteurs.

Alors Fofette déclame, sur un ton pénétré :

— *Les colons étaient véritablement en droit de croire que l'être mystérieux ne résidait pas à la surface de l'île, et alors les plus folles hypothèses hantèrent leurs imaginations surexcitées.*

Pas une faute, pas une hésitation. Davy et Ninikoff applaudissent leur petite sœur. Mais Davy ne la laisse pas souffler.

— Altesse, quel être mystérieux hante l'île Lincoln ?

Et Fofette, avec un bâillement triomphal :

— F'est le hapitaine Nemo !

Ninikoff s'approche doucement et vient s'agenouiller sur le sable, devant Fofette étendue, coudes levés, mains jointes derrière la nuque. Davy le repousse, un doigt sur les lèvres.

— Altesse, Ninikoff voudrait entendre les *miséricordes*.

Fofette déclame aussitôt, sans se faire prier :

— « *Mes amis, dit Cyrus Smith d'une voix profondément émue, que le Dieu de toutes les miséricordes reçoive l'âme du capitaine Nemo, notre sauveur !* »

Ah, ces miséricordes, quel serrement de cœur! Ninikoff sent ses yeux se mouiller. Il s'en souviendra toute la vie. Il voudrait qu'on se taise un moment pour penser au capitaine Nemo.

3.

Rédaction. *Je suis l'été ; j'apporte avec moi... le riant soleil..., les frais ombrages..., les roses épanouies..., les blés..., les fruits..., l'abondance et la joie.*

A. Souché, *La Lecture expressive et le français au certificat d'études primaires,* Librairie Fernand Nathan.

Chaque matin, on s'éveille au milieu de mille montagnes qui font le gros dos. Entre elles s'ouvrent cent vallées, étroites et sombres, dix gouffres profonds. On distingue, de loin en loin, la frisure brillante des schistes, les gros os ronds du calcaire, les dures mâchoires du granit, si proches parfois qu'ils semblent presque mêlés, dans ce chaos de pierres et d'arbres, de terre et de ciel : les basses Cévennes. On est en son pays, on l'aime, c'est beaucoup de bonheur.

Paul Fontanes marche de long en large à travers le vestibule du rez-de-chaussée. Le salon, dit Claire en se retenant de pouffer. Ninikoff voit souvent sa mère qui se retient de rire, quand elle ne se retient pas de pleurer. Elle passe ainsi toute sa vie entre le rire et les larmes.

Elle n'est pas là ce matin. Papa marche en grommelant tout bas, si bas que le chat seul l'entend, puis, dérangé dans sa sieste, s'en va, la queue droite, digne et méprisant. C'est le quatrième jour des grandes vacances. Ninikoff n'est pas encore habitué, il a toujours le creux à l'estomac que lui donne le sentiment de l'inconnu, de la liberté menacée.

Papa se parle à lui-même, en dedans. Il a ses gestes de discussion, et ceux de la classe, plus lents, figés soudain comme s'il posait pour une sculpture. Il prépare sans nul doute quelque chose, et ce n'est pas très rassurant. Il s'arrête soudain, prend un petit livre verdâtre posé sur le buffet. Ninikoff, le cœur battant, reconnaît le merveilleux et redoutable Dessaint-Douillet.

Le Dessaint-Douillet porte, encadrés sous le titre, ces trois mots terribles : Livre du Maître. C'est un recueil de dictées. En classe, quand papa le prend à quelques minutes de la sortie, tous les élèves tremblent. Ce sera peut-être une dictée supplémentaire, plus difficile que celle du matin, jetée en vitesse, corrigée sans pitié, à la fois exercice d'examen et paternelle punition. Ou bien le maître veut-il seulement lire à haute voix, pour tous, une réflexion morale, un texte émouvant ou poétique, voire un commentaire sur la nature et le temps qu'il fait. Il y a tant de jolis morceaux dans ce livre que jamais aucun élève n'a touché. Une fois, au cours élémentaire, Ninikoff a pleuré à la lecture d'un souvenir d'enfance de George Sand, tiré du Dessaint-Douillet.

> ... Une fois, mon père monta dans ma chambre vers minuit et s'approcha de mon berceau. Il revenait de la chasse et rapportait un petit faon de biche qu'il plaça lui-même à côté de moi. Je m'éveillai à demi et vis cette jolie tête qui se penchait languissamment contre mon visage. Je jetai mes bras autour de son cou et me rendormis sans pouvoir remercier mon père... Mais le lendemain

matin, en me réveillant, je vis encore mon père auprès de mon lit. Il contemplait le spectacle qu'offraient l'enfant et la petite bête endormis ensemble. En effet, ce pauvre animal, qui n'avait peut-être que quelques jours d'existence et que les chiens avaient poursuivi la veille, était tellement vaincu par la fatigue qu'il s'était couché contre ma poitrine ; il avait la tête sur l'oreiller, ses petites jambes étaient repliées, et mes deux bras étaient restés enlacés à son cou comme je les y avais mis en me rendormant...

Ému au fond du cœur, Ninikoff a oublié de retenir ou d'essuyer les deux larmes qui coulaient sur ses joues. Les rires ont jailli, le sobriquet est tombé comme un coup de tampon sur son front innocent : faon de biche. Il a honte et il est fier à la fois. S'il est faon, maman est biche. Et c'est bien en biche qu'il la voit, sa tendre mère, si triste et si gaie en même temps, malgré ses cheveux noirs et son regard de bohémienne !

Davy arrive, claque la porte, traîne les pieds dans le couloir pour montrer qu'il ne se presse pas. Papa l'appelle sèchement.

— Tu es là ? Toi aussi, Nini... René, tu peux venir.

Les garçons entrent, Davy devant, les mains dans les poches.

— Boutonne ton col, dit papa. Nous avons à parler.

Ninikoff suit un pas derrière, tête basse. Il porte la main à sa chemise, mais il n'a plus de bouton à son col. Il recule dans un coin, entre le buffet à dressoir et la pendule comtoise.

Papa se tient en face de ses garçons, très droit.

— Mes enfants, dit-il avec un entrain forcé, le certificat est passé. Vive le certificat !

Il a engagé son pouce gauche sous sa bretelle et serre le Dessaint-Douillet dans la main droite.

Davy s'essuie les paumes sur sa culotte.

— Papa, on a bien le temps de penser au certificat.

Paul Fontanes lève les yeux au plafond, respire puis souffle fort, la bouche fermée.

— Tu comptais peut-être rester deux mois sans toucher un livre ? Non, mon gaillard. Nous ne nous laisserons pas prendre par surprise, cette année. Et puis vous savez peut-être que je dois partir presque un mois pour une période militaire, à l'automne, en tant qu'officier de réserve ? L'inspecteur d'Académie m'a promis d'envoyer un suppléant, mais ce sera sans doute un jeune stagiaire inexpérimenté et, malgré sa bonne volonté, vous prendrez du retard dans votre préparation. Cette perte de temps, nous devons la compenser par avance cet été.

« J'ai parlé à notre collègue de Saint-Pierre, Mlle Rachel. Je lui ai fait une proposition et elle vient de m'écrire pour me donner son accord. Elle aura trois ou quatre candidats cette année, et nous serons... Voyons. Je ne présenterai pas Ninikoff, qui est trop faible et étourdi, et qui le sait, n'est-ce pas ? Ni Gustave Maucloux, qui est teigneux, insolent et aussi très insuffisant. Pour Marie Jauffret, j'hésite encore. Comptons : Antoine Fontanes, Thirza Favantin, Sarah Javols, César Rouvière, Alix Daudé, Jeannot Constant... Nous serons six ou sept. J'ai offert à Mlle Rachel de nous entraîner tous ensemble, tantôt chez elle, tantôt chez nous. Ne poussez pas de hauts cris, je sais ce que je fais. Cette méthode est inconnue en Cévennes, où l'on n'est que trop attaché au chacun pour soi, mais elle se pratique couramment dans la plaine et dans certaines villes. J'ai bien réfléchi. Mlle Rachel en est à sa dernière année de classe, puisqu'elle prend sa retraite l'an prochain.

Elle ne risque donc pas de s'approprier mes recettes et mes tours de main.

Il toise les garçons d'un air belliqueux.

— J'agis pour le bien de l'école et des élèves. Pour que l'instruction se répande dans nos campagnes, il ne faut pas que les écoles des bourgs accaparent les prix cantonaux.

Davy se dandine et se frotte le nez d'un air impatient.

— Alors, on va commencer à travailler avec Mlle Rachel ?

— Oui, fiston. Aujourd'hui même, nous allons monter à Saint-Pierre tous les trois pour nous mettre d'accord.

Ninikoff regarde son père, bouche bée.

— Mais moi, je prépare pas le certificat cette année !

Le père sourit d'un air presque aimable.

— Tu le passeras dans deux ans, tu peux bien commencer à le préparer cette année. De plus, nous ne serons guère nombreux pendant les vacances, car les garçons ont du travail à la maison..., sauf vous deux. Il y aura peut-être une ou deux filles chez Mlle Rachel. J'essaierai de convaincre la Favantine de nous prêter sa fille de temps en temps...

Davy envoie une grimace moqueuse à son jeune frère.

— Tu feras nombre, Ninikoff. Et comme tes bêtises sont toujours instructives, tu nous seras drôlement utile !

Ninikoff avale un paquet de salive qui lui colle la langue. L'été s'annonce mal. Il va travailler pendant une bonne partie des vacances, avec son frère et des filles qui se moqueront de lui. Et il songe à tous les papillons qu'il ne chassera pas, aux pêches et randonnées qu'il manquera, au temps perdu qui ne se rattrape jamais (surtout le temps des jeux et des joies !).

— Affaire réglée, dit papa en se frottant les mains, comme s'il venait de vaincre un grand obstacle. Tenez-vous prêts pour cet après-midi. Dav... Antoine, tu prendras ton sac bleu, ton cahier du jour et, comme livres, ton arithmétique et ton Mironneau.

Davy fait la moue, se mord la lèvre.

— Je croyais qu'on changeait le Mironneau à la rentrée ?

— Certes, certes. Mais Mlle Rachel et ses élèves n'ont pas besoin de le savoir.

Ninikoff a le cœur serré à l'idée d'abandonner son cher Mironneau, sur lequel il a tant ri, pleuré ou frissonné. Le Mironneau, avec sa couverture bleue à feuilles stylisées, si plein d'histoires tendres, émouvantes ou effrayantes. Ces premières lignes inoubliables qu'on lit à chaque matin de rentrée !

« Je vais vous dire ce que me rappellent, tous les ans, le ciel agité de l'automne et les feuilles qui jaunissent dans les arbres qui frissonnent... » Et le terrible roi des Aulnes, qui le hante encore dans son sommeil et le poursuit jusque dans l'île mystérieuse de Jules Verne ! Et le Drac, presque aussi redoutable pour les petits enfants ! Et *Les Grands Cœurs* d'Edmondo de Amicis, Betti, Carlo Nobis, M. Perboni... Et *Le Sous-préfet aux champs*, et *Le Petit Chose* !

Ninikoff et Davy ont feuilleté le spécimen des *Yeux clairs*, le roman scolaire de M. Pérochon, que papa cache dans son bureau. « Un livre moderne, dit-il. Un livre du XXe siècle, enfin, et signé d'un de nos plus grands écrivains, Ernest Pérochon, lauréat de l'académie Goncourt, auteur de *Nêne*, de *La Parcelle 32*, des *Creux-de-Maisons*... Enfin, un livre où l'auteur n'hésite pas à parler de l'aviation, du cinéma, de la T.S.F. et des accidents d'automobile ! »

Mais papa a promis qu'on garderait le Mironneau

jusqu'au certificat. Ninikoff pourra toujours relire, ne serait-ce qu'en cachette, *Le Naufrage du Normandy, Noiraud, Charbonnier et gentilhomme, La Fin du drapeau.* Il aime bien pleurer à la lecture d'une histoire touchante, mais tout seul, en secret, jamais pendant la classe mixte, sous le regard averti et vache des filles, qui ont tôt fait de repérer la première larme sous ses cils.

4.

Rédaction. *Par une belle après-midi d'été... partir..., s'enfoncer..., flâner..., guetter... : y a-t-il beaucoup de plaisirs plus amusants et plus vifs ? Observations et impressions personnelles.*

A. Souché, *La Lecture littéraire et le français au certificat d'études primaires, op. cit.*

En fin d'après-midi, les voilà prêts tous les trois pour le voyage à Saint-Pierre-du-Mont, quatre longs kilomètres de côte. Maman leur a souhaité bonne chance avec un sourire.

Chacun des garçons porte son sac bleu à l'épaule, papa a les bras ballants et le chapeau relevé sur son front dégarni, pour mieux guetter les cimes. Davy pousse le vélo, une Hirondelle à deux vitesses rétrodirectes. Il s'en servira dans les côtes. Papa le prendra au retour, dans les pentes douces, avec Ninikoff sur le porte-bagages. L'instituteur ne sait pas trop manier ce fameux « rétropédalage », très efficace dans les montées ou contre le mistral. « Si on pédale en avant, on a la grande vitesse, si on pédale en arrière, on a la petite vitesse... » Facile à dire !

Ninikoff a mis dans son sac bleu le Mironneau, son arithmétique, sa grammaire qui est le *Cours de langue française* Hachette, et le précieux Dessaint-Douillet de papa. Quelle émotion de toucher le terrible manuel de dictées !

Le trio s'arrête en haut du village et se retourne d'un seul mouvement. Père et fils considèrent leur patelin, l'observent, l'inspectent, le scrutent, puis échangent un regard de connivence, l'air de dire : « Où la chèvre est attachée elle broute, ce n'est pas si mal. — Il y a des avantages sur la ville. — Et puis c'est moins ennuyeux que la plaine. — Tout le monde ne peut pas habiter l'île mystérieuse ou le palais de la Bégum ! »

Saint-André-la-Vallée est un petit bourg posé entre rivière et colline, comme un animal au repos, un peu mal assis, les pattes étendues sur la rive, l'échine relevée vers les hauteurs et le museau pointé vers Saint-Jean. La route Alès-Saint-Jean lui caresse le ventre au passage. Davy Fontanes, qui a inventé l'image pour une rédaction, ajoute cette précision, qui ne plaît qu'à moitié au maître, son père : « Pour situer l'école, on peut dire qu'elle se trouve exactement sous la queue de la bête, à la place du troufignon. » Adjugé.

La mairie-école, la salle des fêtes et le logement sont réunis dans une vaste maison cévenole en pierre de granit, avec une ancienne magnanerie, transformée en grenier au deuxième étage. Une façade triangulaire, coiffée de tuiles rondes et hérissée de cheminées inégales, sépare les deux ailes.

D'un côté, les fenêtres s'ouvrent sur le Gardon, assez plat en ce point de son cours : un lit de cinquante mètres de large, pour dix mètres d'eau à l'étiage, et un mètre cinquante de profondeur au beau milieu. Ce torrent sournois, qui sait grossir cent fois son débit en trois heures, enroule mollement ses boucles autour d'une espèce d'île, herbue et plantée de saules et de peupliers. Il offre en spectacle son sable et ses galets nus comme une couleuvre qui chauffe au soleil les écailles de son ventre. Le temps d'un clignement d'étoile, la minuscule grève se change, la nuit aidant, en rivage des mers du Sud, plein d'épaves et d'empreintes inconnues. Une langue de terre serrée entre les deux bras du Gardon, le plus étroit n'étant qu'un filet d'eau, devient aussi vite, avec le rêve et la lune, le repaire secret du capitaine Nemo.

En face, les fenêtres de l'école donnent sur une place, attenante à la cour de récréation et séparée d'elle par une simple rangée de tilleuls et de platanes. Tout autour du village, sur les deux rives du Gardon, les collines, qu'on appelle ici montagnes, bien qu'elles ne dépassent guère cinq cents mètres, forment un cercle irrégulier, chaotique, troué seulement par deux goulets : celui, étroit et tourmenté, d'où surgit la rivière, et celui, plus large et ouvert, par où elle s'en va vers la plaine d'Anduze.

La route départementale, goudronnée depuis peu, rase l'autre bout de la cour, fermée par un haut mur et étirée vers les prés. Le temple est perché à flanc de côte, sur une vertèbre de la mythique bête, et domine la rue principale, où se rassemblent presque tous les commerces, la boulangerie, l'épicerie-boucherie, l'échoppe du cordonnier qui fait aussi le coiffeur, le café Amat et la mercerie de la Pialousse. Seul l'atelier de forge et charronnage des Constant père et fils est installé en bas, au coin de la grand-route, pour être accessible aux charrettes...

Le maître examine ses garçons : chemises propres, repassées par la Junie Bezon — la voisine qui aide Claire au ménage et qui s'y entend, culottes bien nettes et presque sans reprises, le museau rincé, le cou et les mains décrottés... Sous les chapeaux de paille tout neufs, les têtes coiffées à la diable. Certes, certes, on aurait dû leur couper les cheveux au début de l'été, mais Claire ne supporte pas de voir ses chéris rasés, dit-elle, comme des bagnards. Et puis on est en vacances, et mieux vaut ne pas avoir l'air déjà prêt pour la rentrée... Bref, Paul Fontanes peut sans rougir présenter à Mlle Rachel son futur premier du canton et le cadet hurluberlu. En route, mauvaise troupe !

Davy saute sur son vélo. Après cinquante mètres en pédalage avant, il attaque la première côte et tricote habilement à l'envers. Un adulte dans cette position a toujours l'air un peu ridicule. Mais Davy est un magnifique garçon, costaud et sportif, tout en finesse, leste, souple, et ses mouvements ont même une grâce presque féminine. Quand, par exemple, il tourne la tête et regarde par-dessus son épaule pour s'assurer qu'on l'admire. Avec ça, une belle figure à la grecque, les cheveux noirs de sa mère et les yeux bleu clair d'un vrai Cévenol. Les femmes, d'ici à quelques années, ne lui seront pas cruelles... Il pourra même épouser la fille d'un inspecteur, d'un professeur à l'École normale, voire d'un sous-préfet !

Ah, l'injustice de la vie ! songe Paul Fontanes. Davy-Antoine a tout pour lui, le physique et le mental, la santé, la beauté, l'intelligence et une once de malice qui ne gâte rien. Voyez son frère et sa sœur, à côté, de pauvres gamins. Espérons que Fofette sera assez jolie pour trouver un mari, mais n'y comptons pas trop... Le protestant assoupi dans le cœur du maître d'école se réveille soudain. Injustice n'est pas le mot, disons le choix de Dieu. Il a élu mon fils aîné et lui a donné tous les moyens de la réussite et peut-être de la fortune. Cela nous impose des devoirs, à lui et à moi. Antoine Fontanes sera un grand homme, puisque Dieu le veut !

Paul serre les dents, presse le pas. Je jure que nous le ferons. Un grand homme, de nos jours, commence par avoir le prix cantonal au certificat d'études, du moins à la campagne. Et Dieu a peut-être aussi Ses desseins pour certains autres candidats, il faudra y penser. Thirza, la Favantinette, n'est qu'une fille, mais sait-on jamais ? Sarah Javols pourrait devenir épouse de pasteur, comme sa mère le souhaite. César Rouvière a le goût des chiffres et, s'il quitte la terre, il fera peut-être un bon commis de perception. Jeannot Constant, toujours premier en sciences et second en calcul... Le Seigneur est raisonnable, Il ne peut vouloir une carrière d'ingénieur pour un fils de berger, mais mécanicien automobile ou radiotélégraphiste dans la marine marchande, pourquoi pas ?

Ne parlons pas de Tavou Maucloux, une forte tête qui vient du Causse, défie les maîtres et discute les leçons. Lui n'ira jamais au certificat. Le cas le plus embarrassant est celui de Marie Jauffret, la fille du facteur. Son père est très malade, il a même été obligé d'arrêter par deux fois ses tournées. On dit qu'il verra sans doute Noël cette année, mais pas l'an prochain... Il voudrait tellement que sa petite Marie ait le certificat pour entrer plus tard aux Postes. Faible en calcul, toujours plus de dix fautes à la dictée, elle n'a que peu de chances, même en progressant beaucoup. Et si, pourtant, elle le décrochait, le pauvre Jauffret partirait heureux !

Paul s'aperçoit soudain qu'il a livré ses pensées aux oiseaux. Il lui arrive souvent de réfléchir à haute voix, ses élèves et leurs parents le savent bien. Il lève la tête. La route serpente, s'enroule entre les bois de châtaigniers au couvert frais et ombreux. Paul lève le poing.

— Le châtaignier, voilà la vérité !

Il se répète les mots de Michelet dans le texte du Mironneau sur les Cévennes : *Le puissant châtaignier, sobre et courageux végétal...* Végétal sobre et courageux, comme le sont les gens d'ici ! Et, puisqu'il est tout seul, ses fils partis loin devant, il ne se prive pas de marmonner entre ses dents, poings serrés :

— Premier du canton, mention très bien, Davy, non, Antoine Fontanes, de Saint-André-la-Vallée !

Ninikoff a couru un moment derrière son frère, dans l'espoir que la chaîne de la bicyclette sauterait. Mais non, Davy, qui est vraiment un as de la rétro-directe, s'est envolé vers les cimes.

Ninikoff préférerait marcher avec son père, tout en devisant, comme on dit dans les livres. Mais papa ne sait parler que de l'école, du travail, des livres, et par la même occasion l'accabler de remontrances. Il accuse même maman d'être trop gentille avec son faon de biche. « Tu vas m'en faire une fille ! — Tiens donc, une fille ! Et *elle* ne sera jamais lieutenant de réserve ni inspecteur d'Académie ? » Ninikoff a beaucoup réfléchi. Il se demande s'il n'aimerait pas mieux être une fille. Il a un gros penchant pour les filles, même quand elles se moquent de lui... Oui, mais s'il était une fille, il aurait peur des garçons...

Davy a pris le grand virage en « fer de mulet », qui passe devant le mas Gibelin, et a disparu derrière les bois. Papa devrait se montrer en bas. Il a dû s'arrêter pour parler tout seul, ou alors il a rencontré un voisin et il est en train de patoiser tant qu'il peut. Il ne manque jamais une occasion de prouver aux gens du pays qu'il est un vrai Cévenol.

Ninikoff pose son sac et s'assoit sur une pierre, au bord de la route, avec tant de décision qu'il s'en tape presque le cul par terre. Il va attendre son père et il lui dira... quoi, ma foi, il ne sait trop. Qu'il n'est pas heureux, que ça ne peut plus durer ! Il serre les dents.

Il est assis au bord de la route depuis, qui sait ? vingt secondes ou trente, et papa ne se montre toujours pas. Ninikoff change d'idée, part en courant, il a failli oublier le sac bleu. Il le jette sur son épaule et s'élance à toutes jambes dans la montée. Allez ! Il va grimper à Saint-Pierre sans une pause. Tant pis s'il doit cracher tripes et boyaux !

Il court, en pleine montée, sous le soleil encore haut, le brûlant soleil des Cévennes. Les cigales rythment sa course de leurs crissements fiévreux.

Il monte, coudes au corps. Son sac bleu lui bat le dos, la sueur lui sort des yeux. Les cigales chantent de plus en plus vite. Il essaie de suivre. Une douleur familière lui perce le côté. Il a « la rate ». On ne va pas loin, avec la rate, ha, ha ! Il s'en fout. Je m'en fous ! Il grimpe, entre les hauts talus couverts de châtaigniers qui bordent la route. Il sue, crache, ahane.

Il n'en peut plus, mais il monte, il trottine, plié par le point de côté. Il lève la tête, aperçoit le village de Saint-Pierre par une trouée entre les arbres, on dirait un château fort. Alors, c'est là-haut ? Oui, c'est là-haut, Ninikoff, espèce de lâche. Monte. Suppose que tu sois capitaine à la coloniale, disons lieutenant, et que tu te prépares à donner l'assaut au cheikh Abdullah et à ses rebelles, dans leur repaire de la montagne.

Il court, il monte, sa chemise colle à sa peau. Il a l'impression que le sac bleu pèse cent kilos. Tiens, il entend des voix. Il s'apprête sans doute à passer de l'autre côté et le Drac lui parle à l'oreille. Il reconnaît le timbre ricaneur de Davy.

— Voilà mon andouille de petit frère, m'zelle !

Ninikoff se frotte les paupières, essuie la sueur qui lui pique les yeux. Une femme d'un certain âge, en corsage à manches bouffantes et jupe longue et sombre, est assise sur un petit mur, à l'ombre d'un châtaignier. Mlle Rachel ! Elle est plutôt vieille, mais elle a de beaux yeux, pleins d'or.

Davy est planté au milieu du chemin, les mains sur les hanches, tête nue, et rigole. Derrière lui se tient une jeune fille..., non, une fille, une fille tout court, une fille du certificat de Mlle Rachel, sans nul doute. Elle est vêtue d'une robe légère, bleu clair, tête nue, et ses pieds sont nus, au bout de ses longues jambes dorées et nues ! Et ses cheveux... Mon Dieu !

Ninikoff cherche son mouchoir pour s'essuyer la figure, mais il n'a pas de mouchoir : il porte sa culotte d'été, qui n'est qu'une espèce de caleçon confectionné par maman, et maman a oublié les poches. Il écarquille les yeux. Les cheveux de la fille sont roux, tout roux, presque rouges. Il en a le souffle coupé.

Il entend son rire, son gentil rire, mêlé au ricanement de Davy. Il n'a jamais vu de rousse. Martial Valat, du cours moyen, est un rouquin, un petit rouquin futé, et son père, le Valat de Nojaret, est un grand rouquin hirsute. Pourtant, Ninikoff n'a jamais pensé que ça pouvait exister chez les filles !

A travers les feuillages, le soleil vient jouer dessus, dedans, et jette des éclairs, comme sur un chaudron de cuivre, mais c'est bien plus joli qu'un chaudron.

De sous cette toison sort une voix, une voix de fille, presque de jeune fille, douce et pas du tout moqueuse.

— Bonjour, Ninikoff...

Ainsi, Davy a vendu la mèche, trahi le secret de son surnom. Il aurait tant aimé s'entendre appeler René, puisque c'est son nom, par la jolie voix de cette jolie bouche. Mais on ne peut pas tout avoir, dans la vie. La rousse s'avance et lui tend la main.

— Moi, c'est Marguerite, mais on m'appelle Pascaline.

Ninikoff balbutie, la bouche pâteuse de chaleur et de fatigue :

— Bonjour, euh... Pascaline.

Elle est rouquine et porte un prénom qu'il n'a jamais entendu. Quelle aventure !

Elle lui serre la main et recule d'un pas.
— Je suis du certificat.
— Moi...
Il a failli dire « moi aussi ». Il se rappelle juste à temps qu'il n'en est pas. En plus, il a honte de se sentir tout rouge et suant, hagard, haletant. Il a les lèvres collées par des espèces de croûtes qu'il n'ose pas essuyer, et il n'ose pas renfoncer sa chemise, à moitié sortie de sa ceinture. Il baisse la tête en silence. Et Davy profite de la situation pour s'interposer.
— Attention, il n'est pas du certificat. Il est du cours moyen, il travaillera peut-être avec nous cet été, mais c'est tout !
Pascaline toise Ninikoff, esquisse une moue déçue, gourmande, complice, se mordille le coin de la lèvre, puis bâille sans mettre seulement la main devant sa bouche. Elle est mal élevée, un charme de plus. Elle vire, virevousse, en faisant voler sa jupe sur ses jambes, elle chante, elle danse.

Mets ta robe couleur des bois,
Tourne la belle quatre fois...

Ainsi, elle s'approche de la demoiselle, assise sur le muret.
— Pouah, le certificat ! Mademoiselle, il faut le passer ?
— Ne fais pas ta mijaurée, Marguerite, s'écrie la demoiselle. Tu sais très bien que tu vas le passer comme sur des roulettes !
Et Pascaline de danser, danser, danser.

Tourne, tournons, l'été nous gagne,
Le soleil brûle le buisson,
Mets le jupon de la moisson,
Or de Venise et bleu d'Espagne...

— Mademoiselle ? Est-ce que je pourrai la chanter pour le certificat ? Je sais que c'est une récitation, mais ça ne fait rien, j'inventerai l'air et la musique !

Elle tourne. Ninikoff retient son souffle. Elle n'a pas de jupon, et sa robe s'envole autour de ses cuisses dorées. On voit même, par instants, sa culotte. Alors, il baisse les yeux sur les pieds de la belle, gris de poussière et si agiles. Il a reconnu *La Danse des saisons*, elle est dans le Dumas et maman la faisait réciter aux filles avant l'école mixte.

Le rossignol chante les mois.
Tourne la belle quatre fois.

Un moment est passé, un long moment peut-être, il ne sait plus. Papa est arrivé. Il est assis non loin de Mlle Rachel, les genoux écartés, le col déboutonné, et il s'évente avec son chapeau. La demoiselle sourit. On ne lui voit pas une goutte de sueur sur la figure ou les mains. Le bout de son nez, un peu pointu, ne brille pas. Elle lève la tête comme pour regarder le ciel.

— Mon cher collègue, nous sommes descendues à votre rencontre, Marguerite et moi, pour vous éviter de faire tout le chemin. Et puis, si notre première rencontre avait eu lieu à l'école, vous n'auriez pas résisté, tel que je vous connais, à la tentation de mettre ces enfants au travail tout de suite. Rien ne presse, les grandes vacances sont à peine commencées.

La déception de papa fait plaisir à voir. Il fronce les sourcils, serre la mâchoire, secoue la tête.

— Je ne suis pas d'accord avec vous sur ce point, chère mademoiselle. Le temps presse, hélas, toujours pour nous autres, maîtres d'école. Nous n'avons jamais assez de semaines, de mois, d'années pour finir notre tâche. Le plus souvent, nous l'avons à peine commencée que nos sujets..., nos élèves nous quittent, pour le meilleur ou pour le pire. Et parfois sans savoir même l'essentiel ! Mademoiselle Rachel, pouvez-vous m'assurer que vous avez vu, au cours de votre longue carrière, un seul — je dis un seul, ou une seule... — de vos élèves quitter l'école en sachant tout ce que vous aviez voulu lui apprendre ?

— Je ne vous assure de rien du tout, cher collègue, car vous avez pleinement raison. J'ai eu il y a quelques années le troisième du canton, mention très bien, au certificat d'études Il est aujourd'hui contrôleur dans les chemins de fer du P.L.M. et je le revois quelquefois. C'était un garçon très doué, et je crois que j'aurais pu lui enseigner beaucoup plus. J'aurais voulu aussi lui donner le goût de continuer ses études : il a arrêté au niveau du brevet simple, qu'il n'a même pas passé. Et ses parents auraient tant voulu qu'il soit ingénieur à la mine d'Alès !

« Mais je ne suis pas du tout convaincue que nous réussirons l'impossible en privant nos candidats des deux ou trois semaines de vacances complètes qu'ils ont bien méritées !

— Certes, certes. Allons, allons...

Mlle Rachel n'a pas bougé ni gesticulé en parlant. Ses mains sont restées posées placidement sur ses genoux. A peine ses doigts se sont-ils noués un moment, sans nervosité ni tension. Son sourire doux et rêveur n'a jamais quitté ses lèvres. Paul Fontanes s'est à peu près contenu tant qu'il avait la parole, bien qu'il ait plusieurs fois pointé le doigt, balancé son chapeau en l'air et fait les yeux blancs. Mais il n'a pu rester en place en écoutant la réponse de Mlle Rachel, il a lâché son chapeau, il s'est levé et s'est mis à marcher entre les châtaigniers, jusqu'au bord du chemin, en frappant le sol du pied.

Ninikoff sent un frisson lui courir dans le dos. Papa est en colère, il est vexé. Mlle Rachel ne se plie pas, comme maman, à toutes ses fantaisies. Elle ne lui dit pas qu'il a raison, pour avoir la paix, avant même qu'il ait fini ses phrases. Mlle Rachel s'en fiche d'avoir la paix. Papa bisque et rage, ça ne présage rien de bon. En attendant, Ninikoff fixe les pieds nus de Pascaline. La rousse est assise, les jambes pendantes, sur la murette que papa vient de quitter. Elle est tournée vers Davy, accroupi dans l'herbe à quelques pas. Ils se taisent pendant que les maîtres discutent. Ils échangent sans doute des regards, peut-être des signes, mais Ninikoff ne les voit pas. Son champ de vision s'arrête aux chevilles de Pascaline. S'il levait les yeux, il verrait ses jambes, ses genoux et peut-être plus. Mais il n'a pas envie. Il est fasciné par ses pieds nus, tachés de terre rougeâtre, ses gros orteils qui se joignent, se caressent, puis se séparent et s'enlacent de nouveau, à n'en plus finir. Et aussi les deux petits, qui bougent sans cesse, font la vie chacun de son côté, jouent à cache-cache, se cherchent pour rire mais ne se rencontrent jamais. Oh, ces doigts de pied ! Et les chevilles, fines, soyeuses, un peu brillantes à la pointe de l'os, l'une un peu blessée, avec une petite croûte sanguinolente qu'elle doit gratter de temps en temps. Sa main descend d'un geste distrait, l'ongle se plante, un filet de sang coule vers le talon...

Ninikoff frissonne dans sa chemise mouillée qui lui glace la poitrine et le ventre. Il s'en moque. Les pieds de Pascaline sont un rêve à lui, il voudrait s'endormir pour de bon...

C'est trop beau, et les grandes personnes s'entendent si bien à briser les rêves. La voix de Mlle Rachel claque soudain.

— Marguerite, ta robe !

Tandis que Pascaline jouait gentiment avec ses orteils, sa robe a dû remonter sans qu'elle s'en aperçoive. Et Mlle Rachel s'est fâchée, à cause de Davy, bien placé pour lorgner tout. Les pieds de Pascaline se séparent et se tiennent sages, l'ourlet de sa jupe bleue glisse une seconde à la vue de Ninikoff. Comme ça, au moins, Davy ne peut plus lui guigner les genoux !

Papa revient en coup de vent de son expédition au chemin.

— Donne-moi donc le sac bleu, Ninikoff, au lieu de regarder les mouches voler !

Mais Ninikoff ne sait plus où il a mis le sac bleu. Il cherche de tous les côtés en clignant des yeux, Davy et Pascaline éclatent de rire ensemble. Le sac est sur le mur, à côté de Pascaline, qui le soupèse d'un air moqueur et le tend à papa.

Papa est furieux. Il désigne Ninikoff d'un index vengeur.

— Celui-ci travaillera tout l'été, devrais-je l'attacher, je m'y engage. Ça ne suffira pas à lui mettre du plomb dans la cervelle, j'en conviens, il est étourdi comme un cochon d'Inde et il a fainéanté pendant les trois quarts de l'année !

Quelle injustice ! Ninikoff a sa conscience pour lui, mais la honte est cuisante de se faire savonner devant une élève de Saint-Pierre, et une rousse en plus ! Une larme lui vient à l'œil, il l'écrase subrepticement. Tout le monde a les yeux fixés sur le sac bleu que papa est en train de vider.

Il jette par terre, avec mépris, le plumier et le cahier de Ninikoff, brandit le Mironneau et le Dessaint-Douillet.

— Nos livres sont les meilleurs, l'expérience l'a prouvé. Je n'irai pas jusqu'à dire que votre Bouillot... Ha, ha, M. Victor Bouillot, professeur au lycée Montaigne, s'il vous plaît ! Loin de moi, simple maître d'école, l'idée d'aller contre un professeur au lycée Montaigne. Pourtant, ce livre me semble un peu besogneux, un peu lourd... Outre que les lectures sont assez pauvres, rien de tel que d'associer aux morceaux choisis la grammaire, l'orthographe et le vocabulaire pour ôter aux élèves toute envie de lire. Notre Mironneau est un pur recueil de morceaux choisis, avec une explication des mots et des idées, ce qui est, bien sûr, indispensable. C'est le livre idéal pour donner à nos grands élèves le goût de la lecture, je dirai même, de la littérature. Avez-vous lu, chère collègue, les admirables paragraphes sur la région des Cévennes, tirés de *Notre France*, du grand Jules Michelet ?

Mlle Rachel ne s'énerve ni ne se démonte.

— Avez-vous lu, cher collègue, dans notre Bouillot lourd et besogneux, *Le Séchoir aux châtaignes*, de Ferdinand Fabre, l'admirable auteur des *Courbezon* et de *Julien Savignac* ?

Paul Fontanes répond d'un claquement de pouce agacé.

— Mais Ferdinand Fabre est du Causse. Ce qu'il appelle « Cévennes méridionales » n'a rien à voir avec nos Cévennes. C'est le pays de l'Orb, de Bédarieux. Et le texte de *L'Alouette ingénieuse* est un conte à dormir debout !

Mlle Rachel tressaille, porte la main au collier de grosses perles blanches qui ceint son cou maigre et un peu fripé.

— En tout cas, la lecture de Ferdinand Fabre dans le Bouillot est bien plus intéressante pour les enfants que celle de Michelet dans le Mironneau. Michelet qualifie le châtaignier de « sobre et courageux végétal » — reprenez-moi si je me trompe —, ce qui est vrai, sans nul doute. Eh bien, mon ami, demandez donc, en questions, à vos certificats pourquoi le châtaignier est sobre et courageux. Et vous verrez que rien n'est moins clair dans leur esprit. Ces choses sont bien abstraites pour des enfants de douze ans. A propos du séchoir à châtaignes, donc du châtaignier,

Ferdinand Fabre parle longuement et justement de la vie des Cévenols, telle qu'elle était il n'y a guère, telle qu'elle est encore pour la moitié des foyers de Saint-Pierre-du-Mont. Vous, bien sûr, dans la vallée, vous êtes plus modernes...

Mlle Rachel commence enfin à s'énerver. Elle tripote l'aiguille qui fixe son chapeau à son chignon puis ses boucles d'oreilles. Elle se penche jusqu'au sol pour vérifier les boutons de bride de ses souliers, ce qui lui permet de cacher l'éclat de colère qui a empourpré son maigre visage.

— Notre Bouillot, mon cher collègue...

Pascaline se lève soudain et se remet à tourner dans la clairière, entre ombre et lumière.

Un coquelicot dans tes doigts,
Tourne la belle quatre fois...

Et, quand elle sort de l'ombre, on dirait que la lumière tremble. A dix pas de là, Davy sifflote, les mains dans les poches, puis boit à sa bouteille en regardant ailleurs. Voilà qui est bien étonnant. Pascaline, vexée, lui tire la langue dans le dos et tourne encore plus vite. Sa robe vole haut, si haut, si haut ! Comment Davy peut-il se désintéresser du spectacle ?

— Ninikoff, tu me donnes à boire ?

Ninikoff tend sa bouteille. Pascaline éclate de rire en buvant et s'arrose le cou.

Le moment vient de se séparer. Pas de dictée ni de problème aujourd'hui. Ninikoff est bien soulagé, mais il regrette de partir si vite. On remet en hâte les livres dans le sac bleu, Ninikoff ramasse son plumier. Mlle Rachel tend un cahier à papa.

— La dernière rédaction de Marguerite. Vous me direz ce que vous en pensez, cher collègue, mais ne tenez pas compte des fautes. Son orthographe fait mon désespoir. Ah, sans cela, vous pensez bien que je l'aurais présentée au certificat cette année, comme vous votre Antoine !

— Certes, certes, dit papa.

Il fourre le cahier dans le sac de Ninikoff.

Davy a sauté sur sa bicyclette en levant la jambe, histoire de montrer à Pascaline qu'il est aussi souple qu'elle. Ninikoff surprend le regard d'admiration qu'elle lui lance. Et voilà Davy parti comme un trait dans la descente. Hé, Davy, songe Ninikoff, tu devais nous laisser le vélo pour le retour ! Bah, tant pis, tant mieux. Il n'avait pas tellement envie de se mâcher les fesses sur le porte-bagages, et puis, avec papa tenant le guidon et zigzaguant d'un côté à l'autre de la route, il ne se sent pas en sûreté. On ne rencontre jamais d'auto sur cette route, mais souvent la carriole du papet Constant, le grand-père de Jeannot, qui dort toujours à moitié et laisse le mulet suivre sa tête...

Très bien, on descend à pied. Ninikoff part devant, papa le rappelle aussitôt. « Écoute un peu, *toi* ! » Ninikoff se laisse rejoindre, l'oreille basse. Il se prépare à entendre un sermon. Papa gesticule, les mains grandes ouvertes, il se tient conversation tout seul. Il fixe Ninikoff, sourcils hauts, lèvres pincées.

— Tu es là, quand même, petit benêt ! Mets-toi bien ceci dans la tête : il n'y a que les imbéciles qui ne changent pas d'idée. La discussion que nous venons d'avoir m'a convaincu...

Ninikoff songe : « Il lui donne raison. On va prendre le Bouillot à la place du Mironneau ! » C'est mal connaître Paul Fontanes, qui ne se laisse persuader que par lui-même.

— L'idée du livre unique de français est mauvaise, dit-il. Nous nous en tiendrons donc aux morceaux choisis, du moins pour cette année. Je renonce à commander le Pérochon et nous gardons le Mironneau. Qu'en dis-tu, petit serin ?

Enfin un mot d'affection. Du moins c'est ainsi que Ninikoff le prend. Et il est tellement soulagé de n'encourir aucun reproche, au sujet de la petite rousse qu'il trouverait du bonheur à s'entendre appeler « minus habens » : c'est du latin de papa, et ça veut dire un garçon pas très malin. Son père lui broie l'épaule, lui bourre les côtes et s'exclame joyeusement : « Minus habens, va ! »

5.

Rédaction. *L'examen de conscience : Voici l'année scolaire finie. Dites vos impressions. Récapitulez tout ce que vous avez fait. Résolutions pour le présent et pour l'avenir.*

Devoir de Marguerite Robert, onze ans et demi, école de Saint-Pierre-du-Mont (Mlle Rachel Pouget).

Voilà l'année scolaire finie. Ouf, quelle joie ! Quel bonheur ! A moi la clef des champs ! Fini d'être clouée toute la journée sur un banc pour étudier ou faire des devoirs qui m'ennuient. Je me sens comme un petit oiseau qui voit s'ouvrir la porte de sa cage. Oh, pendant l'année, bien sûr, je ne suis pas en pension, je quitte l'école tous les jours pour rentrer à la maison où c'est pas très gai depuis l'accident de papa, et puis il y a le jeudi et le dimanche, mais il faut tout le temps aider maman et s'occuper de mon père. Plus tard, je serai vendeuse dans un grand magasin, à Alès ou peut-être à Paris, à la Samaritaine.

Pendant les vacances, quand j'aurai fini d'aider maman et de m'occuper de papa et de mon petit frère, je serai libre comme l'air. Garder les chèvres, ça m'embête pas, parce que je peux tout le temps danser et chanter, et même lire un peu, mais alors il faut que je fasse attention qu'elles s'échappent pas. J'aime bien chanter des chansons modernes, *Couchés dans le foin, avec le soleil pour témoin, et puis Madame Arthur*. J'aime bien chanter *Madame Arthur*. Ça c'est une dame ! *Madame Arthur est une femme/ Qui fit parler d'elle longtemps./ Sans rien, sans journaux, sans réclame,/ Elle eut une foule d'amants...*

Pour la lecture, j'aime surtout George Sand, et puis les livres que me prête mon parrain, de madame Colette et de monsieur Cronin, qui est un auteur étranger, mais très intéressant à lire. Même le premier jour des grandes vacances, je chanterai aussi le refrain des écoliers, comme tout le monde. *Vivent les vacances/ Plus de pénitences/ Les cahiers au feu/ Et la maîtresse au milieu !* C'est sûr, je ne le pense pas, surtout pour la maîtresse, Mlle Rachel, que j'aime bien, et je regrette qu'elle parte à la retraite, vu son âge, les pénitences qu'elle me donne, je les ai bien méritées, en général. Elle m'appelle petite dévergondée, à cause de mon parrain qui me passe tout, et elle dit que je m'*escambarle* trop, quand je danse ou que je joue : c'est du patois cévenol.

Je suis nerveuse, je corne mes cahiers aux coins d'en bas, les livres aussi. Ils sont très sales et j'ai honte, je ne serai jamais une bonne ménagère, comme vendeuse j'espère que ça me passera, que je ne froisserai pas les jolies choses et que le directeur n'aura pas à me gronder les yeux dans les yeux.

Je suis mauvaise en calcul, sauf les heures et les minutes. Je ne comprends rien aux mesures ni aux intérêts, et je me trompe tout le temps dans les opérations. C'est parce que je ne sais pas mes tables, dit la demoiselle. Mais il y a dans ma cervelle quelque chose qui ne marche pas bien, c'est peut-être la *froide raison*. Ça vient de famille. Ma mère dit qu'elle devait plus avoir sa froide raison quand elle a épousé mon père, ou bien elle dit : « Pourquoi, mon Dieu, ai-je quitté Alès pour venir habiter ce nid à corbeaux, il faut croire que j'avais plus ma froide raison ! » Mais c'est à cause de l'accident de papa et de mon parrain qui nous loue la maison pour rien. Enfin, en calcul, ça empêche le raisonnement, qui est très important... L'arithmétique, cette science si belle, nous dit la demoiselle, moi je la trouve laide comme un singe, et c'est à un singe qu'elle me fait toujours penser. La composition française me fait penser à un cheval au galop, enfin à une jolie jument qui n'a peur de rien, et je l'aime bien parce que je n'ai pas peur non plus quand j'écris ma rédaction. La dictée, alors, me fait penser à un chat, qu'on ne sait jamais s'il va pas vous mordre quand vous voulez le caresser. Je ne suis pas très bonne, j'ai souvent quatre fautes, quelquefois cinq, et si j'ai un zéro au certificat, je serai éliminée. J'ai beaucoup étudié la grammaire toute l'année, avec les conjugaisons des verbes et les participes passés. Les plus durs ce sont les pronominaux, par exemple « ces dames se sont évanoui(es) », c'est un exemple du livre. On ne peut pas dire « ont évanoui elles », enfin je crois. Alors, il s'accorde ou il ne s'accorde pas, je ne me souviens plus. C'est pareil pour se laver la tête. J'aime l'histoire avec les gravures où l'on voit les beaux vêtements d'autrefois. Les chevaliers et les courtisans portaient des culottes serrées. J'aime aussi les robes longues des dames et les photos des châteaux. En ce temps-là, les gens étaient très sales, sauf chez nous, en Cévennes, à cause de la Bible où il est recommandé de se laver souvent dans le Jourdain ou une autre rivière.

En géographie, ce qui me plaît, c'est les colonies. Les Blancs sont portés par les nègres dans des chaises à porteurs. Il y a des jeunes filles métisses : leur papa est blanc et leur maman négresse. Elles sont très jolies et ça fait rêver. Je crois que j'aimerais bien être une métisse. J'ai appris de nombreuses récitations. Ma préférée, c'est *La Danse des saisons*, parce que je peux faire semblant de la chanter en tournant devant tout le monde. Et il y a aussi *Les Pauvres Gens*, de Victor Hugo, qui me fait pleurer d'émotion. Nous aussi, nous serions des pauvres gens, s'il n'y avait pas mon parrain pour nous aider.

En sciences, j'aime beaucoup l'hygiène. Il faut renforcer la défense : on y parvient d'abord en suivant une bonne hygiène qui rend nos cellules plus résistantes, et ensuite, dans certains cas, en se faisant vacciner. Je ne parle pas du reste pour que ça ne soit pas trop long. Malheureusement, je n'ai pas profité de toutes les leçons et j'ai triché pour les cartes de géographie. Et puis, quand une chose m'intéresse, elle se met à virouler dans ma tête, à tourner en rond, comme un papillon en l'air, et j'oublie tout le reste. Ce n'est pas bien. J'ai promis à la demoiselle de m'amender et d'apprendre par cœur les choses importantes, surtout mes départements. Je ferai plus attention en calcul mental, je le jure.

L'année prochaine, je vais aller au certificat. Je dois avoir mon certificat pour être vendeuse dans un grand magasin, même à Alès. Il faut cinquante points sur cent, en tout, et pas de zéro en dictée. Et puis la demoiselle dit que mes rédactions, même si elles sont très bonnes, risquent de ne pas plaire aux vieux messieurs. C'était pareil pour elle quand elle était jeune. Une fois, avant la guerre, Monsieur l'inspecteur a dit en parlant d'elle : « C'est de la graine de suffragette ! » Ça voulait dire qu'en France il est défendu aux femmes, même mariées, de voter pour les députés. Je vais m'entraîner pour les descriptions, c'est ce qu'ils préfèrent au certificat. Et puis je peux gagner beaucoup de points en lecture, en écriture et en dessin, à condition de m'appliquer, aussi je prends dès maintenant de bonnes résolutions. Je vais étudier les robinets qui coulent à plusieurs dans un baquet et les trains qui se croisent entre Paris et Lyon : ça, c'est en calcul. Pour la conjugaison, je courrai et je mourrai. Je vais commencer tout de suite, sans attendre l'année scolaire prochaine, car le temps perdu ne se rattrape jamais. Le jour de l'examen, je m'habillerai comme il faut.

Je désire contenter mes parents qui font tant de sacrifices pour mon instruction, avec l'aide de mon parrain, et ma bonne maîtresse, Mlle Rachel. Elle pense que les femmes doivent être aussi instruites que les hommes et même plus en calcul mental, pour les commissions. Elle préférerait que j'aille au cours complémentaire pour devenir institutrice, au lieu d'être vendeuse, mais mon parrain dit que ça ne gagne pas des cents et des mille. Si je ne peux pas être vendeuse, j'aimerais bien être secrétaire « dactylo », à cause d'un dessin qu'il y a dans le catalogue de la Manufacture de Saint-Étienne, où on voit une jolie dame bien coiffée, avec un collier et les bras nus, qui écrit une lettre sur une machine à écrire Typo. On voit aussi son directeur, mais il est un peu vieux et il porte des lunettes.

Si je suis reçue au certificat, mon parrain m'achètera une bicyclette de cinq cents francs, avec un garde-jupe en soie tressée. Plus tard, j'irai habiter à Alès, je serai très heureuse.

6.

> Rédaction. *Quels délicieux moments j'ai passés au bord de l'eau, en compagnie de mes parents ou de mes camarades ! Faites part de vos observations et impressions personnelles.*
>
> A. Souché, *La Lecture expressive et le français..., op. cit.*

Les trois enfants Fontanes ont profité de la belle nuit d'août et d'un chemin de Saint-Jacques qui retient les parents pour aller jouer à l'école de Jules Verne au bord du Gardon.

Pendant que Ninikoff réfléchit à des choses graves, Davy fait le pitre, un genou en terre, devant Fofette. « Altesse... »

Il exagère. Fofette va finir par se prendre pour la perle de l'océan, ça ne la rendra pas plus fine.

Davy s'incline et balance un chapeau imaginaire.

— Quinze jours après, Altesse ? *Quinze jours après ?*

Fofette minaude, tape du pied, bâille, l'air de chercher dans sa mémoire. Elle se frotte les yeux à deux pognes, soupire et prend sa voix de bébé pour débiter, sans aucune faute :

— *Quinze jours après, les colons débarquaient*

en Amérique, et ils retrouvaient leur patrie pacifiée, après cette terrible guerre, qui avait amené le triomphe de la justice et du droit.

Elle sait par cœur des pages entières de *L'Ile mystérieuse*. Davy lève les bras au ciel, s'extasie.

— Quelle mémoire, Votre Altesse, quelle mémoire ! Mais voudriez-vous expliquer à deux pauvres ignorants ce qui s'est passé pendant cette terrible guerre ?

Fofette tire la langue et rigole en dedans.

— C'était la guerre du saucisson !

Davy claque le pouce en signe d'agacement.

— Vous voulez dire la guerre de Sécession, n'est-ce pas ?

Fofette gigote et se tord de rire, son tablier autour du cou.

— J'ai dit : du saucisson.

Davy claque des talons, lâche un rire forcé.

— A vos ordres, Altesse. La guerre du saucisson, ha ! ha ! ha !

Elle se lève, essuie ses vêtements mouillés. Ils se sont couchés dans un sentier herbu qui domine le Gardon. Davy tourne la tête vers Ninikoff, le clair de lune révèle sur sa jolie figure éveillée et délurée un clin d'œil complice qu'il envoie à son frère pour lui dire : « Tais-toi ! » Ninikoff baisse les yeux.

L'Altesse regarde le ciel. La clarté de la lune est si forte qu'on voit à peine les étoiles, trop pâles. Ninikoff cherche la Polaire vers les hautes Cévennes et la Lozère, repère Capella à droite, au-dessous, rasant les hauteurs de Saint-Pierre, Véga à gauche, vers l'Aigoual, et Vénus juste dans l'échancrure du Gardon.

Fofette s'approche de lui, pointe l'index au zénith en le fixant avec un sourire moqueur.

— Tu vois la lune, Ninikoff ? Quand il y en aura deux, je t'en donnerai une !

Et de pouffer aux dépens de son frère. Mais elle ne fait que répéter une blague que maman a servie à chacun de ses enfants vers l'âge de quatre ou cinq ans. Puis elle s'en prend à Davy. C'est bien son tour.

— Va m'attraper la Grande Ourse, monsieur Gédéon !

Pourquoi Gédéon, Dieu le sait. Davy, beau joueur, s'incline galamment.

— Oui, Altesse. Vous permettez que j'aille chercher une échelle et une corde ?

Mais Fofette a déjà changé d'idée.

— Couchez-vous, je vois le sous-marin du capitaine Nemo !

Ninikoff et Davy se jettent dans l'herbe mouillée, qui leur glace le ventre à travers les chemises ouvertes. Fofette se met à fredonner :

Envoyez vite votre sous-marin
Brillant comme un bijou dans son écrin...

Davy s'est vanté d'avoir écrit ce poème. Il a même dit qu'il savait écrire des alexandrins de douze pieds. Papa l'a cru mais lui a interdit d'en écrire. « L'inspecteur d'Académie pourrait deviner que tu veux sa place, et on serait obligés de partir tous aux îles Aléoutiennes ou encore plus loin ! » Il est si drôle, papa, quand il veut, mais ça n'arrive pas souvent.

Fofette esquisse un pas de danse, et tourne, tourne, comme Pascaline, l'autre jour, sous les châtaigniers. Ses cheveux dénoués flottent sur ses épaules, sa chemise de nuit vole haut sur ses jambes nues, toutes blanches dans le clair de lune.

Davy l'encourage en roucoulant un refrain :

Danse, danse donc, ma belle Tsigane
Tourne, tourne, valse, ma fée Morgane.

Nous vous aimons tant, monsieur Jules Verne
Nous irons tuer pour vous l'huître de Lerne !

Tant pis pour l'huître. C'est l'hydre, bien sûr. Grand-père l'inspecteur a écrit tous les vers de l'école de Jules Verne.

Fofette pointe la main vers la boucle du Gardon, là où est censé se trouver le lagon de l'île mystérieuse.

— Le sous-marin, le sous-marin !

Et elle se met à dévaler la pente, bras levés, cheveux au vent.

Ils ont renvoyé l'Altesse dormir au palais. Ils sont assis tous les deux au bord de l'eau. Ninikoff a noué les bras autour de ses jambes et, de temps en temps, lèche son genou. Il a toujours un genou écorché et il entretient la plaie en la suçant. Cette petite souffrance le console de bien des malheurs.

— L'école de Jules Verne, c'est fini, dit Davy.

— Pourtant, on s'amusait bien.

Davy pose ses poings serrés contre ses tempes.

— Tu ne penses qu'à t'amuser, Ninikoff. On n'a pas fait l'école de Jules Verne pour jouer, mais pour aider Fofette.

Ils en ont discuté avec leur ami Augustin, l'apprenti médecin. Augustin leur a expliqué : « Votre père l'a sûrement punie très fort une fois qu'elle avait mal fait, mais en essayant de bien faire. Depuis, elle a pas envie de grandir, elle fait semblant de rester un bébé. » Augustin a ajouté : « Ça, ça s'appelle la psychologie et ça pourrait aider Fofette à devenir plus intelligente en attendant d'avoir l'électricité ! » Alors, Davy a répondu : « Oka », comme dans les histoires de Nat Pinkerton. Ils en ont discuté au bivouac des stratèges. Maintenant, on a l'électricité à Saint-André-la-Vallée, mais Fofette est toujours pareille.

— D'après Augustin, elle le fait exprès..., dit Davy. Enfin, elle le fait exprès et pas exprès, tu comprends ? Non, tu es trop jeune. Bon, voilà. Elle le fait sans y penser, elle a pas envie de le faire, mais c'est plus fort qu'elle. Elle a envie et pas envie, tu comprends ? Elle sait pas bien, elle voudrait et elle voudrait pas, en même temps. La nuit, quand papa dort, elle a plus peur, elle joue plus au crâne de piaf. Elle est presque normale.

— Alors, c'est la faute à papa ?

— C'est la faute à la fée Gogote ! Mon vieux, notre petite sœur est pas bien heureuse d'avoir des parents maîtres d'école tous les deux. Moi, ça me botte bien, mais y en a qui mangent de la vache enragée, je te le dis. Toi, à te voir, t'as pas l'air à la noce. Tu aimerais pas mieux que papa soit boulanger ou cultivateur ? Même sous-off à la coloniale ?

— Oh si.

— Alors, tu vois.

— Tu penses qu'elle est pas idiote ?

— Elle est éveillée comme une potée de souris.

— Et pas malade ?

— Pas un poil.

— Alors, qu'est-ce qu'on va faire ?

— Papa et maman n'ont qu'à se débrouiller avec elle. Moi, l'année qui vient, j'ai le certificat, s'pas, mon vieux !

— T'es reçu d'avance, Davy.

— Mais papa veut que je soye premier du canton. Ça sera dur. Et puis j'en ai marre de l'école de Jules Verne. Jules Verne m'intéresse plus, je suis trop grand.

Ninikoff, le front plissé, se demande s'il a bien compris. Comment peut-on être trop grand pour lire Jules Verne ? Alors Davy sort de sous sa chemise deux fascicules aux couvertures illustrées, à peine plus grands qu'une carte postale. Le clair de lune n'est pas assez vif pour que Ninikoff puisse bien voir les images, mais sur l'une, de couleur rougeâtre, il distingue un visage de femme qui ressemble un peu à maman.

Ninikoff tend la main pour saisir le fascicule, Davy le rafle aussitôt, le remet sous sa chemise, se lève, fait deux ou trois pas.

— Tu vois, je lis maintenant des livres sur la vie.

Et Ninikoff demande à voix basse, les lèvres tremblantes :

— Comment, des livres sur la vie ?

— Sur la vie des hommes... avec les femmes !

Ninikoff médite un moment la confidence, pendant que Davy fait l'important, la tête levée, les mains dans les poches.

— Ça en raconte de drôles et de sacrées, je peux te dire.

— Et tu en as d'autres pareils ?

— J'en ai des tas, bien sûr.

— Qui c'est qui te les donne ?

Davy hausse les épaules et se retourne, poings serrés.

— Bon Dieu, que tu es bête ! Alors, tu crois qu'on donne ces choses-là ? Tiens, regarde. Zéro franc vingt-cinq. Vingt-cinq centimes, cinq sous, quoi. C'est pas donné, mais ça les vaut... Et çui-là, le gros vert, regarde un peu çui-là. Soixante centimes : douze sous. Mais je m'arrange avec Télémaque Farinier, le berger des Dardhalon...

— Pénéquet ?

— Oui, Pénéquet. On les achète en compte à moitié, et puis on les revend au commis de la forge, Pierrot Pialet.

— Cerque-brègue ?

— Oui, Cerque-brègue...

Ninikoff s'étonne en silence. Télémaque Farinier et Pierrot Pialet sont de grands gars de quinze ou seize ans, qui ne passent pas pour les plus futés de la commune. Le Pierrot est un chicanier, un mauvais coucheur, d'où son sobriquet de Cerque-brègue, Cherche-querelle. Le Télémaque est un peu diseur de contes. Va trier le vrai du faux ! Mais il doit son surnom — le *pénéquet* est une courte sieste — à son habitude de faire souvent de petits sommes, quelquefois même tout debout, en marchant derrière ses moutons.

Mais Ninikoff commence à deviner que les gens et les choses ne sont pas toujours ce qu'ils paraissent. Pénéquet et Cerque-brègue font sûrement semblant d'être couillons pour avoir la paix, un peu comme Fofette, à sa façon. On croit qu'ils sont tout juste capables d'écrire leur nom et, pendant ce temps, ils lisent des livres sur la vie. Plus tard, mine de rien, ils deviendront très ferrés, ils pourront en remontrer au pasteur et à l'instituteur.

Les mains sur les hanches, le front plissé de rides, Davy regarde son petit frère, qui a l'air perdu dans ses pensées.

— Qu'est-ce que tu bades, fleur de nave ? Tu me crois pas ?

Ninikoff baisse la tête. Les insultes lui glissent sur le cuir comme l'eau sur les rochers du Gardon. « Oh si, je te crois... » Davy plonge la main sous sa chemise, d'un geste féroce, ressort les deux fascicules, le mince et rougeâtre et le vert plus épais, à douze sous.

— Vois un peu ! Viens au clair !

Il prend Ninikoff par le poignet et le tire en pleine clarté, au bord de l'eau. De la main gauche, il serre la nuque de son frère, pour diriger sa figure, de la droite, il tient le fascicule vert dans la lumière de la lune.

— Ouvre tes quinquets. Là, tout en haut. Lis fort.

Ninikoff ânonne d'une voix blanche :

— « Mon livre favori »...

— Ouais. « Mon livre favori », c'est bien dit. Et à gauche, sous le petit carré où il y a le prix ?

— « Le roman complet »...

— Ben, tu vois, c'est un *roman*.

Et Ninikoff répète, sur un ton humble et pieux :

— Un roman...

— Et même un roman complet, mon vieux ! s'écrie Davy. Complet, ça veut dire qu'on raconte tout ce qui se passe. On te cache rien de rien... Lis plus bas, le titre. LE TITRE !

Ninikoff ne peut pas lire le titre, l'émotion lui colle la langue. Il se sent incapable d'articuler ces mots terribles. Il commence par dire qu'il ne voit pas bien. Davy ricane.

— Ha ! ha ! ha ! Il voit pas bien ! Mais tu as lu « le roman complet », écrit tout petit. Tu oses pas le dire, voilà. Il ose pas le dire, le faon de biche à sa maman... Allez, lis-le. Ta maman dort, elle t'entend pas. Lis-le, putain de bordel !

Alors, Ninikoff commence d'une voix tremblante : « La... La... La... » Davy gronde, le secoue par son col de chemise, comme un arbre à prunes.

— Lis, lis donc, mazette !

Ninikoff avale sa salive et prononce avec effort :

— La... L'atroce bai... baiser. *L'Atroce Baiser*, c'est le ti... titre.

Son frère le libère et lui fourre le fascicule sous le nez.

— *L'Atroce Baiser*. Ça te la coupe, hein ? Et regarde un peu la photo. Ils s'embrassent..., enfin, ils vont s'embrasser. Le type la tient par le cou et par le menton. On dirait qu'il la force, mais elle ouvre la bouche, tu vois. Tu vois ? Qu'est-ce que t'en dis ?

— Je sais pas, geint Ninikoff. Je sais pas, je vois pas bien !

Davy le foudroie d'un coup d'œil et remballe son livre.

— T'en as encore des choses à apprendre, pauvre innocent !

7.

L'été cévenol brûle de ses feux les collines claires, à châtaigniers, les pentes sombres, à chênes verts, et les falaises nues, de schiste ou de calcaire. Il écrase sans miséricorde les pauvres cultures des traversiers, terrasses étagées, qu'on appelle ici *faïsses*, où survivent la vigne, les oliviers, les fruitiers de toute espèce et les légumes qu'il faut arroser chaque jour. Le soleil couvre de reflets éblouissants l'eau joueuse du Gardon.

Le temps des fenaisons — un classique de la lecture et de la rédaction — s'est achevé avec l'année scolaire.

> Dans un grand pré qui descendait en pente vers la rivière aux berges obstruées de roseaux et de joncs fins, un homme fauchait. Campé d'aplomb sur ses reins solides et les genoux ployés, son buste allait et venait de droite à gauche, d'un mouvement cadencé, tandis que la faux coupante passait dans l'herbe drue. Chaque fois, il avançait d'un pas ; derrière lui s'amoncelait la jonchée odorante. S'étant arrêté pour respirer un peu, il s'appuya sur le manche de sa faux. La sueur ruisselait à flots de son front hâlé.
>
> Émile Moselly, *Jean-des-Brebis ou le Livre de la misère*, in A. Souché, *La Lecture littéraire et le français...*, *op. cit.*

Puis la moisson est venue, assez maigre dans une région où la terre est rare, les parcelles blotties, serrées entre la montagne et le valat. Sur le sujet, on s'en rapporte le plus souvent à Zola.

> Du soleil attisé, il tombait des braises. Les chaumes se fendaient de sécheresse, et sur les blés encore debout, immobiles, l'air brûlait : on aurait dit qu'ils flambaient eux-mêmes d'une flamme visible, dans la vibration du soleil. Et pas une fraîcheur de feuillage : rien que l'ombre courte des hommes, à terre.
>
> Émile Zola, in A. Souché,
> *La Lecture littéraire et le français..., op. cit.*

Les derniers éleveurs de vers à soie — les *sériciculteurs*, le mot est un pont aux ânes redouté du cours moyen première année — ont terminé leur saison. Il n'en reste que trois dans la commune, et l'ultime filature a fermé ses portes et remercié ses ouvrières l'année d'avant. Les paysans attendent les sous du marchand de cocons en regardant leurs mûriers se rhabiller d'un vert feuillage.

Comme dans les livres de lecture, la bonne sueur de l'été ruisselle sur les épidermes tannés. On transpirera une autre fois pour raconter tout cela en rédaction !

Vient enfin l'ondée bienfaisante.

> De larges gouttes tièdes tombent de plus en plus pressées ; le feuillage plie sous leur poids et gémit avec un doux bruit. La pluie augmente, raye au loin le ciel et voile tout le paysage ; la terre sèche et poudreuse des champs la boit avec avidité ; les herbes se relèvent et reverdissent à vue d'œil, et les bourgeons, qui n'osaient pas s'entrouvrir sous

les brûlants rayons du soleil, se développent et déplient leurs petites feuilles satinées.

Mme Colomb, in L. Dessaint, H. et M. Douillet,
La Langue française par la dictée,
cours moyen et supérieur,
Librairie Gedalge, Paris, 1926.

La première séance de préparation au certificat des élèves de Saint-André et de Saint-Pierre a eu lieu à Saint-André au début d'août. Les deux maîtres, Paul Fontanes et Mlle Rachel Pouget, n'avaient pu réunir que cinq élèves : Thirza Favantin, Marie Jauffret, Antoine et René Fontanes, pour Saint-André, et Marguerite Robert — la jolie Pascaline —, pour Saint-Pierre.

Ninikoff ne sera pas candidat au certificat l'année qui vient. Pour Marie Jauffret, la fille du facteur, Paul Fontanes s'est expliqué devant Mlle Rachel et les enfants.

— Marie a douze ans, mais elle est, hélas, bien trop faible pour que j'envisage de la présenter à coup sûr. Tu le sais, Marie, et ton père aussi. Tu le sais, n'est-ce pas ? Tu comprends que je serais heureux de t'envoyer à l'examen si tu progressais suffisamment pour avoir de bonnes chances ?

« Quant à toi, René, tu es étourdi et irrégulier. De plus, tu ne sais pas tes dates, tu es trop lent en calcul mental et tes cartes ont l'air de ces tableaux cubistes très à la mode à notre époque !

« Maintenant, au travail !

Il s'est mis à marcher, les mains derrière le dos, dans l'allée centrale de la classe. Tous les yeux sont fixés sur lui, même ceux de Mlle Rachel, très beaux, très doux et rêveurs, mais lui ne semble voir personne.

Ninikoff a songé : « Papa est terrible ! »

Deux larmes roulent sur les joues de la pauvre Marie. Marie Jauffret, la fille du facteur, se distingue de toutes les Marie des environs, et Dieu sait s'il y en a, par ce terrible adjectif : elle est, seule, la *pauvre* Marie. Ses parents n'ont pas le sou, bien que son père soit fonctionnaire, mais il va mourir, et la charité oblige à ne rien dire de sa mère.

Chaque élève est seul à une table. Puis le maître se frappe le front et pointe le doigt vers Ninikoff.

— Mets-toi à côté de Marguerite. Comme tu es trop faible, elle t'aidera de temps en temps. Tu veux bien, Marguerite ?

Pascaline hoche la tête et sourit à Ninikoff, qui prend ses affaires pour venir s'asseoir, tout tremblant d'émotion, à côté de la grande rousse.

Pour cette séance, les deux maîtres ont choisi une dictée du Dessaint-Douillet. Il est question dans cette histoire d'un billet de loterie, et le sujet excite beaucoup les enfants depuis que le gouvernement vient de lancer la fameuse Loterie nationale.

Le premier problème raconte l'histoire de trois robinets qui coulent ensemble dans un même bassin ; le second l'achat à crédit d'une bicyclette Hirondelle à la Manufacture française d'armes et cycles de Saint-Étienne.

Résultats des élèves, par ordre de mérite :
Antoine Fontanes : 18 sur 30.
Thirza Favantin : 17 sur 30.
Marguerite Robert : 13 sur 30.
Marie Jauffret : 10 sur 30.
René Fontanes : 5,5 sur 30.

Réflexions de Ninikoff : Pascaline n'a pas arrêté de quitter ses sandales et de jouer avec. C'était difficile de ne pas baisser les yeux sous la table pour regarder ses pieds... De plus, pour m'aider, elle ne m'a soufflé que des bêtises. Savoir si elle l'a fait exprès ou non !

Commentaires de la séance.

M. Paul Fontanes :

— Mes chers enfants, je reconnais que nous ne vous avons pas fait de cadeau pour une épreuve de vacances. Il s'agissait d'une vraie dictée de certificat et de vrais problèmes, les deux assez difficiles, quoique sans pièges. Je suis agréablement surpris que deux d'entre vous aient passé l'obstacle haut la main : mon fils Antoine et la Fa... et Thirza Favantin. Nous pouvons espérer une mention pour tous les deux.

« Marguerite, tu es passée tout près de la moyenne. Sans une grosse étourderie en calcul, tu l'avais. Je voudrais quand même te dire deux mots de ta rédaction du mois de juillet dernier, que Mlle Rachel a bien voulu me soumettre. J'y ai trouvé quelques jolies choses, et bien dites. Ce qu'on appelle des « bonheurs d'expression »... Mais le contraire abonde aussi : je veux parler des « expressions malheureuses ». Il y en a beaucoup. Ta maîtresse te dira lesquelles, si elle ne l'a déjà fait. Tu as eu le mérite de te confesser avec franchise. Néanmoins... néanmoins, hem, hem... tout cela me paraît bien primesautier, bavard et, pour tout dire, irréfléchi. Au certificat, tu n'aurais pas eu le temps de tartiner aussi long, ce qui t'aurait peut-être épargné plusieurs bêtises.

« Tu devras, l'an qui vient, apprendre à te discipliner et à te dominer. Et donc, si tu travailles sérieusement toute une année, tu peux espérer un sept en rédaction. Et, bien au-delà, tu pourras aussi devenir une jeune fille sensée et pondérée.

« Toi, Marie, tu m'as donné quasiment un espoir. Il me semble que tu as eu ta meilleure note en orthographe. C'est la première fois que tu coupes au zéro, n'est-ce pas ? La dictée était un peu facile, mais les questions, c'est bien. Si tu progresses en calcul, peut-être ton cher papa connaîtra-t-il la plus grande joie de sa vie.

« Eh bien, puisque mon fils René ne compte pas, je crois que j'ai terminé. A vous la parole, mademoiselle Rachel.

Ninikoff se sent blêmir et baisse le nez sur ses bras croisés. Il sait très bien que papa a voulu dire : « ... ne compte pas pour le certificat. » Cinq et demi sur trente... Enfin, grâce à lui, Marie Jauffret n'a pas eu la honte d'être dernière !

Mlle Rachel entame son speech avec un sourire un peu triste, les mains jointes sous son menton.

— Je voudrais dire au jeune René qu'il compte comme tout le monde et même le remercier d'être venu travailler avec nous.

Papa lance le menton en avant, et une grosse moue de contrariété lui gonfle la bouche. Mlle Rachel affine son sourire pour continuer.

— Marie Jauffret, tu es sur la bonne voie. Surtout, ne t'affole pas si ça se passe moins bien la prochaine fois. Tu as presque un an devant toi. Travaille avec courage, sans trop penser aux résultats. Marguerite, M. Fontanes t'a souhaité de devenir une jeune fille sensée et pondérée. C'est un sage conseil. Mais ne force pas trop ta nature, car tu serais malheureuse. Thirza, tu as un bien joli prénom. Je suis sûre qu'on l'entendra prononcer haut et fort le soir du certificat. Mais ne relâche pas ton effort. Antoine, j'ai entendu dire que tu écrivais des vers et que ton point faible était la rédaction. Voilà qui est bien étrange. Pourquoi n'essaierais-tu pas de faire une rédaction en vers ? En vers de dix pieds, puisqu'il paraît que tu les réussis bien ?

Paul Fontanes bondit, mâchoire crispée, poings serrés.

— Pas pour le certificat, quand même !

Mlle Rachel laisse tomber ses bras, en tenant les

mains un peu écartées de son corps. Elle a souvent ce geste, qui signifie à peu près : « Que sais-je ? Qui sait ? Pourquoi pas ? »

— Nos collègues seraient-ils vraiment choqués par un devoir en vers réguliers ? M. l'inspecteur serait-il scandalisé ?

Papa rougit, retourne la lèvre comme pour cracher sa chique.

— M. l'inspecteur — mon père — faisait lui-même des vers pendant ses études. Mais il s'est marié tôt et il a fort heureusement abandonné ce passe-temps, pour lequel il n'a jamais révélé de dons extraordinaires. Mieux vaudrait éviter de lui rappeler ses erreurs de jeunesse.

Il se campe droit, les mains derrière le dos, se balance sur la pointe des pieds, esquisse une moue moqueuse, et promène sur son petit monde, rassemblé, attentif, un regard de triomphe.

— Je voudrais finir par une bonne, une très bonne nouvelle... M. Laporte, le directeur de l'école des garçons de Saint-Jean, qui s'occupe de la classe du certificat, vient d'acheter une automobile. Il va donc passer en excursions toutes ses vacances, et ses jeudis et ses dimanches, pendant que nous travaillerons, comme de patientes fourmis que nous sommes, nous qui n'avons pas d'automobile et qui n'en aurons jamais !

8.

Deux fois par semaine, les « certificats » de Saint-André et de Saint-Pierre se réunissent à l'une ou l'autre école, au complet ou non, pour une séance d'entraînement. Il reste bien assez de temps aux enfants pour baguenauder dans la campagne ou au bord de la rivière : tel est, du moins, l'avis des maîtres, pas toujours partagé par les élèves, surtout les garçons. En fait, ni César Rouvière ni Jeannot Constant, qui aident leurs parents, le premier dans les terres, le second à l'atelier de forge et ferronnage, ne se montrent beaucoup à l'école. Les mères voient avec faveur les efforts de l'instituteur pour *pousser aux études* leurs fils et leurs filles, mais les pères, qui songent à leur succession, trouvent que « monsieur Paul » exagère à vouloir faire de tous les gars des *escrivaïres*. On veut bien le certificat pour son Jeannot, son Martial ou son César, un diplôme dans la famille, on a beau dire, ça vous pose. A condition de pas leur donner à tous, et surtout aux aînés, l'idée de s'en aller fonctionnaires à la ville... Pour les filles, les avis sont partagés. Qui n'a pas rêvé de voir sa « drôle » épouser un pasteur ? Mais les femmes savantes ne sont pas toujours appréciées des garçons et il n'y a pas assez de pasteurs pour toutes. Quant à tenir un emploi, le seul jugé digne d'une fille des

Cévennes, c'est celui de maîtresse d'école, de « régente », qui n'est pas à la portée de la première venue, même munie de son certificat.

A Saint-André, l'adjoint François Javols, qui s'occupe de l'école — et même un peu trop, de l'avis de Paul Fontanes —, se pose bien des questions sur l'avenir de ses quatre filles. L'aînée, Sarah, est du certificat ; Noémi, la seconde, suit de près ; les deux dernières sont encore dans la petite classe, où elles apprennent à lire sans ardeur. L'adjoint s'est opposé à l'idée de l'école mixte, qui avait de son point de vue un grave inconvénient : séparer ses deux grandes de ses deux petites. Or il était convenu avec la dame que Sarah et Noémi pourraient aider leurs petites sœurs dès qu'elles auraient le temps...

L'école mixte est maintenant autorisée dans les communes à plusieurs classes par la loi du 12 février 1933, complétée par la circulaire ministérielle du 26 mai de la même année. Le maire s'est renseigné à la sous-préfecture : Saint-André répond aux conditions fixées par les circulaires du ministre, le maître est dans son droit. Le conseil départemental de l'enseignement primaire a donné un avis favorable et le conseil municipal n'a pas osé aller contre monsieur Paul, qui est le fils de l'inspecteur. Mais l'adjoint Javols ne se leurre pas, les gens du pays n'apprécient guère l'école mixte. Non pour des raisons de moralité mal comprise, comme chez les catholiques de Génolhac et de la Cèze, ou ceux de la plaine de Nîmes, mais pour une simple question d'honneur communal. C'est le privilège d'une commune bien peuplée d'avoir son école des filles et son école des garçons, comme le chef-lieu de canton. Les petites communes, du genre de Saint-Pierre, qui sont à peine plus que des hameaux, n'ont pas assez de gosses pour s'offrir deux écoles et sont bien obligées d'entasser leurs gamins dans une classe unique, filles et garçons mêlés.

L'adjoint Javols n'est même plus sûr que le progrès aille toujours dans le bon sens. Mais, avec quatre filles sur les bras, il lui faut subir en silence. En silence, ou presque. Il a quand même pris son courage à deux mains et il a dit deux mots à monsieur Paul au sujet de cette association pour le certificat avec Mlle Rachel, la maîtresse de Saint-Pierre.

— Il se cause pas mal de cette affaire. M'est avis qu'elle ne plaît pas à tout le monde.

— Mon bon, répond l'instituteur d'un ton suave, vous savez comme moi que pour plaire à tout le monde il faut se lever avant le soleil et se coucher après la lune !

— Me baladez pas avec les astres, monsieur Paul. Comprenez que je suis bien embêté, en tant que d'adjoint.

— Dites-moi, mon bon, qu'est-ce qui vous ennuie ? Je compte sur votre Sarah pour la prochaine préparation. Vous savez qu'elle a besoin de travailler pour être prête l'an prochain.

François Javols répète en bafouillant :

— Voilà, ce qui m'ennuie au juste, je vais vous dire...

— Parlez, n'hésitez pas, racontez-moi ce qui vous chagrine. *En tant qu'adjoint* au maire, mon cher, vous êtes ici le représentant de la République. C'est aussi pourquoi je suis bien décidé à aider votre Sarah tant que je pourrai.

— C'est rapport aux gens de Saint-Pierre, qui...

— N'ayez aucun scrupule à parler franchement. Nul n'est au-dessus de la critique. Mon père — monsieur l'inspecteur — m'affirmait encore le jour du certificat à Anduze...

En fin de compte, le pauvre adjoint n'a pu exprimer ses doléances, à savoir que les gens de Saint-André redoutaient d'être *berlurés* une fois de plus par les malicieux montagnards de Saint-Pierre. Et qu'ils rendraient le conseil municipal tout entier responsable si le fait s'avérait ! Fidèle à sa manière, le maître d'école l'a encouragé à parler sincèrement, mais ne l'a pas laissé ouvrir la bouche. Et l'adjoint a dû s'engager à envoyer Sarah aux préparations communes du certificat !

Heureusement, sa grande n'a pas une très bonne santé. Il pourra toujours prétexter un bobo pour la garder à la maison.

Paul Fontanes a eu moins de chance avec sa femme. Claire a décidé d'aller se reposer (et se « remplumer », dit-elle) deux semaines à Sète, dans sa famille. Elle emmènera Antoine et Fofette. Un peu plus tard, René ira passer quelques jours à Alès, chez son grand-père l'inspecteur... « Ah non ! » Paul n'est pas d'accord pour se laisser enlever son fils aîné, son meilleur sujet. Et les préparations de vacances ? Mlle Rachel rirait bien !

— Ma chérie, je te rappelle que l'année du certificat est commencée pour Antoine.

— Justement, elle n'est pas commencée. Et ses grands-parents ne l'ont pas vu depuis six mois.

— J'accepte qu'il parte trois ou quatre jours, mais pas plus. Tu pourras rester et garder ta gamine. Mais j'irai chercher Antoine au train, à Alès, pas plus tard que dimanche.

— Antoine sait très bien faire le voyage tout seul. Et comment iras-tu le chercher, puisque tu n'as pas d'auto ?

— Est-ce que tu me reprocherais par hasard de n'avoir pas d'auto ? Dis-le franchement. Je me réjouissais à l'idée que M. Laporte, le directeur de l'école de Saint-Jean, en avait acheté une et qu'il allait passer désormais toutes ses vacances, et ses jeudis et ses dimanches, en excursions et villégiatures au lieu de travailler avec ses candidats. N'est-ce pas une bonne nouvelle ?

Claire sourit. Son regard brille de malice derrière ses lunettes. Elle fait tourner son alliance autour de son doigt.

— Une très bonne nouvelle. Pour sa femme et ses enfants ! Moi, je ne tiens pas à avoir une auto, et il ne me semble pas que notre budget le permettra avant longtemps. Je te dis que notre Antoine passera quinze jours chez ses grands-parents, au bord de la mer, comme tous les ans !

Paul Fontanes se frotte longuement le menton.

— Certes, certes. Eh bien, eh bien...

Claire lui pose un baiser rapide au coin de la bouche.

— Tu te débrouilleras, n'est-ce pas, mon chéri ?

9.

Rédaction. 1. *Louisette va voir ses grands-parents.*

Le train entre en gare, elle s'installe dans son compartiment... Le train repart; par la vitre, elle voit... Le train s'arrête... Ce fut un charmant voyage (le sujet peut être traité sous forme de lettre : Louisette, arrivée chez ses grands-parents, écrit à sa mère pour lui raconter son charmant voyage).

A. Souché, *La Lecture expressive et le français..., op. cit.*

2. *Les vaches regardent passer le petit train : elles décrivent à leur façon ce long animal noir dont l'aspect et les habitudes leur paraissent étranges. (Faites-les parler.)*

A. Souché, *La Lecture littéraire et le français..., op. cit.*

On peut aller à Alès par le car ou par le train. Le car a l'avantage de passer par Saint-André : il s'arrête pour ainsi dire devant la porte de l'école. Le train, on est obligé d'aller le prendre à Générargues ou à Corbès, mais c'est plus amusant, surtout que la machine à vapeur est maintenant remplacée, le plus souvent, par *une* superbe autorail. Ninikoff espérait prendre le vélo de papa et de Davy pour aller à la gare et même, peut-être, l'emporter à Alès pour rouler aux abords de la ville. Papa n'a pas voulu. « J'en ai besoin pour aller voir Mlle Rachel. — Mais ça monte trop pour y aller en vélo, papa. — On ne répond pas à son père. Tu me feras dix lignes ! »

Les dix lignes faites, Ninikoff profite un matin de la carriole d'Avenant Constant, le père de Jeannot. Il s'est muni de sa mallette en carton et de son sac bleu. Il a emporté son Mironneau, sa *Langue française*, son arithmétique et sa géographie. Aucun « livre de bibliothèque » : grand-père l'inspecteur en a à se cacher derrière. Mais il a pris dans un vieux tas de son frère des Gustave Aimard dépareillés, à vingt centimes (presque le même prix que les « livres sur la vie ») : *Les Rôdeurs de frontières, Les Chercheurs de pistes*...

Il sait bien pourquoi le partage familial se fait désormais ainsi, l'aîné et la benjamine chez les grands-parents maternels, et lui chez grand-père l'inspecteur. Tout simplement, Davy avait pris l'habitude de se servir au grenier de grand-père l'inspecteur, et peut-être pas rien qu'au grenier. Par exemple, il a chipé une statuette et du linge pour les vendre au chiffonnier, et quelques cartes postales de la guerre, qui représentaient des dames en train de se déshabiller... Surtout, il a mis sous sa chemise un cahier où grand-père préparait sa classe, avant d'être inspecteur, au début du siècle. Entre les dictées, les problèmes et les récitations, le jeune instituteur écrivait ses vers à lui, pour la classe (c'était ce qu'il appelait « l'école de Jules Verne ») ou pour sa fiancée, Mlle Rachel. Et quelquefois, même, il recopiait des chansons sales... Enfin, c'est Suzon, sa gouvernante, qui le dit, Ninikoff ne voit pas très bien comment une chanson pourrait être propre ou sale. Mais beaucoup de choses lui échappent encore dans la façon de penser des grandes personnes. Tavou Maucloux le moque plus souvent qu'à son tour. « Toi, t'es pas précoce, faon de biche. Tu feras Pâques à la Trinité, à moins que tu soyes tombé dans un pipi de chien pour la Pentecôte ! » N'empêche qu'il est maintenant le seul des trois enfants Fontanes à être invité au pavillon du faubourg du Soleil. Le seul à trouver grâce à la fois auprès de grand-père l'inspecteur et de la gouvernante Suzon... Un jour, peut-être, il héritera des cahiers, des albums et des secrets de grand-père l'inspecteur.

Pour un peu, il se rengorgerait en sautant sur le quai de la gare d'Alès, son sac bleu à l'épaule, sa valise à la main, bien à l'aise dans ses sandalettes neuves. Seul point noir, la culotte que sa mère a taillée un peu long, qui lui bat les genoux et remonte sur son ventre. Mais il se console en rigolant d'un garçon, à peine plus jeune que lui, affublé d'un costume marin et d'une mère gesticulante, à la poitrine trop forte et au chapeau immense. Quelle chance d'avoir une maman jolie et douce, toujours vêtue avec goût, la poitrine menue, et presque jamais maquillée !

Et voilà la Suzon qui lui fait signe, la main levée, au-dessus des têtes. Il se rctient de courir la rejoindre, promène un regard distrait vers les collines qui surplombent la gare. Il aime bien la Suzon de grand-père l'inspecteur, seulement il ne voudrait pas que les gens la prennent pour sa mère.

Devant Suzon, il se raidit de toutes ses forces. Il ne veut pas qu'elle le soulève dans ses bras. Il n'est plus un petit et il espère à cœur perdu qu'elle s'en rendra compte elle-même.

Suzon Bonnet est une grande femme, à la fois osseuse de la figure et des membres et bien en chair partout ailleurs. Fraîche et avenante malgré son âge, elle a un beau nez, bien dessiné, un peu long comme toute sa personne, de la tête aux pieds, et une bouche magnifique, large, épaisse, rieuse et rouge. Le boucher la traite de « belle jument ». Ce n'est pas le genre de comparaison que Ninikoff oserait employer dans une rédaction — comparer une dame gouvernante à une femelle de cheval, quelle impolitesse ! — mais, en y songeant, il y a du vrai dans l'idée.

Ils sont face à face, se regardent, se sourient. Suzon le salue d'une moue d'admiration.

— Dis donc, comme tu as grandi ! Te voilà un petit homme, mon René... Et moi ? Tu ne me trouves pas en beauté ?

Elle se pavane un peu mais ne le soulève ni ne le serre, c'est l'essentiel.

— Je me suis mise sur mon trente et un pour venir te chercher au train, petit bougre, tu en as de la chance. M. l'inspecteur n'est pas ici aujourd'hui, nous serons obligés de nous débrouiller seuls, mais on s'entend bien tous les deux, pas vrai ? Et puis M. l'inspecteur rentre demain, rassure-toi.

Ninikoff scrute la gouvernante le nez froncé. Par chance, elle fait toujours la demande et la réponse. Son trente et un ? Qu'est-ce qu'elle veut dire ? Qu'elle a trente et un ans ? Elle ment, elle est plus vieille !

Elle continue à *barjiquer* sans reprendre son souffle.

— J'étrenne ma nouvelle robe et un chapeau quasi neuf pour mon petit René. Mon petit René ne me croit pas ? Je vais te dire un secret. C'est demain l'anniversaire de M. l'inspecteur. Nous allons lui faire une petite fête, je me suis acheté une robe, mais j'ai voulu l'essayer aujourd'hui pour voir s'il n'y avait pas de retouches à faire. Et puis tu me donneras ton avis, pas vrai ?

Ninikoff n'a pas d'avis sur la robe de Suzon, mais

il a remarqué la dentelle d'un jupon qui dépasse sous l'ourlet.

— Y a ton jupon qui dépasse, dit-il sur un ton insouciant.

Suzon rougit, part de rire, serre la main de Ninikoff.

— Chut ! C'est pour la fête de M. l'inspecteur, il aime bien que mon jupon dépasse. Cet après-midi, nous irons lui acheter une pipe tous les deux...

— Une pipe ? Je savais pas qu'il fumait.

— Il va essayer, c'est promis.

Suzon et Ninikoff sortent sur la place, au grand soleil, mêlés à la foule descendue de l'autorail. Un car, trois ou quatre autos et plusieurs carrioles à cheval, cabriolets ou jardinières, dispersés sur la longue place, accueillent les voyageurs et leurs bagages. Ninikoff observe une grosse Voisin au mufle épais. Le rebord du toit abaissé lui donne l'air de froncer les sourcils. Le pare-brise est si étroit que le chauffeur pourrait jouer à être dans un tank de guerre !

La voiture la plus laide que connaisse Ninikoff est la Renault de grand-père l'inspecteur. Toutes les Renault sont laides, à cause de leur nez écrasé. Quand même, il serait bien content de la voir là, arrêtée sur la place ou devant le café d'en face : le faubourg n'est pas la porte à côté.

Mais Suzon se dirige à grands pas vers une Mathis rutilante, lourde, carrée, portant sur le toit la pancarte « Taxi ». Elle se retourne avec un sourire de fierté sur sa large bouche.

— Je nous paie un taxi avec mes économies, pour fêter l'anniversaire de M. l'inspecteur !

Ninikoff devrait sauter de joie, il n'est jamais monté dans un taxi. Mais, à l'instant, il est pris d'un étourdissement. C'est de famille, ça vient du côté de maman... Il a tout juste le temps de sortir son mouchoir pour se tamponner les narines.

— Je saigne, Suzon, et la tête me tourne !

Le chauffeur de taxi relève son béret sur son front, crache son mégot et fixe la cliente et son gamin d'un œil furibond.

— Vous allez pas me tacher mes coussins neufs avec votre sanguette !

Ninikoff renifle, s'étouffe, éternue un caillot. Suzon se rebiffe.

— Mon vieux, vos coussins, vous pouvez vous les mettre sous le derrière. Viens, mon René, allons au café te soigner !

Ninikoff saigne beaucoup en traversant l'avenue de la gare. L'hémorragie s'arrête à la porte du café, une limonade achève de le remettre d'aplomb. Un voisin qui passait par là les ramène au faubourg une demi-heure plus tard, dans sa carriole à cheval.

Suzon, toujours furieuse, marmonne des injures à l'adresse du chauffeur de taxi. Ninikoff n'a pas faim, il demande à aller se coucher. Suzon lui touche le front, le force à ouvrir grande la bouche pour examiner ses amygdales.

— Tu serais pas malade, toi, par effet d'hasard ?

— Non, non, répond Ninikoff. C'est juste de famille.

— Mais quoi donc ?

— Ça vient de ma mère qui maigrit tout le temps.

— Ah donc ? Ta mère maigrit tout le temps ? Et sait-on bien pourquoi ?

Sait-on bien pourquoi ? Papa se pose de temps en temps la question à haute voix. Il ne semble pas connaître la réponse. Mais Ninikoff a entendu maman discuter de son état avec Augustin Vignes, l'étudiant médecin, qui vient lui parler des nouvelles découvertes de la science. « Il y en a qui grossissent, vous, vous maigrissez, c'est la même chose... » Et maman a ri très fort, comme jamais elle ne rit en famille. « Vous voulez dire que je me dessèche à force d'ennui ? » Ninikoff a eu le souffle coupé. Quelle révélation, maman s'ennuie, c'est qu'elle n'est pas heureuse avec nous ! Mais elle ne parlait peut-être pas pour de bon, puisqu'elle continuait de rire très fort, si fort même qu'elle était obligée de tenir à deux mains sa poitrine pourtant menue. Alors Augustin a baissé la voix. « Je connais un remède, vous savez... » Le cœur de Ninikoff s'est mis à battre. « On est sauvés, Augustin qui est presque médecin connaît un remède pour empêcher maman de maigrir encore plus ! » Mais Augustin se taisait. Il s'est approché de maman comme pour lui dire le remède à l'oreille. Mais non, ils se sont regardés dans les yeux, en silence, un long moment. Ninikoff a donné sa langue au chat. Mais maman, Dieu sait comment, a compris le nom du remède. Elle a reculé d'un pas et a dit gravement : « Ce remède n'est plus de mon âge, Augustin... » Ninikoff a pensé : « Pas de chance. Enfin, espérons qu'Augustin, qui est très savant, trouvera un autre remède pour maman. »

— C'est que maman s'ennuie, Augustin l'a dit.

Suzon secoue son chignon, frappe du poing dans sa paume.

— Une maîtresse d'école qui s'ennuie, avec trois enfants, en plus de plus ? Eh bien, on en voit de jolies, de nos jours !

Après avoir dormi, Ninikoff se sent mieux. Suzon l'emmène en ville pour acheter les cadeaux de grand-père l'inspecteur.

— Une maison qui ne sent jamais le tabac, quelle tristesse pour moi ! Tu comprendras quand tu seras grand, mon petit René. C'est presque comme si je n'avais pas d'homme près de moi. Tu me trouves peut-être vieille, mais je... je n'ai que trente-six ans... enfin, trente-sept, bientôt trente-huit, je ne vois pas le temps passer. M. l'inspecteur est un homme bien vert pour son âge, et si gai, toujours le mot pour rire, et la dent dure pour les vilaines gens. Sans parler des poésies qu'il écrit pour moi... et aussi, je dois dire, pour des drôlesses ! Avant la guerre, il fumait comme la cheminée de la manufacture. Puis il a été gazé et il a dû arrêter, mais ses poumons sont guéris, à présent, et j'aimerais tant qu'il se remette à la pipe. Voilà pourquoi !

Après avoir visité plusieurs magasins et délibéré entre eux, Suzon et Ninikoff se décident pour une pipe droite en bruyère, « spéciale chasse et auto », avec un couvercle en bruyère, perforé de petits trous pour permettre la combustion. « Modèle pouvant sans danger se mettre allumé dans la poche... » Suzon sort trente francs de son porte-monnaie, sourit à Ninikoff et au marchand.

— M. l'inspecteur est si distrait.

Trente francs de plus au magasin d'en face : M. l'inspecteur aura aussi, pour son anniversaire, une casquette d'automobiliste, à bord de cuir et jugulaire.

— M. l'inspecteur fait beaucoup d'auto, cette casquette lui sera bien utile, dit Suzon.

Mais Ninikoff secoue la tête.

— Je vois pas comment, puisque son auto est pas décapotable !

Suzon se fâche tout rouge.

— Tu ne pouvais pas me le dire avant que je dépense mes sous, petit galopin ? Ah, tu croyais que je le savais ! Je n'ai pas fait attention, je ne connais rien aux automobiles, moi, pauvre femme.

Ninikoff ne se sent de goût à rien. La chaleur est terrible. Son étourdissement lui revient. Suzon lui permet de prendre des livres de bibliothèque sur les rayonnages du bureau de grand-père. Il choisit *Robur le conquérant*, qu'il a déjà lu, et *Un capitaine de quinze ans*, qu'il a commencé l'an dernier. Quelquefois, il voudrait bien avoir quinze ans et être capitaine. C'est pour le coup que la rouquine arrêterait de regarder Davy avec des yeux de truite sautée !

Mais il n'a pas envie de lire. Il n'a même pas envie d'être capitaine pour que la rouquine le regarde comme Davy.

Il n'a pas faim, il aimerait être très maigre. Et, soudain, il se voit tourner de l'œil, comme s'il planait au-dessus de lui-même. Il se retrouve au lit, tout nu, et la Suzon lui masse la poitrine et le ventre. Il a un peu honte d'être nu et, en même temps, il éprouve un trouble joyeux et s'abandonne.

Il se met à parler. Suzon l'écoute gravement puis elle rit, d'un rire complice. Ninikoff laisse un flot de mots jaillir de sa bouche. Voudrait-il les retenir qu'il ne le pourrait pas. Les aveux se poussent hors de lui, éclatent sur ses lèvres. Il s'entend raconter ainsi, de très loin, tout ce qui lui vient : Davy, Fofette, les parents, Augustin l'étudiant médecin, l'école de Jules Verne et celle de papa, les livres « sur la vie » et l'atroce baiser, les vers volés de Davy, Mlle Rachel et la rouquine aux pieds nus, son envie de s'évanouir ou de mourir parce que tout le monde aime Davy et personne ne l'aime, lui... « C'est pas vrai qu'il fait des vers, il les copie dans le cahier de grand-père l'inspecteur ! » Ninikoff s'aperçoit qu'il a commencé à trahir tous ses secrets et ceux de sa famille. Un remords lui pince le cœur. Mais il ne peut pas s'arrêter, les mots lui échappent, il boit ses larmes tout en parlant. Il se croyait digne de confiance et il a dégoisé, cafardé, mouchardé, cancané comme une vieille épicière. Il voudrait au moins se repentir et il ne peut pas. Il avait besoin de lâcher toutes ces choses qui bouillonnaient dans sa tête, dans son cœur, comme la bile qu'on doit vomir. Il se sent mieux, quoique faible et un peu fiévreux.

Suzon le regarde en souriant, lui caresse le front. Il a parlé si bas et si vite qu'elle l'a peut-être mal entendu quand il a cafardé Davy !

Ninikoff a été brûlant de fièvre pendant deux jours et il a dû garder la chambre, couvé et dorloté et câliné par Suzon. Elle lui a demandé s'il voulait qu'on prévienne son père, puisque sa mère est à Sète. « Il y a sans doute une cabine de téléphone à Saint-André... » Il l'a suppliée, d'une voix tremblante.

— Soigne-moi ici, Suzon, et ne dis rien au téléphone. Je ne veux pas retourner avec mon père !

Il s'endort quelques minutes. Un cauchemar le réveille. Il se cache la tête dans l'oreiller et somnole un moment. Il est si fatigué. Le même cauchemar revient aussitôt, c'est *Le Roi des Aulnes*, dans le livre de lecture du cours moyen, le fameux Mironneau.

« *Je t'aime, ta douce figure me plaît; et si tu résistes, je t'entraîne de force. — Père, père ! Voilà qu'il me saisit. Le roi des Aulnes m'a fait bien mal !* »

Il rêve qu'il lit cette histoire dans le Mironneau et qu'il la vit en même temps. Il voudrait s'arrêter, mais une force le pousse, il doit aller jusqu'au bout de la lecture.

« *Le père frissonne, il presse sur son cheval et serre sur sa poitrine l'enfant qui gémit. Il arrive chez lui à grand-peine : l'enfant était mort dans ses bras.* »

10.

Mais alors, voilà les petites violettes qui se haussent vers lui sur le bout de leurs tiges et qui lui disent doucement :

« Monsieur le sous-préfet, sentez-vous comme nous sentons bon ? »

Et les sources lui font sous la mousse une musique divine ; et dans les branches, au-dessus de sa tête, des tas de fauvettes viennent lui chanter leurs plus jolis airs ; et tout le petit bois conspire pour l'empêcher de composer son discours... M. le sous-préfet, grisé de parfums, ivre de musique, essaye vainement de résister au nouveau charme qui l'envahit. Il s'accoude sur l'herbe, dégrafe son bel habit, balbutie encore deux ou trois fois.

« Messieurs et chers administrés... Messieurs et chers admi... Messieurs et chers... »

Puis il envoie les administrés au diable.

Lorsque, au bout d'une heure, les gens de la sous-préfecture, inquiets de leur maître, sont entrés dans le petit bois, ils ont vu un spectacle qui les a fait reculer d'horreur... M. le sous-préfet était couché sur le ventre dans l'herbe... Il avait mis son habit bas... et, tout en mâchonnant des violettes, M. le sous-préfet faisait des vers.

Alphonse Daudet, in *Choix de lectures, cours moyen (certificat d'études),* par A. Mironneau.

Le troisième jour, la fièvre est tombée, et Suzon installe Ninikoff dans le petit salon du rez-de-chaussée. Un peu plus tard, elle lui remet un paquet de livres de bibliothèque, choisis par grand-père l'inspecteur dans ses rayons.

— Tiens, dit-elle, des histoires de chien, ça t'intéressera sûrement.

Ninikoff choisit un livre de Jack London. Il préférerait une histoire sur la vie et les atroces baisers. Mais sans doute est-il trop jeune pour comprendre ces choses qui lui font peur.

Il est guéri pour de bon.

Il guette grand-père l'inspecteur qui marche dans le jardin à petits pas, les mains derrière le dos, la tête penchée, les lèvres pincées. Suzon le montre à Ninikoff, d'un signe de tête, discrètement.

— Tu vois, quand il marche dans le jardin avec cet air-là, c'est qu'il cherche un méchant problème pour le certificat !

Puis grand-père entre dans la salle à manger, l'observe en silence, avec son regard spécial, lui caresse la tête et soupire. Ninikoff fait semblant de somnoler, mais guigne sous ses paupières mi-closes. Il en est sûr, maintenant, grand-père a quatre regards, les trois ordinaires et le spécial. Ninikoff connaît bien le « sévère pour rire » qui sert surtout pour Suzon. Il préfère le « brillant-pétillant », qui se cache derrière les lunettes et montre que grand-père est content en lui-même : on dirait presque qu'il va faire une blague. Le « regard à tout faire » est attentif, las, sincère et bon. Grand-père le lance quelquefois par-dessus ses lunettes qu'il baisse sur le bout de son nez... Le regard spécial, ma foi, Ninikoff ne l'a pas vu souvent, mais c'est bien le cas aujourd'hui. Il se pose en douceur, il attend, caresse, il a l'air de voir en dedans. Il écoute, il pardonne...

« Est-ce que Suzon lui a répété tout ce que j'ai dit quand j'avais la fièvre ? se demande Ninikoff. Sûrement, elle ne lui cache rien, mais je m'en fiche. Il ne m'en veut pas et il ne dira rien à papa. Et il est fâché contre Davy, à cause du cahier volé... »

— Je te propose un tour en auto, Ninikoff. Un tour en auto !

Il tire ses lunettes sur le bout de son nez et allume son regard numéro deux.

— Tu permets que je t'appelle Ninikoff ? C'était une histoire de *Guignol*, n'est-ce pas ? Ce nom me plaît bien.

Ninikoff se rengorge. René ne compte pas, n'existe pas, alors vive Ninikoff. Grand-père sort de son garage, au fond du jardin, la grosse Renault Vivasix gris-vert qui est son bonheur, sa fierté, le signe de sa réussite. Une auto qui a coûté bonbon et des cents et des mille... Mais un inspecteur, ça gagne bien, comme dit Suzon. « Conduite intérieure cinq places, seize chevaux-vapeur, cent deux kilomètres à l'heure... mais je n'ai jamais dépassé quatre-vingt-dix-neuf kilomètres à l'heure, c'est un principe. Tiens, si tu veux, on inventera un problème sur une auto qui roule à telle vitesse, etc. » Ninikoff veut bien : inventer des problèmes, c'est plus drôle que les chercher. Les inspecteurs ont bien de la chance.

— Et comment la trouves-tu, *ma bagnole* ?

Ninikoff se sent rougir. Papa ne permettrait pas qu'on dise « bagnole » pour automobile, mais un inspecteur a tous les droits, puisqu'il est le chef des maîtres d'école. Ninikoff considère la Vivasix. Elle fait quand même vieux. Les Renault anciennes ont toutes les fentes du radiateur sur le côté et en arrière du capot. On dirait des narines. Ça leur donne l'air d'une espèce de grosse bête en colère. Les nouvelles autos ont le radiateur tout à fait devant. C'est plus moderne.

— Elle est assez drôle, votre auto, grand-père. Elle fait penser à Jules Verne !

— A Jules Verne ? Ah, hum, tu as raison, à Jules Verne, bien sûr.

Nous vous aimons tant, monsieur Jules Verne
Envoyez les goélands et les sternes !

Ils roulent vers la plaine, au sud d'Alès. Grand-père déclare qu'il en a plein les bottes des routes de montagne.

— Toute l'année scolaire, il me faut aller visiter mes maîtres et mes maîtresses sur leurs corniches et leurs pitons. Passe encore pour les maîtresses... En vacances, vive la plaine !

Il se met à chanter :

Montés sur leur automobile
La colonelle et pis l'colon
S'en allaient s'promener à Joinville...

Il enchaîne aussitôt sur *Nuits de Chine, nuits câlines*.

Puis :

Paris
Reine du monde
Paris
C'est une blonde...

Ninikoff l'écoute, bouche bée, au bord de l'étourdissement de famille. Puis il se détend et rit. Grand-père lâche le volant et se prend la tête à deux mains.

— Ah, on peut dire que les blondes m'ont fait rêver. Pourtant, j'ai aimé une brune à la folie et j'en ai épousé une autre... que j'aimais un peu moins, je l'avoue. Paix à son âme. Tes parents t'ont déjà mené au cinéma, Ninikoff ?

Davy et Fofette sont déjà allés au cinéma, à Sète, avec maman ; mais papa ne veut pas qu'on aille au cinéma avant d'avoir le certificat. Ninikoff, tête basse, doit convenir qu'il n'a jamais vu aucun film. Grand-père l'inspecteur le fixe un instant de son regard spécial.

— Tu as un père têtu comme un âne rouge ! Je t'emmènerai voir *David Copperfield* dès qu'il sera projeté à Alès. Pour *Madame Bovary*, tu es sans doute un peu jeune. Bien que... à mon avis, garçons et filles, je le dis sans ambages, doivent découvrir très tôt les réalités de la vie.

Madame Bovary doit être un film sur la vie des hommes et des femmes. Ninikoff voudrait demander à son grand-père si on y voit un atroce baiser, mais il n'ose pas. D'ailleurs, l'inspecteur a déjà enfourché un autre dada.

— Je dois avouer que ton idée de faire carrière à l'armée coloniale ne m'emballe pas outre mesure. Je ne souhaite pas que tu deviennes instituteur, mais je crois que les colonies, c'est fini — pour parler sans détour. L'avenir est à l'aviation. Hélène Boucher, quelle aviatrice ! Et quelle femme, d'une rare beauté ! Et le nouvel hydravion Blériot, quelle pureté de ligne ! Et le Couzinet Arc-en-Ciel de Mermoz, une machine du futur ! Ah, si ma vie était à refaire, je serais pilote d'avion et j'épouserais une rousse aux yeux verts !

— Pourquoi une rousse aux yeux verts, grand-père ?

— Parce que les rousses aux yeux verts n'ont pas peur de l'aventure, souviens-t'en le moment venu, fiston !

Grand-père l'inspecteur se trémousse derrière son volant, qu'il martèle parfois à coups de poing, gloussant et s'esclaffant, comme si des pensées drôles, plaisantes, surprenantes lui passaient par la tête à une vitesse folle. Ninikoff a l'impression que son regard rase tout juste le pare-brise et qu'il doit à peine voir la route, ce qui ne l'empêche pas de rouler à plus de quatre-vingts kilomètres à l'heure sur les routes blanches...

Après avoir traversé plusieurs villages en semant l'effroi parmi les volailles ou, à l'occasion, dans un troupeau de chèvres mené par une très petite fille et un très vieux chien, la Vivasix s'arrête assez brusquement à l'entrée d'un bourg.

— Et voilà, dit grand-père l'inspecteur d'une voix grave, un lieu où j'ai déclamé bien des vers quand j'étais un jeune maître, où mon cœur est resté cloué au fronton de l'école comme une chouette sur une porte de grange... Descendons.

Grand-père l'inspecteur entraîne son petit-fils dans une ruelle ombragée et fraîche.

— Tu m'as gentiment souhaité mon anniversaire l'autre jour. J'aimerais te faire toucher du doigt que je n'ai pas toujours été un vieil homme un peu fou. Il y a... bien longtemps de ça, j'étais un jeune homme très fou. Ah oui, je voulais te dire aussi : la seule chose importante dans la vie, c'est l'amour. Alors, n'écoute ton cher papa que d'une oreille, ne te fais pas trop de mauvais sang pour l'école, le certificat, les études, ta carrière et toutes ces choses.

« Ne t'impatiente pas. Je reviens à mon histoire. Dans ce village exerçait, il y a bientôt quarante ans, une jeune maîtresse brune aux yeux bleus... Je place les brunes aux yeux bleus juste après les rousses aux yeux verts. Mais cette brune-là était spéciale : je la mettais au-dessus de toutes les autres. J'étais amoureux, Ninikoff. Tu sauras un jour ce que je veux dire.

Tu perdras la tête, tu seras heureux à en crier, tu souffriras comme un damné. Je te conduis à *mon rosier*. Il est toujours là, au coin d'un pré, à l'abri d'un mur abandonné. Il donne toujours, toute l'année, de petites roses rouges, minuscules et très parfumées. Il est immortel. Avant de rendre visite à Mlle Rachel, je venais cueillir quelques roses que je lui offrais. Je faisais exprès de me piquer et, quand nos doigts se joignaient, je tachais les siens de mon sang.

« Nous avions beaucoup d'affinités et d'idées communes, nous étions pour l'émancipation des femmes et pour la création d'un syndicat d'instituteurs. Mais il y avait surtout une grande attirance qui nous liait. J'avais présenté ma demande en mariage, Mlle Rachel ne m'avait pas encore répondu, disant qu'elle voulait me connaître mieux et mettre mes sentiments à l'épreuve. Je négligeais les devoirs sacrés de ma charge pour lui écrire des poèmes en vers de dix pieds, que je pissais à grands jets. Au début, elle était émerveillée. Plus tard, elle me disait : « Oh, mon Georges, je ne suis pas une bergère de roman. Tu ferais mieux de passer moins de temps à tes vers et un peu plus à ta classe et à tes études... » Oui, car j'avais repris mes études pour devenir inspecteur primaire. En effet, je négligeais ma classe et mes études, pas tant à cause des poèmes, que j'étais capable d'écrire à toute vitesse, mais plutôt en raison du temps que je perdais à rêver aux appas de ma belle. Ah, je te jure qu'elle était jolie, ma Rachel, de la tête aux pieds, elle me rendait fou. Je mettais donc en vers mon adulation, ma ferveur, mon désir... Ha ! ha ! ha ! elle ne savait pas tout. J'écrivais deux sortes de poèmes : les uns sentimentaux, honnêtes et bienséants que je remettais ou envoyais à ma fiancée. Les autres..., les autres, galants et licencieux, étaient pour moi seul. J'y racontais, pour calmer mon ardeur, mes rêves et désirs les plus secrets. Ma foi, dans les premiers je faisais rimer « iris » et « myosotis ». Dans les seconds, c'était plutôt « cuisses » et « délices ». Je te l'ai dit, j'étais un jeune homme très fou. Mais tu verras, tu verras... Je me souviens de quelques vers de l'école de Jules Verne que j'avais transformés pour elle.

Envoyez vite votre sous-marin
Il est rose, joli, tout en airain
Le voyage chasse tous les chagrins...

« Ce poème figure d'ailleurs dans le cahier que ton frère m'a chipé. Honte soit sur moi d'en avoir tiré ceci :

Mordre à ta bouche le fruit purpurin
Mûri en secret dans son doux écrin
Et l'amour chassera tous les chagrins !

« Tu ne peux pas comprendre, mon pauvre Ninikoff, mais ça viendra, tu verras, tu verras. J'ai été bien puni. En fait, nous avons été bien punis tous les deux. Le diable s'est mêlé de l'affaire, et un beau soir je me suis trompé : j'ai remis le mauvais poème à Mlle Rachel. Comme l'impatience me gagnait, il était assez cru, je pense. Tu es trop jeune pour comprendre, Ninikoff, mais tu verras, tu verras... Mlle Rachel était féministe, « suffragette », comme on dit de nos jours. Elle a pris mes pauvres vers, plus naïfs que méchants, pour une insulte à sa dignité.

Mûri en secret... L'amour chassera les chagrins... Ninikoff ne voit pas là de quoi fouetter un chat. Mais il y a *le fruit purpurin*. C'est un mot de poésie, qui veut dire « très rouge ». Mlle Rachel a dû confondre avec le purin, qui est le liquide du fumier : de la pisse de bête. Pour une maîtresse d'école, ce n'est pas malin ! Et les histoires des grandes personnes sont bien compliquées. En outre, celle-ci n'a pas l'air de s'arranger à la fin comme dans *Le Piège d'or*, de James Oliver Curwood. Ninikoff est très fier de recevoir les confidences de grand-père l'inspecteur, car Davy ne les aura jamais. En même temps, il se sent très malheureux. Il soupçonne la vie d'être un engrenage de tribulations sans fin. A se demander si ça vaut la peine de passer son certificat !

Bien sûr, il est trop jeune pour comprendre. Alors, il essaie de tout se rappeler pour plus tard, quand il sera sergent à la coloniale ou pilote d'un Couzinet Arc-en-Ciel.

Grand-père poursuit son récit, d'une voix tantôt véhémente, tantôt retenue, réduite à un souffle.

— Mlle Rachel n'a pas voulu me revoir, elle m'a renvoyé mes lettres, elle n'a accepté aucune excuse. Tu dis : bien fait pour moi ? Quand même dommage... L'époque voulait ça. Six mois après, Mlle Rachel m'a écrit un mot d'adieu, en me disant qu'elle ne se marierait jamais. Jolie comme elle était, les propositions ne lui ont pas manqué, jusqu'à trente ans et plus. Mais elle a tenu parole. Je crois qu'elle m'aimait.

« Je l'ai revue vingt ans après, au cours d'une inspection que je ne pouvais plus différer. Elle avait à peine changé, toujours aussi ravissante, piquante, adorable. Ç'a été terrible, je n'ai pas pu finir mon inspection. J'ai pris la fuite pour ne pas me ridiculiser devant les enfants. Et, Dieu me pardonne, Mlle Rachel m'a regardé partir avec un sourire de triomphe !

Ninikoff résiste à la montée des larmes. Il ne sait pas trop s'il a envie de pleurer sur les malheurs du jeune homme qu'était grand-père, il y a quarante ans, pour ainsi dire l'éternité, ou sur sa solitude à lui, aujourd'hui, son inquiétude, sa peur devant les mystères de la vie qui le cernent comme des ombres ennemies, la nuit au fond du bois.

Ils arrivent enfin au rosier de grand-père. Hélas, le pauvre arbuste est quasi recouvert par les pierres du mur qui l'abritait autrefois. La seule tige qui sort encore de terre est aux trois quarts brûlée par la canicule. Il n'a plus de roses, rien que des épines. A vrai dire, ce n'est pas trop la saison des roses, et grand-père n'y a pas songé. Il secoue la tête, pose la main sur l'épaule de Ninikoff.

— Bien, bien. Ma foi, hum, hum... Que dirais-tu d'aller boire une limonade fraîche au café du village, Ninikoff ?

Sur le chemin du retour, grand-père, qui a bu deux verres de blanc, conduit en s'amusant, avec de grands gestes, des grimaces, des coups de klaxon répétés pour effrayer les animaux. Il rit, s'exclame pour un rien. Ninikoff s'est retiré en son for intérieur et laisse couler ses larmes.

— Tu pleures, fiston ? dit grand-père. C'est d'un bon naturel. Les femmes, vois-tu, nous sont supérieures par la grâce des larmes. J'espère pour toi que tu garderas ton cœur d'enfant en grandissant. Si j'avais su pleurer autrefois, je crois que Mlle Rachel aurait été bouleversée et qu'elle m'aurait pardonné.

Il se tait, vise le milieu de la route, les mains serrées sur le volant. Ninikoff ose enfin poser la question qui le tourmentait depuis un moment.

— Grand-père, Mlle Rachel, c'est elle la maîtresse de Saint-Pierre-du-Mont ?

— Ma foi, c'est elle, dit grand-père. Elle ne vit que pour son métier. C'est une très bonne institutrice, la meilleure peut-être de l'arrondissement. Elle ne se contente pas d'enseigner avec passion, d'apprendre aux élèves l'orthographe, le calcul, la lecture, la rédaction et toutes les matières du programme. Elle leur ouvre les yeux sur le monde, elle s'attache à développer chez tous les dons du cœur, en respectant la personnalité de chacun. Elle prépare les enfants à la vie en même temps qu'au certificat. Mais nul n'est parfait et elle a gardé ses marottes d'autrefois, qui se sont même aggravées avec l'âge. Elle est une laïque forcenée et le nom du bon Dieu lui écorche les oreilles. Elle ne veut plus l'entendre dans sa classe. Et puis elle est plus que jamais persuadée que les femmes sont asservies, exploitées et persécutées par les hommes. Elle jure qu'elle méprise les honneurs, mais elle a une terrible faiblesse. Ah, sais-tu, sais-tu ? Elle se désespère de prendre bientôt sa retraite sans avoir jamais décroché de prix cantonal au certificat. Quelle bêtise ! Ça me consolerait presque de ne pas l'avoir épousée !

Ninikoff n'écoute plus son grand-père que d'une oreille. Il tripote ses doigts pour compter, en douce, à gauche, au bord de son siège. Il a entrepris d'inventer des vers de dix pieds. Au moins deux, un tout seul, sans la rime, ça ne veut rien dire. Il a déjà trouvé :

La petite fille en robe d'été
Danse pieds nus dans le pré...

Il n'est pas sûr que la rime soit bonne. Et puis, à propos de pieds, il en manque trois au second vers !

Deuxième partie

RENTRÉE, AUTOMNE, HIVER

1.

Je vais vous dire ce que me rappellent, tous les ans, le ciel agité de l'automne et les feuilles qui jaunissent dans les arbres qui frissonnent ; je vais vous dire ce que je vois quand je traverse le Luxembourg dans les premiers jours d'octobre, alors qu'il est un peu triste et plus beau que jamais, car c'est le temps où les feuilles tombent une à une sur les blanches épaules des statues.

Ce que je vois alors dans ce jardin, c'est un petit bonhomme qui, les mains dans ses poches et sa gibecière au dos, s'en va au collège en sautillant comme un moineau. Ma pensée seule le voit, car ce petit bonhomme est une ombre : c'est l'ombre du moi que j'étais il y a vingt-cinq ans.

(...) Il y a vingt-cinq ans, à pareille époque, il traversait, avant huit heures, ce beau jardin pour aller en classe. Il avait le cœur un peu serré : c'était la rentrée.

Anatole France, *Le Livre de mon ami*,
in *Choix de lectures,*
cours moyen (certificat d'études),
par A. Mironneau ;
La Lecture littéraire et le français au
certificat d'études primaires,
par A. Souché ;
La Langue française par la dictée, cours
moyen et supérieur,
par L. Dessaint et H. Douillet.

Saint-André-la-Vallée.

La première heure est passée. Les nouveaux (deux « vrais nouveaux », arrivés dans la commune pendant l'été) et les « montants », ceux qui viennent de la petite classe, sont maintenant installés à leurs bancs. Les sept du certificat occupent la travée centrale, la plus courte, car elle est située entre le bureau du maître et le poêle. Elle compte quatre bancs de deux places ; au dernier banc, juste devant le poêle, Ninikoff se sent minuscule à côté du gros César Rouvière. Il travaillera avec la division du certificat mais ne passera pas l'examen cette année. Il a devant lui la petite Daudinette, Alix Daudé, à peine plus âgée que lui, et encore plus menue. Il ne pourra pas s'abriter derrière son dos pour se dissiper : papa y a veillé.

Papa, le maître. Ninikoff médite une fois de plus sur la malchance qui a fait de lui le fils d'un instituteur réputé sévère et le frère cadet d'un champion, voué au prix cantonal. Il se tortille sur son banc et cherche à mieux s'asseoir. Il hume en secret les odeurs familières de la classe, l'encre, la craie, le plancher lavé à l'eau de Javel, les vêtements neufs, les cheveux des filles... Le regard de son père tombe sur lui.

— René Fontanes, tu n'écoutes pas !

Bon, papa a déjà commencé sa causerie de la rentrée. Un seul mot a pénétré le cerveau un peu embrumé de Ninikoff : certificat. Les sept ont dressé la tête. Non, Marie Jauffret, qui se sait en balance et consent humblement à son infériorité, a tout au contraire aplati les épaules et baissé le front au ras de son cahier. Ninikoff aurait bien voulu être à côté de Marie : ils auraient pu unir leurs infortunes. Le père de Marie est doux et triste, jamais il ne réprimande ni ne punit ; mais il est malade et il va peut-être mourir. Et Marie devra travailler l'an prochain, elle voudrait tellement avoir le certificat.

Les autres... Ninikoff ne se connaît aucun ami parmi les garçons. Davy ne le permettrait pas. Les grandes filles sont inapprochables. La classe est mixte, mais garçons et filles ne se mêlent pas à la récréation. Les autres ont le chemin pour parler et se connaître. Lui seul est toujours tout seul.

— Ce matin de rentrée, par exception, dit le maître, nous aurons une heure entière de morale. Je ne crois pas que ce soit du luxe. Dites-vous bien ceci, mes enfants : l'instruction que vous recevez, si utile et bonne qu'elle soit, ne vaut rien sans les qualités morales qui la feront fructifier. « La vertu est toute dans l'effort », disait Anatole France, dont nous lirons tout à l'heure une page, comme chaque année.

« Ainsi, la volonté, le courage dans l'effort seront les vertus que nous cultiverons particulièrement l'année du certificat, sans oublier l'honnêteté, la loyauté. Nous parlerons aussi de la politesse, que nous apprendrons à mieux pratiquer, et de la tempérance. Il y a bien d'autres qualités morales, aussi nécessaires, et peut-être plus encore, que l'instruction. Je citerai la prudence, la patience, l'humilité, la bonne humeur... Nous les retrouverons, avec d'autres encore, au cours des leçons de morale et d'instruction civique, chaque matin, et dans nos lectures, surtout la lecture des fables.

« La leçon, aujourd'hui, ce n'est pas moi qui la ferai, mais vos camarades du certificat. Chacun son tour, ils vous proposeront un sujet, vous choisirez celui que vous voudrez entendre développer. Les sept du certificat ont eu à préparer une réflexion sur un sujet de leur choix. Quelques-uns ont sans doute oublié cet exercice, d'autres n'ont peut-être pas eu le temps d'y penser... Nous allons voir. Qui veut commencer ? Une fille ?

Le maître se tait. Un silence complet se fait dans la classe.

Thirza Favantin, que tout le monde appelle la Favantinette, se lève, au premier rang à gauche. Le maître la fixe d'un regard approbateur. « Bien, bien, Thirza... » Thirza est une grande fille brune, au visage allongé, aux yeux larges et clairs, aux cheveux réunis en une grosse natte, qu'elle jette sans cesse d'une épaule à l'autre. Elle est vêtue d'un tablier noir dont les manches tombent jusqu'à ses mains et parfois les cachent complètement. Le maître descend de l'estrade et vient se placer face au premier banc. Thirza tourne un peu la tête, Ninikoff la voit rougir. Avec son teint mat, le rose de l'émotion vire tout de suite à l'écarlate sur ses joues.

— Thirza, dit le maître, lis-nous l'extrait que tu as recopié.

Thirza ouvre son cahier et commence sa lecture d'une toute petite voix, puis se reprend et termine sur un ton de défi.

— *Conseils aux jeunes filles de la campagne. Fille de village, ne rêve point de la vie des villes, ne déserte point la ferme, ne te laisse pas tromper par les apparences, ne va pas où l'on étouffe, reste où l'on respire. Dieu t'a donné des joies pures, de douces espérances et des besoins modestes ; ne les change pas contre les joies factices, les espérances folles et les besoins immodérés...*

L'auteur, P. Joigneaux, ayant développé ce thème avec un certain lyrisme, conclut par un avis très ferme : *Vis doucement, modestement et heureusement.* Thirza se rassoit, le maître hoche la tête plusieurs fois, en tous sens.

Sarah Javols, l'aînée de l'adjoint, une forte fille

aux cheveux châtains, au visage bien dessiné, harmonieux mais dur, se lève ensuite pour proposer un apologue de Franklin sur l'orgueil et la vanité. *L'orgueil est un mendiant qui crie aussi haut que le besoin et qui est bien plus insatiable...* Sarah lit d'une voix posée, un peu traînante. Elle « met le ton », plutôt deux fois qu'une. A la fin, elle se retourne vers ses camarades du certificat, avec un sourire triomphant. Sarah se sent à l'aise en donneuse de leçons.

Davy lui succède, avec une brève lecture sur la persévérance.

— *Écoliers, soyez persévérants. Ne vous laissez pas rebuter par les difficultés que vous rencontrez. Rien ne s'acquiert sans un peu de peine, c'est-à-dire sans l'effort constant commandé par la volonté...*

Davy s'est mis debout sur une jambe, il se rassoit aussitôt pour lire d'un ton pressé. Il termine en gloussant, se retourne aussi vers les camarades, salue d'un signe de tête, comme pour dire : « Ça m'embête autant que vous, mais c'est le jeu ! »

César Rouvière, son tour venu, cause une surprise plus grosse que lui en annonçant une lecture sur les impôts.

— *C'est un devoir de payer l'impôt car, sans les contributions de chaque citoyen, l'État n'aurait pas de budget et ne pourrait pas faire fonctionner les services dont il est chargé. Cet argent, d'ailleurs, est voté par les représentants du pays, nommés à cet effet, et l'emploi en est surveillé par eux. Dès lors, le citoyen n'a rien à craindre, on ne lui demande pas plus qu'il ne faut, et nul emploi illégitime ne peut être fait de ses fonds...*

Le maître, conscient du peu d'intérêt suscité par le sujet, approuve avec de petits signes de tête répétés.

— César, dis-moi, pourquoi as-tu choisi cette lecture ?

César rentre le cou dans les épaules, comme s'il voulait cacher sa belle carrure.

— Parce que j'aimerais être commis de perception, m'sieu !

Des chuchotements et des rires étouffés montent dans la classe. Tout le monde au village s'amuse à l'idée qu'un solide gaillard, un costaud comme César, ait pu choisir un métier de bureau. « Tu seras assez fort pour lever ta plume, César ? Et le tampon-buvard, tu y arriveras ? »

Jeannot Constant et la Daudinette n'ont rien préparé. C'est au tour de Marie Jauffret, une gamine efflanquée, aux cheveux châtain clair, toujours en désordre, avec d'immenses yeux bleus qui lui mangent la figure. Elle se lève en se cognant à son banc pour annoncer : « La famille. » Puis elle se rassoit, tout aussi maladroitement, et commence à lire en bafouillant.

— *Quand on vit ensemble, quand on s'aime les uns les autres, quand chacun aime les autres plus que soi, quand il est heureux de ce qui leur arrive de bien, malheureux de ce qui leur arrive de mal, quand il est prêt à les soigner s'ils ont besoin de lui, à les défendre si on les attaque, quand il aime mieux souffrir que de les voir souffrir et qu'on n'est tous ensemble qu'un seul cœur, cela, c'est la famille.*

Elle a dû se forcer pour lire les derniers mots. Tout le monde attend la suite, mais il n'y a pas de suite, c'est fini. Marie se tait, penche la tête et se cache la figure dans les mains.

— Bien, bon, dit le maître. Jeannot Constant ? Alix Daudé ? Vous n'avez vraiment rien à nous proposer ? Ce sera pour une autre fois. Nous allons donc voter... Oui, toute la classe, bien sûr, sauf l'intéressé, ça va de soi. A main levée. Qui veut entendre Thirza Favantin développer sa leçon sur les « conseils aux jeunes filles de la campagne » ? Levez la main.

Les anciens de la classe ont l'habitude du vote à main levée, pédagogie inspirée de l'École émancipée et de la méthode Freinet. Les nouveaux et les montants sont un peu étonnés. Il s'ensuit des échanges de regards, des bras qui se tendent, puis s'abaissent, des gestes en tous sens, incertains, réprimés. Il y a d'abord une dizaine de mains en l'air, deux se baissent, puis trois, puis quatre. En fin de compte, Thirza aura cinq voix. Elle balaie la classe d'un coup d'œil étonné, déçu, offensé.

Ninikoff est de ceux qui ont levé la main puis l'ont tout de suite baissée. Il avait l'intention de donner sa voix à tous : il déborde d'affection pour ses camarades, filles et garçons, et puis c'est son naturel, il ne veut faire de peine à personne. Il s'est rappelé soudain que ce n'était pas possible, qu'il devait choisir.

Bon, papa annonce déjà le second vote.

— Qui veut entendre Sarah Javols développer sa leçon sur l'orgueil ? Levez la main.

Alors là, c'est intéressant. Rien ne vaut le meunier pour parler de la farine. Sarah pète d'orgueil, sa mère veut même qu'elle épouse un pasteur, plus tard. Dix mains se lèvent, puis se baissent, une à une. Les montants commencent à comprendre la règle du jeu. Sarah n'aura que trois voix. Elle jette un regard noir à ses voisins et au maître, croise les bras, fixe la carte muette du mur, et ses lèvres remuent comme si elle nommait en silence les montagnes et les fleuves.

— Qui veut entendre *monsieur* Antoine Fontanes persévérer dans la persévérance ? demande papa sur un ton sévère et moqueur. Personne ? Ah si, j'en vois quatre, trois... deux... quatre, qui se dévouent en bons camarades. Tavou Maucloux, bien sûr... Et qui est pour « le devoir de payer l'impôt », par notre futur commis de perception, César Rouvière ? Deux ? Un... Un seul. Une voix pour César. Marie Jauffret, la famille ? Qui veut entendre Marie parler de la famille ?

D'abord, la classe entière se fige, pas un corps ne bouge. La main d'une petite fille du cours moyen première année, tout au fond de la classe, se lève la première. Une autre suit devant, trois, quatre, dix... trente... toute la classe !

Marie se met à hurler :

— Non, pas moi, je veux pas, je saurai pas !

Le maître tempête.

— Ça ne marche pas comme ça ! On ne peut pas voter pour deux ! En totalisant les voix de chaque candidat, je veux trouver le nombre d'élèves de la classe, trente et un !

Quelques mains se baissent. Il en reste vingt-cinq, finalement. Paul Fontanes fait ses comptes.

— Bien, bien, hum, hum ! C'est Marie Jauffret qui l'emporte..., euh... haut la main, ma petite Marie. Tous mes compliments. Tu as un quart d'heure pour nous parler de la famille. Nous sommes tout ouïe.

Ninikoff est de ceux qui ont voté deux fois. Il a levé la main pour Davy. Même si Davy a volé le cahier de grand-père l'inspecteur pour s'attribuer l'école de Jules Verne et les poésies, Ninikoff l'admire toujours, et puis c'est son frère. Mais il a donné sa vraie voix à Marie Jauffret, comme tout le monde.

Marie, debout, pousse des cris perçants, se retourne vers le fond de la classe. Elle se trouve nez à nez avec César, hilare et encombré de sa personne. Elle s'apprête à lui tirer la langue, se retient, fixe Ninikoff une seconde, les yeux dans les yeux. Ninikoff en a le souffle coupé. Puis elle quitte sa place pour se précipiter dehors. Le maître l'arrête, lui prend le poignet.

— Marie, Marie, calme-toi.

— S'il vous plaît, monsieur, je voudrais sortir une minute.

Elle lui échappe et s'enfuit dans la cour.

— Bien, bien, bon, dit Paul Fontanes en se frottant les mains.

Ninikoff guette papa, qui marche les épaules basses, l'air ennuyé. La classe paraît tendue. Personne ne se moque de Marie, ce qui est bien étonnant en de telles circonstances. Même Tavou Maucloux ne ricane pas.

Marie rentre en classe, le front et les joues ruisselantes. Elle s'est aspergée à la pompe, et l'eau dégouline sur son tablier. Ses cheveux collent à ses joues, elle a la bouche pincée, les yeux agrandis, l'air fiévreux, elle est mignonne à croquer. Elle s'installe à sa place sans un mot, s'assoit, se relève aussitôt et, d'une voix blanche, annonce :

— Je vais parler de... de la... famille...

Un hoquet lui coupe la voix.

— Calme-toi, ma fille, dit le maître, mais ça sonne faux parce qu'il est aussi très énervé, et on croirait qu'il lui en veut. Allons, allons, nous t'écoutons tous avec bienveillance. Parle-nous de ta famille.

Mon Dieu, comme elle a l'air maigre, menue, frêle, fragile, à côté des grands et des grandes, tous de belle stature et de santé florissante ! Elle vacille sur ses jambes, tousse, se passe la main sur la figure.

— Ma famille est tout pour moi. Je l'aime..., je l'aime beaucoup. Mais mon papa...

Elle se remet à hoqueter, se cache les yeux sous ses paumes.

— Mon papa est malade. Il a une maladie très grave. Dans ma famille, on est tous malheureux. Et moi...

Elle se met à crier, à sangloter.

— Moi, j'aurai jamais le certificat, je suis trop mauvaise !

Le maître la fait asseoir.

— Allons, allons...

De petits sanglots lui secouent la poitrine. Personne ne rit. A ce moment, la classe de Mme Fontanes sort en chantant. Par la porte que Marie a mal refermée, les grands écoutent un instant la chanson des petits.

Nous n'irons plus au bois
Les lauriers sont coupés
La belle que voilà les a tous ramassés
Entrez dans la danse
Voyez comme on danse
Dansez, sautez
Choisissez qui vous voudrez...

Les grands se regardent, sourient.

Ninikoff songe : « Quel bonheur ça doit être de vivre dans une famille comme la famille de Marie, où tout le monde s'aime bien ! »

2.

Saint-Pierre-du-Mont.

La rentrée. Rédaction de Marguerite Robert (Pascaline).

La rentrée des classes tombe en général le 1er octobre, mais ça dépend du calendrier. Cette année, ça tombe un mardi, on n'a pas gagné de jour mais tant pis.

J'ai un tablier à carreaux rouges que mon parrain m'a offert. Je suis la seule parmi les grandes à porter un tablier à carreaux, de couleur vive, et maman a dit que c'était un peu voyant. Alors, j'ai dit : « Comme ça, les automobilistes s'arrêteront en me voyant, ils ne risqueront pas de m'écraser sur la route ! » J'ai aussi des souliers comme à Alès, et mon parrain m'a même payé du linge de jeune fille, mais ce n'est pas poli d'en parler. J'ai encore mon cartable de l'an dernier, vu qu'il est en cuir, et il m'en offrira un neuf pour le certificat, alors je pourrai donner le vieux à une copine, comme je n'ai ni frère ni sœur, heureusement (parce qu'on aurait beaucoup de peine à les nourrir depuis que mon père a eu son accident).

A part ça, la rentrée s'est passée comme d'habitude, avec du bazar, à cause des tout-petits qui pleuraient, alors la demoiselle était obligée de s'occuper d'eux. Les grandes et les grands en profitaient pour faire les fous. Il faut dire que la commune de Saint-Pierre-du-Mont est petite et peu peuplée (même qu'on n'y serait jamais venus habiter sans l'accident de papa). Alors, il n'y a qu'une seule classe à l'école, et on est tous mélangés, les grands et les petits, les filles et les garçons. Quand je suis arrivée d'Alès, j'étais folle avec tous ces drôles dans les jambes, ces « moutchachous » comme dit mon parrain. Surtout que certains ne sont pas propres et ils ont quelquefois la pudécine, la mauvaise odeur. Je ne parle pas de pipi-caca !

Cette année, je suis la plus grande des filles, avec Madeleine B., mais comme elle n'est pas pour le certificat, c'est à moi de donner le ton aux autres. Alors, j'aurai toujours le sourire, je dirai des blagues de temps en temps et j'avantagerai les plus propres. Heureusement qu'on est dans les Cévennes. Il y a des départements de la carte où on ne se lave jamais, parce qu'on ne lit pas la Bible et que les bonnes sœurs le défendent !

Le matin de la rentrée, la cour s'est remplie d'enfants et de filles, surtout des grandes. Il en manquait beaucoup qui étaient restés à la maison pour aider leurs parents. Les uns criaient et s'appelaient, on chantait même les chansons de l'an dernier. Les petits pleuraient dans les jupes de leur mère ou de leur grande sœur. Je n'aimerais pas être institutrice, et en plus on ne peut se marier qu'avec un autre instituteur ou un paysan. On lançait des « bonjour m'zelle » à tous les échos, parce que tout le monde aime bien Mlle Rachel et que c'est sa dernière année.

Elle a donné le signal de la rentrée en claquant des mains, et j'ai pensé tout d'un coup : « Ça y est, l'année du certificat est commencée ! » Je voudrais bien qu'elle soit finie pour partir apprentie vendeuse, mais je suis trop jeune. Alors, l'école c'est bien en attendant, surtout qu'il y a Mlle Rachel, et ça sent bon. Il y a eu un peu de désordre, ça courait partout, même dans la classe. Voilà, c'était la rentrée des classes, le 1er octobre. Après, on a chanté *La Bergère aux champs*.

Y a rien d'aussi charmant
Que la bergère aux champs...

Moi, je préfère *Là-bas dans le Limousin*, mais la demoiselle dit que ce n'est pas convenable.

Pour la morale, qui est très importante, surtout en ville, la demoiselle a parlé des petits défauts, vu qu'on en a tous, certains plus que d'autres. Elle nous a fait une lecture qui disait : « Il faut se débarrasser de ses petits défauts pour qu'ils ne deviennent pas des vices. N'oublions pas le proverbe : les petits ruisseaux font les grandes rivières. » Et puis elle a dit de chercher chacun en nous-même des petits défauts que nous avons envie de nous débarrasser, mais d'en parler en personne. « On n'est pas à l'église des curés, ici. » Pour moi, c'est pas difficile, d'après mon parrain qui dit que j'en ai trop. Je chante tout le temps, même sans chansons, et les gens croient que je me moque d'eux, ça leur fait de la peine. Je m'escambarle trop en dansant, ça veut dire que j'écarte les jambes et je lève les genoux, ce n'est pas convenable ni poli. Je pense tout le temps à la ville, surtout Alès et Paris, et je dis que la montagne, c'est moins bien, même les Cévennes. J'ai un peu le dédain et quelquefois l'insolence avec les paysans, et ça les rend très malheureux, ils croient que je ne les aime pas. J'ai aussi un désir qui est mauvais, c'est d'avoir des esclaves pour me servir, et c'est interdit depuis que le président de la République a aboli l'esclavage après avoir lu la Bible.

Après la morale, on a eu une lecture, dans le Bouillot pour les grands. On l'appelle comme ça à cause de l'auteur, M. V. Bouillot, qui est professeur au lycée de Paris. C'est le meilleur livre de lecture du monde. On a lu des souvenirs d'écolier, tirés du *Petit Chose*, d'Alphonse Daudet, qui écrivait des contes dans son moulin, en Provence. J'aime bien le Petit Chose, un garçon très pauvre qui va au collège en ville. Quelquefois, je rêve que je suis grande, et je lui donne des vêtements pour qu'il ait moins froid, un tricot, une veste et même un manteau. Comme je savais la lecture, j'ai feuilleté le livre en me cachant pour lire *Les Pauvres Gens*, de Victor Hugo. A la fin de la poésie, on a une surprise terrible. J'aime les lectures où on a envie de pleurer, mais je me retiens très fort.

Après la lecture, on a commencé à étudier la prochaine récitation. Ça sera *Le Laboureur et ses enfants*, une fable de La Fontaine. Chic, je la sais déjà !

Après, calcul mental, pour voir si on avait pas trop perdu pendant les vacances. Pendant la récréation, la demoiselle m'a demandé de rester en classe pour l'aider à récupérer les livres de bibliothèque et les mettre en place. Alors, on a bavardé toutes les deux et j'étais très émotionnée.

Elle m'a dit comme ça : « Marguerite, tu vas être bientôt une jeune fille. — Oui, mademoiselle. — Tu vas passer le certificat, j'espère que tu l'auras. — Moi aussi, mademoiselle. — Et après, tu quitteras l'école... — Oui, mademoiselle. — C'est dommage, tu ne crois pas ? — Oui, mademoiselle. »

Après, on a fait le calcul, et un moment avant midi quelqu'un a frappé à la porte. La porte n'a pas de vitre et on ne voit pas celui qui frappe, sauf s'il est passé devant la fenêtre. On a cru que c'était le facteur, parce que c'était son heure. La demoiselle a crié d'entrer sans se lever de son bureau. Un monsieur a poussé la porte en tenant un gros cartable à la main, il a enlevé son chapeau et il a marché vers le bureau. Il était assez vieux, un peu voûté et pas bien grand. La demoiselle s'est levée d'un seul coup, elle est devenue très pâle, elle a balbutié : « Monsieur l'inspecteur. » On s'est tous levés en vitesse, avec un boucan terrible. J'avais le cœur qui battait la chamade et les mains toutes suantes, ce qui est mauvais pour l'hygiène.

Monsieur l'inspecteur a tendu la main pour dire bonjour à la demoiselle. Je me suis rappelé que c'était le papa de M. Fontanes, le maître de Saint-André, et le pépé d'Antoine et René Fontanes, et j'ai eu moins peur. Monsieur l'inspecteur a dit aussitôt : « Rassurez-vous, je ne viens pas pour inspecter. Je viens seulement... » Il avait l'air tout drôle. Le pauvre homme, il ne se rappelait plus ce qu'il était venu faire à l'école : c'est la vieillesse. Il regardait la demoiselle, puis nous, et il nous a dit de nous rasseoir. Moi, je n'ai pas obéi tout de suite, et il s'est tourné vers moi, il m'a souri, comme s'il me connaissait. Alors, il s'est frappé le front et il a dit : « Voilà, je passais seulement pour savoir si vous aviez des élèves du certificat qui pourraient continuer leurs études au cours complémentaire pour rentrer plus tard à l'École normale... » Il semblait bien soulagé de s'en rappeler, et il a encore regardé de mon côté. La demoiselle a dit : « Ma foi, je ne crois pas. Aucun de mes certificats ne songe à poursuivre ses études. » Elle a soupiré et guigné de mon côté. « Ah, il y a Marguerite Robert, qui vient d'Alès. Je la vois bien à l'École normale, si elle changeait d'idée. » J'ai rougi très fort. Monsieur l'inspecteur a marqué mon nom sur un carnet et il est parti.

Après, on a encore frappé, c'était le facteur, pour de bon. Il apportait des lettres à la demoiselle. Il a dit : « Je vois que c'est la rentrée... » Et c'est comme ça que la matinée de la rentrée s'est finie. Je ne l'oublierai jamais.

3.

Le 9 octobre 1934, le roi Alexandre Ier de Yougoslavie est assassiné à Marseille par un terroriste nommé Petrus Kalemen. Blessé, Louis Barthou, notre ministre des Affaires étrangères, meurt peu après. La France lui fait des obsèques nationales.

On apprend que Kalemen était commandé par l'Oustacha, une organisation révolutionnaire croate. Mais beaucoup de gens pensent que Mussolini et Hitler sont derrière l'attentat.

Paul Fontanes parle en classe des rois et des ministres, de la Yougoslavie et, bien sûr, de la France. Les grands de fin d'études apprennent avec ébahissement que le jeune roi Pierre II, qui vient de succéder à son père, a juste leur âge, puisqu'il est né en 1923.

Yougoslavie, union des Serbes, Croates et Slovènes, depuis le 1er décembre 1918 : monarchie constitutionnelle héréditaire. Constitution du 3 septembre 1931. Population : 13 930 318 hab. Superficie : 245 300 km^2. Capitale Belgrade, villes principales : Zagreb, Sarajevo. Religion : orthodoxe (Église autonome), cathol. et musulmane.

Pavillon : bleu, blanc, rouge, bandes horizontales.

Lectures de circonstance, faites en classe :

Gloire à notre France éternelle!
Gloire à ceux qui sont morts pour elle!
Aux martyrs! aux vaillants! aux forts!
A ceux qu'enflamme leur exemple,
Qui veulent place dans le temple,
Et qui mourront comme ils sont morts!

V. Hugo

Si l'on voulait entasser ce que chaque nation a dépensé de sang et d'or, et d'efforts de toute sorte, pour les choses désintéressées qui ne devaient profiter qu'au monde, la pyramide de la France irait montant jusqu'au ciel... Et la vôtre, ô nations, toutes tant que vous êtes, ah, la vôtre, l'entassement de vos sacrifices irait au genou d'un enfant!

Michelet

France! qu'as-tu donc fait aux nations? Tu vins
Vers celles qui pleuraient, avec ces mots divins :
« Joie et paix! » Tu criais : « Espérance! Allégresse!
« Sois puissante, Amérique; et toi, sois libre, ô Grèce!
« L'Italie était grande : elle doit l'être encore,
« Je le veux! » — Tu donnas à celle-ci ton or,
A celle-là ton sang, à toutes la lumière.
Tu défendis le droit des hommes, coutumière
De tous les dévouements et de tous les devoirs...

V. Hugo, E. Primaire,
Manuel d'éducation morale, civique et sociale,
Bibliothèque d'Éducation, Paris.

4.

> Lettre. *Dans une lettre aux grands-parents, racontez votre rentrée à l'école, vos joies et peut-être vos regrets.*
>
> A. Souché, *La Lecture expressive et le français..., op. cit.*

De René Fontanes à son grand-père, Georges Fontanes, inspecteur de l'enseignement primaire, Alès, Gard.

Cher grand-père,

Je tiens ma promesse de vous écrire les nouvelles de la famille qui sont bonnes. Papa est de bonne humeur, pas comme pendant les vacances. Maman a encore maigri, papa dit qu'elle est un sac d'os. Elle dit : Tu peux t'estimer heureux tant que je suis pas un fagot d'épines. C'est une blague, ils aiment bien blaguer. Papa dit : Quand je pense que juste après notre mariage tu trouvais toutes les Cévenoles maigres comme des clous ! Mais le docteur a dit qu'elle n'était pas malade, ça nous fait bien plaisir.

Antoine (je l'appelle toujours Davy) a bien grandi, on dirait qu'il a deux ou trois ans de plus que moi, vu que je reste toujours pareil. Il est le meilleur du certificat. Papa se frotte les mains et dit : Il peut l'avoir, il peut l'avoir. C'est le prix cantonal. Il réussit tous les problèmes, surtout les courriers et les intérêts, parce qu'il aime voyager et avoir des sous. Il ne se trompe jamais avec la Manufacture française d'armes et cycles. Il pourra commander pour de bon bientôt. Marianne (Davy et moi on l'appelle toujours Fofette) va bien. Elle est grande fille, mais papa a dit qu'elle restera dans la classe de maman tant qu'elle tirera la langue. Elle commence à lire des histoires du Far West que je lui prête, surtout *Le Cœur loyal*, à cause de la couverture où on voit une jeune fille en chemise qui supplie que les Indiens la tuent pas. Elle sait ses tables jusqu'au 4.

Dans la classe du certificat, il y a Marie Jauffret qui est toujours triste parce qu'elle aime la famille et son papa va bientôt mourir. Et puis elle n'est pas sûre d'avoir son certificat.

A Saint-Pierre-du-Mont, il y a une grande fille très gentille, Marguerite Robert, qui travaille aussi pour le certificat. On se fait du mauvais sang parce que papa va bientôt partir pour sa période de réserve d'officier. Maman ne s'en fait pas. Elle dit : Eh bien, on respirera un peu mieux. Davy m'a expliqué : c'est qu'il y aura plus d'air pour chacun, comme le montre un calcul simple. Papa m'a chargé de vous demander de trouver un bon remplaçant.

Moi, j'ai un copain, c'est un grand qui ne va plus à l'école. Il s'appelle Télémaque Farinier, il est berger et l'hiver il fait apprenti chez le forgeron. On l'appelle Pénéquet. Il lit des livres sur la vie. Il y en a un qui a pour titre *La Veuve sans amour*, c'est terrible.

J'ai su ma récitation. J'aime beaucoup l'école, surtout l'après-midi, et j'aime aussi la sortie, à 11 h 30 et à 4 h 30.

Voilà, c'est toutes les nouvelles de nous autres. Je vous embrasse respectueusement, ainsi que Suzon.

René Fontanes

Georges Fontanes à son petit-fils, René, dit Ninikoff.

Mon cher Ninikoff,

Tu permets que je t'appelle par ton charmant diminutif ? C'est toi-même qui me l'as révélé, il me rappelle Jules Verne et ma jeunesse (encore qu'il ne vienne pas de Jules Verne, mais si je ne me trompe d'Eugène Le Mouël).

J'ai bien aimé ta lettre. Je ne te savais pas capable d'écrire aussi longuement, et tu me racontes des choses passionnantes. Je suis heureux de la bonne humeur de ton papa. Il a toujours été joyeux à la rentrée : c'est un mystère pour moi. J'espère qu'il gardera son entrain jusqu'à la fin de l'année. Je suis un peu inquiet pour la santé de ta maman. Tu sais que je l'estime et que je l'admire. Je songe parfois que tous, tant que vous êtes, vous ne méritez pas une telle épouse et une telle mère. J'espère que le médecin de Saint-Jean-de-Combas ne se trompe pas. Toutefois, je serais plus rassuré si elle venait passer une visite à Alès, chez un docteur de ma connaissance. Tu devrais lui en parler. Si elle lit ma lettre, elle connaîtra mon avis. Même si ta jolie maman n'est pas malade — ce que je souhaite de tout mon cœur —, il serait *très dommage* qu'elle reste un sac d'os.

Veux-tu quelques nouvelles d'ici ? Suzon se porte comme un charme, mais tu la connais, elle n'est jamais contente. Sa grande affaire : elle vient de découvrir qu'elle s'ennuyait. Elle a certes de quoi s'occuper à tenir la maison et la table d'un inspecteur, mais elle prétend qu'elle voudrait vivre à la campagne. Quelle idée! Tu sais, toi, comme la ville est agréable, Alès en particulier. Franchement, vois-tu la Suzon à Saint-Pierre-du-Mont? Elle convient qu'à son âge — figure-toi qu'elle va avoir trente-neuf ans... — la campagne n'est pas si commode que la ville. Bon, elle me dit alors qu'il lui faudrait un enfant pour passer le temps et la désennuyer. Elle accepterait même de m'épouser pour en avoir un. (Aux catholiques, le bon Dieu envoie les enfants; les protestants les ont autrement...) Ah oui, me marier à soixante ans, moi, inspecteur de l'enseignement primaire? Je vois dans les rangs plus d'un cent d'instituteurs et d'institutrices rire comme des baleines à cette nouvelle. Qu'ils rient, qu'ils rient. Le bonheur de ma Suzon compte avant tout, et je suis tout près de la retraite : je peux supporter quelques railleries, d'autant que parmi les rieurs il y aura, je gage, des jaloux. Alors, c'est décidé, nous allons nous marier, sans doute l'été prochain. Alors que ta maman maigrit toujours, Suzon s'est mise à engraisser, d'ennui, paraît-il. Vraiment, je ne pouvais la laisser grossir ainsi : c'est une des raisons de ma décision.

Quant à l'enfant, il ne sied pas à un sage grand-père comme moi d'avoir des rejetons tardifs. Nous n'en aurons pas, ni à la façon catholique, ni à la façon protestante. Une meilleure idée nous est venue... Suzon m'a dit, les mains jointes, les yeux au ciel (tu la connais) : « Notre Ninikoff va avoir onze ans. Il pourrait passer le certificat cette année. Il écrit de belles lettres... (A mon avis, tu n'es pas encore Alphonse Daudet, mais on n'en demande pas tant pour le certificat!) La grammaire, l'orthographe, le calcul, il peut progresser, suffirait que son père le pousse. L'histoire, la géographie, la science, il n'a qu'à les apprendre. Avec son certificat, il pourrait entrer au cours complémentaire à Alès et venir habiter chez nous dès la prochaine rentrée, et même dès l'été... » Voilà l'idée de Suzon, et je ne m'y oppose pas.

C'est à ton père de voir. Pour moi, je crains que tu ne rêves trop et ne travailles pas assez. Mais rêver, à ton âge, est une saine occupation. En tout cas, la proposition de Suzon vaut aussi pour l'année suivante.

Et maintenant, le remplaçant. Merci de me l'avoir rappelé. J'y ai bien songé, et je crois avoir trouvé l'oiseau rare : je le garde disponible pour la période militaire de ton père. Il se nomme Victor Boisseron ; sa famille est de la plaine, au sud de Nîmes, mais protestante : c'est important pour tenir un poste, ne fût-ce que trois semaines, entre Saint-Jean-de-Combas et Anduze. Il a une trentaine d'années, il a couru le monde et l'aventure avant de se découvrir une vocation de pédagogue. C'est le fils d'une amie très chère. Il saura donc vous faire travailler et vous raconter de belles histoires des pays chauds. Le temps vous paraîtra moins long jusqu'au retour de ton père.

Ton cher papa, qu'il apprenne si possible à conduire un avion de guerre ou un char d'assaut, qu'il s'entraîne à manier les armes modernes. Ce monsieur Hitler, que certains croient pacifiste, ne me dit quant à moi rien qui vaille.

Embrasse pour Suzon et moi tes bons et braves parents, ton grand frère et ta petite sœur, et reçois toute l'affection de ton vieux grand-père, futur jeune marié.

Georges Fontanes

5.

Rédaction. 1. *Les nuages au crépuscule. Un soir, à la tombée de la nuit, vous avez admiré le ciel où flottaient des nuages. Décrivez le spectacle et donnez vos impressions.*

E. Pérochon, *Les Yeux clairs*,
Librairie Delagrave.

2. *Un hymne à la lune, à la lune compagne des belles nuits, à la lune qui se promène par les chemins creux, sommeille sur la mousse, donne aux choses un aspect fantastique, semble une amie nous invitant à la rêverie.*

A. Souché, *La Lecture littéraire et le français..., op. cit.*

Papa a lu la lettre de grand-père l'inspecteur, debout à la porte de la cuisine. Longuement, les sourcils hérissés, deux fois, presque trois. Il a pincé les lèvres, sans un mot, il a tendu la lettre à maman, qui s'est assise, a chaussé ses lunettes et lu à son tour, une fois, vite. Elle a souri, s'est exclamée, surprise :

— Mais c'est pour René !

Elle lui a donné la lettre. Ninikoff essaie de lire,

mais les lignes dansent devant ses yeux. Papa gronde :

— Mon père, je le savais, hélas, a perdu la tête. Épouser sa bonne à soixante ans passés !

Ninikoff se tait de toutes ses forces, le nez au ras de l'assiette. Il trouve que grand-père l'inspecteur a bien raison d'épouser Suzon, qui, entre parenthèses, n'est pas sa bonne. Mais le certificat, il n'a pas envie de le passer cette année, il n'est pas capable. Sans compter que papa le jetterait à la risée et que rien ne lui serait pardonné !

Il prend son courage à bras-le-corps.

— Papa, je veux pas passer le certificat cette année, dit-il d'une toute petite voix.

Papa s'adresse à la Junie Bezon, la femme de charge qui sert le repas à midi, les jours de classe.

— Dites-moi, Junie, avez-vous déjà entendu quelque chose de plus drôle ? Il ne *veut* pas passer le certificat !

La Junie Bezon commente en hochant la tête :

— *Oh, daquel couquinas !*

Maman observe son fils cadet avec un sourire tendre et complice.

— Tu resteras un an de plus à la maison. Ce sera très bien.

Papa rompt son pain d'un geste sauvage. Puis, sur un ton d'indicible mépris :

— Ninikoff...

En sortant de table, Davy envoie un coup de pied dans la cheville de son frère.

— Ce soir, bivouac des stratèges. Il y aura du linge, mon vieux, juré. Tâche d'amener la lettre !

Ninikoff répond « oka ». Il rumine tout l'après-midi. Jamais il ne pourra passer son certificat avec papa. S'il demandait à grand-père l'inspecteur de le prendre à l'école d'Alès l'an prochain ? Non, impossible, maman serait trop malheureuse...

Bivouac ce soir, après souper, à la cabane des vignes noires. Davy a dit qu'il y aurait du *linge*... Une fille au bivouac des stratèges ! Il sent son cœur qui bat trop vite, à cette idée. Les filles ne le regardent pas, ou seulement pour se moquer de lui, mais elles lui font battre le cœur, Dieu sait pourquoi !

La nuit tombée, ils sont cinq à se retrouver à la cabane, Davy et lui, Tavou Maucloux, l'âme damnée de Davy, Jeannot Constant et la Favantinette. Ninikoff avait rêvé que la fille serait peut-être Marie Jauffret. La Favantinette est, de toutes les grandes, celle qui se moque le plus cruellement de lui. Toutes ou presque apprécient la liberté de traiter le fils du maître comme un chien boiteux. Et la Favantinette lui pèle le nez chaque fois qu'elle peut. Il déballe du sac bleu les quelques pommes, le demi-pélardon — le fromage de chèvre de chez la Junie Bezon — et la petite fiole d'huile d'olive qu'il s'est procurés pour le bivouac. Il a aussi récupéré la lettre de grand-père. Il la tend à son frère, les larmes aux yeux. Il a honte de la tête aux pieds.

La Favantinette arrive, échevelée, en jupon ou en chemise de nuit sous son manteau : c'est difficile à voir dans le petit clair de lune brumeux. Jeannot Constant a allumé le four, pierre et glaise, où il met à cuire des pommes, des pommes de terre et une cuisse de lapin fournie par Tavou Maucloux. Le four est dissimulé de façon que personne ne puisse voir sa lueur depuis le village, en bas. La Favantinette a apporté des bougies, dispose l'éclairage et le camoufle habilement.

Davy lit à haute voix la lettre de grand-père. La Favantinette glousse : « Ninikoff, ha ! ha ! ha ! » Ninikoff serre les dents. Il décide d'être Ninikoff pour la vie. Il sera le colonel Ninikoff, qui donnera une nouvelle colonie à la France, l'ingénieur Ninikoff, qui inventera le plus grand sous-marin du monde, l'aviateur Ninikoff, avec son hydravion géant...

— Pour Nini, t'es Nini. Mais je vois pas où t'a pris le Koff !

— Fiche-lui la paix, Thirza, dit Tavou Maucloux. C'est qu'un pauvre merdouset !

Et Thirza se tait. Si quelqu'un doit être un jour colonel, c'est Gustave Maucloux, pas René Fontanes. Tavou a une longue tête osseuse, des bosses au front et aux pommettes, le menton en galoche, une tignasse châtain foncé, qui fait comme des touffes d'herbe sur son crâne. Il est plutôt petit, maigrichon, les épaules étroites, mais tout de nerfs et de muscles, d'une force bien au-dessus de sa corpulence. Sa famille est venue du causse de Lozère, à soixante-dix kilomètres d'ici, elle a été longtemps rebutée par les vrais Cévenols. Mais Tavou n'est pas du genre à se laisser manger la laine sur le dos. Il a vite appris à rendre les coups, et Davy l'a adopté, en a fait son lieutenant. « Hé, caussenard, ça va bien, t'as une tête de Cévenol pur chèvre ! »

Jeannot Constant a chauffé le four avec du bois mort, il met à cuire tout ce qui a été apporté pour le bivouac. Davy marche devant la cabane, le front baissé, les mains dans les poches.

— J'ai un plan !

Tavou Maucloux rit pointu, comme un chat-huant qui appelle.

— Un plan pour empêcher ton grand-père de se marier ?

— Il a quel âge, l'inspecteur ?

— L'inspecteur à vapeur, quand il pète il nous fait peur, récite la Favantinette sur un ton sentencieux.

— Il dit dans la lettre qu'il a soixante ans, dit Davy, il en a un ou deux de plus, d'après mon père. Mais je m'en fous.

— Les veufs ou les vieux jeunes hommes aiment bien prendre une femme de l'âge de leur fille. Ça s'appelle le démon de midi, cousin Martin, de Saint-Jean, y m' l'a esspliqué. Y m'a aussi prévenu que ça va chauffer pour vous autres du certificat. M'sieu Laporte, l' directeur de l'école des garçons, y pousse ses gonzes comme jamais. Y en a un, Jouanen, y s'appelle, qu'a une grosse tête. Y va même aller à l'école polyclinique pour être angénieur. Cousin Martin m'a dit : « J' te fous mon billet qu'y sera premier du canton, çui-la ! » Comment que tu feras pour le battre ?

Davy réfléchit calmement, tout en léchant une pomme cuite que vient de lui tendre la Favantinette.

— Je trouverai un moyen, dit-il d'une voix ferme, assurée.

Tavou Maucloux baisse les yeux et grommelle, puis s'occupe de mâcher un morceau de lapin, à moitié cru, trempé dans l'huile d'olive en guise de jus. Ninikoff a confiance : Davy est très fort, il battra ce Jouanen au certificat et l'empêchera de devenir ingénieur de la polyclinique.

Davy s'assoit à côté de son copain pour manger sa viande. Il crache un morceau, se rince la bouche à la fiole d'eau rougie qui passe à la ronde.

— Mon plan, c'est pour toi, caussenard. Pour que tu prennes la place de Ninikoff dans la travée du milieu et que mon père te présente au certificat !

Ninikoff en a le souffle coupé. Les autres se taisent un moment. Puis la Favantinette s'exclame :

— *Vaï bé !*

« Ça c'est bien. » Tavou Maucloux, plus qu'à moitié incrédule :

— *Tan bé ?*

Ah, tiens donc ? Davy s'explique, à voix basse, sur un ton grave. Ninikoff se réjouit en douce. Tout ce qu'il voit de l'affaire, c'est qu'il n'ira pas au certificat cette année. L'année prochaine, c'est si loin... Il a eu une peur terrible. Maintenant, il a envie de courir, de sauter, il chanterait s'il savait. Sauvé ! Sauvé, grâce au plan de Davy. Oh, il regrettera sa place, derrière la Daudinette et Marie Jauffret, mais où qu'on le mette, il ne sera pas loin d'une fille. Et puis il ne regrettera pas le gros César Rouvière, qui sent le suint de mouton, le bouc et le pet de chemise... Il baisse la tête, soupire si fort qu'il souffle une bougie de la Favantinette. Tous les autres le regardent. Davy lui tape sur l'épaule gentiment.

— Faut que Ninikoff soye d'accord pour faire ce qu'on dira. Qu'est-ce que tu veux en échange, frérot ?

Ninikoff se tait, les autres attendent sa réponse. Il se sent le maître du monde, pas tout à fait Robur mais presque. Il n'est plus, pour un moment, le petit merdouset qui ne compte pas. Il lève la tête. Le plaisir de jouer au grand seigneur le porte au-dessus de lui-même.

— Je veux rien en échange, mais j'ai pas encore décidé.

Davy hoche la tête avec juste le même geste que papa.

— Faut pas le bousculer. Il est comme ça, mon petit frère.

Ninikoff fait mine de réfléchir profondément. Il est assis les jambes croisées, en face de la Favantinette, accroupie, qui montre ses cuisses sous les pans de son manteau écartés. Les bougies, des queues de chandelle récupérées, ont brûlé presque toute leur cire et balancent de hautes flammes tordues et pâles. Des ombres dansent sur les quatre visages graves, tournés vers Ninikoff. La lune veille au plafond du ciel. L'air sent la fumée, la graisse brûlée. On se croirait à un bivouac d'Indiens, comme dans les histoires de Gustave Aimard. Ninikoff voudrait bien être Cœur loyal, mais il ne se sent pas à la hauteur.

Il se met à genoux, les mains sur les hanches, regarde son frère, la Favantinette, Tavou Maucloux. Il jouit d'un instant de toute-puissance. Il se tourne vers son frère.

— Je ferai comme tu diras, Davy. Mais je voudrais que Tavou jure de plus dire des blagues sur papa !

Tavou Maucloux lâche un cri si perçant que Jeannot Constant lève les yeux, d'instinct, cherchant la chevêche posée dans les vieux mûriers. Davy répond à la place de son copain.

— Oka, il dira plus de blagues sur mon père. Surtout qu'on va avoir un remplaçant. Il dira des blagues sur le remplaçant !

Alors, c'est décidé, songe Ninikoff. La tête lui tourne. Voilà un bivouac des stratèges comme il n'y en a pas souvent.

A ce moment, un autre cri de chouette répond à l'éclat de voix de Tavou Maucloux. Thirza se lève d'un bond.

— C'est pas une chouette, c'est quelqu'un !

Une demi-minute plus tard, une silhouette ronde et large se dessine dans le clair de lune.

— Tiens, v'là Pénéquet ! souffle Tavou Maucloux avec une vilaine grimace.

Le visiteur ôte sa casquette et la brandit en guise de salut.

— Y a pas de pet dans le bal, les stratèges. C'est moi, Télémaque Farinier !

Ninikoff s'interroge une seconde. « Comment sait-il qu'on est au bivouac des stratèges ? » Bah, Télémaque Farinier sait tout.

Agé de seize ans, il vient d'une petite ville, entre Alès et Nîmes. Ses parents l'ont envoyé à la montagne pour sa santé, mais il jure que sa vie est pleine de mystères. En tout cas, il mange plus qu'une truie en lait, il s'en vante, il est énorme.

— Me faut mon kilo de patates tous les jours, une demi-miche de pain, deux assiettées d'haricots à la couenne et un bol de lait aux châtaignes matin et soir ! Et je me sens juste *coufle* !

On raconte que sa famille l'a envoyé en Cévennes pour qu'il maigrisse. C'était une bonne idée. Mais elle lui expédie toutes les semaines, par le train, une panière de nourriture et une dame-jeanne de piquette. Alors, personne n'y comprend plus rien... Ninikoff, lui, connaît la vérité : Télémaque lui a tout raconté. C'est un secret entre eux, un secret terrible.

L'estomac plein, Télémaque se met à discourir des heures entières, pour peu qu'il ait une oreille à portée. Celles de Ninikoff sont souvent disponibles, et mille questions lui courent sur la langue.

— Alors, tu as beaucoup voyagé ?

Télémaque hoche sa tête ronde comme un melon.

— Tu sais que l'aubergiste Farinier n'est pas mon vrai père, c'est juste un prête-nom. Mon vrai père habitait la ville de Constantinople, avant qu'on l'appelle Stamboul. Comme aide de camp du sultan Abdülaziz, il visitait souvent l'Empire ottoman et il m'emmenait quelquefois avec lui. Blague à part, on a même poussé jusqu'en Inde...

Il pose son gros derrière sur le bord d'un mur, souffle comme une vache qui vêle.

— Blague à part, les amis, je passais dans le coin, j'ai vu vos illuminations. Me suis pensé : « Tiens... »

Il sort de la poche de sa blouse un paquet de gâteaux secs.

— Je me suis pensé : « Je vas partager mon dessert ! » Hé là, je veux pas savoir de quoi que vous débattez. Secret militaire, ha ! ha ! Chacun les siens, pas ? Moi, je passais...

Quand il chuchote, il prend une voix pointue de petite fille.

— Je passais par là, quoi. Enfin, je peux causer, vous êtes plus des gosses. Je fais de temps en temps une virée par clair de lune, voir s'il y a pas des amants qui cherchent les femmes et les filles. On est à la fin du premier quartier, ils sont mauvais en cette saison. Pas tant qu'au mois de juin mais quand même... Blague à part, c'est des choses qu'on vous apprend pas à l'école. Y en a deux espèces : ceux qui sucent le sang des femmes et ceux qui les enlèvent pour les emmener chez les Turcs. Ils ont les cheveux courts, rasés presque, et ils portent des casquettes. Pis y a surtout de ceux qui sucent le sang des femmes pendant qu'elles dorment. Ils le font la nuit, c'est des vampires, mais ils repèrent les lieux de plein jour, il faut se méfier.

Thirza glousse. Tavou Maucloux secoue la tête et grogne.

— Et d'où que tu sais tout ça ?

— Ben, je lis des romans sur la vie. Voilà d'où je le sais.

— Ça c'est vrai qu'il en lit, dit Davy en se trémoussant sur la pierre où il est assis.

— Moi, j'y crois pas bien à ces trucs d'amants, dit Tavou. Mais j'en causerai à cousin Martin. Y m' dira.

Ninikoff jette un regard furtif sur la nuit baignée de lune. Il croit aux amants, lui. Il sait qu'un amant peut donner à une femme un atroce baiser pour lui sucer le sang. Et s'il revient souvent l'embrasser pendant son sommeil, elle maigrit, maigrit... comme maman ! Les autres regardent Télémaque d'un air soupçonneux. Tavou Maucloux, on voit bien qu'il ne croit pas aux amants, il ne croit qu'aux boniments de cousin Martin ! Jeannot Constant tord la lippe, étouffe un rire sale. C'est juste une pauvre bête de paysan. La Favantinette continue de glousser derrière sa main, elle a quand même un peu la trouille.

Ha ! ha ! les amants attaquent les femmes, jamais les petites filles, elles n'ont pas le sang qu'il faut !

Davy, qui a lu *L'Atroce Baiser* et d'autres romans sur la vie, doit connaître tous ces mystères comme sa poche, mais il fait semblant de balancer, à cause de Tavou Maucloux :

— Ouais, ouais...

Il se gratte la tête et le nez, se cure l'oreille.

— Ben, c'est pas dit comme ça, dans les romans. Mais y a des trucs qu'on devine où qu'y a anguille sous roche.

— Quoi comme anguille ? demande Tavou Maucloux.

Télémaque hausse les épaules, se lève en s'appuyant des deux mains sur le mur et salue la compagnie.

— Je vous laisse, les drôles. Faut que je guette aussi les sbires : y me suivent à la trace depuis Stamboul. J' crois pas qu'y m'ont retrouvé ici, mais vaut mieux s' méfier !

Quelques jours plus tard, pendant la classe, sur un signe de Davy, Ninikoff exécute le plan des stratèges, en profitant de ce que Marie Jauffret gémit, les larmes aux yeux, et se tord les mains.

— Jamais je pourrai avoir mon certificat, je suis trop mauvaise, hi, hi, hi !

Pauvre Marie, Ninikoff la plaint de tout son cœur, mais il est obligé d'obéir à la stratégie. Il a préparé son billet : « Tu es assez bonne, tu auras le certificat. Signé : Ninikoff. » Il se couche à moitié sur son bureau, en se cachant derrière la Daudinette, mais pas trop, il tient le billet au bout des doigts de la main gauche. Il touche le coude de Marie.

Elle se retourne, saisit le billet. La division et la moitié de la classe ont les yeux braqués sur Ninikoff. Lui sent son cœur rouler et tanguer dans sa poitrine, et jeter des éclairs comme le fer battu. Un doigt le montre, le menace, puis un autre.

— C'est Ninikoff ! s'écrie Davy.

Et Tavou Maucloux :

— Y a Ninikoff qu'a fait passer un billet doux à Marie !

Marie lâche le billet qui tombe à ses pieds. Davy, assis devant elle, se baisse pour le ramasser. Le maître s'avance, une main serrant sa règle, l'autre à la ceinture de sa blouse. Sarah Javols, au premier rang à droite, se dresse devant lui.

— Monsieur, il nous embête !

— Il fait que nous embêter, avec ses billets.

— Il écrit tout le temps des saletés aux filles !

— Faut le mettre avec les petits.

Davy tend le billet à papa. « Y a pas de saletés... »

Ninikoff se cache la tête dans les mains. Papa s'approche, lui fauche les coudes, son menton vient cogner sur le bois. Il se tait, il a bien joué son rôle. Un jour, il sera le colonel Ninikoff. Papa le soulève par le col.

— Prends tes affaires et va tout de suite au fond de la classe !

Marie Jauffret profite de la sortie de midi pour lui ajuster une belle baffe. Tavou Maucloux le console d'un clin d'œil. Ninikoff se fiche de Marie. Il songe à Pascaline. Jamais elle ne lui aurait donné une gifle et, même si elle l'avait fait, ç'aurait été une caresse. Elle est si jolie, la rousse, elle a les plus beaux pieds nus du monde. Elle danse si bien les saisons...

Un coquelicot dans tes doigts,
Tourne la belle quatre fois.

Quand il sera grand, il lui dira qu'il l'aime. Il l'emmènera aux colonies et achètera un lion dressé pour la défendre contre les amants de la nuit (ceux du jour, il s'en chargera).

Toute la division du certificat demande que Tavou Maucloux prenne sa place. Papa a senti le complot. Il gronde :

— Hum, hum. Bien, bien, on verra. Tous ici jeudi matin, les « certificat », plus René Fontanes et Tavou Maucloux. Cinq problèmes de robinets avant midi !

6.

Rédaction. *J'ai le bonheur d'aller à l'école de mon village. Oh! la belle école gaie et accueillante! Quels sont les traits qui lui donnent ce caractère?*

A. Souché, *La Lecture littéraire et le français..., op. cit.*

— Même le jeudi, chiennerie ! Cousin Martin m'a dit...

Le maître est là, claque dans ses mains. Les élèves se dispersent dans les travées. Ils sont huit, Jeannot Constant est excusé par ses parents qui le gardent pour travailler à la maison. Soudain, on frappe à la porte. Papa crie d'entrer. La rousse !

— La demoiselle m'a dit de venir ce matin...

Mon Dieu qu'elle est jolie ! Papa hoche la tête.

— Oui, j'ai prié Mlle Rachel de t'envoyer, pour voir ce que tu vaux aux problèmes de robinets. Prends-toi une place où tu voudras. Ah, mais tu as...

Il la toise longuement, de la tête aux pieds.

— Tu as de grandes jambes, ma fille. Il ne faut pas que tes genoux touchent le bureau. Tiens, mets-toi ici, au premier rang.

— C'est ma place, monsieur ! gémit Sarah.

Papa fixe d'un œil sévère l'aînée de l'adjoint

Javols puis se retourne vers la rousse Marguerite, pimpante dans son court tablier à rayures rouges, sous lequel dépasse comme un sourire le bas d'une jupe rose. Le regard de papa s'adoucit, s'adoucit. « Je l'emmènerai au pôle Nord dans mon hydravion deux fois plus grand que la *Croix-du-Sud*, papa pourra venir s'il veut », songe Ninikoff. Il sait qu'il ne sera jamais colonel, qu'il ne conduira jamais un hydravion. Tout ça ce sont des bêtises à la Ninikoff, mais, quand il voit Pascaline, il ne peut empêcher les rêves les plus fous de lui monter au ciboulot.

Ce qui est sûr, c'est que papa ne regarde pas Pascaline comme Sarah, alors pas du tout. Mais il reprend soudain son air sévère.

— Personne ne va à sa place aujourd'hui. Marguerite doit être à un grand banc, à cause de ses longues jambes. Bien, bon, disons que tu l'invites. Les autres, arrangez-vous !

Ninikoff a bondi pour prendre une place au milieu de la travée de droite, il peut voir Pascaline sans presque tourner la tête. Déjà, papa lit le premier problème, qu'il a pris dans *Le Manuel général*, le journal des maîtres, et recopié au tableau.

> Construire un carré de 9 cm de côté. Du centre de ce carré, décrire une circonférence de 3,5 cm de rayon. Le croquis ainsi obtenu représente, à l'échelle 1/200, un parterre au milieu duquel on a creusé un bassin circulaire. Calculez, sur le terrain : 1° La surface occupée par le bassin. 2° La surface de la pelouse comprise entre les côtés du carré et le bassin. 3° La capacité totale du bassin en m^3, puis en hl, si ce bassin a 0,70 m de profondeur (pi = 22/7). 4° Un jet d'eau qui alimente ce bassin peut donner 30 l d'eau à la minute. Pendant combien de temps faut-il laisser ouvert le jet d'eau

pour que le niveau de l'eau, dans le bassin primitivement vide, arrive à 10 cm du bord supérieur[1] ?

Papa se lèche les babines.

— Hm, hm, bien. Y a-t-il des questions avant que je relise ?

Il jouit comme un fauve du silence de mort qui s'est abattu sur la classe. La Daudinette gémit.

— C'est trop difficile, m'sieu, on n'est qu'au premier trimestre, on n'est pas prêts pour le certificat.

— Tu as raison, répond papa. Mais ce n'est pas l'avis de tous tes camarades. Il y en a qui se croient très forts. On va voir.

Marie Jauffret lève la main.

— Mais, m'sieu, y a pas de robinet ?

Papa hausse les épaules, regarde le plafond, comme s'il prenait les poutres à témoin d'une naïveté jamais vue.

— Ma pauvre Marie, c'est un jet d'eau. Dis-moi, quelle différence entre un jet d'eau et un robinet ?

Tavou Maucloux claque du pouce.

— J'sais, la différence... juste comme une fille et un garçon !

— Vous avez trois quarts d'heure ! dit sèchement papa.

Les porte-plume grattent le fond des encriers en crissant.

Ninikoff n'a rien compris au problème, le peu qu'il a fait est à coup sûr faux. Il a passé les trois quarts de son temps à regarder Pascaline jouer avec ses chaussures et ses chaussettes. Elle porte des souliers à lacets. A force de les frotter l'un contre l'autre, elle a réussi à délacer le gauche. Une fois délacé, elle l'a fait glisser avec le droit, puis elle l'a quitté. Après, elle a tiré sur sa chaussette et elle a fini

1. Voir les solutions des problèmes en annexe 3.

par l'ôter. De son pied nu, elle a délacé sans aucune peine son soulier droit, elle s'est aussi débarrassée de sa chaussette : elle a récupéré les deux chaussettes de la main gauche, en catimini, et les a fourrées dans son sac... Ninikoff s'est dit : « Le poêle chauffe bien, ce matin, elle avait trop chaud aux pieds. »

Il finit par comprendre que Pascaline a besoin de jouer avec ses pieds quand elle réfléchit. Avec les orteils de l'un, elle caresse le dessus de l'autre, ou le talon, ou le creux sous la cheville. Ou bien elle frotte le dessus avec le talon. Les chevilles même, elle les joint, les cogne... Elle invente des positions, des enlacements, des accolades, des câlineries. Et plus elle peine sur son travail, plus elle frotte fort. Une traînée rose vient d'apparaître, maintenant, entre la cheville brune et le gros orteil plus pâle, puis une petite perle de sang, deux, trois perles.

Ninikoff ne respire plus.

Papa a écrit au tableau le deuxième problème : un vrai problème de robinets, qui paraît aussi plus facile. Ninikoff se demande même s'il ne pourrait pas le trouver. A condition qu'il détourne les yeux des pieds de Pascaline un moment !

Trois robinets alimentent un bassin long de 2,5 m, large de 1,2 m et profond de 0,9 m. Le premier débite 16 l d'eau à la minute, le second 0,3 l à la seconde, le troisième 960 l à l'heure. Combien d'heures et minutes faudra-t-il aux trois robinets coulant ensemble pour remplir le bassin ?

— C'est assez simple, dit papa. Vous avez vingt minutes.

Ninikoff s'attelle à son calcul. Les pieds de Pascaline commencent à saigner de partout et il ne peut pas le supporter.

Après quelques longues, trop longues minutes de

réflexion, il décide de calculer le débit horaire des trois robinets. Voyons le premier : 16 litres à la minute, il y a soixante minutes dans une heure, ce qui fait 16 × 60 = 960 litres... Flûte ! Le troisième robinet donne aussi 960 litres à l'heure. Quelque chose ne va pas. Il recommence ses calculs. Il se trompe, rectifie et retombe sur le même chiffre. Est-il possible que deux robinets donnent le même débit ? Il s'appuie le front sur les mains. Va savoir !

Du coin de l'œil, il guette Pascaline. Tiens, elle aussi s'est pris la tête dans les mains. Et si c'était un problème inventé par grand-père l'inspecteur, quand il marche voûté, les mains derrière le dos ? Un problème avec un piège ? Bon, et alors ? Où est le piège ?

Il renonce, tourne la tête pour observer les pieds saignants de Pascaline. S'ils étaient tout seuls dans un pré, au bord de la rivière, elle le laisserait peut-être lécher le sang qui goutte sur sa peau brune. Mais, s'il suçait son sang, il serait peut-être un amant ? Non, puisque Pascaline n'est pas encore une femme !

Il revient au problème. Que faire ? Il n'est pas assez intelligent ! Et le temps passe. Il se répète la question : quel est le piège ? Idiot, le piège c'est qu'il y a deux robinets qui ont le même débit ! Il lève les yeux sur la pendule de la classe, mais il ne l'a pas regardée avant de commencer... Il se précipite sur son brouillon. « Vous avez cinq minutes », dit papa. Cinq minutes... Ninikoff s'affole. Il n'y arrivera jamais. Vite, le second robinet. 0,3 litre à la seconde, ça fait combien à l'heure ?

Il n'a pas eu le temps de finir. Le troisième et le quatrième problème sont de difficulté moyenne. De toute la classe du certificat, Davy seul a l'air de savoir les faire sans hésiter. Sarah et la Favantinette s'agitent, Pascaline s'écorche la peau des pieds,

Marie pleure, et les larmes coulent en silence le long de son nez. Tavou Maucloux regarde voler les mouches. César Rouvière va tisonner le poêle toutes les cinq minutes.

Ninikoff fait semblant de chercher, aligne des chiffres qu'il barre aussitôt, invente des opérations compliquées et fantaisistes. Mais il n'essaie pas pour de bon.

Papa le rappelle à l'ordre distraitement.

— Si tu as fini, tu peux commencer à copier le dernier problème. Il reste cinquante minutes.

Le poêle, bourré par César, se met à ronfler.

Deux robinets coulent dans un bassin. Le premier le remplirait seul en 2 h 30 mn. Le deuxième le remplirait en 3 h 15 mn. Le bassin étant vide et les robinets ouverts, on demande dans combien de temps, en heures, minutes et secondes, ce bassin sera rempli, sachant qu'il existe un robinet inférieur qui le viderait en 3 heures.

Voilà, c'est tellement difficile que Ninikoff a envie de pleurer, comme Marie. Il retient un rire nerveux. Quelle chance il a de n'être pas du certificat cette année ! L'an prochain, il y aura encore des robinets, sûrement, mais c'est si loin. Il a fait attention de ne pas se forcer, sauf pour le deuxième problème, il commence quand même à avoir mal à la tête. Il promène sur son front deux doigts mouillés de salive.

Papa passe entre les travées, se penche pour lire par-dessus l'épaule de chaque élève. Il renifle un peu, de temps en temps, à cause d'une odeur de sueur qui monte des peaux humides et commence à emplir la classe.

— Demain soir, on corrigera. Je vais ramasser les cahiers.

Marie se précipite pour rendre le sien. Elle a séché ses larmes, mais le désespoir se lit sur son visage mince et creusé. Une tendre pitié martèle le cœur de Ninikoff. Pauvre Marie, elle a tout raté, elle n'aura jamais le certificat, et son papa va mourir très triste. Comme elle est malheureuse ! Elle enfile sa pèlerine, rabat le capuchon et s'en va sous la pluie. Marie...

Pascaline a remis aussi son cahier, elle passe devant Ninikoff et lui sourit. Elle s'arrête, tourne la tête, chuchote :

— Je suis sûre d'en avoir deux justes au moins, et toi ?

« Moi, moi... », songe Ninikoff. Il ne répond pas. Ça y est, elle est partie, ses pieds en sang dans ses souliers lacés très fort.

— D'abord, les résultats, dit papa, point si mauvais que je le craignais. Antoine, tu prendras ton vélo et tu porteras son cahier à Marguerite Robert. Elle sera contente.

— C'est elle la première ? demande Thirza d'une voix blanche.

— Quand même pas. Le premier est Antoine Fontanes, comme prévu. Quarante-quatre points sur cinquante... Tu ne t'es pas forcé, mon garçon. Deux erreurs d'opération : je te pardonne celle du dernier problème, qui était difficile, mais pas celle du premier. De plus, tu m'as fait un pâté, pour lequel je voulais t'enlever deux points. Comme c'est un travail du jeudi, j'ai été indulgent... Quoi qu'il en soit, tu ne tiens pas encore le prix cantonal, d'autant qu'on m'a parlé d'un certain Jouanen, de Saint-Jean-de-Combas, qui est un génie de l'arithmétique. Quand même, c'est bien. Mes compliments.

« La deuxième est Thirza Favantin. Tu progresses, Thirza, je suis content de toi. Trente-huit points sur cinquante, c'est bien. Tu as fait un pas vers la mention au certificat. La troisième est Marguerite

Robert, trente-deux points, qui bat de peu Sarah Javols, trente et un. Sarah, tu pouvais faire mieux. Par contre, je suis très surpris du résultat honorable de notre voisine, Marguerite Robert, Mlle Rachel m'ayant prévenu de sa faiblesse en calcul. Je pense que nos séances d'été, qu'elle a suivies assidûment, lui ont été bénéfiques. Oui, bénéfiques, vous pouvez chercher ce mot et le noter dans vos carnets de vocabulaire. Vous chercherez également son contraire... Ensuite, une surprise : Gustave Maucloux, vingt-huit points. Je veux espérer qu'il n'y a pas eu tricherie et que de petits billets n'ont pas circulé. César Rouvière, vingt-cinq points, le dernier qui ait sa moyenne. Alix Daudé, vingt et un points... Que d'étourderies, Alix, il faudra que nous voyions ton travail de près. Avec un tout petit peu plus d'attention, tu passais la moyenne...

« Enfin, Marie Jauffret, Marie, Marie... Un désastre, Marie. J'ai réussi, avec un grand effort d'indulgence, à te trouver quatorze points, euh... pour t'encourager. Le certificat est encore loin et, si tu travailles sérieusement, rien n'est perdu. Non classé, non noté : René Fontanes.

« La cause est entendue. Tav... Gustave Maucloux prendra la place de René Fontanes, dans la travée centrale. René Fontanes ira quelque part au milieu de la travée de droite.

« Maintenant, dictée !

7.

Rédaction. *Un de vos proches parents (papa, maman, frère ou sœur) a été obligé de s'absenter pour un temps assez long. Dites quels sentiments vous avez éprouvés. Dites également les sentiments qu'éprouvaient les autres membres de la famille.*

V. Bouillot, *Le Français par les textes*, Librairie Hachette.

René Fontanes à son grand-père, Georges Fontanes, Alès.

Cher grand-père,

Je viens vous donner des nouvelles de moi et de la famille qui sont bonnes depuis le départ de papa à sa période militaire d'officier pour la France. On est plus que des garçons dans la grande classe, avec le remplaçant, M. Boisseron Victor, parce que l'adjoint de la mairie, M. Javols, a dit qu'on pouvait pas mettre des grandes demoiselles, comme sa fille et la Favantinette, dans la classe d'un jeune monsieur même pas marié. Alors, on a recommencé comme avant, jusqu'au retour de papa. Maman est bien contente d'avoir les grandes filles. Et moi, je travaille de nouveau avec ceux du certificat. Maman s'entend bien avec M. Boisseron Victor, ils donnent les mêmes problèmes et les mêmes dictées aux filles et aux garçons et ils corrigent ensemble. A table, ils parlent aussi ensemble, mais pas de l'école, et ils rient beaucoup. De temps en temps, M. Boisseron Victor nous fait inventer des problèmes au lieu de les chercher, c'est plus amusant et là, je suis presque aussi bon que les autres. On n'a pas souvent dictée, il préfère les exercices à trous pour l'orthographe. On a eu rédaction, cette semaine, dans *Les Yeux clairs*, le livre de lecture d'Ernest Pérochon, que l'on travaille avec maintenant : « Un accident d'automobile s'est produit ou a failli se produire sous vos yeux. Racontez la scène et donnez vos impressions. » Je n'ai pas eu beaucoup d'impressions. Papa dit que je n'ai pas assez d'impressions, en général, M. Boisseron Victor aussi. C'est pour ça que je ne peux pas suivre au certificat, et puis le calcul où je suis faible.

M. Boisseron Victor est très gentil. Il a l'air d'un héros, avec sa barbe blonde. La santé de nous tous est très bonne. Même maman mange plus aux repas, depuis que M. Boisseron Victor les prend avec nous. On l'a écrit à papa. Il est très content.

Votre petit-fils affectionné, qui vous embrasse.

René Fontanes

Lieutenant de réserve Paul Fontanes à sa famille.

Ma petite Claire, mes chers enfants,

Il fait déjà froid au camp de la Courtine, en Creuse (les garçons, vous demanderez à M. Boisseron de faire une leçon spéciale sur le Massif central, relief, climat, population, etc.).

Comme vous le savez, mes enfants, je suis ici pour faire mon devoir de citoyen et d'officier français. Malgré la magnifique victoire de nos « poilus » en 1918, l'Allemagne relève la tête. Ce monsieur Hitler, simple caporal de la Grande Guerre, détient désormais tous les pouvoirs. Il joue au fier-à-bras et il ne paraît pas encore très dangereux pour la France (surtout quand on a vu nos nouvelles automitrailleuses à chenilles Renault et Schneider !). De plus, la ligne Maginot sera bientôt infranchissable, et nous pouvons compter sur l'indéfectible amitié de l'Italie. Oui, malgré tout cela, chacun de nous doit faire son devoir et se préparer à défendre la patrie si elle venait à être menacée. Rien n'arrivera, certes, dans les dix prochaines années, et j'aurais pu me faire dispenser de cette période militaire, mais un Cévenol ne transige pas avec le devoir. Dans dix ans, ce sera à vous deux, Antoine et René, de prendre le relais. Notre rôle à nous, officiers de réserve, est surtout de veiller que l'armée française soit d'ici à cette date toujours la première du monde.

A l'école aussi, nous gagnerons — ou nous perdrons... — la bataille du futur. Le certificat d'études, dans toute la France, est aussi important que les grandes manœuvres militaires. Nous dominerons définitivement l'Allemagne par l'instruction et l'intelligence. Ne perdez pas de vue une seule minute nos objectifs de fin d'année, toi d'abord, ma chère Claire, qui as la responsabilité des grandes filles en mon absence. Tu sais l'importance que j'accorde à l'éducation des filles. C'est un point sur lequel nous sommes déjà très supérieurs au reste de l'Europe (sauf, peut-être, l'Angleterre) et nous devons continuer. Même en temps de paix, il serait utile que les jeunes filles et les femmes occupent de plus en plus les postes de l'administration (y compris dans l'Instruction publique) et du commerce, pour que les jeunes hommes puissent se consacrer davantage à la *technique*, civile et militaire, à la construction navale, automobile et aéronautique.

Pour toi, Antoine, je maintiens l'objectif du prix cantonal. Il a toujours été convenu que tu ferais l'École normale, pour être instituteur et peut-être, plus tard, inspecteur primaire. Cependant, j'ai eu l'occasion de me lier ici avec un capitaine de réserve, ingénieur en automobiles, ancien élève de l'École polytechnique. Si tu décidais, au cours de tes études, de bifurquer vers cette voie, extrêmement prometteuse, je t'assure d'ores et déjà que je ne m'y opposerais pas. Nos avions, nos contre-torpilleurs, nos chars de combat sont les meilleurs du monde, mais nous ne devons pas nous endormir sur nos lauriers. Si notre pays a toujours un grand besoin de maîtres, de maîtresses et de professeurs, il lui faut aussi beaucoup d'ingénieurs, d'officiers d'artillerie et du génie.

Quant à toi, René, tu pourrais devenir petit gradé dans une arme moins prestigieuse que l'aviation ou l'artillerie, mais non moins utile à la nation. J'ai donc décidé de te réintégrer à la classe du certificat, non pour que tu passes l'examen cette année, tu seras de toute façon trop faible, mais afin que tu rattrapes pour l'an prochain ton retard en calcul, qui est dramatique. Il y a certes la question de ta place, les quatre bancs de la travée centrale étant désormais occupés. Ce n'est pas une mince difficulté, et j'y songe souvent la nuit, sous la tente, l'inconfort aidant, qui me tient longtemps éveillé (nous, Cévenols, supportons mieux, cependant, la vie « à la dure »). Mais j'ai confiance : nous trouverons une solution.

J'ai hâte d'être à nouveau parmi vous et de reprendre ma classe en main. Je jouis d'une santé que beaucoup m'envient. Je pense à ma chère famille et je vous embrasse tous, Claire, Antoine, René et Marianne, très affectueusement.

Votre époux et père qui vous aime.

Paul Fontanes

Georges Fontanes à son petit-fils, René Fontanes.

Mon cher Ninikoff,

J'apprécie que tu m'écrives ainsi de temps en temps et je te remercie des bonnes nouvelles que tu me donnes. Je suis très heureux que ta maman, que j'aime beaucoup, ait retrouvé l'appétit. Dis-lui que j'espère la voir bientôt tout à fait « remplumée » — passe-moi le mot. Sans doute pourrai-je vous rendre visite au retour de ton papa.

M. Boisseron Victor (entre nous, appelons-le Victor) a eu une excellente idée, à mon avis, de te remettre avec ceux du certificat. Son idée de vous faire travailler sur *Les Yeux clairs*, le « roman scolaire » de M. Ernest Pérochon, est très bonne aussi. Il me semble que ton père avait décidé de prendre cet ouvrage comme livre de lecture pour le certificat à la place des morceaux choisis de A. Mironneau. A-t-il changé d'idée ? Je t'avouerai que mes sentiments sont assez partagés sur la question. Je crois que les morceaux choisis sont nécessaires pour l'étude de notre langue, et certains élèves les aiment beaucoup. Je crois me souvenir que tu es très attaché au Mironneau, bien que ce soit un livre au-dessus de ton âge — ou peut-être à cause de cela. Mais les romans scolaires donnent de la vie à une classe et le goût de la lecture aux élèves qui ne l'avaient pas.

Ce genre de livre n'est pas nouveau. Sans parler du *Tour de France par deux enfants*, il y a eu *Yvan Gall* et la série des *Suzette* pour les filles et des *Alain Redon* pour les garçons. Et bien d'autres... Comme tu sais, j'ai eu le projet, quand j'étais jeune, avant la guerre, d'en écrire un que j'aurais nommé *L'École de Jules Verne*. Le thème était le suivant : trois enfants, deux garçons et une fille, se passionnent pour les œuvres de Jules Verne et rêvent de rencontrer quelques-uns de ses héros. Dans la seconde partie de *L'École de Jules Verne*, les enfants se découvraient le pouvoir de rencontrer les héros de Jules Verne, le capitaine Nemo et Michel Strogoff en tête. Ils devaient même voyager en compagnie du capitaine, jusqu'au milieu du XXe siècle — voici que nous n'en sommes plus loin. J'aurais cité aussi H. G. Wells, Conan Doyle, J. H. Rosny... Mais ces chapitres n'ont jamais été écrits. Peut-être étaient-ils trop difficiles, peut-être avais-je vu trop grand.

Une originalité de mon travail, c'était l'abondance des vers. Mes personnages avaient le don de la rime. Leurs écrits ne prétendaient pas, sauf coup heureux, au miracle de la poésie. Mais ils étaient faciles à lire et à retenir... Je prétends toujours que les vers, même s'ils sont de mirliton, aident au jeu de la langue et renforcent le goût de la rédaction.

Eh bien, voilà que je me suis laissé emporter par mes réflexions, sans plus penser que j'écrivais au cadet de mes petits-enfants. N'importe, tu garderas cette lettre pour la relire quand tu seras plus grand, et tu te souviendras qu'il faut toujours finir ce qu'on a commencé... si on ne veut pas avoir trop de regrets dans sa vieillesse.

Quant au certificat, si ce n'est pour 1935, ce sera pour 1936. Travaille ton calcul. Je te dirai comment essayer d'avoir « plus d'impressions » pour tes rédactions.

Reçois toute l'affection de ton grand-père.

Georges Fontanes

Claire Fontanes à M. Georges Fontanes, inspecteur primaire.

Monsieur l'inspecteur et cher beau-père,

Je veux vous dire combien j'ai été touchée par la très belle lettre que vous avez écrite à votre petit-fils (et où vous parlez de moi si gentiment). J'ai honte de défrayer ainsi la chronique avec mon humeur et ma santé. Je vais donc essayer de me « remplumer », ne serait-ce que pour vous faire plaisir, et pour être présentable à votre mariage. Étant malgré moi un « sac d'os », je m'efforce de ne pas devenir un « fagot d'épines ».

Merci de nous avoir envoyé un remplaçant éloquent et gai, de surcroît jeune et beau garçon. Voyez-vous, j'aime mon métier, je le fais assez bien, je crois, encore que le passage à l'école mixte, qui m'a fait perdre les grandes filles, m'ait un peu chamboulée, je l'avoue. Je les ai retrouvées avec plaisir pour la durée du remplacement. D'un autre côté, je suis très heureuse d'enseigner aux petits garçons et, tout compte fait, cette nouvelle classe me plaît bien.

Pourtant, l'obsession du travail, et surtout du certificat, pèse sur nos vies. Je ne me souviens pas, au cours des dernières années, d'un seul repas où il n'ait été question de travail, de pédagogie, d'examens ou de morale scolaire. Aussi, la conversation de M. Boisseron, sur ses voyages dans les pays lointains, nos goûts en littérature et en art, m'a procuré un grand rafraîchissement, et je me suis sentie rajeunir au contact de ce jeune homme plein de fougue et d'esprit, et qui n'a pas pour seule passion dans l'existence le CERTIFICAT.

J'admire la conscience professionnelle de Paul et ses capacités, mais l'intérêt trop exclusif qu'il porte à son métier l'a conduit à délaisser la vie familiale et surtout à ne plus nous considérer, les enfants et moi, que d'un point de vue de maître d'école. Je crois qu'il apprécie plus en moi l'institutrice que l'épouse. Il pense que notre fille est une enfant arriérée parce que je l'ai mal élevée. Peut-être même la croit-il idiote, et dans ce cas elle tiendrait forcément de ma famille cette hérédité mauvaise. Il ne se rend pas compte qu'il la terrifie et qu'il est largement responsable de son état par des centaines et des centaines de remarques méprisantes et dévalorisantes. Bien sûr, c'est ma faute si Marie-Josèphe tire la langue. Oui, je refuse de la punir pour cette habitude, par crainte d'aggraver le mal. J'attends qu'elle s'en guérisse seule, mais je crains qu'elle ne le puisse pas tant que son père la traitera comme une demeurée.

C'est un peu moins grave pour René, bien que son père l'appelle toujours « petit serin » et « minus habens ». Il a beaucoup souffert en découvrant qu'il ne comptait pas parce qu'il n'était pas assez bon en classe. Et à s'entendre sans cesse traiter d'étourdi, de maladroit et d'idiot, il se modèle de son mieux sur l'idée que son père a de lui. Il a un gros retard de maturité, deux ans peut-être. Mais je ne m'inquiète plus pour son avenir maintenant que vous vous occupez de lui ; d'ailleurs, il a beaucoup changé depuis ses dernières vacances chez vous.

Quant à notre aîné, il devient de plus en plus arrogant, se croyant assuré du prix cantonal, avec l'École normale à la clé ou, qui sait, l'École polytechnique. Je crois qu'il avait un bon fond, il a essayé sincèrement d'aider sa petite sœur : peut-être n'était-ce que pour le plaisir de se sentir supérieur, n'importe... Les flatteries de son père n'ont pas eu meilleur effet sur lui que les blâmes et les dénigrements sur les deux autres. Franchement, je suis plus inquiète pour lui que pour son frère et sa sœur. Je suppose qu'il réussira ses études, mais j'ai peur qu'il ne devienne quelqu'un de très égoïste et peut-être malhonnête...

Je crois savoir qu'il vous a volé certaines choses. C'est pour cette raison que vous ne voulez plus le recevoir chez vous : c'est tout naturel. Il a récidivé chez mes parents. Paul refuse d'aborder le sujet. La morale doit rester dans les programmes scolaires, qu'elle ne vienne pas déranger nos ambitions !

J'espère que mon fils aîné ne sera jamais premier du canton au certificat et que cette leçon lui servira pour toute la vie.

Je vous souhaite beaucoup de bonheur avec Suzon. Je devine qu'elle vous en a donné déjà un peu. C'est une femme de cœur, elle a toujours reçu mes enfants avec une extrême gentillesse. Vous savez que René l'adore ? Vous allez faire beaucoup de jaloux, vous savez (à votre âge, monsieur !). Sachez que je suis avec vous, de tout mon cœur. Et si je peux vous aider, d'une façon ou d'une autre, comptez sur moi et dites-le.

Je vous embrasse respectueusement.

Claire Fontanes

8.

La région des Cévennes

L'été, brûlant dans les gorges profondes, au fond des vieux cratères, appelle les orages, la grêle, la foudre ; l'hiver est dur, cruel même, quand les neiges épaisses couvrent les vallées, effacent entièrement la trace des routes. Sur les plateaux soufflent les vents furieux. Cependant sur ces hautes cimes balayées des ouragans vivent des populations séparées des mois entiers du reste du monde. Ce n'est pas la vie inoccupée et somnolente de l'homme qui passe ses journées d'hiver couché dans l'étable, en compagnie de ses bœufs. Dans les rudes Cévennes, tout le monde est éveillé et tout le monde travaille.

(...) Entre le roc et le roc une toute petite vigne s'accroche, deux ou trois brins de seigle dressent leur maigre épi. A côté, le puissant châtaignier, sobre et courageux végétal, enserrant les cailloux de ses racines, se fait sa terre à la longue, par le résidu de son feuillage.

Jules Michelet, in *Choix de lectures, cours moyen (certificat d'études)*, par A. Mironneau, Librairie Armand Colin, vers 1920.

Papa ouvre son Dessaint-Douillet à la page marquée.

— Dictée !

Encore une, pense Ninikoff. Il essaie de calculer combien il lui reste de dictées avant le certificat, d'ici à un an et demi... La réponse est claire : beaucoup. Il écoute papa lire une première fois le texte, d'une voix posée, nette, égale.

— *Un matin, en m'éveillant, je vis que l'hiver était venu ; sa lumière blanche remplissait ma petite chambre ; de gros flocons de neige descendaient par myriades et tourbillonnaient contre mes vitres...*

Papa va écrire au tableau, d'une main exercée et sûre, « myriade », puis le nom de l'auteur, Erckmann-Chatrian, que les élèves connaissent déjà. En fait, il s'agit de deux messieurs qui ont écrit ensemble des contes et des livres, M. Erckmann et M. Chatrian... Comment peut-on se mettre à deux pour écrire ? Ninikoff aimerait bien se mettre avec Pascaline, pour la rédaction, elle est très bonne...

On a installé un vieux banc pour lui tout seul, dans la travée centrale, derrière le poêle, au fond de la classe. Il se brûle la figure au lieu de se chauffer le dos, il aide de temps en temps Jeannot Constant et César Rouvière à tisonner, à mettre des bûches, à régler le tirage. Enfin, il a réintégré la bande du certificat, pour le meilleur et pour le pire.

Il trempe sa plume dans l'encrier du bureau, en évitant de racler le fond, du moins quand il y pense. Il écrit, en s'appliquant, penché sur son cahier du jour, la langue pointant un peu entre ses dents : *Dehors régnait le silence, pas une âme ne courait dans la rue, tout le monde avait tiré sa porte...* Un « h » à « dehors », un seul « r » à « courait », ne pas oublier l'accent sur « âme ».

Ninikoff songe au roman à vingt-cinq centimes que Télémaque Farinier, dit Pénéquet, lui a prêté et qu'il garde caché dans la doublure de sa veste. Un roman *complet* sur la vie. Davy n'a jamais voulu lui en prêter un, mais Télémaque s'est montré plus généreux. « Blague à part, tu as l'âge de savoir la vérité, Ninikoff ! » Il lui a réclamé un sou pour les frais, mais ce n'est pas cher payé, quand on pense aux secrets enfouis dans ces vingt-deux pages, imprimées tout petit !

Et rien que le titre : *La Femme fatale*. Les auteurs ont l'air d'être deux, aussi, mais ils n'ont mis que leurs prénoms, avec un trait d'union, Géo-Max. Télémaque l'a expliqué à Ninikoff : ils ont caché leurs noms parce qu'ils ont peur des *sbires*, à cause des secrets qu'ils révèlent sur la vie des hommes et des femmes... Et la couverture rouge et noir, terrible : elle montre une femme en indéfrisable, très belle, les lèvres roses, les yeux brillants. Elle ressemble un peu à maman, avec les joues plus rondes et le regard moins doux. Maman pourrait-elle se changer en femme fatale, la nuit peut-être, si un amant venait lui donner un atroce baiser ? Il n'a pas osé questionner Télémaque Farinier.

Il a vite commencé le roman. Le début l'a un peu déçu. On dirait un morceau choisi ou un livre de bibliothèque. Ninikoff a vite compris : les secrets de la vie sont cachés au milieu, c'est fait exprès. Il y a même une annonce en bas de la page, sous un trait, qui prouve que c'est un roman de la vie : *Sont réservés tous droits d'adaptation, de mise au théâtre et au cinématographe*. Télémaque a posé le doigt dessus : « Tu vois, on n'a même pas le droit de le montrer au cinéma ! »

Ninikoff écrit sa dictée, l'esprit ailleurs, comme toujours, ou presque. ... *les poules se taisaient, les chiens regardaient du fond de leurs niches, et dans les buissons voisins, les pauvres verdiers...* Ninikoff compatit une seconde aux malheurs des pauvres verdiers, puis se replonge dans ses réflexions sur les amants et les femmes fatales.

Il a vite feuilleté le roman, en se promettant de le lire plus tard ligne par ligne. Il était trop impatient de connaître un secret de la vie, au moins un. Il n'a pas été déçu. La page 21 lui a coupé le souffle.

Cette femme, qui ignorait tout de moi, devint ma maîtresse trois jours plus tard!... C'est alors que je connus l'affreuse tyrannie de la chair, qui dégrade l'homme le plus intelligent!... Je fus son esclave, sa chose, un pauvre être asservi qui ne vécut que de son bon plaisir!...

Ah, que sont, à côté d'une telle horreur, les poulpes géants de Jules Verne et les cruels Indiens de Gustave Aimard ?

— René Fontanes, tu es malade ?

Papa lui secoue l'épaule, répète sa phrase : ... *les pauvres verdiers, grelottant sous leurs plumes ébouriffées...* Ninikoff grelotte comme un pauvre verdier au cœur de l'hiver. Les mots dansent dans sa tête, pas ceux d'Erckmann-Chatrian, mais ceux de Géo-Max, « tyrannie de la chair », « esclave », « pauvre être asservi ». Il prononce à haute voix :

— ... *leurs plumes ébouriffées.*

Papa claque du pouce.

— Ha ! ha ! ha ! Combien de « r » et combien de « f » à ébouriffées ? Sans oublier l'accord, s'il y a lieu ! Taisez-vous, c'est une dictée du certificat ! ... *jetaient ce cri plaintif de la misère, qui ne finit qu'au printemps.* Ni... René Fontanes et le cours moyen deux s'arrêtent là, ainsi que Marie Jauffret.

Ninikoff se souvient des phrases terribles, qu'il a lues plusieurs fois, le cœur fauché : ... *Une loque humaine, un corps sans âme, une vie perdue... Voilà ce que cette misérable fille avait fait de moi avec ses plumes ébouriffées !* On peut dire que c'est une histoire de la vie, ça !

Et Télémaque a promis de lui prêter aussi *La Veuve sans amour* et *Quand une femme est jolie.*

— Pour *L'Atroce Baiser*, on verra plus tard. Blague à part, tu n'es pas en avance pour ton âge, il faut pas que tu apprennes trop de choses à la fois, ça pourrait te rendre malade.

— Voici les notes de la dictée, dit papa, le pouce gauche à la bretelle, une feuille dans la main droite. Elle n'était pas très difficile et les résultats sont plutôt médiocres, sauf les deux premiers. Marie Jauffret, je t'en prie, ne commence pas à larmoyer ! Bon, Antoine Fontanes, 9,5. C'est bien, mais tu aurais pu éviter ce quart de faute : tu as oublié l'accent sur le premier « é » de « ébouriffées ». Dis-toi bien que Jouanen, de Saint-Jean, et tous ceux que nous ignorons et qui se préparent dans l'ombre ne te feront pas de cadeau le jour du certificat.

« Le second est Jeannot Constant, 7. Tu es en progrès, mon garçon, continue. Toutefois, ton point faible reste l'orthographe d'usage. Thirza Favantin, 6,5. Sarah Javols, 6. Vous vous suivez de près toutes les deux. J'espère que votre rivalité vous stimulera. Je répète que cette dictée ne comportait aucune difficulté réelle. Je ne vous garantis pas que celle du certificat sera aussi simple... Maintenant, les étourdis qui valent plus que leurs notes, mais tant pis pour vous : César Rouvière, 5,5, et Alix Daudé, 5. Une mention particulière, Alix, pour ton « s » à neige, dans « flocons de neige ». Tu me copieras cinquante fois : « des flocons de neige », en entourant le « e » final. Gustave Maucloux, 4,5... Toi aussi, tu pourrais avoir ta moyenne, si tu faisais un peu plus attention. Marie, Marie..., ma pauvre Marie, je regrette, mais je n'y peux rien. Marie Jauffret, 1. Tu auras quand même la consolation de n'être pas la dernière, puisque Ni... René Fontanes a eu 0. René Fontanes, 0.

« Marie, ne pleure pas. Je suis navré pour ton

papa, qui tient tellement au certificat, et il a raison, certes. Mais rien n'est perdu. Tu restes dans la classe de fin d'études, grâce à tes progrès en calcul, à ta moyenne en rédaction et à tes bonnes notes en lecture et en histoire-géo. Nous verrons ce qui va se passer au cours du deuxième trimestre. Je garde confiance.

« Pendant les vacances de Noël, nous aurons tous les jours une dictée et un problème, pour ceux qui voudront bien venir. Oui, même s'il y a de la neige, la neige n'a jamais arrêté les Cévenols ! Je compte sur toi, Marie. Je ne te promets pas la première place, mais René Fontanes sera là pour la dernière.

9.

Le séchoir aux châtaignes

C'est surtout l'économie qui pousse le montagnard cévenol à passer sa vie dans les séchoirs. (...) Le séchoir devient le centre de toutes les réunions. (...) Là se réfugie désormais toute la vie du village. Les paysans pauvres, qui ne possèdent pas de séchoir, ne récoltant pas de châtaignes, s'installent dès l'aube dans celui de leur voisin avec leur marmite et leur ouvrage. Oh alors, quel mouvement! quels rires! quelles chansons! quelles histoires! (...) Le plus souvent, les revenants, les loups-garous le Drac, défrayent ces récits pleins de poésie, de caractère, d'originalité.

D'après Ferdinand Fabre, *Les Courbezon*
in *Le Français par les textes*,
par V. Bouillot, Librairie Hachette.

— Récitation, dit Mlle Rachel. Marguerite, tu prends *Le Chant du grillon* pour le certificat ? Tu veux nous dire cette poésie ?

Pascaline sourit. Elle est en représentation. Elle jette un bref regard à son cahier de récitations, orné de dessins et de fresques, puis le referme, ôte l'écharpe qu'elle a gardée en classe, défroisse son col Claudine, étire les plis de son tablier, chasse de son front une boucle rousse, essaie sa voix et commence :

Le Chant du grillon
Souffle, bise ! tombe à flots, pluie !
Dans mon palais tout noir de suie
Je ris de la pluie et du vent ;
En attendant que l'hiver fuie,
Je reste au coin du feu, rêvant.

C'est moi qui suis l'esprit de l'âtre !
Le gaz, de sa flamme bleuâtre,
Lèche plus doucement le bois ;
La fumée, en filet d'albâtre,
Monte et se contourne à ma voix...

Elle termine :

En attendant que l'hiver fuie,
Je reste au coin du feu rêvant.

Puis elle s'écrie sur un ton de triomphe : « Théophile Gautier ! »

Elle a récité sans une faute, de sa voix toujours chantante, en appuyant sur les rimes. Elle a ralenti peu à peu son débit, elle a murmuré les trois derniers vers, comme si elle parlait du fond d'un rêve, le rêve même du grillon. Elle se tait, regarde la maîtresse dans les yeux, tourne la tête vers ses camarades, l'air de ne pas les voir, perdue dans ses pensées secrètes. Pour s'asseoir, elle serre son tablier sur ses cuisses, d'un très joli geste, à la fois hardi et enfantin.

La maîtresse promène les yeux sur la classe, quête l'approbation des élèves, que les chuchotements unanimes lui apportent aussitôt.

— C'est bien, dit-elle avec un soupir. C'est presque parfait... Je dis presque, Marguerite, car tu as toujours tendance à chanter un peu. Je suppose que c'est ta nature, que tu n'y peux rien. Rectifie quand même si tu t'en aperçois. Alors, combien lui donne-t-on, 9 sur 10 ?

D'un peu partout fusent les « 10 ! 10 ! » des admirateurs de Marguerite-Pascaline. Le « 6 » d'un jaloux se perd dans le brouhaha. Mlle Rachel soupire.

— Disons 9,5. Marguerite, viens me voir à la sortie.

Pascaline se tient devant la demoiselle, droite et sage, mais nerveuse aussi : elle ne peut pas s'empêcher de se tordre les mains et de frotter ses chevilles l'une contre l'autre. Elle est grande et belle, la rouquine d'Alès, comme l'appellent encore certains. Trop grande et trop belle pour une fille de douze ans, qui va bientôt se lancer dans la vie. Sûrement, elle se débrouillera pour tricher sur son âge, avec les patrons et les garçons. Elle est maligne, mais trop sûre d'elle.

« Il faudrait convaincre son parrain de l'envoyer au cours complémentaire, songe Mlle Rachel, puisque ses parents s'en fichent. Oui, et comment ? A moins du prix cantonal, mais on en est loin. » Elle prend le poignet de Pascaline avec douceur.

— Calme-toi. L'habitude veut qu'on donne les résultats des compositions la veille des vacances. Mais j'espère que tu sauras tenir ta langue jusqu'à demain, et je vais te donner les tiens. Ne tremble pas comme ça, ta vie n'est pas en jeu !

— Mon parrain m'offrira une bicyclette neuve si je suis reçue.

— Mais je sais. Tout le monde le sait dans la commune. Je pense que tu peux faire mieux qu'être reçue...

Pascaline pique un fard aux pommettes et, en même temps, le bas de son visage, autour de la bouche, devient très pâle. Une brève lueur s'allume dans ses yeux verts.

— Qu'est-ce que vous voulez dire, mademoiselle ?

— Il est bien dommage que tu quittes l'école après le certificat. Tu pourrais sans doute faire l'École normale.

Pascaline prend un air innocent, puis rêveur, puis malicieux.

— C'est ce que dit aussi mon parrain, mademoiselle.

La demoiselle fronce les sourcils.

— Ah bon ? Ton parrain le pense aussi ? C'est une bonne nouvelle.

— Mais vous savez bien que je ne suis pas assez bonne pour continuer. Et il y a trop de bêtises dans mes rédactions !

— Tu te laisses aller en écrivant et, ma foi, c'est souvent assez drôle. Peut-être un jour, si tu continues, écriras-tu comme madame Colette... Ton dernier devoir en temps limité me plaît moins, j'avoue, mais il est tout à fait dans la norme du certificat.

— C'était une lettre. C'est facile d'écrire une lettre. Les descriptions, j'aime pas du tout.

— Tu es assez bonne pour continuer, si tu veux.

Pascaline esquisse un pas de danse puis éclate de rire.

— Mademoiselle, si je suis la première du canton, je vous promets que je continuerai !

Mlle Rachel sourit, hausse les épaules, ajuste ses lunettes.

— Tu en demandes trop, ma fille. Antoine Fontanes est beaucoup trop fort, et on parle d'un certain Jouanen, de Saint-Jean, qui est encore meilleur. Et puis je trouve cette bataille pour la première place un peu ridicule. Une mention, passe encore, mais le prix cantonal ! Il y a des maîtres qui ne pensent qu'à ça durant toute leur carrière : j'en ai honte pour eux. Si nous en venions à tes compositions ? C'est peut-être en calcul que tu as fait les plus gros progrès, et cela, tu le dois en grande partie à M. Fontanes. Songe à le remercier. Oui, tu as eu 14 sur 20 en problèmes, ma belle, 6 en dictée, 6 en questions, 7,5 en rédaction, 9 sur 10 en histoire-géographie... Tu verras le détail demain. Tu es toujours faible en dessin et en calcul mental, mais tu arrives quand même à un assez joli total de 72 points sur 100. Oui, la mention bien, Marguerite !

Pascaline se tait, elle guette le soir gris par la fenêtre de la classe. On ne distingue ni les crêtes, effacées par les nuages bas, ni le creux de la vallée, bouché par la brume. L'hiver... Ah, si elle savait faire des vers comme Davy Fontanes, avec les rimes et les pieds ! Ah, si elle pouvait dire tout ce qu'elle a sur le cœur ! Ah, si elle pouvait retourner bientôt vivre à Alès ! Ah, si... Ah, si... Elle frissonne à la pensée de ces longues et dures années d'école qui l'attendent si elle dit oui à son parrain. Non, elle deviendrait folle. Les adultes peuvent-ils comprendre, eux qui ont le droit d'aller librement où bon leur semble, qui ne craignent pas les punitions, les retenues, les engueulades ? Oh, un patron peut crier après un ouvrier et même un employé, ça s'est vu, mais les grandes personnes se fichent qu'on leur crie après, parce qu'elles sont des grandes personnes et qu'elles n'ont peur de rien — ou alors, à quoi ça sert de grandir ?

— Mademoiselle... Je vous aime beaucoup.

— J'en suis touchée. Et encore plus touchée que tu me le dises. Tu viens de la ville. Ici, dans nos montagnes, on garde ses sentiments pour soi, et c'est bien triste. Moi aussi, je t'aime beaucoup, Marguerite. Je pense à ton avenir.

— Et vous voudriez que je continue ? Je ne peux

pas ! Toutes ces années d'école, rien que d'y penser, je deviens folle ! Les compositions, les examens..., le brevet, qui est très dur..., l'École normale... Il paraît que la discipline est terrible ! Mademoiselle, je voudrais tant vous faire plaisir, mais je ne pourrai jamais.

Elle se tord les mains, frotte ses chevilles. Deux larmes roulent sur ses taches de rousseur, le long de son nez. Son regard, à travers les pleurs, est doux, un peu animal.

— Est-ce que vous comprenez, mademoiselle ?

10.

Rédaction. *C'est moi la Bise d'hiver.. Je cours par les rues..., je siffle..., gronde..., cingle... ; à mon approche, les passants..., les oiseaux..., les pauvres gens.*

A. Souché, *La Lecture expressive et le français..., op. cit.*

De René Fontanes à son grand-père, Georges Fontanes, Alès.

Cher grand-père,

Je viens vous donner des nouvelles de moi et de la famille, qui sont bonnes, sauf que maman ne va pas très bien depuis le retour de papa de sa période militaire. Elle va même aller voir un médecin pour les nerfs à Nîmes. Papa l'accompagnera, et Davy ira aussi. Moi, je resterai à la maison avec Fofette. J'ai eu le *Petit Larousse illustré* comme cadeau de Noël. Davy en avait déjà un, le mien est le même, je suis très content, parce qu'il me servira en classe et aussi quand je suis tout seul pour regarder les cartes et les photos. J'aime beaucoup les animaux dessinés derrière la carte de l'Amérique. Il y a aussi un Indien à cheval. J'ai cherché Alès.

Alès, ch.-l. d'arr. (Gard); sur le Gardon d'Alès. Ch. de f., à 42 kil. N.-O. de Nîmes. 42 021 hab. *(Alésiens).* Houille; verreries; forges; soie. École de mineurs. Patrie du chimiste J.-B. Dumas. En 1629, Richelieu y conclut avec les protestants un traité ou Édit de Grâce, qui leur laissait la liberté de conscience, mais supprimait leurs privilèges politiques, notamment les places de sûreté. Papa dit que Richelieu était une canaille. L'arr. a 11 cant., 102 comm., 139 356 hab. Je l'apprendrai par cœur, si vous voulez, sauf Richelieu.

J'ai reçu en plus une boîte de couleurs, avec instructions, et deux pinceaux. Il y a un lave-pinceaux. Fofette a eu aussi une boîte de couleurs, mais plus petite et sans danger. Elle n'aime pas beaucoup peindre, parce que c'est une fille et elle est encore jeune. Quand papa, maman et Davy iront à Nîmes consulter le docteur, je l'aiderai à faire une petite peinture, et papa, maman et Davy seront très contents en rentrant le soir.

J'espère que vous êtes guéri de la grippe qui vous a empêché de venir nous voir aux vacances de Noël. Je pense que c'était grave puisque Suzon l'a eue aussi et que beaucoup de gens étaient malades à Alès. On a bien pensé à vous.

Je vous écris au sujet des impressions. Je n'en trouve presque pas, alors j'ai de mauvaises notes en rédaction. Papa dit que je le fais exprès ou que je suis très bête, vu que tout le monde a des impressions. Mais je sais que les autres n'en ont pas toujours, quelquefois. Tavou Maucloux dit qu'il fait semblant, et même Davy quand il en manque, mais moi je sais pas le faire. Alors, vous aviez dit que vous m'apprendriez à donner des impressions quand vous viendriez nous voir aux prochaines vacances. Par la présente, je vous demande si vous pourriez me l'écrire.

Je vous remercie de tout mon cœur, cher grand-père. Je vous embrasse, ainsi que Suzon.

Votre petit-fils affectionné, qui signe : Ninikoff.

De Georges Fontanes à son petit-fils.

Mon cher Ninikoff,

Un vieux bonhomme comme moi ne s'interroge pas assez. Avant de te lire, je pensais honnêtement, comme ton papa, que « tout le monde a des impressions » et qu'il suffit de se chatouiller un peu l'âme pour les voir tomber en pluie. Or ce n'est pas vrai. Nous, les grandes personnes, faisons exactement comme ton camarade Tavou Maucloux : *nous faisons semblant.*

Ce n'est pas bien. Aussi vais-je te dire comment tu peux, à mon avis, trouver en toi des impressions sincères et vraies pour tes rédactions. Mais je t'avertis : il n'existe pas de moyen miracle. Certains ont naturellement des images et des sentiments plein le cœur : ce sont les poètes. Ne l'est pas qui veut. Nous autres, gens ordinaires, n'avons que des émotions ordinaires et des réflexions banales. N'importe, on ne t'en demande pas tant au certificat d'études. Rappelle-toi que les « impressions » c'est, pour simplifier, ce que tu crois voir en regardant, et qui n'est pas tout à fait ce que tu vois; ce que tu crois entendre en écoutant, et qui n'est pas tout à fait ce que tu entends, etc. Est-ce difficile? Pas tant que cela. Songe à une automobile qui passe rapidement sur la route d'Alès à Saint-Jean-de-Combas? Ne dirait-on pas qu'elle vole, tant elle va vite? Ne dirait-on pas un monstre de légende? Ou une machine de Jules Verne? Et les bêtes qui s'enfuient, ne croient-elles pas qu'un animal furieux s'est jeté sur elles? Et le chauffeur, à l'intérieur, avec ses passagers? Tu les as vus à peine, mais tu les imagines ? L'homme au volant, avec sa casquette ou son chapeau ? Une jolie femme, à l'arrière, dans son manteau de fourrure ? Qui sont-ils ? Où vont-ils ? Tout près ou très loin ? Nous font-ils rêver à un lointain voyage ? Au retour chez soi ?

Voici donc : tu essaieras, dans ta tête, ou sur ton cahier de brouillon, l'une des deux méthodes suivantes :

1. Tu es déjà allé au cinéma à Alès, avec Suzon. A Saint-Jean aussi, peut-être, avec tes parents. Ce que tu es en train de raconter dans ta rédaction, imagine que tu le vois au cinéma.

2. Tu n'as pas de chien, mais je sais que tu en voudrais un. Ce que tu dois raconter ou décrire dans ta rédaction, imagine que tu le racontes à ton chien, en cherchant des mots et des phrases pour faire comprendre à une bête les affaires des gens. C'est très amusant. Il te viendra beaucoup d'idées.

Je pense que ton papa a raison d'emmener ta maman à Nîmes. Il faut qu'elle arrête de maigrir.

Je vous embrasse tous.

Georges Fontanes

11.

Rédaction. 1. *Vous regardez passer le facteur (ou la bergère et son troupeau) sous la pluie. Décrivez-les.*

Impressions.

2. *Il pleut. Un enfant ne peut aller se promener comme il l'avait projeté. « Comme la pluie est ennuyeuse ! » dit-il. Une goutte de pluie lui répond : « Je suis ennuyeuse, c'est vrai... » Continuez en imaginant le reste de la réponse... (les jardins et les champs... la fraîcheur... les fleurs... les herbes... la source... le ruisseau).*

A. Souché, *La Lecture expressive et le français..., op. cit.*

3. *Voici qu'il pleut ! Jean, Pierre et Lucette proposent chacun un jeu différent, dont ils vantent les agréments. On décide... Petite scène avec dialogue.*

A. Souché, *La Lecture nouvelle et le français..., au certificat d'études primaires,* Librairie Fernand Nathan.

Il pleut, il vente, ce méchant jeudi de janvier.

Papa, maman et Davy sont allés à Nîmes. Ninikoff a reçu pour mission de garder Fofette à la maison, sans sortir dehors sous aucun prétexte. La petite sœur est enrhumée, elle pourrait prendre froid... Davy a bien de la chance. Il a droit au voyage, lui, pour le récompenser de ses bonnes notes aux exercices du certificat. Marcher dans les rues d'une grande ville sous la pluie, ça doit être follement amusant ! Mais maman va se mouiller les pieds, pourvu qu'elle ne tombe pas malade de la poitrine, en plus !

Heureusement, Junie Bezon, la femme de charge, va venir l'après-midi préparer une bonne soupe de couenne pour ce soir. Fofette et Ninikoff garderont le feu sous la marmite et au foyer de la cuisinière. Maman aura peut-être retrouvé l'appétit, si le médecin lui a bien soigné les nerfs.

Fofette a réuni les deux boîtes de peinture, la sienne et celle de son frère, puis a commencé un immense tableau sur l'envers d'un morceau de papier tapisserie qu'elle a trouvé au grenier. Ninikoff se frotte les mains : elle en a pour toute la journée ; il va feuilleter son *Petit Larousse* et peut-être se plonger dans un livre de Gustave Aimard.

Il a tout le temps, il décide de relire d'abord la réponse de grand-père l'inspecteur à sa lettre de la semaine dernière, avec toutes les explications qu'il a demandées.

Après un petit quart d'heure, Fofette déclare qu'elle a fini de peindre. Elle a badigeonné son papier de longues traînées de couleur, formant une sorte d'arc-en-ciel plié, d'un bout à l'autre de la feuille de papier.

— C'est une robe de fée. C'est bien ?

Ninikoff répond que c'est bien, qu'il faut continuer. Elle tord le nez avec une grimace de dégoût.

— J'ai plus envie. J'aime pas la peinture.

Elle décide de « faire de la dentelle ». Maman

essaie de lui apprendre le crochet. Ninikoff replonge dans le chapitre XXI des *Francs-tireurs*, de Gustave Aimard : « Une légende fantastique » (suite). Il saute un chapitre de temps en temps pour arriver plus vite aux événements palpitants. Les descriptions sont longues et compliquées, il y a beaucoup de mots étrangers, et les héros parlent à n'en plus finir. Décidément, il n'aime pas trop Gustave Aimard.

Et puis voilà que Fofette se fatigue tout de suite du crochet.

— Quand est-ce qu'on mange, monsieur Gédéon ?

Ninikoff est outré. Dix heures à peine, Fofette a déjà faim.

— C'est pas l'heure, dit-il sur un ton grognon.

— Fais-moi l'école de Jules Verne !

Allons, bon. L'école de Jules Verne, Ninikoff n'en sait pas le premier mot. Pour la faire, Davy lui-même a besoin du cahier de grand-père l'inspecteur. Il essaie de trouver une objection.

— En plein jour ?

— Il fait très sombre quand on éteint la lumière. Écoute, je vais réciter « bonjour ».

Ninikoff approuve d'un signe de tête. Fofette récite, avec beaucoup de ton, en sautillant et en tirant sur ses nattes :

Hé, bonjour, monsieur Jules Verne
Vite, une rime à votre nom
Rime en « ule » ou bien rime en « erne »
Pour saluer un gros canon !

Elle regarde gravement son frère puis éclate de rire.

— Je sais où Davy a caché le cahier. Je peux aller le chercher ?

Le cahier de grand-père ! Ninikoff acquiesce,

rouge de honte et brûlant de curiosité. Fofette disparaît à l'étage, revient vite, brandit le gros cahier aux coins gris et usés. Le cahier que Davy a volé à grand-père... Il tend la main, Fofette recule, le cahier serré dans son poing. Elle l'ouvre, se met à lire :

Tu danses, fille folle, ta robe s'envole
Et que vois-je, que vois-je, fiancée frivole ?
Je vois tes mollets, tes genoux, tes cuisses
[blanches
Et plus haut, bien plus haut, la rondeur de tes
[hanches...

Ninikoff comprend tout de suite : ça, ce n'est pas l'école de Jules Verne, c'est des vers que grand-père écrivait pour sa fiancée, Mlle Rachel. Il se précipite sur sa petite sœur, la bouscule et lui arrache le cahier.

— Il faut le remettre à sa place tout de suite !

Fofette grogne mais obéit. Ils vont glisser le cahier sous une pile de vieux journaux, dans l'armoire au fond du couloir : la cachette de Davy.

Fofette décide alors de monter au grenier de l'école pour chercher des dentelles : c'est plus facile que de les tricoter. Ninikoff, impuissant à retenir la furie de sa petite sœur, soupire et la laisse aller.

Elle a son idée. On garde dans une panière en osier des vieux vêtements pour se déguiser le jour de la fête. Elle revient un moment plus tard avec un jupon de mémé, tout moussant de dentelles. Elle l'a enfilé pour s'en faire une robe de mariée, elle se l'est entortillé autour du corps et jusque sur la tête. Ninikoff la regarde, un peu ahuri, elle lui tire la langue et éclate de rire.

Il n'a pas le courage de continuer le Gustave Aimard, il va prendre au fond de son cartable un roman sur la vie, prêté par Pénéquet : *Rose-Mai* (le roman d'amour illustré, 30 c). Pendant que Fofette s'occupe à ses dentelles, il relit, pour la quatrième ou cinquième fois, les dernières lignes du roman qui le laissent désespérément incertain.

Puis, se penchant vers elle, il ajouta : — Alors, tu croyais qu'il suffit d'un baiser pour avoir un amant ? — Oui, Paul, et, sans toi, je n'aurais jamais connu l'amour réel et son mystère.

L'amour réel et son mystère... Tout s'arrête là, aucune explication. Bien sûr, les romans sur la vie ne sont pas écrits pour les enfants, mais pour des adultes qui connaissent déjà le mystère de l'amour. Il enfourne *Rose-Mai* au fond de son cartable et décide de s'attaquer à la carte de France. Il serait assez bon en géographie, mais il ne sait pas dessiner les cartes.

Il s'installe, dispose son livre ouvert, son cahier du soir, ses crayons... Tout à coup, il entend cliqueter des lames de ciseaux. Fofette se prépare à tailler la dentelle du jupon. Il se précipite.

— Non, non, ne le coupe pas, ça appartient à l'école !

Fofette s'échappe en riant, avec le jupon et les ciseaux. Ninikoff la poursuit dans toute la maison et jusque dans la classe. Il la rattrape enfin, essaie de lui prendre les ciseaux. Elle le pique à la main avec la pointe d'une des lames.

Effrayée par son geste, elle s'enfuit, elle abandonne le jupon, mais pas les ciseaux, et elle file au grenier de l'école, une petite pièce basse, sous les combles, où elle veut sans doute se barricader. Ninikoff la rattrape, entre derrière elle. Alors, elle brandit les ciseaux d'un air de menace.

— Va-t'en ! Si tu avances, je coupe mon tablier !

Ninikoff reste sur le pas de la porte et tente de la calmer.

— Reviens, Fofette, je t'en prie. Je te promets qu'on s'amusera bien à l'école de Jules Verne.

Elle se met à taper du pied.

— Non, non. Va-t'en, j'aime plus l'école de Jules Verne !

Elle arrache avec les ciseaux un bouton de son tablier et le prend dans la bouche.

— Si tu t'en vas pas, monsieur Gédéon, je l'avale !

Ninikoff continue de la supplier.

— Crache le bouton, Fofette, tu peux te faire très mal.

Et Fofette de jeter un grand rire.

— Tant mieux, si je me fais très mal !

Elle le défie du regard et tourne, tourne le bouton sur sa langue.

— Je l'avale ? Je l'avale ?

Elle l'avale. Elle pousse un cri et lâche les ciseaux. Elle se précipite dans les bras de son frère.

— Je l'ai avalé ! Je l'ai avalé ! J'ai peur !

Ninikoff l'aide à descendre. Elle tremble, elle gémit, il doit la porter à moitié. Elle s'accroche à son cou.

— Tu crois que je vais mourir ?

Ninikoff n'en sait rien. Il a vu des bêtes, les chiens, les volailles, les chèvres, les cochons, engloutir les choses les plus extraordinaires sans en être incommodées. Une gamine de neuf ans, ça doit tenir le milieu entre un gros chien et une chèvre de bonne venue... Il secoue la tête.

— Non, c'est pas très grave. Il faut te reposer, plus bouger.

Il l'installe sur le fauteuil de leur mère, à la cuisine. Il songe à courir demander du secours. Mais qui appeler ? Une voisine ? Tout le monde connaîtra bientôt la nouvelle bêtise de Fofette. Et le temps est toujours aussi mauvais. Il va guetter à la vitre, en écartant le rideau de la fenêtre. Il entrouvre la porte. La pluie cingle, dure et froide. Elle doit se changer en verglas dans les rues en pente du village. Le vent court au travers de la cour, siffle et pousse les gouttes. Il porte l'averse en vagues blanches, l'émiette, la jette avec force sur les murs, les volets et les fenêtres, les arbres nus, les cirés des passants... On ne voit plus la rivière, en bas, ni le temple, en haut, à peine la route, à vingt mètres. Ninikoff referme la porte, rejoint Fofette qui s'accroche à son cou.

— Le dis pas, le dis à personne que j'ai avalé un bouton !

Ninikoff hésite. Il songe à s'habiller pour monter au café Amat, qui tient la cabine téléphonique. Mais il ne sait pas téléphoner, il lui faudrait demander, s'expliquer devant tout le monde. Et le docteur de Saint-Jean voudrait-il se déranger ? Fofette insiste, le caresse.

— Le dis pas, ça sera un secret entre nous, mon René !

Il prend sa petite sœur dans ses bras, la berce doucement. Il se sent bien seul pour décider. La Junie Bezon va passer à midi, mais midi est encore loin : Fofette pourrait mourir entre-temps.

— Tant mieux si je meurs ! dit-elle, la tête contre son épaule.

Elle lâche à petits coups le secret de son chagrin.

— Je suis juste le contraire de Marie Jauffret. Marie a son papa qui est malade et sa maman qui l'aime pas. Moi, c'est ma maman qui est malade et mon papa qui m'aime pas !

Ninikoff se récrie sans conviction :

— Maman va guérir vite et papa t'aime bien. Seulement...

Une grosse larme coule enfin, elle frotte sa joue très fort.

— Si je tire plus la langue, papa m'aimera mieux ?

Ninikoff s'empresse de répondre que papa sera très content et qu'il aimera beaucoup sa Fofette, sa Marianne, sa Marie-Josèphe. Mais Fofette se débat, serre les poings, crie.

— Je peux pas ! Je peux pas m'en empêcher !

Ninikoff essaie en vain de la calmer. Des sanglots nerveux secouent son corps menu.

— Y a ma langue qui sort toute seule. C'est plus fort que moi !

Pourvu qu'elle n'ait pas une crise... Le genre que les bonnes femmes appellent « crise de vers ». Ou de « nerfs », il ne sait plus.

Une minute plus tard, on cogne à la vitre. Fofette se cache la figure dans les mains. Ninikoff retient son souffle, pendant que son cœur bat la chamade. Fofette gémit : « Le docteur, le docteur, j'ai peur ! » On cogne encore, plus fort. Ninikoff se précipite pour ouvrir la porte.

Un homme se tient sur le seuil, ruisselant, sous une cape en ciré noir. Il vient de poser sa bicyclette contre le mur. Il s'essuie les yeux, tape du pied contre la première des trois marches d'escalier.

— S'il te plaît, René. Je suis trempé.

Ninikoff recule, l'homme entre dans le vestibule, repousse la porte, relève son capuchon. Ninikoff reconnaît M. Boisseron Victor, le remplaçant. Et, le voyant tout ahuri, M. Victor éclate de rire.

— Tes parents sont là ?

Ninikoff, interdit, secoue la tête.

— On est tout seuls, Fofette et moi, pour la journée.

Victor ôte son ciré dégoulinant, l'accroche à une patère, se débarrasse de ses souliers et se précipite à la cuisine pour se sécher devant le feu. Le voilà à moitié nu face à la flamme qu'il a ravivée. Il demande un torchon, s'essuie la barbe, se bouchonne le torse et prie Ninikoff de lui frotter le dos.

— Je veux le faire, moi, dit Fofette.

— Alors, vas-y, ma jolie, et pense que je suis un cheval !

Il s'assoit à califourchon sur une chaise, et Fofette s'escrime de toutes ses forces. M. Victor frissonne sous la rude caresse du torchon, roule les muscles de ses épaules et de ses bras. Il est grand et vigoureux, en pleine santé. On voit bien qu'il vient des pays d'aventures, qu'il s'est colleté avec les fauves, les éléphants, les crocodiles et les indigènes... Pas la peine de lui proposer des vêtements de papa, il ne rentrerait pas dedans. Ninikoff met à sécher sa chemise, son pantalon, son tricot de dessus ; heureusement, son tricot de dessous n'est presque pas mouillé.

M. Victor pousse soudain un hennissement joyeux, si bien imité que Fofette éclate de rire. Il se lève, s'ébroue.

— Alors, dites-moi un peu ce qui se passe, les enfants. Où sont donc allés vos parents par ce temps de chien ?

Fofette et Ninikoff racontent à tour de rôle les derniers événements et le voyage à Nîmes pour voir un grand docteur. M. Victor se rembrunit à cette nouvelle.

— Votre mère allait bien, il me semble, quand je suis parti ?

— C'est vrai, avoue Ninikoff. Tout le temps, quand vous mangiez avec nous, elle avait son appétit. Et puis elle a recommencé à rien manger, il y a un mois..., deux mois, je ne sais pas bien. Elle est redevenue aussi maigre qu'avant.

M. Victor marche devant le feu, en caleçon, l'air pensif.

— J'aurais dû donner de mes nouvelles plus tôt. Mais on m'a d'abord expédié à l'autre bout du département, j'ai fait des pieds et des mains pour revenir dans les environs. Et voilà !

Il frappe à coups de poing sa large poitrine, couverte de poils dorés. Il sourit, lance un clin d'œil à Fofette puis à Ninikoff.

— Je crois que je suis à Saint-Jean-de-Combas pour un bout de temps, peut-être jusqu'à la fin de l'année scolaire !

Ninikoff voudrait dire toute sa reconnaissance à M. Victor.

— Je suis sûr que maman sera très contente.

Papa sera-t-il aussi content ? Avec papa, on ne sait jamais. Il a soudain l'idée d'aller chercher une couverture dans sa chambre pour envelopper M. Victor pendant que ses vêtements sèchent. Quand il revient, Fofette annonce qu'elle a avalé un bouton. M. Victor demande des explications tout en se frottant la poitrine, un sourire moqueur sur les lèvres.

— Quel genre de bouton ? Gros comment ?

Fofette va chercher la boîte à boutons de maman.

— Un bouton comme ça..., gros comme ça..., non, plus gros..., plus petit... Comme ça !

M. Victor hausse les épaules, regarde Ninikoff, les lèvres pincées pour ne pas rire.

— Une petite fille, c'est comme l'autruche de Jules Verne, dans *L'Étoile du Sud*, ça engloutit tout. Si tu veux cacher un gros diamant, tu n'as qu'à lui mettre dans l'estomac !

Il caresse la tête de Fofette, ébouriffe ses cheveux.

— Rassure-toi, ma jolie. Tu n'auras même pas mal au ventre. Ça sera juste un bouton perdu. Tiens, quand je reviendrai, je t'en apporterai un encore plus beau !

Fofette rit derrière sa main, les yeux brillants d'admiration.

— Vous reviendrez bientôt voir maman ?

Il lui prend les deux mains.

— Je te le promets.

— Comment ! s'écrie papa. Tu l'as laissé pendant

deux heures dans une couverture ? Tu es trop bête, mon pauvre Ninikoff !

— Mais, papa...

Ninikoff avale sa salive, regarde son père de la tête aux pieds.

— Papa, il..., j'ai..., je...

— Quand il était si simple de lui prêter mes habits. Que l'hospitalité cévenole ne soit pas un vain mot !

— Mais papa, il est..., tes habits...

— Tais-toi, tu n'es qu'un âne, un minus habens !

Maman s'avance entre eux, regarde son mari dans les yeux.

— Paul, tu ne sais pas ce que tu dis !

Ninikoff se sent soutenu et ose enfin dire la vérité.

— Papa, il est plus grand que toi, plus costaud. Tes habits, j'y ai pensé. Mais ils auraient été trop petits, même la chemise !

— Voilà, dit maman. Il te l'a dit.

— Plus grand que moi, Boisseron ? Plus costaud ? C'est faux !

— Tu devrais mesurer tes paroles. Ce n'est pas la peine d'enseigner la morale tous les matins pour...

— Pour quoi donc, s'il te plaît ? demande froidement papa.

— Pour piétiner tes grands principes à la première occasion !

Paul fixe sa femme dans les yeux. Elle soutient son regard, le sien brille si fort que lui se détourne, sort en claquant la porte.

Le soir, papa et maman jouent à la fâcherie. Ils sont assis chacun à un bout de la cuisine, elle devant sa Vie des saints, lui, sa Bible sur les genoux. Ils font semblant de lire et échangent des coups d'œil féroces. Ils sont laïques tous les deux, la religion ne leur sert qu'à se quereller. Ces livres, ils les ouvrent seulement quand ils sont en colère l'un contre l'autre. Ninikoff sait bien qu'ils ne les lisent pas pour de bon. Le livre de maman est beaucoup plus gros que celui de papa.

En les guettant depuis le seuil de la pièce, Ninikoff s'imagine tout à coup voir maman à l'échelle de son livre, papa à la mesure du sien. Maman, toute menue et maigrichonne, lui semble une géante de conte, invincible derrière ses lunettes. En face, papa est petit, affaissé, déconfit et malheureux.

Il n'y aura pas de chemin de Saint-Jacques, ce soir.

12.

Rédaction. *Descriptions des scènes de la vie scolaire. Un personnage d'une certaine importance (le maître) doit prendre place soit comme acteur principal (leçon, direction d'exercices), soit comme arbitre (jeux, discussion). Comme toujours, éviter les verbes voir et entendre... Que votre phrase, vive, légère, soit en harmonie avec l'activité joyeuse des écoliers.*

De Mlle Rachel Pouget, institutrice, à M. Georges Fontanes, inspecteur primaire à Alès (personnel).

Monsieur l'inspecteur,

Cher Georges,

Il y a trente ans que j'aurais dû vous écrire. Vous avez déjà beaucoup de choses à me pardonner : alors pardonnez-moi aussi mon retard. Il ne sert à rien de vous dire maintenant combien je regrette. Non, ça ne sert à rien, mais tant pis : je le dis.

Pour commencer, je vous remercie de votre visite à Saint-Pierre-du-Mont. J'ai compris que vous étiez venu pour m'inspecter, il le fallait, mais que vous n'avez pas pu : nous étions trop émus l'un et l'autre. Si longtemps après ! J'ai eu malgré tout beaucoup de plaisir à me retrouver seule à seul en face de vous, quand je vous ai raccompagné. Vous êtes magnifique, magnifique d'enthousiasme, de vivacité et de simplicité. J'avais honte d'être cette vieille femme vaincue par la vie (mais qui ne l'a pas volé).

Mon travail me sauve. Vous avez pu voir que je m'en acquitte avec conscience, sinon avec talent. Je revendique la laïcité pour unique foi, et l'école publique pour seule Église. Vous direz : elle n'a pas changé. Oh si, j'ai beaucoup changé. Je suis toujours attachée à mes principes qui m'aident à vivre — à défaut de mieux, peut-être. Mais je sais aujourd'hui faire la part du feu, la part du jeu et de l'humour. J'ai appris la tolérance que je n'avais pas, je l'avoue, sucée à la mamelle cévenole. J'ai appris le respect d'autrui, à commencer par les élèves, et la charité, l'humilité, la prudence... J'ai pensé au long de ma vie solitaire, un million de fois, stupidement et désespérément : « Ah, si je pouvais revenir en arrière, revenir au *jour des poèmes* ! » Ç'a été une terrible leçon : je l'ai payée de mon bonheur.

En tout cas, je souhaite le vôtre, avec cette femme qui est près de vous, qui vous a épaulé pendant ces années que j'aurais pu partager avec vous, si je n'avais été si sotte et prétentieuse. Je sais que vous l'avez aidée à élever sa fille, qui sera bientôt institutrice. C'est une action digne de vous, et vous devez être fier de l'avoir accomplie. Vous êtes jeune. Acceptez mes vœux.

Je vous ai tant admiré, Georges. Souvent, je pense à l'œuvre que vous avez délaissée, peut-être par ma faute. L'école de Jules Verne était une très belle idée, soutenue par ces poèmes tour à tour drôles, émouvants, instructifs, dont vous aviez le secret.

Le fond de la mer et le fond du ciel
La nature et le monde artificiel
Les grands voyages et folles aventures
Où l'on croise d'étranges créatures :
Voilà ce qu'on trouve dans Jules Verne,
De tous nos écrivains, le plus moderne...

J'en ai gardé bien d'autres. Je crois, d'ailleurs, que vous n'en seriez pas resté à *L'École de Jules Verne* : vous aviez de nouveaux projets, notamment de morceaux choisis pour le certificat. Vous seriez riche... J'ai le Bouillot de 1912 et celui de 1926. Celui de 1912 indique sur la couverture : 200e mille. Sur celui de 1926, je lis : un million cent soixante-deux mille ! Je pense que les auteurs sont payés au nombre de livres vendus, et cela doit faire beaucoup d'argent. Pour *Les Yeux clairs*, de Pérochon, on annonce : quatre-vingt-quinzième mille. Mais ce livre n'est paru que depuis deux ans, et, à mon avis, n'est pas très bon. (Quels reproches lui adressé-je ? D'abord de tirer à la ligne, comme les feuilletonistes du siècle dernier : que d'histoires interminables et filandreuses ! De sacrifier à la mièvrerie de tant de récits enfantins : on est loin de Daudet, d'Erckmann-Chatrian, de Jean Aicard ou de Maupassant..., loin même du Pérochon de *Nêne* ou de *La Parcelle 32*. De privilégier les péripéties sur l'émotion : aucune émotion dans ces *Yeux clairs*. Je suppose que le livre a été écrit en partie sous l'influence de l'Exposition coloniale de 1931 ; le colonialisme y a, je trouve, la part un peu belle. Voyez ce sujet de rédaction, page 225 : « Le marchand chinois. Vous avez certainement vu un homme de race jaune — Indo-Chinois, Chinois ou Japonais — offrir aux passants des soieries, des colliers, divers bibelots... Faites son portrait. Gestes, paroles, sourire... »

Voilà qui fait un peu tiquer l'ancienne militante de l'École émancipée. On est bien loin aussi de ce que Georges Fontanes aurait pu nous donner... Et la conclusion du récit, cette lettre où le petit Parisien de Saint-Séverin-du-Bois écrit à son camarade qu'il va renoncer à la ville pour succéder à son grand-père aux champs, et signe : Jacques Legris, paysan. Non, je n'aime pas qu'on nous prêche le retour à la terre, quand l'Allemagne est en train de créer, ou de recréer, une puissante industrie. Même ce titre, *Les Yeux clairs*, a quelque chose de déplaisant, aujourd'hui.)

Georges, il n'est pas trop tard pour relever le gant !

Une dernière chose à propos de ces poèmes « licencieux » qui ont fait mon malheur, et peut-être le vôtre : j'ai gardé la feuille que vous m'avez donnée par erreur ce fichu soir. Oui, je me souvenais de l'avoir brûlée au bout des pincettes, outragée, ulcérée et vous chassant de mon cœur. Mais ce souvenir était faux : j'ai retrouvé le papier il y a quelques années. Je vous l'échangerais volontiers contre l'autre feuille, la bonne, celle que vous me destiniez, si vous l'avez toujours. A défaut, je me contenterais du poème que vous y aviez recopié pour moi. Qu'il me reste au moins le souvenir d'avoir été aimée. Merci.

Savez-vous ce qui m'arrive ? Je me suis mise à rêver à une mention au certificat pour ma dernière année de classe, moi qui ai tant blâmé tous ces hochets : mentions, prix, concours... Paul Fontanes m'a proposé de nous associer pour préparer nos candidats. Cela se fait, paraît-il, dans des régions moins individualistes que la nôtre, et je crois que c'est une idée moderne, comme l'école mixte. Votre fils est quelqu'un de courageux et de novateur : je peux le dire, car j'ai aussi quelques reproches à lui faire. Je sais de qui il tient ces qualités... Je me suis empressée d'accepter, parce que cela m'intéressait, m'amusait, me semblait un moyen de rendre plus vivante ma dernière année de classe. Et aussi, pardonnez-moi cet aveu, parce que le projet de côtoyer votre fils me séduisait : j'espérais vous retrouver à travers lui. Mes élèves et moi avons vite été pris par cette ambiance de championnat qu'il excelle à créer. Et ce qu'il voulait, simplement, par cette alliance avec une école voisine, c'était accroître l'émulation. Ma meilleure candidate, Marguerite Robert, qui vient d'Alès, est une fille à la fois intelligente et naïve, intuitive et joueuse, remuante et brouillonne. Elle a un certain don pour la rédaction, qui devrait éclater quand elle sera un peu plus mûre. Éclater ou disparaître... Le jeu l'a excitée au-delà de tout ce que j'imaginais. Elle s'est mise à admirer votre petit-fils Antoine, elle a vite essayé de rivaliser avec lui. Antoine reste sans doute inaccessible : je ne vois pas comment le prix cantonal pourrait lui échapper. Mais Marguerite a progressé dans toutes les matières. Voilà que je me suis prise à rêver, toute honte bue, d'une mention au certificat, et même d'une troisième place au prix cantonal, pour couronner ma carrière !

J'ai aussi une bonne raison de souhaiter le succès de Marguerite. Cette gosse veut entrer tout de suite comme apprentie vendeuse dans un magasin d'Alès. Je pense qu'elle mériterait de continuer jusqu'à l'École normale ou au concours des Postes. Je n'ai une chance de la persuader, et sa famille avec elle, que par un succès exceptionnel au certificat... Or, voilà que votre fils prend la mouche, tout à coup, Marguerite ayant progressé beaucoup plus qu'Antoine. Elle partait de plus bas, et lui, de toute façon, est déjà au sommet.

Marguerite, il est vrai, bat maintenant, presque à tout coup, les autres candidats de Saint-André. Il remet donc en question nos séances d'entraînement communes, et ce à mon grand regret. Peut-être ai-je manqué de diplomatie, je l'avoue.

Ne croyez pas que je vienne vous demander d'intervenir dans cette affaire. Je vous écris pour le plaisir de vous raconter ma vie et parce que je n'ai personne, absolument personne à qui parler (c'est ma faute). Il y a toutefois une querelle qui nous oppose, votre fils et moi, et je voudrais vous en exposer le sujet. Querelle est un bien grand mot, car j'ai vite cédé, le front bas, un sourire d'excuse aux lèvres... Il s'agit des extraits d'œuvres de Ferdinand Fabre qui figurent dans notre Bouillot du cours moyen et du certificat : vous connaissez bien ce livre, je l'ai toujours considéré comme le meilleur « livre unique » de français, et je m'en sers depuis plus de vingt-cinq ans. Aujourd'hui, au moins un million et demi de volumes doivent être vendus en France ! Les textes de Ferdinand Fabre sont *Le Séchoir aux châtaignes* (que nous appelons *clède*, ici), extrait des *Courbezon* ; et *L'Alouette ingénieuse*, extrait de *Julien Savignac* (qui nous conte, je le reconnais, une histoire assez peu croyable...). Je ne vous apprendrai pas que Ferdinand Fabre est mort vers 1900, que ses deux principaux livres ont été appréciés par Sainte-Beuve, sous le second Empire. Les textes que nous avons parlent des Cévennes, mais Ferdinand Fabre est né à Bédarieux ; il situe ses récits dans la haute vallée de l'Orb et sur le plateau de l'Escandorgue, entre Lodève et Bédarieux. Ces pays se trouvent, j'en conviens, très au sud de la limite méridionale des Cévennes. Il faut croire qu'au siècle dernier les Cévennes descendaient jusqu'au bas Languedoc.

Ou bien existe-t-il des gens du Languedoc qui se veulent Cévenols sans que cette prétention soit admise par les géographes ? Je jure que j'ai toujours informé les élèves de cette question, mais sans insister, sans en faire un drame. Si M. F. Fabre était encore vivant, peut-être aurais-je osé lui écrire pour lui demander des explications. Paul Fontanes, lui, est monté sur ses grands chevaux, accusant M. F. Fabre d'avoir voulu nous voler nos Cévennes : il le voit aussi noir que Richelieu et Louvois réunis. Quant à V. Bouillot, il le taxe de négligence, d'incompétence et de complicité. Il s'est mis à éplucher notre livre de français, pour y trouver d'autres tares, prouver son insuffisance et proclamer en conséquence la supériorité de son cher Mironneau (beaucoup moins vendu, je crois). Or, je suis presque sûre qu'il avait décidé d'abandonner ce même Mironneau et de le remplacer par *Les Yeux clairs*, de Pérochon. Il a changé d'idée, tant mieux. Le Mironneau est un excellent livre de lecture, quand même un peu difficile pour des enfants de la campagne ; de plus, ce n'est pas un livre unique de français. Quant au Pérochon, je vous ai dit mon avis.

Ils font des querelles sur la pointe d'une aiguille ! penserez-vous. Peut-être, peut-être, monsieur l'inspecteur. Mais avouez que c'est pour la bonne cause, celle de l'instruction publique... Je vous serais très reconnaissante de me donner votre avis sur cette contestation de la limite des Cévennes, après avoir, si vous le jugez utile, interrogé un géographe de Nîmes ou de Montpellier. C'est là une demande professionnelle. La réponse ne changera rien pour moi, puisque je prends ma retraite à la fin de l'année scolaire. Si votre fils a raison, si M. Bouillot a commis une grave négligence, j'aurai un regret de plus : celui d'avoir utilisé durant presque toute ma carrière un livre de lecture qui ne méritait pas ma confiance. Mais c'est important pour les milliers de maîtres qui enseignent avec le Bouillot.

Oui, cher Georges, ma carrière est finie. C'est beau et terrible. Comme le temps passe. Je m'en rends compte maintenant, quand je me retourne pour regarder ma vie par-dessus mon épaule. Il n'empêche que certaines années de solitude m'ont semblé bien longues... Deux générations d'élèves ont défilé dans ma classe. Je me sens aussi vieille que le monde, et pourtant, certains jours, de furtifs élans de jeunesse me montent au cœur, et l'espace d'une seconde je croirais avoir encore vingt ans. Je regarde mes élèves jouer dans la cour de récréation, les filles à la ronde, à chat perché, à la marelle; les garçons aux barres, à la « chasse », aux billes... Cris et rires m'entourent, me défient et me bercent : musique familière, que j'écoute depuis plus de trois décennies, qui a été le scherzo de ma vie et que j'avais crue éternelle, mais que je vais perdre bientôt... Du côté des filles, cinq ou six petites, guidées par une grande, chantent soudain *Ma tant'lire, lire*, et ces voix qui me fouettaient le sang joyeusement me serrent soudain la gorge :

J'ai six beaux gâteaux,
Ma tant'lire, lire, lire,
J'ai six beaux gâteaux,
Ma tant'lire, lire, lo...

Une gamine est tombée. Marguerite Robert, ma grande du certificat, l'aide à se relever. Marguerite est partout, active, attentive, un œil à tous les jeux, une oreille à l'écoute de tous les cris, de tous les chants, menant de front deux ou trois conversations, surveillant les petites d'un côté, guettant les garçons de l'autre. Je ne peux m'empêcher de la voir en maîtresse d'école, d'ici à huit ans ou dix ans.

Comme je serais heureuse ! Je l'ai adoptée dans mon cœur : elle est l'enfant que je n'ai pas eu, que j'ai tant désiré, qui pourrait être maintenant un homme, une femme, et que je ne peux imaginer autrement que dans une classe ou une cour de récréation, au milieu des élèves, *ses élèves*. Marguerite s'accroupit devant la petite qui s'est blessée au genou, elle pose les lèvres sur la plaie. « Viens... » Pour conduire la gamine à la pompe, elle traverse la cour des garçons, qui arrêtent leurs jeux et la regardent. Elle passe, souveraine, dans son tablier à carreaux rouges, les cheveux dénoués, tenant la petite par la main et chantant : *Il n'y a rien de si charmant que la bergère aux champs*... Je voudrais tant qu'elle continue. Il me semble que je la perdrais un peu moins. J'espère qu'elle viendra me voir quand je serai à la retraite, pour me parler de la vie.

Mon Bouillot, mon cher Bouillot, est là, sous mes yeux. Un million cent soixante-deux mille... J'ai aimé ce livre, je l'ai fait aimer à plus de cent enfants. Me faudra-t-il le renier avant la fin de l'année ? Je l'ouvre au hasard, je tombe sur *Le Départ des hirondelles*, d'André Theuriet. Je lis les dernières lignes :

Quand mes yeux s'abaissèrent vers le sol, la ville entière me sembla morne et dépeuplée, et je restai longuement immobile à la fenêtre, pris de ce sentiment d'isolement et de tristesse qui suit les grands départs.

Telle serai-je à l'automne prochain.

Recevez, monsieur l'inspecteur, cher Georges, l'expression de mes plus fidèles pensées.

Rachel Pouget

P.-S. Réflexion faite, la limite des Cévennes n'a aucune importance. Pensez à mon poème.

Troisième partie

LE PRINTEMPS DES MAÎTRES ET DES ÉCOLIERS

1.

Ronde d'avril.
Me promenant dimanche,
Vive l'avril !
Dimanche au gai vallon,
Vive cette saison !

Je vis sur une branche,
Vive l'oiseau !
Dans un nid, trois pinsons,
Vivent l'oiseau, l'oiselle !
Dans un nid, trois pinsons
Vivent les oisillons !

J'approchai mon oreille,
Vivent les nids !
(...)
« Vous êtes la plus belle !
Vivent les bois ! »
Dit le premier pinson,
« Vive la tourterelle ! »
Dit le premier pinson.
Vivent les beaux pigeons !

Ernest Pérochon,
Contes des Cent un matins,
Librairie Delagrave, 1930.

Paul Fontanes s'est arrêté au bord du chemin, sur la droite. Il considère l'amas de maisons qu'on appelle Mas Gibelin. Une espèce de forteresse à la cévenole, étroite et haute, gris rougeâtre, presque sans fenêtres aux étages, domine l'amas serré des maisons. Une quintuple collerette blanche de vergers en terrasses cerne le mas, donnant à la colline entière l'allure d'un ziggourat ou, si l'on veut, d'une tour de Babel écourtée. Au-dessous, les aulnes et les ormes verdissent au fond du valat.

— Le Mas Gibelin, dit Paul à Claire, qui se tient en retrait, tête levée, le Mas Gibelin se trouve dans la commune de Saint-Pierre, mais il est beaucoup plus près de Saint-André.

Il se retourne vers sa femme, tend une main accusatrice vers le Mas Gibelin.

— Sais-tu qui habite là ?

Claire serre son col et sourit.

— M. Balthazar Jourdan ?

— Ce vieux garçon dissolu, qui se trouve comme par hasard le parrain de la petite peste, Marguerite Robert !

— Que les enfants appellent Pascaline...

— Oui, c'est elle-même qui s'est affublée de ce prénom ridicule. Si elle avait deux ans de plus, je n'hésiterais pas à la traiter de coquette et même d'aguicheuse. Elle a de qui tenir : la rumeur court que le soi-disant parrain serait en réalité son père. La mère, en tout cas...

— Paul !

— Mais quoi ?

— Je n'aime pas quand tu te fais l'écho de toutes ces médisances.

— Certes, certes. Il n'empêche que j'ai eu tort de m'associer à Mlle Rachel pour la préparation au certificat. Cette tête folle dissipe mes garçons... Je veux parler de Marguerite, bien sûr. Même Antoine, qui est maintenant dans les nuages, la moitié du temps ! Cela fait deux bons mois qu'il ne progresse plus. Songe que nous serons la risée du canton si notre fils n'a pas le prix cantonal !

— Crois-tu donc que le canton ait les yeux fixés sur nous ?

— Il y a eu l'affaire de l'école mixte qui nous a mis sur le devant de la scène. Pour le prix cantonal, nous avons peut-être affiché nos ambitions trop tôt. Et puis quelqu'un a bavardé à tort et à travers. Il se dit partout que je n'ai pas présenté Antoine l'an dernier pour avoir cette année le premier du canton. C'est faux, tu le sais mieux que moi.

— Tu m'accuses d'avoir parlé ?

— Je soupçonne Ninikoff. Ce gamin n'a aucune cervelle, il répète en le déformant tout ce qu'il entend. Quoi qu'il en soit, les gens seraient ravis de nous voir essuyer un tel camouflet. Si ce malheur arrivait, nous n'aurions plus qu'à chercher un poste double dans la plaine !

— Mon Dieu, quelle horreur ! Mais si ça arrivait, en admettant que ce soit aussi grave, Marguerite Robert n'y serait pour rien.

— Tu ne comprends pas ? Le prix risque de se jouer à un point, un demi-point peut-être. Antoine ne peut pas se permettre de rêvasser et de lorgner les filles !

— Paul, il est bien trop jeune pour s'intéresser aux filles.

— Voire. J'ai peur qu'il ne tienne de mon père, qui se vante d'avoir commencé à courir le jupon l'année du certificat, justement.

— Ton père est un charmant vieux monsieur, mais il a parfois tendance à exagérer.

— Hum, hum, oui. D'ailleurs, Antoine n'a aucunement l'idée de courir après cette Marguerite. Mais elle, la petite poison, est en avance sur son âge et ne manque pas une occasion de se rendre intéressante. Les garçons la regardent faire la folle et oublient leur travail. C'est tout..., mais c'est déjà trop.

— Ils ne la voient qu'une fois par semaine.

— Beaucoup plus. Elle trouve toujours un bon prétexte pour dévaler à Saint-André, le dimanche, le soir, à midi, même.

— D'un autre côté, elle travaille assez bien, n'est-ce pas ? L'émulation devrait aiguillonner les nôtres et les inciter à se surpasser.

Paul tire son chapeau sur son front, claque le pouce.

— Par je ne sais quelle guigne incompréhensible, l'émulation ne joue qu'en faveur des élèves de Saint-Pierre. Marguerite Robert, la mâtine, est maintenant juste derrière Antoine. Elle a dépassé Thirza Favantin, Sarah Javols et Jeannot Constant, ce qui, tu t'en doutes, n'est guère apprécié des familles. Antoine devrait travailler comme un fou pour la distancer, mais non. Il baye aux corneilles et admire la demoiselle. Je le soupçonne même de lire en cachette ces petits fascicules de Ferenczi, appelés « romans complets ». D'après ce que je sais, il s'est associé avec Pénéquet et Cerque-brègue, qui achètent ces imbécillités à Saint-Jean et les prennent pour argent comptant. Il ne lit plus aucun livre de bibliothèque et n'ouvre jamais son Mironneau en dehors de la classe !

« Eh bien, voilà où nous en sommes et pourquoi j'envisage sérieusement d'abandonner la préparation commune avec Mlle Rachel. D'autant que nous sommes en désaccord formel au sujet du Bouillot, qui est un mauvais livre. J'exige qu'elle avertisse ses élèves au sujet des textes de Ferdinand Fabre qui y figurent. C'est abusivement que Fabre appelle Cévennes son causse de Lunas et de Bédarieux. Les enfants doivent savoir qu'il y a là une erreur, si ce n'est pis. Mais Mlle Rachel ergote et tergiverse, si bien que ma patience est à bout... La question des Cévennes n'est pas la seule qui se pose à propos de

Ferdinand Fabre. Il y a dans le Bouillot une lecture tirée de son roman *Julien Savignac*, « L'Alouette ingénieuse » : une vraie foutaise de caussenard. J'ai trouvé un vieux Bouillot d'avant-guerre au fond d'un placard : je te ferai lire ça. Je ne t'en dis pas plus. Je songe à aller voir M. Laporte, à Saint-Jean, pour le prier d'arbitrer entre Mlle Rachel et moi... et aussi afin d'étudier une possibilité de travail en commun au dernier trimestre. De plus, j'avoue que j'aimerais bien savoir ce que vaut ce Jouanen, sur lequel on entend toutes sortes de contes. Il aurait à sa dernière composition marqué le maximum en calcul, dictée et rédaction, avec 9 de moyenne en géographie, sciences et lecture. Il dépasserait à tout coup quatre-vingt-dix points... Je n'y crois qu'à moitié et je voudrais en avoir le cœur net.

Claire soupire, regarde un oiseau de proie tourner très haut dans le ciel, dénoue son écharpe et soupire.

— Mon Dieu, notre Antoine ne serait pas déshonoré s'il était battu au certificat par ce petit génie.

Paul déglutit avec effort. Sa pomme d'Adam saute le long de son cou.

— Sans doute, sans doute.

Claire enroule son écharpe autour de son poignet, soupire encore, prend le bras de son mari.

— C'est donc si important pour toi, le prix cantonal ?

— Mon père...

— Ton père est inspecteur primaire, je sais. Pourquoi ne préparerais-tu pas l'inspection ?

— Jamais !

— Eh bien, nous partirons dans la plaine, s'il le faut, dit Claire. Ne crois pas que je pleurerai !

Le printemps cévenol est précoce. Lâché sur les pentes ensoleillées dès le début de mars, il enfièvre les vergers, habille la forêt, fleurit les prés et le bord des chemins, chauffe à blanc les clairs après-midi...

Pascaline noue avec un fil tiré de sa poche les violettes qu'elle vient de cueillir, pour les attacher au corsage de Mlle Rachel.

— Ça vous va bien, mademoiselle !

La maîtresse hausse les épaules.

— Disons que les violettes sont une fleur de mon âge.

— Vous avez l'air jeune, mademoiselle.

Mlle Rachel touche son chignon, un peu comme si elle touchait du bois. Puis elle regarde le ciel, vers le sud, du côté de la mer. Elle regarde souvent du côté de la mer, peut-être parce qu'elle a eu un ancêtre condamné aux galères du roi, ou simplement parce qu'elle a, dans sa jeunesse, rêvé de lointains voyages. De toute façon, la vue est fermée par la montagne, à l'est et au nord... Elle ébouriffe les violettes, caresse son cou.

— Tu devrais me poser la question qui t'est restée sur les lèvres l'autre jour, en classe. Tant que nous sommes seules... Je crains que nous ne le restions pas longtemps.

— Oui, mademoiselle, et puis je m'échappe. Mademoiselle, à quel âge une fille peut-elle avoir des enfants, si elle veut ?

Mlle Rachel se tait une seconde.

— Ne me dis pas « mademoiselle » à chaque phrase. Ça finit par être fatigant.

— C'est pour le respect, mademoiselle.

— Je sais que tu me respectes, et que tu m'aimes aussi, ce qui est encore mieux. Une jeune fille peut se marier à quinze ans et donc avoir des enfants vers seize ans. Si on est très pressé, il est possible de demander une dispense à M. le président de la République.

— Alors, on ne peut pas avoir d'enfant avant quinze ans, même si on rencontre un homme ?

Mlle Rachel laisse son regard se perdre dans la

profondeur du ciel, à la fois cru et vif, couleur de bleu à linge. Quelques nuages très blancs courent allégrement sur les crêtes, emportant rêves, jeunesse, espérances... Pendant de longues années, elle s'est demandé : « Jusqu'à quel âge une femme peut-elle avoir un enfant ? » Elle a cessé depuis longtemps de se poser la question. Elle tourne la tête, sourit à sa jeune élève.

— Ce n'est pas si simple. Mais je suis une vieille fille, comme on dit, et je n'aime pas parler de ces choses. Je préférerais que tu en discutes avec ta maman.

— Oh, ma maman...

Pascaline prend le bras de sa maîtresse, s'appuie un peu contre elle.

— Vous, vous auriez aimé avoir des enfants ?

Mlle Rachel se raidit un peu. Cette gamine est insupportable, avec ses questions. Mais elle l'aime presque moins pour ses qualités que pour les défauts qui en sont le revers. Elle se sent obligée, par dignité, de répondre sincèrement.

— Quand j'étais très jeune, oui, je rêvais des enfants que j'aurais, de la famille que je fonderais. Et puis, dans la réalité de la vie, cette préoccupation est vite passée après le travail et les idées que je défendais sur la situation des femmes. La famille, les enfants, c'est important, pour une femme aussi bien que pour un homme. Mais une femme doit penser avant tout à son indépendance. Est-ce que tu peux comprendre quel bonheur c'est de ne pas dépendre d'un homme, même d'un mari qui t'aime ? Et l'indépendance, c'est le travail, le métier, un bon métier. C'est bien de penser aux enfants, à ta vie de femme. Mais je voudrais que tu penses aussi à ton futur métier...

Pascaline baisse les yeux, gratte la poussière blanche de la route avec la pointe de son soulier.

— J'y pense, mademoiselle. Je vous ai dit : je voudrais être vendeuse dans un grand magasin.

Mlle Rachel balance la tête d'un air pensif.

— Ma foi, c'est un métier, c'est un métier. Mais, à mon avis, tu vaux plus.

Pascaline se détourne, elle tend la main droite vers la vallée, là où la route qui monte de Saint-André à Saint-Pierre dessine une épingle à cheveux, un « fer de mulet » entre les châtaigniers.

— Je les vois. Ils sont plus que tous les deux, les enfants ont dû aller d'un autre côté. Ils viennent sûrement vous parler. Je me sauve !

Mlle Rachel tente un geste pour retenir son élève. Un geste qu'elle ne s'explique pas très bien. Se montrer en compagnie de Marguerite est une façon de défier Paul Fontanes : elle en a assez de filer doux devant lui... Non, ce n'est pas la bonne raison. Elle veut seulement prouver au couple Fontanes qu'elle n'est pas une vieille fille sevrée d'affection et condamnée aux dimanches solitaires. Enfantin !

Elle éclate de rire. Pascaline se retourne, fixe la maîtresse avec cet air effronté, questionneur et malicieux qui lui va si bien et qui la rend deux fois plus jolie.

— Je peux rester avec vous, si ça vous embête d'être seule.

Elles font chacune un pas, se tiennent une seconde face à face, graves, la tête penchée, les mains ouvertes. Pascaline a beaucoup grandi, ces derniers mois, elle a seulement un front de moins que Mlle Rachel. Un front et un chignon... Elle sourit de toutes ses dents et se jette dans les bras de sa maîtresse, appuie le menton sur son épaule, frotte sa joue contre la joue de la demoiselle.

— Je suis contente d'être avec vous. J'ai envie de rester !

Mlle Rachel repousse son élève avec une caresse.

— C'est le plus gentil mensonge que j'aie entendu depuis bien longtemps. Tu n'as qu'une envie, c'est d'aller courir après les garçons Fontanes. Allez, file !

— Merci, mademoiselle.

Pascaline s'enfuit aussitôt dans un grand envol de fleurs imprimées. Elle bondit le long d'un sentier, sa jupe légère découvre ses longues jambes nues. Elle a quitté ses bas depuis une semaine au moins, c'est sa façon de fêter le printemps. Si elle osait, elle vivrait en pagne... Au premier tournant du sentier, elle pirouette sur un pied, envoie un baiser du bout des doigts et s'enfonce entre les haies.

Mlle Rachel ne peut détacher son regard de l'endroit où l'enfant a disparu. Elle se sent tout à coup affreusement seule. Elle fait quelques pas sur la route, en descendant. Il lui semble que le sol se dérobe sous ses pieds. Elle s'arrête.

Les Fontanes qui montent. D'ici à cinq minutes, elle se trouvera devant eux. Elle a très envie de voir Claire, qu'elle aime beaucoup. Mais Claire se taira, comme d'habitude. « Et je devrai écouter une fois de plus Paul Fontanes rabâcher le certificat et ergoter sur la limite des Cévennes... Oh non ! »

Elle peut encore échapper au pensum. Son cœur se précipite, elle regarde autour d'elle, s'assure que personne ne peut la voir. Vite, le raccourci. Elle trébuche sur les pierres mal jointes d'un escalier qui enjambe les faïsses, ces traversiers à la mode des Cévennes. Elle court, haletante, le long d'une terrasse envahie de ronces, elle accroche sa manche, un bruit de déchirure, tant pis. Elle va s'enfermer chez elle et faire semblant d'être absente. Cent mètres plus loin, elle doit s'arrêter, les deux mains croisées sur son cœur qui bat la chamade. « Qu'est-ce qui t'arrive, Rachel, tu deviens folle ? » Une douleur aiguë lui perce la poitrine, son regard se voile. Elle tourne le dos au village et avance vers les bois, tout doucement, presque à tâtons.

— Fofette ! Fofette !

Fofette se retourne, tire la langue à Ninikoff.

— Adieu, monsieur Gédéon, bonjour chez vous !

Puis elle s'élance à la poursuite de Davy et de Tavou Maucloux.

Ninikoff s'égosille encore un instant puis se tait, souffle à pleines joues, ferme les yeux. Elle est partie, rien à faire pour la tenir, celle-là. Il est seul au bord d'un chemin, à cinq cents mètres du village de Saint-Pierre.

Les Fontanes ont profité de ce beau dimanche après-midi, le dernier de mars, pour une sortie en famille. Cette année, Pâques tombe assez tard, le deuxième trimestre n'en finit pas et le printemps donne des envies. Ninikoff aurait préféré marcher le long du Gardon. Maman aussi, elle va beaucoup mieux, grâce aux remèdes du docteur de Nîmes, mais elle est encore un peu faible et la montagne lui fait peur. Mais papa a dit non. « L'air de la rivière n'est pas sain pour toi, chérie. Surtout en cette saison. Il faut que tu marches au soleil, que tu respires l'air sec. On va monter à Saint-Pierre... » Maman a ri gentiment. Elle n'en veut jamais à papa quand il la contrarie. Elle rit, sourit, soupire. « Faisons comme tu veux. » Ninikoff en est quelquefois un peu agacé. Il aimerait qu'elle se rebiffe, il ne sait trop pourquoi. Davy a soutenu papa. « On monte, y a du soleil tout le long de la côte, on pourrait même quitter sa chemise ! » Papa a froncé les sourcils. « Ne t'avise pas de quitter ta chemise, mon garçon ! — Oh, c'était juste pour rire. Et puis j'ai des copains là-haut... — Tu as des copains à Saint-Pierre ? — Et comment ! »

Là, Davy arrange la vérité. On ne peut pas avoir des copains à Saint-Pierre, parce que les gens de la montagne méprisent trop ceux de la vallée. Tout juste s'ils n'osent pas dire que Saint-André, ce n'est plus les Cévennes... Davy va rejoindre Tavou Maucloux, qui habite à la limite des deux communes, et ensemble ils iront retrouver Télémaque Farinier, dit Pénéquet, vers les hauts de Saint-Pierre. Pénéquet profite du dimanche pour garder les bêtes d'un propriétaire de Saint-Pierre : il grimpe sur un monticule ou même sur un arbre — on ne le croirait pas si agile, gros comme il est — et il peut surveiller les amants, les femmes fatales et les sbires dans toute la montagne, le long de la route, et presque jusqu'au fond de la vallée. Il a des jumelles qui grossissent dix fois, rien ne lui échappe.

Bien sûr, Davy et Tavou ont l'intention de l'aider à surveiller et ils espèrent voir un amant, peut-être même une femme fatale, mais elles sont rares dans la montagne. Les sbires, on ne les voit jamais, ou, si on les voit, c'est trop tard : ils sont déjà sur vous, prêts à vous sauter dessus pour vous ligoter et vous emmener au fin fond de l'Asie ! Davy a demandé à Ninikoff de garder Fofette pendant qu'il ferait le guet avec Télémaque et Tavou.

— T'es trop jeune pour guetter. Si jamais tu voyais une femme fatale, tu risquerais d'être très malade et de perdre la boule !

Alors, le temps d'un éclair, Ninikoff s'est demandé si les grands ne se fichaient pas de sa fiole. Non, impossible. D'abord, ils ne sont pas si grands que ça : ils n'ont qu'un an de plus. Et les amants et les femmes fatales existent bien, puisqu'on en parle dans les livres sur la vie. Tavou Maucloux a lu le doute dans les yeux de Ninikoff. Il est venu lui taper sur l'épaule.

— Hé, faon de biche, je me pensais aussi : le Pénéquet y *barjique* comme ça et peut-être qu'il galèje à moitié. Alors, j'ai demandé à cousin Martin. T' sais c' qui m'a répondu, cousin Martin ? Y m'a répondu : « C'est pas des charres, cousin Maucloux. Les femmes fatales, ça vaut les garces en dix fois pire ! » Et voilà, mon drôle !

En partant, Davy a sorti des papiers de sa poche de culotte et les a tendus à son frère.

— Prends mes dates et mes départements. T'auras qu'à dire à papa que je les ai étudiés un moment et que je te les ai prêtés pour que tu repasses un peu. Il sera tellement content qu'il te posera pas de questions ! Oka ?

Ninikoff a pris les deux listes. Il n'a pas du tout envie de réviser son histoire-géo. Il est sûr que Davy et Tavou ne lui ont pas tout dit. A les voir filer comme des chiens courants sur une piste, on croirait que Pénéquet leur a envoyé un message pour leur dire qu'il a un coup en vue. Le berger a peut-être repéré un amant *et* une femme fatale. Comme il est trop gros pour les poursuivre, il va lancer Davy et Tavou à leurs trousses... Fofette aussi a l'air de se douter de quelque chose. Ninikoff n'a pas pu la retenir plus de cinq minutes. Il n'a pas essayé de lui courir après, il sait bien que ça ne sert à rien.

Et si elle voit un amant ou, pis, une femme fatale, est-ce qu'elle risque de devenir folle ?

Il s'assoit pour réfléchir, tout en regardant les listes de Davy. *Charles Martel bat les Arabes à Poitiers en 732. 843, traité de Verdun, l'empire de Charlemagne est partagé en trois États : France, Germanie et Lotha... Lotha...* Non, Fofette ne risque rien, en cas de mauvaise rencontre : elle ne comprendra pas. Elle est trop petite, les choses de la vie lui passent au-dessus de la tête. Elle ne saurait pas faire la différence entre un amant et un aiguiseur de couteaux... Et si elle croise une femme fatale, elle la prendra pour une dame ordinaire, juste un peu fardée !

Lui, Ninikoff, se sent malin et fort. Oh, il ne va

pas renoncer à la chasse. Puisque c'est comme ça, il guettera tout seul. Il va d'abord monter à Saint-Pierre. Les trois autres sont dans la montagne, alors les amants et les femmes fatales, s'il s'en trouve par là-haut à la recherche d'une proie, vont peut-être se réfugier au village. En avant, Fanfan la Tulipe, en avant !

Il a un peu peur, mais il est décidé à percer coûte que coûte le mystère de l'amour. Et il n'a toujours pas pu lire *L'Atroce Baiser*, un livre à soixante centimes, deux fois plus gros et plus plein de secrets terribles que les autres à trente centimes.

Claire pose la main sur le bras de son mari.

— Paul, je suis un peu lasse. Je vais te laisser continuer seul pour rejoindre les enfants.

— Tu veux déjà rentrer à la maison ?

Paul Fontanes tire sa montre savonnette de la poche de sa veste, fait mine de regarder le cadran, mais Claire voit bien qu'il a la tête ailleurs. Elle connaît ce geste machinal. Si on lui demandait l'heure, il serait bien embarrassé... Elle retient un sourire. A l'époque de leurs fiançailles, il posait le doigt sur le bout de son nez. « Tu as deux petits plis là... » L'index glissait au coin de sa bouche, descendait, suivait le contour de son visage, entre joue et menton. « Et là une petite fossette et une autre de ce côté... » Il serrait le front de Claire entre ses mains. « Oh, tu ris, tu te retiens, tu ris en dedans. Laisse-moi voir le feu follet danser dans tes yeux couleur de la mer ! »

C'était le temps de l'espérance et du bonheur. Le feu follet ne danse plus dans les yeux de Claire ou, en tout cas, il n'y a plus personne pour le voir. Et, si son regard prend parfois la couleur de la mer, ce n'est sûrement plus la même eau.

— Je n'ai pas le courage de monter jusque là-haut, dit-elle. Je vais me reposer un peu dans un chemin ou au bord du bois.

Paul acquiesce d'un signe distrait. Il lève le menton, roule les yeux. Il a l'air de vouloir prendre d'assaut la forteresse de Saint-Pierre pour quereller sa malheureuse collègue, Mlle Rachel, jusqu'à ce que honte s'ensuive.

— Oui, oui, bien. C'est ça, repose-toi. A tout à l'heure !

Elle le regarde frapper la pierre du talon de ses souliers, comme s'il partait pour une juste guerre.

Elle attend qu'il ait disparu, sans se retourner, au premier coude. Elle descend à petits pas le long de la route, puis s'engage dans un chemin de bois en chantonnant :

On n'a pas tous les jours vingt ans
Ça nous arrive une fois seulement...

Ses parents ont la T.S.F. Elle a entendu Berthe Sylva, la « reine Berthe », chanter avec une stoïque tendresse cette valse bien balancée. Dix ans plus tôt, elle aurait haussé les épaules : ritournelle pour midinettes ! Mais, ce jour-là, elle s'est figée corps et âme pour écouter. Une drôle de douleur lui a piqué la gorge. « Non, ce n'est pas possible... que ça n'arrive qu'une fois... que la vie finisse comme ça ! » Elle s'est sentie rougir, par chance, personne ne la regardait. Elle a eu mal longtemps.

Elle longe une haie fleurie, essaie bravement *Quand on s'aime bien tous les deux*, puis *Quand on s'aime on a toujours vingt ans*. Ni l'une ni l'autre ne passe... Tant pis, c'est un tel plaisir de pouvoir chantonner n'importe quoi sans risquer les sourcils froncés et le regard sévère d'un maître d'école ! Il y a des chansons qu'une institutrice laïque et cévenole n'a pas le droit de fredonner dans sa cuisine. Elle passe à *Parlez-moi d'amour* et à *Madame Arthur*.

C'est que sans être vraiment belle,
Elle avait un je-ne-sais-quoi,
Madame Arthur.

L'écho répond : « Un je-ne-sais-quoi... que tu n'as pas ! » Des notes insolentes lui montent aux lèvres. *Couchés dans le foin...* Elle se tait, le feu aux joues. Tu vas trop loin, ma fille !

Elle s'est enfoncée dans le bois. Elle respire l'odeur acide des bourgeons. Elle aperçoit sa première anémone sauvage le long d'un sentier, elle forme un vœu qui lui met le feu aux joues. Elle se penche pour cueillir l'anémone, puis suspend son geste. Vis ta vie, petite fleur, vis ta vie ! Un nuage passe devant le soleil, un coup de vent fraîchit l'air. Elle frissonne. Elle court vingt mètres, puis, essoufflée, s'assoit sur un talus de bruyère. Elle va mieux, non grâce au traitement du docteur de Nîmes — de cela elle est bien sûre — mais pour une raison secrète que seule une chanson pourrait dire. Elle est quand même très fatiguée. N'importe quel médecin lui aurait signé un congé de maladie. Mais Paul aurait renâclé en songeant aux répercussions de son absence sur les futurs certificats, jusqu'en 1940 !

Et dans quinze jours, ce seront les vacances de Pâques. Elle tiendra bien jusque-là... Elle quitte son chapeau, respire à petits coups, cherche une chanson gaie : *Si tu veux... Marguerite.* Elle se souvient : on la chantait à l'école supérieure l'année de la guerre. *Si tu veux faire mon bonheur, Marguerite, donne-moi ton cœur...* Mon Dieu, que c'est bête, les chansons !

Elle sort son mouchoir, se mouche d'un geste distrait. Elle est si bien, là, dans la bruyère. Les oiseaux chantent le printemps et la vie. Ils se donnent leur cœur sans façon et se fichent du certificat... Vivez votre vie, petits oiseaux !

Paul escalade du même pas fougueux et fringant la *mountade* de Saint-Pierre. Il s'anime, parle tout seul.

« Ma pauvre Marie, je regrette de te faire de la peine. Je ne peux plus te garder dans la classe du certificat. Pour ton bien, et le bien de tous, il faut que tu reviennes au cours moyen !

« Eh non, tu vois bien, je ne peux pas te présenter à l'examen dans ces conditions. Tu nous ridiculiserais tous les deux.

« Oui, je sais bien que ton papa en sera chagriné. Mais je l'ai vu hier..., enfin, l'autre jour. Je trouve qu'il va bien. Fais-moi confiance, il sera encore là, l'an prochain. Et je te promets que tu auras ton certificat en 1936 !

« Bon, ta mère veut te sortir de l'école pour l'aider, je ne l'ignore pas. Mais, attention, l'école est obligatoire jusqu'à treize ans, et tu ne les as pas encore, que je sache.

« Ah oui, tu les auras l'an prochain, en cours d'année scolaire, à quelques mois du certificat. Nous nous débrouillerons. Tu travailleras avec ta maman dans la journée et tu viendras me voir tous les soirs pour t'entraîner.

« Ah non, je t'en prie, ne pleure pas. Je vais te parler franchement, Marie : si je suis obligé de te retirer de la classe de fin d'études, c'est autant à cause de tes pleurnicheries que de tes mauvais résultats. Chaque fois que tu as une crise de larmes, les autres profitent de l'occasion pour se dissiper. Même les petits se démanchent le cou pour le plaisir de voir chialer une grande. Et tu trépignes aussi comme une chèvre à l'attache ! Rappelle-toi, il y a deux ou trois semaines, quand tu as renversé ta chaufferette sur tes pieds. Tu t'es brûlée et tu as failli mettre le feu à l'école !

« Si tu peux espérer revenir dans la classe du certificat cette année même, au dernier trimestre ? Oui, si tu améliorais tes résultats et si tu changeais de conduite. Quand apprendras-tu à bien te tenir ? Nous, protestants, nous distinguons dans le monde par notre dignité, notre retenue, notre courage. Des siècles de persécution nous ont appris à faire face à l'injustice avec une crânerie qui en impose à nos adversaires. Je te le dis en confidence, car je ne peux parler de religion en classe...

« Certes, certes, je suis laïque avant tout et ne fréquente pas le temple, bien que m'honorant de l'amitié du pasteur Pierret. Pour en revenir à ton affaire, Marie, je ne veux pas te donner de faux espoirs pour cette année. Il faudrait un miracle !

« C'est une façon de parler. Je ne crois pas aux miracles, les miracles n'existent pas. Non plus que Dieu et les anges !

« Prier, ma fille ? Au point où tu en es, ça ne peut faire de mal. Mais que je ne te voie pas remuer les lèvres en classe ! »

Mlle Rachel traverse un champ de pervenches sombres et luisantes. Les fleurs bleues en hélice percent de loin en loin le tapis du feuillage. Elle se réfugie au creux d'une combe où un ruisselet serine son glouglou. Elle s'assoit sur une pierre plate, aux bords tranchants, et laisse le courant caresser sa main pendante. Elle respire l'odeur crue de la mousse, des algues et des soucis en bouton. Les buis et les chênes verts forment autour d'elle une poche touffue, ombreuse et fraîche, où elle se sent à l'abri. Mais le froid la saisit vite, elle frissonne, serre son fichu sur ses épaules. N'importe, elle est bien, elle est seule. Personne ne vient jamais en ce lieu secret, où les bêtes sauvages s'arrêtent parfois pour boire en traversant le ruisseau.

Elle cueille une demi-douzaine de violettes puis les abandonne : ce sont des fleurs de regret, presque de deuil. Et puis les élèves en apportent tous les jours, la classe en est pleine... Elle ferme les yeux. Elle a acheté un *mazet*, un petit mas, à mi-côte, où elle vivra quand elle aura pris sa retraite. Elle viendra au valat tous les jours, pour rêver et se souvenir. Elle sera heureuse, enfin, presque heureuse... Elle sort de son corsage une poignée de feuillets jaunis. Ces pages ont plus de trente ans. Elle a eu mille fois envie de les brûler, après sa rupture avec Georges. Qu'est-ce qui l'a donc retenue ? Un pressentiment ? La certitude qu'elle vieillirait sans amour, qu'elle n'aurait plus un jour que ces pauvres et tendres rimes pour se rappeler leurs années d'espérances ?

Tu es nue sur le sable de mon rêve,
Ô nuit, ô temps suspendu, heure brève !
Je t'aime.

Elle lit, relit, compte les battements de son vieux cœur usé par trente-cinq ans de classe unique. Quand la fatigue pèse sur ses épaules et froisse ses paupières, elle se donnerait dix ans de plus que son âge ; aux instants d'oubli, elle croit sentir dans ses veines la candeur et la fougue de ses vingt-cinq berges.

La pensée qu'elle va perdre aussi les enfants la réveille au petit matin, entre terreur et désespoir. Elle se voit seule dans sa maison grise et froide, seule le jour de la rentrée, à la première heure de la classe, à l'heure de la récréation. Elle se voit guettant de loin les enfants sur la route ou dans la cour, honteuse de son indiscrétion, honteuse de sa vie inutile.

Elle n'a plus que le souvenir et les vers de Georges...

Tu te donnes, j'ouvre les mains et cueille
Du bout des doigts le fruit mûr sous la feuille.
Tu m'aimes.

Un espoir fou, cent fois ressassé, tourne et tourne

dans sa tête. Et si Marguerite continuait ? Elle serait en pension, mais rentrerait à Saint-Pierre toutes les semaines ou tous les quinze jours, ainsi qu'aux vacances. « Elle viendrait te voir et tu l'aiderais, oh, comme tu l'aiderais ! »

Mais que faire pour persuader l'enfant de renoncer à son rêve de petite vendeuse sans avenir ? Mlle Rachel a beau se creuser l'esprit, elle ne voit aucun moyen. Sauf... Il n'y pas une chance. Il faudrait que Marguerite soit première du canton !

Ninikoff, la main en visière sur ses yeux, scrute un oiseau de proie occupé à tourner au-dessus d'une colline ronde, d'un gris verdissant. Un faucon, une buse, une espèce de *tartane*, quoi... Les petits paysans savent reconnaître les oiseaux, lui n'en est pas capable. Il se rappelle le conseil de Pénéquet.

— Tu fais attention s'il va vers la droite ou vers la gauche. Si c'est à droite, il a vu une bête à manger, il s'apprête à lui foncer dessus. Si c'est à gauche, il a vu un amant, qui a encore du sang à la bouche : il est tout *dévarié* par la senteur, blague à part.

A droite ? A gauche ? Blague à part ! Ninikoff n'est plus sûr de rien. Il s'en veut. Papa a raison, il n'est qu'un étourdi, un minus habens. Oublier ses départements ou ses dates, passe encore, mais les choses de la vie !

Il décide que l'oiseau a une façon pas ordinaire de tourner dans le ciel. Il a dû voir ou sentir un amant, endormi, repu, tout barbouillé du sang d'une honnête ménagère... Que faire ? Prévenir les autres ? Ils savent sûrement. Avec ses puissantes jumelles, Télémaque n'a pu manquer de voir la tartane, et même de repérer l'endroit où dort l'amant, juste au-dessous.

Et puis Ninikoff doit s'avouer que la peur lui donne un drôle de creux au milieu du ventre. Sans compter les frissons dans le dos et les jambes en coton... Il pourrait descendre au café Chabert, prier le père ou la mère Chabert de téléphoner aux gendarmes pour dire qu'il a vu un amant. Mais il n'a rien vu du tout, juste un vilain oiseau dans le ciel. Et si l'amant se réveille et fiche le camp, s'il n'y a plus personne quand les gendarmes viendront, de quoi aura-t-il l'air ? Prévenir ses parents, il n'oserait jamais, il ne peut pas leur avouer qu'il en sait si long sur la vie réelle. D'ailleurs, il est trop petit pour se mêler de ces choses. Les grands savent quoi faire, eux, ils ont lu presque tous les romans complets, même *L'Atroce Baiser*.

Une inquiétude lui vient : Fofette. Les amants, autant qu'il sache, ne s'en prennent pas aux petites filles, mais sait-on jamais, quand ils ont faim ! Retrouver Fofette, la ramener aux parents, voilà ce qu'il doit faire tout de suite. Il n'aurait jamais dû la laisser partir. Il s'élance dans le chemin où elle a disparu. Il trébuche sur la première pierre, ses jambes ne le portent plus, il respire la bouche grande ouverte. Il a la pétoche, les foies. Il se sent seul et impuissant. Il serre les dents. Il va monter au village et demander du secours. Il expliquera qu'il a perdu sa petite sœur. Il n'a pas besoin de parler de la tartane ni de l'amant. Sa petite sœur s'est échappée, il la cherche, c'est tout.

Soulagé, il trotte sur un raccourci. Il a les genoux plus fermes et le souffle plus léger. Il guette l'oiseau mystérieux du coin de l'œil : le voilà qui tourne dans l'autre sens, maintenant. Ça, c'est sûrement un signe, mais de quoi ?

Soudain, il est encerclé par une bande de gamins. Enfin, pas vraiment une bande : ils sont trois, menus, maigres, mais l'air terrible, menaçant, fronde au poing. Le plus fort, qui doit être le chef, se distingue par des oreilles larges et décollées. Il s'avance d'un pas en faisant tournoyer son arme.

— Où tu vas, *tétaïre* ?

Un *tétaïre* est un jeune enfant qui tète encore sa mère. Prononcé autrement, c'est aussi un petit de grenouille. Les trois garçons fixent Ninikoff méchamment, le béret sur le front ou sur l'oreille. L'un est un *rougnous*, un boutonneux qui a la rogne sur la figure et la gale aux mains. Le troisième a de longues dents de lapin et un œil louchon. Ils se dandinent en rigolant mais barrent à Ninikoff le chemin du village.

— Tu es sur notre terrain. *Vaï*-t'en voir en bas si on y est !

Et le *rougnous* :

— *Pouo pa léva sa lenguo !*

Le chef, en roulant les épaules :

— *Vau té faïré bada sébo !*

On va te forcer à demander pardon... Ninikoff fonce d'instinct, passe entre les grandes oreilles et les dents de lapin, détale à toutes jambes dans le raccourci du village.

Un pas a froissé la bruyère, elle en est sûre. Oh non ! Mon Dieu, faites que ce soit seulement un animal sauvage. Ou alors Fofette ou Ninikoff...

Elle se crispe un peu, se refuse à tourner la tête. Oui, quelqu'un essaie de se frayer un passage derrière elle, à travers les hautes tiges serrées, lentement, sans forcer, comme pour la surprendre. Ça doit être Ninikoff, suivi de loin par Fofette. « Mon pauvre René, si tendre et si naïf ! Il a plutôt neuf ans que onze, en esprit. Il vit à moitié au moins dans les chimères qu'il s'est forgées pour échapper à l'intransigeance de son père. Le mieux serait de l'envoyer à Alès, chez son grand-père, dès l'an prochain..., mais il me manquera tant. »

Un pas d'homme, ce n'est pas Ninikoff. Claire se lève brusquement, la main sur la poitrine.

— Vous... Vous !

Elle ne trouve pas d'autre mot. Elle se met à trembler, le souffle perdu. Elle réussit enfin à prononcer son nom : « Oh, Victor... Victor ! » Il se tient devant elle, tête nue, haletant, le visage brillant de transpiration. Il serre sa veste froissée sous son bras, il a dû courir comme un fou. Il regarde Claire en silence, d'un air d'adoration, puis baisse les yeux.

Elle essaie de comprimer les battements de son cœur.

— Victor... Victor, comment pouvez-vous être ici ?

Il recule d'un demi-pas, s'éponge le front avec son mouchoir.

— Je suis venu à bicyclette et je vous ai vus tous ensemble à prendre la route de la côte, comme j'arrivais à Saint-André. Je n'ai pas osé me joindre à votre promenade familiale, et puis...

Il jette sa veste sur la mousse.

— Claire, je vous en prie, ne fuyez pas. Rasseyez-vous.

Claire promène autour d'elle un regard hébété. Ils sont seuls au milieu du bois, mais elle ne peut pas rester. Elle doit s'en aller tout de suite. Elle lève les yeux sur Victor.

— Vous vouliez voir mon mari ?

Elle sent, dans sa voix, sur ses lèvres, une sorte de supplication. « Partez, Victor, je vous en prie ! » Mais il ne bouge pas. Il éclate de rire.

— Non, justement. Je n'avais aucune envie de parler de l'armée ou de l'école. Claire, je me fiche du certificat ! Je voulais vous voir, vous... Claire !

Claire fait un pas de côté, pour fuir. Un mur invisible l'arrête. Elle essaie de l'autre côté, le mur est aussi là. Alors, elle regarde Victor en face. Il sourit.

— Je vous ai suivis de loin, je guettais une occasion de vous aborder comme par hasard. J'ai vu les enfants partir devant, puis, au moment où je pensais vous rejoindre, je vous ai vue prendre un sentier du bois, toute seule et... me voilà !

Il sourit encore. Elle essaie de fermer son visage, de voiler son regard. En vain, elle sent sa bouche frémir, ses traits s'adoucir, une langueur gagner ses bras et ses jambes et même une lueur pétiller dans ses yeux. « Oh, Victor... » Elle abaisse les paupières pour lutter contre le vertige et s'assurer qu'elle ne rêve pas. La paume de Victor se pose sur son poignet. Elle tente de retirer sa main, elle est sans force. Victor s'approche pour la soutenir.

— Bon Dieu, Claire, vous allez tomber !

Il la prend aux épaules.

— Asseyez-vous sur ma veste.

Ses genoux ne la portent plus. Cette providentielle faiblesse l'autorise à se laisser aller. Elle est dans les bras de Victor, qui la serre une seconde puis se courbe pour la déposer entre deux touffes de bruyère. Il l'allonge sur sa veste dépliée. Elle ouvre les yeux et sourit. « Merci d'être là... » Elle a formé ces mots sur ses lèvres, elle ne sait pas si elle les a prononcés.

Il est à genoux devant elle, il tire sa jupe pour couvrir ses genoux, prend ses mains dans les siennes. Claire se demande quelle chanson idiote lui tournait dans la tête, tout à l'heure.

— Victor ?

— Claire. Je suis là, mon petit. Tout va bien.

Ninikoff débouche au pied du village, les trois autres à ses trousses, grandes oreilles en tête, pas loin. Il respire, il se croit sauvé : ses ennemis n'oseront pas le poursuivre jusqu'au milieu du bourg. Et puis Saint-Pierre est un village compliqué, entortillé, tournicoté, plein d'escaliers, de tunnels, de passages secrets, il pourra facilement leur échapper s'ils le pourchassent quand même. Du moins, c'est ce qu'il s'imagine...

Vu d'en bas, Saint-Pierre-du-Mont a l'air d'un château fort, sauf qu'on passe pour entrer sous le pont-levis et non dessus. Les faïsses lui font un plastron, côté vallée ; en haut, la montagne le domine, comme une statue géante taillée dans la lumière du jour. Les maisons s'agglutinent, s'entremêlent et se chevauchent : on dirait qu'elles se font la courte échelle pour monter au ciel. Maman, qui n'aime que la plaine, dit quelquefois : « Je me demande comment se débrouillent les gens de Saint-Pierre pour être sûrs qu'ils sont chez eux et pas chez le voisin ! » Façon de rire, les gens reconnaissent toujours leur maison, et même les bêtes.

Ninikoff s'élance. La rue principale ressemble à un couloir de cave. Il s'engage dans une galerie couverte, suintante d'humidité, et ne peut s'empêcher de frissonner. Les hautes maisons du bourg sont baignées toute l'année par le soleil, mais les bas-fonds ne voient pas souvent la clarté du jour.

Personne. Les gens sont dans les jardins, dans les vergers, sur les terrasses. Ninikoff aperçoit une vieille femme qui tricote sur une espèce de balcon en bois. Les hommes l'ont peut-être chargée de garder le village. Il se sent un peu rassuré. Mais, en réfléchissant, il se dit que grandes oreilles et les autres connaissent mieux que lui les raccourcis et les coins secrets du bourg... Il court donc vers la place de l'école et du temple, qui n'est pas au centre, mais tout en haut. Il étouffe un peu dans les passages couverts et les goulets, que les hauts murs écrasent. Son cœur secoué menace de lui remonter à la gorge. Il essaie de se moquer de lui. « T'as le cœur qui bat le beurre ! T'as la rate dans la baratte ! » Pourvu qu'il n'attrape pas encore un de ces étourdissements que les protestants n'ont pas... Il arrive enfin sur la place : personne. Il a sans doute semé ses poursuivants, mais il pourrait bien tomber sur un amant en train de guetter les femmes ou les jeunes filles qui ne seraient pas parties aux champs... Il lève la tête, pas de tartane dans le ciel. C'est bon signe.

Rien ne sépare la cour de l'école de la riante petite place, plantée de tilleuls et de mûriers. Ninikoff scrute les environs, s'approche des fenêtres de la classe. Il se demande bien pourquoi son instinct l'a mené là. Il colle son front à la vitre. Il espérait apercevoir Mlle Rachel occupée à corriger des cahiers, mais la classe est vide. La maîtresse de Saint-Pierre doit être dans son logement ou bien aux champs, comme tout le monde. La porte de la classe n'est peut-être pas fermée, il a presque envie d'entrer. Il connaît la place de Pascaline, ça serait très amusant de fouiller son pupitre, d'ouvrir ses cahiers, pour voir ses notes et pour... Il aimerait toucher ses affaires. Il a déjà reniflé son cartable une fois. Il se rappelle un drôle de parfum, comme une odeur de cheveux.

Mais ce serait mal et il pourrait être surpris. Un coup de sifflet le force à se retourner. Il a reconnu le son un peu éraillé d'un sifflet en sureau : c'est la bande. Et ils sont là, soudain, qui l'entourent. Grandes oreilles, *rougnous* et dents de lapin... Ils ont cerné la cour et se dandinent en rigolant. Ils échangent des blagues patoises, le montrent du doigt. « *Vésèn lou tétaïré !* » Ninikoff glisse le long du mur de l'école et se rapproche de la porte.

— Elle est clavée ! crie dents de lapin.

Et grandes oreilles répète :

— *Vau té faïré bada sébo !*

Comme s'il ne savait dire que ça. Ninikoff sent quelque chose de tiède, d'un peu salé couler dans sa gorge. Presque aussitôt, son nez se met à pisser. Le voilà qui *sanne* comme un cochon, et la tête lui tourne. Il ne peut même pas se réfugier dans la classe, dents de lapin a dit qu'elle était fermée. Il ne songe pas une seconde que le vilain drôle a pu mentir... Il est pris. Il s'en tirera peut-être en *badant grâce*, comme ils veulent. A un contre trois, c'est pas de honte. Mais non, ils ne se contenteront pas de si peu, maintenant qu'ils l'ont poursuivi.

Il sait ce qui l'attend. Ils vont lui couper tous les boutons de sa culotte et de sa chemise, le forcer à boire une fiole de vinaigre et pire : ils vont lui boucher le nombril avec de la colle de farine. C'est très dangereux d'avoir le nombril bouché. Le ventre respire avec le nombril comme les poumons avec la bouche et le nez. Sans air, le ventre s'étouffe, devient tout blanc et dur comme la pierre... Ninikoff noue les mains sur son nombril et crie :

— Pas ça, pas ça !

Le ciel se met à virevousser. Il s'appuie contre le mur de l'école. Les trois mauvais drôles dansent maintenant au milieu de la cour, qui est devenue une toile d'araignée géante. Ils bondissent de fil en fil, roulent sur la toile, se relèvent, tournoient dans des positions acrobatiques, culbutent la tête en bas, cabriolent au bord du vide, grimpent si haut qu'il les perd de vue, puis se laissent tomber à ses pieds...

Mlle Rachel se lève brusquement. Si, il y a une chance, une toute petite chance...

Une chance infime, mais pas tout à fait imaginaire, pour que Marguerite Robert soit la première du canton ! Elle, sa maîtresse, saura alors la persuader de continuer. Nous, instituteurs et institutrices, sommes là pour changer le destin des enfants du peuple : c'est notre vocation, notre destinée.

Mlle Rachel marche à grands pas dans le chemin, vers la route, vers le village, vers l'école. « Tu vas te battre, ma fille, tu n'as pas une minute à perdre. »

Se battre ? Oui, mais comment ?

Une idée lui vient, elle se met à courir vers le Mas Gibelin où vit Balthazar Jourdan, le parrain de Marguerite Elle a besoin d'un allié, d'un complice. Ah, si tu pouvais t'entendre avec cet homme, le prix cantonal ne serait plus une chimère !

— Je suis bien, Victor, dit Claire. Aidez-moi à me relever...

Elle lui tend la main en souriant, il la tire avec douceur, à tout petits gestes habiles. Elle se tient enfin debout, en face de lui, très près.

— Partez, maintenant. Je vous en prie.

— Je m'en vais, Claire.

Il ne lâche pas sa main, elle ne fait aucun effort pour se dégager. Ses grands yeux sombres brillent d'une clarté tendre et malicieuse, qui est son âme même. Victor la lâche enfin, recule d'un pas, coiffe son chapeau.

— Songez à ce que je vous ai dit.

Elle penche le front, se mord la lèvre.

— Je ne suis pas sûre que ce soit une idée honnête.

Victor se frappe la poitrine.

— Je vous jure que je pourrais aider votre Ninikoff. Ce gosse est déboussolé. Il a huit ans par certains côtés et douze ou treize par d'autres. Il a besoin qu'un homme s'occupe de lui.

— Je le sais mieux que vous.

Victor relève le bord de son chapeau, se gratte la tempe.

— Je pourrais venir deux ou trois fois par semaine pour faire travailler Ninikoff. Et ce serait une occasion de nous voir !

— C'est gentil à vous, mais mon mari n'acceptera jamais. Il vous faudra trouver autre chose.

Claire pose la main sur la poitrine du jeune homme et le repousse légèrement.

— Regardez-moi au fond des yeux. J'ai envie de parler avec vous, seulement parler. De la vie, de vos voyages, du monde, que vous connaissez et que j'imagine à peine. De tout, sauf de l'école et de la pédagogie... Parler et vous écouter, rien de plus.

— Est-ce que je pourrai vous parler d'amour ?

La petite flamme qu'il aime tant danse dans les yeux de Claire.

— Je ne vous interdis pas d'essayer !

Dans un tourbillon d'air, la fille aux cheveux roux surgit au milieu des trois nains méchants. Elle les chasse avec deux gestes et une menace, elle bondit devant Ninikoff en faisant voler sa robe rouge, sa robe bleue, sa robe jaune, sa robe de toutes les couleurs.

— Bonjour, Ninikoff !

Pascaline agite sous son nez un fouet de charretier.

— Tu vois s'ils ont filé ? J'ai toujours mon fouet caché à un endroit secret. Les garçons m'embêtaient, ils disaient que j'étais une fille de la ville, que j'avais une culotte de dentelle, et ils voulaient la voir. Avec le fouet, ils s'y risquent plus !

— Et ils ont jamais trouvé ton endroit secret ?

— J'en change souvent.

Elle sort son mouchoir de sa poche, lui essuie le nez et la figure.

— Tu n'es pas beau, tu as du sang partout. Viens à la pompe que je te lave.

La pompe de la place est à cinquante pas. C'est un gros volant de fer qu'il faut tourner, tourner. Quand il est bien parti, l'eau coule à petits jets, longtemps : ça fait penser à des problèmes de robinet.

— Aide-moi, dit Pascaline.

A eux deux, ils lancent le volant sans peine. Pascaline lui débarbouille la figure. Il se sent tout petit à côté d'elle qui n'a qu'un an de plus que lui, mais elle le domine d'une demi-tête et de cent ans de sagesse.

— Quitte ta veste... et ta chemise aussi : elle est

toute tachée, je vais essayer de te la laver avant que le sang sèche.

Il quitte sa chemise, il fond de bonheur et de gratitude. Pascaline lave sa chemise pendant qu'il tourne le volant de la pompe. Elle ne perd pas de vue son fouet. Ninikoff aimerait bien voir si elle a pour de bon une culotte de dentelle, mais il n'ose pas demander, il craint d'attraper un coup de lanière.

Tout à coup, il a une drôle de sensation au nombril. Il n'a jamais rien senti de pareil. Ça y est, ils le lui ont bouché pendant qu'il avait son étourdissement ! Il éprouve une brusque faiblesse dans tous les membres. Il lâche le volant et gémit.

— Pascaline, les autres m'ont bouché le nombril à la colle de farine. Mon ventre s'étouffe, je pourrais mourir !

Pascaline arrête sa lessive, le regarde, les cils à demi baissés, l'air de se demander si ce drôle a onze ans ou bien six. Mais elle connaît son Ninikoff. Elle sourit gravement.

— Oh ! oh ! On va voir.

Elle défait le premier bouton de son pantalon et lui met le ventre nu. Puis elle touche son nombril de l'index, fouille et chatouille.

— Il est juste un peu sale, mais pas bouché. D'abord, ils avaient sûrement pas de colle sous la main, les trois cerque-brègue. T'as rien du tout, voilà !

Ninikoff n'est pourtant pas convaincu. Il sent toujours ce remuement, cette chaleur au milieu du ventre, et Pascaline en s'occupant de son nombril l'a encore aggravé. On dirait que son ventre manque d'air, c'est un peu agaçant comme sensation, mais pas vraiment désagréable. Il regarde Pascaline avec un sourire suppliant.

— Touche encore, pour être sûre.

Pascaline hausse les épaules, puis s'exécute, le nez froncé.

— Allez, pompe, je vais te le laver. Prudence est mère de sûreté !

Elle lui baisse un peu son pantalon et lui envoie deux poignées d'eau.

— Frotte, maintenant. Toi, oui !

Ninikoff frotte, sous les yeux moqueurs de Pascaline. Ça s'envenime encore. Il soupire. Il est sûr que son ventre s'étouffe. Il ne tient plus sur ses jambes, il manque d'avoir un autre étourdissement. Pascaline tord sa chemise et la lui tend.

— Rhabille-toi vite.

Elle s'assoit sur une pierre, devant la pompe, et regarde Ninikoff, d'un air pensif, en jouant avec son fouet. Elle se lève soudain, les mains aux hanches.

— Tu diras à ton frère que je voudrais un rendez-vous !

En rentrant, Davy et Tavou Maucloux prennent Ninikoff à part derrière la cour. Ils échangent des regards, Tavou fait un peu la bobe. Ils n'ont pas l'air d'accord. Davy tranche.

— Vaut mieux lui dire pour qu'il soit avec nous. Fofette le sait et Pascaline aussi. S'il le saurait comme ça, il risquerait de causer à n'importe qui. Oka ?

Tavou hoche la tête, de mauvaise grâce. « Oka ! » Davy saisit le col de Ninikoff dans sa poigne.

— Voilà, quand on a trouvé Pénéquet, il avait pas tenu parole. Au lieu de monter la garde, il faisait un somme. Alors, on y a chopé ses jumelles qu'étaient posées à côté. On les a. Si tu fermes ton bec, tu pourras regarder dedans. Mais si tu caftes...

Davy fait mine de lever un couteau dans son poing serré et, de l'autre main, il serre le cou de Ninikoff.

— Si tu caftes, on te tue !

Tavou Maucloux rigole.

— Y a mieux. On le fait bouffer par une femme fatale !

2.

Rédaction. *Un de vos jeudis. C'est une journée bien remplie. Racontez.*

A. Souché, *La Lecture nouvelle et le français..., op. cit.*

Moins de trois mois d'ici au certificat.

Les séances du jeudi se font à Saint-André, maintenant, parce que les parents de Sarah et ceux de Thirza ne veulent pas que leurs filles aillent à Saint-Pierre. Celle du dernier jeudi avant les vacances de Pâques sera consacrée au calcul.

Paul Fontanes tire sa grosse montre de la poche de poitrine de sa blouse et compare l'heure à celle de la pendule.

— Vous aurez quatre problèmes de courriers, classés par ordre de difficulté croissante. Durée, deux heures. Les moyens en calcul ne se pressent pas. L'essentiel pour eux est d'avoir les deux premiers problèmes tout justes. Et les meilleurs..., les meilleurs n'ont qu'à se débrouiller ! Il y aura un problème supplémentaire pour eux !

— Les courriers, c'est des trains qui se croisent ? demande Marie Jauffret, avec un pauvre sourire.

Le maître la fixe sans la voir.

— Des piétons, des cyclistes et des trains. Il y en a pour tous les goûts.

C'est sans doute la dernière fois que la pauvre Marie participe à une séance du jeudi pour le certificat. Ninikoff la regarde et songe : « Pauvre Marie ! » Il la plaint, il a oublié la gifle, et puis c'était sa faute à lui. Il a le cœur gros pour elle, à cause de son papa, qui est toujours malade, maigre comme un vieux chien, et tout le monde dit qu'il ne passera pas le printemps. Ninikoff pense à la mort depuis qu'il a failli mourir lui aussi, à cause de son nombril bouché.

Pascaline vient d'arriver, à l'heure ou presque. Mettons avec cinq secondes de retard. Ninikoff l'a vue opérer : elle se cache à moitié contre une haie ou un mur, elle fait mine de tripoter sa selle de bicyclette, ou le garde-jupe, ou la dynamo, ou n'importe quoi. En réalité, elle ne quitte pas des yeux la montre que son parrain lui a offerte pour l'année du certificat. Pendant ce temps, papa regarde aussi la sienne, puis il lorgne toutes les dix secondes vers la cour, vers la route de Saint-Pierre qu'il ne peut même pas voir, l'air inquiet et contrarié. Alors, Ninikoff ne peut s'empêcher de se poser des questions : papa dit qu'il en a assez des élèves de Saint-Pierre, qu'on n'a pas de raison de les aider pour le certificat, vu qu'un examen important, c'est chacun pour soi. Il jure que Marguerite Robert ne viendra plus aux séances du jeudi. Mais il se ronge les sangs en l'attendant, il a l'air malade à l'idée qu'elle pourrait être absente...

Au dernier moment, Pascaline se précipite en soufflant, comme si elle avait couru ou pédalé très fort. Elle est rouge, sa poitrine se soulève, elle lève les yeux vers papa et lui décoche un sourire d'excuse, un très gentil sourire de sa façon.

— Quelques précisions. Marguerite, tu écoutes ou tu rêves ?

— Je suis tout ouïe, m'sieu.

Le maître hoche la tête, l'air pensif.

— Oui, oui, hum, hum. Les vitesses, dans vos problèmes, sont des vitesses moyennes. Sauf une fois, les arrêts ne sont pas mentionnés. Vous donnerez les réponses à la minute près. Si vous êtes capables de calculer aussi les secondes, tant mieux. Comme d'habitude, les quatre problèmes sont copiés sur les tableaux, que je vais retourner. Nous les lirons ensemble. Je copierai le problème supplémentaire plus tard. Pour aider les faibles et les moyens, tous les problèmes seront notés sur 10 : vous voyez, je suis bon prince. Au problème supplémentaire, je ne retiendrai que les points au-dessus de la moyenne. Voilà pour avantager les forts. Personne ne pourra dire que ce n'est pas é-qui-ta-ble. Tiens, vous noterez ce mot dans votre carnet de vocabulaire. En morale, à la rentrée, vous me ferez penser à traiter la question suivante : nos maîtres sont-ils *justes* ?

Problème I. Un homme part du village A, à 5 heures du matin, et se dirige par la route sur la ville B, en marchant à 4 km à l'heure. Un autre homme part de la ville B, à 5 heures trois quarts du matin, et se dirige par la route sur le village A, en faisant 4,5 km à l'heure. Les deux voyageurs se rencontrent à 9 heures trois quarts. Quelle distance sépare A de B ? Croquis.

Ninikoff commence aussitôt le croquis. Ç'a l'air amusant... Mais papa se précipite, pose une main dure sur son épaule.

— On copie d'abord les quatre problèmes. Je compterai les deux heures quand les deux plus rapides auront fini de copier.

Problème II. Il y a 33 km d'Alès à Uzès par la route. Un piéton sportif part d'Alès, à destination d'Uzès, à 6 h 30. Il marche à la vitesse moyenne de 5,5 km à l'heure. Un cycliste quitte Alès à 8 h15, également à destination d'Uzès. Il roule à la vitesse moyenne de 12,5 km à l'heure.

1. A quelle heure et à quelle distance d'Alès le cycliste rattrapera-t-il le piéton?

2. A quelle heure chacun des courriers arrivera-t-il à Uzès, compte tenu que le piéton, après avoir effectué les deux tiers du parcours, se repose une heure et demie?

Problème III. La distance de Paris à Lyon est de 512 km. A 6 heures, un train quitte Paris pour se rendre à Lyon, et à 8 heures un train part de Lyon pour Paris. La vitesse du premier train est de 54 km à l'heure, et celle du second train de 60 km à l'heure. A quelle heure et à quelle distance des deux villes la rencontre aura-t-elle lieu?

Problème IV. Un train part de Paris à destination de Strasbourg à 8 h 45; il arrive à Strasbourg à 19 h 12. Un train rapide part de Strasbourg à destination de Paris à 10 h 15; il arrive à Paris à 18 h 6. La distance de Paris à Strasbourg par le train est de 502 km. A quelle heure les deux trains se sont-ils rencontrés et à quelle distance de Paris[1]?

Ninikoff est toujours bien placé pour observer Pascaline. Elle aussi le voit, en tournant un peu la tête. Elle lui a déjà souri une fois. Elle se frotte un peu les pieds l'un sur l'autre, elle joue avec ses chaussures... Il espère un moment qu'elle va les arracher comme elle l'a fait plusieurs fois. Non, elle s'oblige à croiser les chevilles pour ne plus bouger d'une minute ou deux.

1. Les solutions et le problème supplémentaire sont en annexe 3.

Il songe à sa rencontre avec elle, l'autre jour à Saint-Pierre, comment elle a chassé la bande de grandes oreilles, comment elle l'a débarbouillé, comment elle a lavé sa chemise. Elle a été très, très gentille avec lui. Elle n'était pas obligée de lui toucher le nombril pour s'assurer que les autres ne le lui avaient pas bouché à la colle. Ça prouve qu'elle l'aime bien.

Juste comme il y pensait, la sensation est revenue. C'est bizarre, il a vraiment l'impression que son ventre ne respire plus et s'étouffe jusqu'en bas. Personne ne lui a mis de la colle, et il s'est bien lavé ce matin. Alors, peut-être que son nombril se ferme tout seul. Ça doit être une maladie... A Pâques, il verra sans doute Augustin et il lui en parlera, enfin, s'il ose. Ou alors, maman ? Elle est toujours très gentille avec lui, mais il a très peur qu'elle se moque. L'idéal serait d'en parler à Pascaline. Elle ne s'étonnerait pas, puisqu'elle sait déjà qu'il a une misère à cet endroit. Elle pourrait s'approcher pour mieux voir le conduit ou même gratter avec l'ongle... En attendant, plus il y songe, plus il a le ventre remué !

Avec ses soucis de nombril, il a presque oublié les problèmes. Oh, n'importe, il ne sait pas les faire, et il se tromperait dans les opérations. Mais tous les autres sont au travail. Il se dépêche de griffonner n'importe quoi sur son cahier de brouillon pour avoir l'air de chercher le premier problème.

Davy et Tavou Maucloux échangent des signes : un rond devant l'œil, avec le pouce et l'index, pour figurer le mot « voir », ou bien « lunettes », ou peut-être « jumelles »... C'est ça, ils ont dans l'idée d'aller voir quelque chose avec les jumelles de Pénéquet ! Ninikoff aimerait bien être de l'expédition, surtout s'il s'agit d'aller à la chasse aux amants ou aux femmes fatales. Mais il doute de pouvoir suivre Davy et Tavou, avec son nombril qui joue à polichinelle !

Papa est assis à son bureau, il corrige les compositions de rédaction. On devait décrire la foire au chef-lieu de canton ou à la ville voisine. Ninikoff a le sentiment de n'avoir pas trop réussi son devoir, lui qui est, d'ordinaire, plutôt bon en rédaction. Il se rappelait beaucoup de choses, il a bien décrit tout, à son avis, mais impossible de trouver des impressions. Pourtant, papa avait insisté : « On ne peut pas vous répéter pour chaque sujet "donnez vos impressions..., impressions..., impressions". Ça va de soi. Une narration sans impressions, c'est comme un cheval sans fer, ça ne tire pas une charrette ! » Ninikoff a essayé d'imaginer qu'il racontait la foire à son chien, une idée de grand-père l'inspecteur ; après, il a fait comme s'il avait vu la foire au cinéma, avec tous les bruits, les cris des gens et des bêtes, mais c'était encore plus difficile ; et puis la composition a eu lieu le lendemain de la sortie à Saint-Pierre et il se tracassait pour son nombril et rien ne lui venait à l'esprit, même pour amuser son chien. Ah, s'il avait pu parler de son affaire... Il imagine un sujet de rédaction à sa convenance. « Vous avez eu le nombril bouché par des mauvais garçons qui vous ont mis de la colle au ventre, ou par suite d'une maladie rare. Vous rencontrez une camarade plus âgée (vous la décrirez) qui vous emmène à la pompe du village pour vous soigner. Racontez et donnez vos impressions. »

Papa secoue la tête, pose un cahier d'un geste nerveux, se lève et descend dans la salle. Il se dirige tout droit sur la pauvre Marie Jauffret, qui baisse la tête d'instinct. Ses larmes ne coulent pas, mais on voit bien à sa tête qu'elle pleure en dedans. Ninikoff aimerait tant l'aider, mais il ne sait pas comment.

Papa secoue la tête, hausse les épaules, se passe la main sur la figure et quitte Marie Jauffret. Le voilà devant Pascaline, un peu gêné. Ninikoff devine qu'il se défend de reluquer ses pieds sous la table. Elle s'est remise à frotter ses sandalettes, elle en a une à moitié quittée. Du bout de l'autre, elle tire sur sa chaussette. Elle va bientôt se mettre pieds nus, elle ne peut pas s'en empêcher. Elle n'y pense pas, plongée dans ses calculs de minutes et de secondes, et ç'a l'air de marcher. Ninikoff est content pour elle. Il aimerait presque qu'elle batte Davy !

Non, il n'a pas le droit de penser ça. C'est honteux. Pendant qu'il la regarde, son nombril se ferme encore plus. Il essaie de respirer par la bouche, en espérant que l'air ira dans son ventre par cette voie. Il n'a pas envie qu'on lui enlève l'appendicite !

Tout à coup, une idée idiote lui passe par la tête. C'est sa spécialité, les idées idiotes, il le sait bien, au fond de lui. Alors, il pourrait aider Marie Jauffret à ses problèmes, en lui faisant l'école de Jules Verne, la nuit, le soir, le dimanche. A condition de devenir bon en calcul. Est-il capable de devenir bon en calcul, d'ici le certificat, en se forçant comme un diable ?

Il décide d'essayer tout de suite. Voyons. « Un homme part d'un village A, à 5 heures du matin... » Qu'est-ce que ça peut bien être que ce village A ?

Il observe Pascaline du coin de l'œil. Elle joue comme toujours avec ses pieds pour mieux réfléchir. Elle se gratte très fort les cous-de-pied du bout des orteils, et aussi le creux sous la cheville où la peau est très délicate. D'autres fois elle se frictionne avec le cal du talon, par-dessus les orteils et un petit peu entre. Elle serre les chevilles, les ripe l'une contre l'autre. Elle change sans arrêt la position de ses jambes, les joint, les frotte, les enlace... Ninikoff guette le sang qui va bientôt couler. Voilà, ça y est. La première perle rouge glisse sur l'os de la cheville. C'est beau !

Le lendemain avant midi, papa pose les cahiers de

préparation au certificat sur son bureau, donne un coup de poing dessus.

— J'ai passé toute ma soirée d'hier à corriger et à noter vos problèmes, mes enfants. Voyez-vous, je tiens à être aussi juste et impartial que possible. Il m'arrive quelquefois de reprendre un cahier, de resuivre tous les problèmes, un par un, et d'ajouter un demi-point... ou de l'enlever !

« Eh bien, voilà. Ah, Marguerite Robert n'est pas là, bien sûr. Antoine, tu prendras ton vélo et tu lui porteras son cahier, elle sera contente...

Ninikoff se dit : « C'est chaque fois pareil, et pourquoi pas moi ? » Papa continue :

— Voyons ces résultats. Ce n'est pas si mauvais que je le craignais. Pour le problème supplémentaire, je n'ai retenu que les points au-dessus de 5. Le maximum est donc 45... mais la moyenne est 20.

« Le premier est Antoine Fontanes, comme prévu. 42 points sur 45... On ne peut pas dire que tu te sois surpassé, mon garçon. Pas d'erreur d'opération, je le reconnais, mais des approximations dans les secondes et une présentation bâclée. Les raisonnements ne sont pas toujours bien écrits. J'ai même trouvé deux ou trois fautes d'orthographe. De plus, tu m'as fait un pâté, pour lequel je t'ai enlevé un point. Mon ami, j'ai appris de source sûre que François Jouanen, de Saint-Jean, avait toujours 10 sur 10 en calcul. Alors, si tu t'amuses à perdre des points ici et là, tu pourrais bien voir le prix cantonal te passer sous le nez. Cette année, le titre se jouera sûrement au-dessus de 90 points. Bon, ce n'est quand même pas mal. Mes compliments.

« La deuxième est..., ha ! ha ! une surprise. La deuxième est Marguerite Robert, qui a réussi les quatre problèmes, mais n'a pas eu le temps de faire le problème supplémentaire. 37,5... Marguerite a fait un sérieux pas vers la mention, car elle a aussi progressé en orthographe et ses rédactions sont un peu moins saugrenues depuis qu'elle travaille avec nous.

« La troisième est Thirza Favantin, 33 points. Tu te maintiens, Thirza, mais il me semble que tu ne progresses plus depuis quelque temps. Je me trompe peut-être. Enfin, tu y réfléchiras. Tu bats de peu Sarah Javols, 31,5. Sarah, tu pouvais faire mieux, tu n'es toujours pas sûre dans tes opérations. Attention à ne pas t'énerver, tu sais tes tables sur le bout des doigts, tu ne devrais pas te tromper comme ça.

« Les garçons, censés être meilleurs que les filles en calcul, m'ont bien déçu. Vous êtes tous les trois dans un mouchoir de poche, mais au-dessous de 30. Jeannot Constant, 29 ; César Rouvière, 28,5 ; Gustave Maucloux, 27. J'ai le sentiment que vous vous estimez tirés d'affaire pour l'examen, tous les trois, et que vous vous la coulez douce, comme on dit vulgairement. Attention. Je suis quand même content du résultat de Maucloux, qui confirme son niveau et qui aura sa moyenne ce trimestre, malgré sa faiblesse en dictée.

« En gros progrès, Alix Daudé, 25. Enfin, tu l'as, ta moyenne en calcul. Tu vois que c'est possible. Toujours beaucoup d'étourderies, mais je crois que c'est dans ta nature et que tu n'y peux rien. Travaille, travaille, et tu réussiras.

« Enfin, Marie Jauffret, Marie, ma pauvre Marie... C'est un malheur, Marie. J'ai réussi, avec un grand effort d'indulgence, à te trouver 15 points et demi, euh... pour être tout à fait juste avec toi. Je crains de ne pas t'avoir aidée en te mettant dans la classe du certificat. Pour ton bien — j'insiste : pour ton bien... — tu retourneras donc au cours moyen le prochain trimestre. Essuie tes larmes. Nous trouverons un moyen de t'aider, et le certificat n'est pas encore perdu. Mais voilà que tu es talonnée par Ni... par René Fontanes. Notre hurluberlu national a réussi à faire le premier problème, sans doute parce que tracer le croquis l'amusait. Sur sa lancée, il s'est même attaqué avec un certain succès au deuxième problème. 14... Pour être juste avec toi, je crois que ce n'est pas ta faute s'il te manque un peu de plomb dans la cervelle. Eh bien, à la grâce... euh, espérons que la sagesse te viendra avec l'âge !

« Vous aurez demain, avant les vacances, les résultats des épreuves de préparation : les « certificats blancs » comme on dit en ville. Quelqu'un a-t-il une question à poser ?

Sarah Javols jaillit de sa place, comme un diable de sa boîte.

— Monsieur, pourquoi la Robert elle peut apprendre avec nous pour nous battre ? C'est pas juste. Mon père dit que c'est même pas la loi. Ma mère a dit que je viendrai plus aux séances du certificat tant qu'elle y sera. En plus, elle est même pas de Saint-Pierre, elle est d'Alès, elle a pas le droit !

Papa courbe les épaules, il marche les mains derrière le dos, en serrant furieusement son poignet droit de sa main gauche.

— Tu n'as pas tort, Sarah, tu n'as pas tort. Je me demande si je n'ai pas joué les apprentis sorciers. Notez dans votre carnet de vocabulaire : « apprenti sorcier ».

Le lendemain, samedi, nouvelle litanie avec les résultats des compositions. Davy est toujours en tête : 89 points sur 100. La Favantinette arrive loin derrière : 68. Puis Jeannot Constant, 67, Sarah Javols, 64... Tavou Maucloux se classe honorablement avec 61, devant César Rouvière, 58. La Daudinette est reçue de justesse, 51 points. Marie Jauffret n'est pas si loin qu'on aurait pu s'y attendre, avec 40 points. Mais elle a 0 en dictée, note éliminatoire au certificat.

Tavou Maucloux lève son gros index sali d'encre,

de terre, d'huile de machine et de Dieu sait quoi encore.

— M'sieu, y a cousin Martin qui connaît quelqu'un à Saint-Jean qu'est de la famille de Jouanen. Le Jouanen du certificat...

Papa hausse les sourcils et fixe Maucloux d'un regard fâché.

— Oui, oui, bien, et alors ? Jouanen du certificat ? Qu'est-ce qu'il lui veut, à Jouanen du certificat, ton cousin Martin ?

Tavou Maucloux ne se laisse pas intimider. Il se lève à moitié, il balance la tête à droite et à gauche, le temps d'envoyer quelques clins d'œil à ses copains, puis il considère le maître avec son sourire farceur.

— Y dit qu'y pourrait espionner...

Papa se dresse de toute sa taille, les poings serrés.

— Qu'entends-je ? Qui parle d'espionner dans ma classe ?

Tavou Maucloux s'appuie du coude sur son bureau, pend la lippe et ferme à moitié un œil, l'air plus veule que nature.

— Justement, on pourrait savoir c' qu'y vaut, Jouanen, question calcul, dictée et tout, s'il peut battre Fontanes pour le premier du canton, quoi !

— Hum, hum, dit papa. Espionner un peu, certes, ne ferait de mal à personne. Ce cousin Martin me semble un garçon dévoué.

— Oka, oka ! souffle Davy derrière sa main.

3.

Rédaction. *Que répondriez-vous à un camarade qui vous proposerait de faire l'école buissonnière ?*

A. Mironneau, *Choix de Lectures*,
Librairie Armand Colin.

De René Fontanes à son grand-père Georges Fontanes.

Cher grand-père,

Je profite des vacances de Pâques pour vous donner des nouvelles de la famille qui sont bonnes, comme d'habitude, sauf que papa se dispute avec Mlle Rachel et on travaille moins souvent ensemble. Papa dit que c'est à cause de Mlle Marguerite qui remue trop les pieds.

Maman est guérie, elle mange de tout, elle a commencé à grossir. Elle se pèse sur la bascule du boulanger. Elle a pris un kilo. Le docteur de Nîmes l'a très bien soignée. On est contents.

Papa se fait du souci pour le certificat, parce qu'il y a Jouanen de Saint-Jean qui est très fort en calcul. Il va peut-être battre Antoine pour le premier du canton. Heureusement, le cousin de Tavou Maucloux va l'espionner. Marie Jauffret n'est plus avec la classe du certificat, parce qu'elle est trop faible pour l'avoir cette année. C'est bien dommage pour son pauvre papa qui risque de mourir bientôt, pas content du tout.

Moi, je travaille bien depuis quelque temps. Je suis assez bon en rédaction, je commence à avoir des impressions. Par exemple, on joue beaucoup à la récréation. Les garçons jouent aux billes, à la chasse, aux barres, à saute-mouton, aux gendarmes et aux voleurs. Les filles jouent à la ronde, à colin-maillard, à la marelle, à chat perché, et même à d'autres jeux. Mais les grandes du certificat jouent presque jamais. Je les regarde et je les trouve tristes, on dirait déjà des petites ménagères, elles pensent qu'elles auront des enfants comme nous. Voilà ce que j'ai comme impressions. En général, j'ai plus d'impressions en regardant les filles. Je suis bien content.

Je vous écris pour vous demander si je pourrai faire l'école de Jules Verne quand je serai grand. J'aimerais commencer bientôt, mais je ne suis pas assez bon en calcul ni en géographie. Si je fais comme métier la coloniale, je ferai peut-être l'école de Jules Verne aux indigènes, mais j'ai peur que le colonel ne voudra pas. Alors, peut-être, je pourrais devenir instituteur, à condition de bien travailler et d'avoir mon certificat l'an prochain. Je ferai l'école de Jules Verne aux petits et aux moyens. J'aurai un cahier de Jules Verne à moi, j'écrirai des vers de huit pieds et même dix et, plus tard, je ferai un livre sur l'école de Jules Verne pour en vendre 95 000 comme le livre de M. E. Pérochon sur les yeux.

Je vous écris pour vous demander ce que vous pensez de mon projet. Je vous embrasse respectueusement.

Votre petit-fils : Ninikoff.

De Georges Fontanes à son petit-fils Ninikoff.

Alès, le...

Mon cher Ninikoff,

Oui, ton colonel risque de ne pas aimer que tu fasses l'école de Jules Verne aux indigènes. Tu as une meilleure idée : devenir instituteur. Je crois que tu le peux. Si tu veux, tu viendras habiter avec nous à Alès, quand tu auras le certificat (qui n'est pas si difficile, tu verras) et je t'aiderai pour la suite de tes études.

Tu sais que mon « cahier de Jules Verne » a mystérieusement disparu du grenier. Mais j'ai une copie de mon travail, que je te léguerai quand tu sortiras de l'École normale (si tu y vas). C'est aussi une bonne idée de faire un livre sur l'école de Jules Verne. Je crois te l'avoir dit : c'était mon projet quand j'étais jeune. Mais je ne te promets pas que tu en vendras 95 000...

Ta maman a besoin de grossir. Je suis très content pour elle. Il faudrait qu'elle prenne encore quatre ou cinq kilos, et même plus. Le docteur de Nîmes est un médecin très habile. En revanche, je suis inquiet pour ces filles du certificat qui ne jouent pas. Les grandes filles qui oublient de jouer en récréation ne sont pas gentilles avec leur mari, plus tard.

Travaille toujours de ton mieux, cher Ninikoff.

Je vous embrasse tous.

Georges Fontanes

4.

Composition française. *En faisant agir un oiseau tel que : moineau, pinson, pie, merle, corbeau..., faites-en ressortir la physionomie et les allures.*

Chevaillier et Audiat, *Les Textes français, E.P.S. première année*, Librairie Hachette.

Papa réunit la classe du certificat, sous le préau des garçons, en pleine semaine sainte. Tous ne sont pas là : il manque César Rouvière, Jeannot Constant et Sarah Javols. Papa pousse un soupir d'agacement.

— Pâques est tard, il y a beaucoup de travail en avril, surtout pour ceux qui font le ver à soie. Pourtant, il faut que nous allions encore une fois à Saint-Pierre. Approchez, écoutez-moi !

Il baisse la voix et regarde de tous les côtés, comme s'il guettait les espions ou les sbires. La petite bande se serre autour du maître. Ninikoff essaie de s'infiltrer, mais la Favantinette le tire par le col et l'envoie dinguer contre un vieux banc, avec un « *Vaï bé !* » sec et méprisant.

— Il nous faut essayer de savoir où en est Marguerite Robert, dit papa. J'aimerais voir ses résultats de composition, encore que je soupçonne Mlle Rachel de la noter trop généreusement. Mes amis, nous devons reconnaître que cette petite diablesse a progressé plus vite que nous tous. Enfin, grâce à elle, nous avons découvert que certains d'entre nous se laissent un peu vivre. Cette leçon vaut bien un fromage !

Papa conduit maintenant sa petite troupe sur la route de Saint-Pierre : ses deux fils, Tavou Maucloux, la Favantinette, la Daudinette et Marie Jauffret. Marie marche la dernière : elle n'est pas sûre de son droit à être là, puisqu'elle a été exclue de la classe du certificat. Elle se fait toute petite, papa a eu l'air de ne pas la voir. Ninikoff est toujours mobilisé pour grossir la bande et pour prendre la dernière place au classement.

Pourtant, il aimerait bien, plus tard, faire l'école de Jules Verne, avec des vers comme ceux de grand-père l'inspecteur.

Tu es mon petit cheval d'Amérique
Et je vais t'apprendre l'arithmétique...

Le petit cheval d'Amérique, il l'a chipé dans le cahier de grand-père. Il se demande bien pourquoi grand-père appelait sa fiancée « mon petit cheval d'Amérique ». En tout cas, le deuxième vers est de lui, il en est très fier. Ça le fait penser aux jolis pieds de Pascaline et, bizarre association, à son nombril qui se bouche toujours de temps en temps. *Un jour je t'apprendrai l'arithmétique...* Mais il ne peut pas dire à Pascaline qu'il lui apprendra l'arithmétique, elle est tellement meilleure que lui... Il cherche de toutes ses forces, de toute son âme, une autre rime en « ique ». Pique, laïque, boutique..., domestique, gymnastique, encaustique... Bique, tique, barrique... Féerique, voilà le mot qu'il lui faut. Féerique rime bien avec Amérique, mais il faut trouver le vers. *Tes cheveux roux sont féeriques...* C'est beau, mais pas assez long.

— Y a faon de biche qui compte sur ses doigts ! s'écrie Tavou Maucloux.

Ninikoff s'empourpre, mais il a une réponse toute prête.

— Je révise mes tables.

Thirza Favantin en glousse de rire.

— Il révise ses tables en comptant sur ses doigts ! Quel âne !

Ninikoff regarde le ciel, il a sa conscience pour lui. Plus tard, il sera un grand poète, il écrira l'école de Jules Verne et il l'offrira à Pascaline.

On est lundi de Pâques, c'est un peu fête, des gens se promènent dans les chemins ou au bord du bois. D'autres travaillent dans les jardins des faïsses ou mènent leurs chèvres à paître. Ceux qui s'activent aux champs lorgnent par-dessus l'épaule de ceux qui prennent l'air. Tous regardent de travers les visiteurs de Saint-André.

Les enfants sentent l'hostilité de leurs voisins montagnards et en sont gênés. Papa tient la tête haute, le chapeau relevé sur son large front de penseur, il scrute le pays et ses gens comme un brave officier qui monte à l'assaut. Il s'arrête cinq cents mètres au-dessous du village, se retourne vers ses élèves.

— On ne voit pas l'Aigoual, qui est caché par la colline. Mais quelqu'un peut-il m'indiquer sa direction ?

On se met vite d'accord sur la position de l'Aigoual, le sommet le plus élevé de la région. Papa demande ensuite la direction des Alpes, celle de la Méditerranée. Les mains se lèvent, les bras se tendent, on crie, on s'interpelle. Les gens observent avec mauvaise humeur toute cette agitation. Ninikoff a bien compris que papa leur jetait une sorte de défi. Papa n'a peur de rien. Il est lieutenant dans l'armée. Ninikoff aimerait arriver un jour à Saint-Pierre à la tête d'une compagnie ou d'un bataillon.

Chacun doit désigner un pays, une ville, une mer, une montagne, pour qu'on trouve sa direction. Davy a proposé la Chine, Thirza, l'Allemagne, Alix Daudé, l'Afrique, Tavou Maucloux, Bédarieux. Son tour venu, Ninikoff choisit l'Amérique. Les autres s'esclaffent. La Daudinette se tape la fesse. « Elle est par là, minus habens, l'Amérique ! » Ninikoff est outré. Quelle grossièreté ! Mais, si Pascaline avait fait le même geste, il l'aurait trouvé gracieux et délicieux... Les filles commencent à lui donner des impressions, mais on ne peut jamais en parler dans les rédactions.

— L'Amérique, dit papa, se trouve au soleil couchant de l'été.

La classe de Saint-Pierre est longue, plutôt étroite, un peu basse et mal éclairée. Ses fenêtres donnent d'un côté sur une magnanerie à deux étages et, de l'autre, sur la place du village, plantée de tilleuls et de mûriers qui, même sans leur feuillage complet, font beaucoup d'ombre et bouchent la vue. Étant une classe unique, elle est pleine jusqu'au fond de bancs de toutes tailles, disposés en quatre rangées. Les tableaux noirs sont petits et usés. Usés aussi les cartes de géographie et les panneaux de lecture. Un bouquet de giroflées et un autre de narcisses fleurissent le bureau de la maîtresse. La classe sent bon, comme celle de maman. Mlle Rachel doit, elle aussi, brûler des plantes aromatiques dans une cassolette. Ninikoff trouve cette classe plus plaisante, plus intime que celle de Saint-André, où l'on peut presque vous guetter depuis la route par les grandes fenêtres.

Elle est là, justement, Marguerite-Pascaline, enveloppée d'un manteau, un béret enfoncé jusqu'aux yeux, une écharpe autour du cou. On ne lui voit que les yeux et un bout de nez rouge. Elle tient un mouchoir dans une main et un cahier dans l'autre.

Il y a aussi deux garçons du certificat : Jean Bonnet, un petit maigre qui ne pipe mot, et Robert Roux, un costaud qui jette aux intrus des regards noirs. De bons élèves, mais bien au-dessous de Pascaline et de Davy, et même de la Favantinette.

Papa et Mlle Rachel discutent dans le couloir, derrière la classe; on peut les entendre par la porte entrouverte.

Mlle Rachel est enrhumée aussi, elle tousse, et ses quintes viennent couper de temps en temps leur conciliabule, qui vire à la dispute. Papa élève la voix et Mlle Rachel tousse de plus en plus fort. Soudain, elle vient fermer la porte du couloir. Tous les enfants se regardent en grimaçant.

— Cette fois, ça va péter, dit Tavou Maucloux, qui se tient les côtes. Celle-là, je vais la raconter à cousin Martin !

Davy regarde Pascaline et souffle, à l'abri de ses mains :

— Tu sais ? Ils s'engueulent pour l'alouette ingénieuse !

La Favantinette se sent exclue de leur complicité et glapit :

— Quoi ? Quelle alouette ingénieuse ?

Davy se lève et va s'asseoir à côté de Pascaline.

— C'est une lecture du Bouillot, *L'Alouette ingénieuse*, par Ferdinand Fabre, la bête noire de mon père. Il l'a dans le pif, quoi ! Pascaline, prête-moi ton Bouillot, si tu l'as ici.

Ninikoff se fiche de l'alouette comme d'une guigne. Davy a osé s'asseoir à côté d'une fille ! A côté de Pascaline ! Il n'a peur de rien. Les voilà tête contre tête, penchés sur le livre de lecture. Leurs pieds se touchent même sous la table. Quel culot ! songe Ninikoff avec admiration. Un sentiment bizarre lui picote la peau ici et là. Il n'est pas jaloux. Pourquoi serait-il jaloux de Davy ? Pascaline lui a touché le nombril, l'autre jour, pour le soigner : c'était presque aussi bien que d'appuyer la tête contre la sienne... Il se sent quand même un peu malheureux.

Davy a commencé à lire, à voix basse.

— *La scène se passe dans les Cévennes, sur le plateau de l'Escandorgue. Le petit Julien Savignac, le héros du roman, est venu avec son camarade Sauvageot faire la chasse à la glu. Ils ont installé des gluaux sur le bord d'une mare...*

Les deux garçons de Saint-Pierre lèvent les pupitres pour chercher les livres de lecture dans les casiers. Les élèves des deux communes se mêlent dans la classe, se rejoignent sur les bancs. Pascaline se mouche et lit à son tour d'une voix enrouée :

— *Une belle alouette huppée, de celles qu'on appelle dans le pays* coquillades, *était arrivée d'un vol au bord de la mare. Je me raidis comme un pieu, et ne bougeai plus.*

Puis, de nouveau, Davy :

— *Cependant, rien ne nous assurait que, pour boire, cette pimpante petite bête irait passer par nos portes étroites. L'alouette a une finesse extrême pour deviner les pièges, et des ruses merveilleuses pour les éviter.*

Ninikoff se rapproche pour écouter et aussi pour regarder les pieds de Pascaline. On entend les maîtres se fâcher, de l'autre côté de la cloison séparant la classe du couloir. Papa crie, hurle :

— Avec la queue, mademoiselle ! Avec la queue !

Affolé, Ninikoff demande :

— Quelle queue ?

Il ne comprend rien à cette affaire, il voudrait savoir. Il s'approche de Davy et de Pascaline pour tenter de jeter un regard au Bouillot. Davy le repousse d'un coup de coude.

— A ta place !

Pascaline lève la tête et lui sourit derrière son mouchoir, si gentiment qu'il en a presque le nombril qui se serre.

— Dans la lecture, dit-elle, l'alouette tire avec sa queue les pièges à glu que les garçons ont posés pour l'attraper !

Davy se retourne, penche la tête et chuchote pour la Favantinette et la Daudinette qui se tiennent derrière lui :

— Papa pense que c'est des *sournettes*, que ça tient pas debout. Il en veut beaucoup à M. Bouillot d'avoir mis cette histoire dans son livre de lecture. En plus, on croit que ça se passe dans les Cévennes, mais c'est pas vrai. Ça se passe vers Bédarieux, c'est pas les Cévennes. Papa dit que les gens de partout vont penser que les Cévenols sont des jobards, par la faute de ce Ferdinand Fabre, qui est très vieux et même mort, comme Victor Hugo !

Seule Marie Jauffret ne prend aucune part au tohubohu. Elle se tient droite à la place qu'elle a choisie, à l'écart, près d'une fenêtre, son livre de grammaire ouvert devant elle (le Maquet, Flot, Roy de la Librairie Hachette), mais elle ne lit pas. Elle a les mains jointes sur la table, devant le livre, elle est très pâle, très grave, avec une espèce de sourire au coin des lèvres. Elle a les yeux fixes et le regard perdu.

Seul Ninikoff l'a remarquée. Depuis que les filles lui donnent des impressions, il les regarde beaucoup. Ce sont quand même de drôles d'animaux, plus intéressants que les insectes et les oiseaux et au moins autant que les chats et les chiens. Naturellement, Pascaline est à part, au-dessus de toutes les espèces, égale, en doux, en bon, aux amants et aux femmes fatales. Marie Jauffret lui fait penser à un petit chat tout seul et malheureux. Il se voit déjà écrire dans une rédaction : Marie Jauffret me fait penser à un petit chat tout seul et malheureux... Quand elle parle en pleurant, on dirait le petit chat qui miaule. Voilà une jolie impression. Il en trépigne de bonheur. Un jour prochain il sera peut-être le meilleur de la classe en rédaction !

Alors, il continue de guetter Marie. On dirait une statue, sauf qu'elle tremble un peu, si on l'observe bien, depuis les épaules jusqu'au bout des doigts. Elle a la figure couleur de craie et l'air de regarder quelque chose de terrible à travers le mur.

Enfin, elle se met à respirer, à bouger, elle se lève très lentement, quitte sa place à petits pas, marche du côté du couloir. Les têtes se tournent vers elle, qui ne voit personne. Le brouhaha s'atténue et cesse. Davy et Pascaline cessent de lire à mi-voix *L'Alouette ingénieuse*. Thirza appelle Marie, tout bas, puis plus fort. « Marie, tu vas pas bien ? Marie... » Mais Marie ne l'entend pas. Raide, pâle, la tête levée, elle avance jusqu'à la porte, tout en haut de la classe, elle pose la main sur le loquet, semble hésiter. Tout le monde l'appelle : « Marie, Marie... »

Marie ouvre la porte, pose un pied dans le couloir et appelle d'une voix haute et claire :

— Monsieur, monsieur, je voudrais vous parler !

Les enfants se regardent, froncent le nez, secouent la main, comme pour dire : « Oh ! la, la ! ça sent le brûlé ! » Tout le monde croit que Marie va dénoncer le désordre et les garçons qui se sont assis à côté des filles. En deux secondes, chacun a repris sa place, ouvert un livre ou un cahier et mis sur sa figure un masque de studieuse sagesse.

Papa apparaît à la porte du couloir, rouge et ébouriffé.

— C'est toi, ma pauvre Marie ? Qu'est-ce que tu veux ?

Il la force à reculer en la fixant dans les yeux.

— Enfin, qu'est-ce qui te prend ?

Elle soutient une seconde le regard de son maître puis baisse le front.

— Monsieur, je viens de penser que je peux avoir mon certificat si vous me gardez dans la classe !

Elle a parlé d'une voix tranquille mais assurée. Mlle Rachel entre à ce moment, sourit et s'en va vers le fond de la salle, comme si elle se sentait de trop. Papa claque le pouce.

— Eh bien, Marie, j'ai peur que...

— Mais, monsieur, je l'ai pensé. J'en suis sûre !

Pascaline se mouche à grand bruit puis se lève.

— Oh oui, monsieur, je vous prie, gardez-la au certificat !

Papa frappe du poing sur le bureau de la demoiselle.

— Bon Dieu, c'est une conspiration ! Davy... Antoine, c'est toi qui as monté ce coup ?

— Non, m'sieu, je le jure. Elle..., je...

— Bien, nous verrons. Ce n'est pas le lieu d'en discuter.

Marie profite de la stupeur qui a clos tous les becs pour reprendre sa plaidoirie.

— M'sieu, s'il vous plaît, j'y ai pensé tout d'un coup. Ça m'est venu très fort. Je suis sûre d'être reçue si vous me gardez.

Ceux de Saint-André entourent leur maître. Pascaline joue des coudes pour approcher. Ninikoff guette son père, qui paraît très contrarié : il plisse, bouge le nez, avance la lèvre, tape du pied. Il menace Marie du doigt.

— Et tu l'as pensé tout d'un coup ! Ça t'est venu très fort !

Marie approuve d'un signe, bravement. Papa se tourne vers la demoiselle, qui s'avance à petits pas, au milieu de la classe.

— Après l'alouette ingénieuse, voilà la linotte mystique !

La geignante Marie est transformée, il ne peut plus l'ignorer. Elle fait face, comme une sainte dans la fosse aux lions.

— Je peux l'avoir, en travaillant. Je suis pas une linotte !

Papa soupire, baisse les bras, et ses épaules tombent. « Bon, bien, bien. » Thirza Favantin, au premier rang, lève la main.

— M'sieu, s'il vous plaît ? Vous pouvez la garder avec nous ? Puis la Daudinette :

— On serait contentes, m'sieu.

Et, pour finir, Davy vient se pavaner devant son père.

— Les garçons aussi, on serait contents.

Marie laisse enfin couler ses larmes.

— Merci, tous, je suis tellement heureuse.

— Marie, dit papa, c'est pour ton bien que j'ai voulu te renvoyer au cours moyen. Pour le certificat...

Marie rayonne sous les larmes.

— Mais je sais que je vais l'avoir, m'sieu.

Papa prend un air de chien battu, s'assoit sur une table d'élève, ferme les yeux deux secondes, reprend son souffle et annonce : « Dictée ! » Les élèves se dispersent lentement, on dirait qu'ils dorment debout. Thirza Favantin, Alix Daudé et Pascaline embrassent Marie, la serrent l'une après l'autre contre leur cœur. Puis, sans hâte, elles regagnent leur place.

Mlle Rachel commence à lire : *La Mort du bœuf*, par Pierre Loti.

— *Donc, c'était le moment de tuer le bœuf...*

Pascaline se penche sur sa table, cogne son front contre le bois.

— Oh, mademoiselle, s'il vous plaît, pas la mort du bœuf. C'est trop triste. On voudrait une dictée gaie. S'il vous plaît !

— Eh bien, nous pleurerons ensemble sur ce pauvre bœuf.

Papa se réveille soudain et brandit son Dessain-Douillet.

— Attendez, elle a raison. N'endeuillons pas ce jour par une affreuse histoire, comme les aiment MM. Loti et Bouillot. Je propose *Le Retour du printemps*, de Lichtenberger, extrait de *Mon petit Trott*. C'est drôle, vif, gai...

Mlle Rachel fixe papa d'un air très froid.

— C'était à moi de choisir la dictée. J'ai pris celle-ci à cause des applications : conjugaisons et infinitifs. Et, mon cher, je n'en démordrai pas. D'autre part, je ne vois aucune raison de refuser la réalité, qui est sombre, en effet. Nos élèves...

Papa frappe du pied.

— J'en ai soupé, de votre Bouillot. Il ne s'agit pas de réalité, mais de morbidité. Écoutez *Le Retour du printemps*.

Il commence à lire la première phrase, mais Mlle Rachel se jette en avant, menaçante. « Non ! » Jamais Ninikoff n'a vu la demoiselle ainsi, rouge, échevelée, le visage tordu par la colère et les yeux hors de la tête. Elle agite son Bouillot comme une tapette à mouches. Affolée, Pascaline se lève et supplie :

— Mademoiselle, mademoiselle, je n'ai rien dit. On veut bien faire *La Mort du bœuf*. Moi, j'aime beaucoup Pierre Loti.

Mais la demoiselle ne l'entend pas. Papa montre le Bouillot de l'index, comme si c'était une saleté innommable.

— Je n'ose pas appeler ça un livre, c'est..., c'est de la crotte !

Mlle Rachel menace de lui lancer le Bouillot à la tête.

— Vous n'avez pas de cœur ! Vous êtes une peau de vache !

Elle veut poser son livre, mais elle manque le coin du bureau et le pauvre Bouillot s'écrase, ouvert, sur le plancher.

— Sortez ! Allez-vous-en ! crie la demoiselle.

Papa a déjà donné le signal du départ. Mlle Rachel se couvre les yeux d'une main, chasse de l'autre la troupe de Saint-André.

— Ne revenez jamais dans ma classe, jamais !

Elle repousse brusquement Pascaline qui voulait se pendre à son bras pour la consoler. Dehors, papa jubile.

— Vous avez vu le caractère de cette bonne femme ? Une mégère, une harpie !

Ninikoff trouve qu'il exagère un peu : Mlle Rachel était dans sa classe. Pourtant, il paraît tout content de lui, il éclate de rire, rattrape Marie Jauffret, lui pose la main sur l'épaule.

— N'aie pas de souci pour ton certificat, ma petite Marie. C'est dans la poche, j'en fais mon affaire !

5.

Rédaction. *Outre son intelligence, quelles sont les vertus qui ont permis à l'homme de passer de la sauvagerie primitive à la civilisation actuelle ?*

E. Pérochon, *A l'ombre des ailes,*
Librairie Delagrave, 1936.

Georges Fontanes à Mlle Rachel Pouget. Personnelle.

Ma chère Rachel,

Je réponds avec retard à votre longue et bonne lettre, que j'ai appréciée comme elle le mérite.

Je vois que vous n'avez rien perdu de votre talent épistolier. J'ai bien regretté de devoir vous renvoyer les lettres que vous m'aviez écrites au temps de notre folle jeunesse et que vous m'avez réclamées à notre rupture. Or j'en avais gardé deux ou trois, tout à fait involontairement, je les ai retrouvées il y a peu. La dernière les rejoindra si vous le permettez. Quant à votre joli coup de plume, je suis sûr que vous l'avez transmis à des générations d'élèves. Votre chère Marguerite va sans nul doute en bénéficier cette année — votre dernière année de fonction, hélas — et passer brillamment le certificat.

Parlons d'abord des livres de lecture, puisque le sujet semble vous préoccuper. Le Bouillot, le Mironneau, le Dumas et la plupart des « morceaux choisis » de l'école primaire, de même que le Maquet, Flot, Roy pour la grammaire et la langue française sont d'excellents livres. Le livre unique est fort commode dans une classe à plusieurs divisions, et cette solution est couramment adoptée dans nos campagnes. De toute façon, le choix d'un livre appartient aux maîtres, et tout ce que je puis faire est de conseiller les débutants qui me le demandent.

A titre personnel, je puis vous dire que j'ai un faible pour le Dumas, aéré et moderne, mais pas toujours clair dans son organisation. Le Mironneau reste, sur un plan littéraire, le meilleur recueil de morceaux choisis existant à l'école primaire. Mais il est touffu, difficile, réservé aux élèves très bons lecteurs ; il ne convient guère aux classes rurales. Entre les deux, le Bouillot est presque parfait. Riche en scènes de la vie, notamment de la vie paysanne, il est très ouvert à la littérature française du XIXe siècle. Il ne présente pas de difficultés excessives pour les lecteurs moyens. Oui, son succès commercial a été immense, quoiqu'il soit déjà dépassé par le Dumas. F. Fabre est un bon auteur, la caution de Sainte-Beuve l'assure.

Ne parlons pas de la limite des Cévennes, cette vieille querelle des géographes, des braves gens et des capitaines. Notre petite patrie, bien arrosée, du moins à ses sommets, ne cesse de rétrécir au lavage. Mathématiquement, elle devrait disparaître au milieu du siècle prochain !

Tous, maîtres, inspecteurs, auteurs de manuels scolaires, avons été, à n'importe quelle époque, confrontés à ce mystère, cet abîme, cette calamité : l'enfant qui ne lit pas. Certains ont jugé que nos morceaux choisis de littérature étaient trop difficiles pour les élèves peu enclins à la lecture. Même André Theuriet, Émile Moselly, Alphonse Daudet, Jean Aicard ? Même ceux-là peut-être. Et l'on proposa de remplacer les morceaux choisis par les « romans scolaires », dont le plus connu est sans doute *Le Tour de France de deux enfants*, de G. Bruno. Comme vous le savez, bien d'autres ont suivi, depuis l'excellent *Jeanne et Madeleine*, jusqu'aux récents Pérochon, *Les Yeux clairs* et *A l'ombre des ailes* (à paraître cette année). Voilà, dit-on, des lectures à la portée de tous : une histoire suivie, captivante, on l'espère, avec des enfants comme personnages, et notre époque pour décor. Un récit calibré pour entrer dans toutes les cervelles, dosé comme une préparation d'apothicaire, à la fois distrayant, instructif et j'en passe. Il y avait un prix à payer : de l'austérité relative des morceaux choisis, on tombait souvent dans l'enfantillage pur et simple. Si l'on n'était pas assommant pour avoir voulu trop bien faire, on s'étalait dans le gnangnan !

J'ai cru autrefois entrevoir une solution : un livre de lecture de ma façon, à mi-chemin entre les morceaux choisis et le roman scolaire. Je me sentais capable d'écrire des histoires passionnantes et instructives, égayées par une pincée d'humour et des vers sans prétention, vifs et gais. La poésie deviendrait un jeu, que je me faisais fort de mettre à la portée de tous. Je voyais déjà des dizaines de milliers d'écoliers déambuler par les rues et les chemins en comptant les syllabes sur leurs doigts !

Mais j'étais très amoureux, vous savez de qui, et, quand je cherchais des bouts rimés vifs et gais pour mon livre d'école, des impromptus libertins fusaient naturellement de ma plume et se mêlaient à mes brouillons... Passons.

J'estimais que l'essentiel était de donner aux enfants une inextinguible soif d'apprendre, cette soif que j'avais moi-même conquise dès mon très jeune âge dans le Jules Verne de *Vingt Mille Lieues sous les mers, Un capitaine de quinze ans, L'Ile mystérieuse*. Le goût de lire et la soif d'apprendre me semblaient, à l'époque, absolument liés ; j'en suis moins sûr aujourd'hui. Quoi qu'il en soit, le corps enseignant et les auteurs de manuels scolaires regardaient Jules Verne avec méfiance, sinon avec dédain. Et les maîtres le jugeaient ennuyeux ou trop difficile pour l'école primaire. Mon idée venait trop tôt.

Les romans scolaires ont pris une grande place dans nos bibliothèques de classe, mais ils n'ont pas chassé les livres de lecture traditionnels : voir le succès de MM. Bouillot et Dumas. Ce n'était pas la solution miracle. M. Pérochon le sait aussi bien que nous, j'en suis sûr.

Je suis pourtant convaincu que mon *École de Jules Verne* aurait ajouté sa pierre à l'édifice de l'instruction publique. Je regrette, quoique sans amertume, de n'avoir pas mené cette œuvre à son terme. Pourquoi ai-je abandonné peu à peu, entre 1900 et 1910, un travail qui se dessinait bien ? Cet ouvrage demandait plus de patience que de génie, il était, je crois, à ma portée. Vous pensez que notre rupture est la cause principale de mon découragement et vous vous sentez coupable, chère Rachel. Si nous nous étions mariés, j'aurais peut-être achevé mon projet. Peut-être, mais je n'en suis pas tout à fait sûr.

A dix-sept ans, à l'École normale, j'ai perdu ma foi calviniste. Je l'ai vite remplacée par la foi au progrès, que Jules Verne symbolisait dans mon esprit, à tort ou à raison. Je croyais au bonheur de l'humanité par le progrès de la science, comme

Marcelin Berthelot, qui était un peu mon maître. Berthelot était un grand savant, il était aussi ministre de l'Instruction primaire, à l'époque où je suis entré à l'école primaire supérieure d'Alès. Je le prenais en outre pour un bon philosophe. A partir de 1900, l'année de notre rencontre, mon enthousiasme pour Jules Verne a commencé à s'effriter, je ne le lisais plus que par nécessité.

Je m'intéressais toujours à l'avenir — quel pédagogue ne s'intéresse pas à l'avenir ! — que je guettais à travers des romans d'anticipation moins optimistes. Je lisais Wells : *La Guerre des mondes, L'Ile du docteur Moreau, La Machine à explorer le temps*... Ma foi saint-simonienne dans la science en sortait bien malmenée. Les ouvrages du capitaine Danrit étaient pires encore. Ce n'étaient que guerres, guerres, guerres : *La Guerre de demain, L'Invasion noire, La Guerre fatale, L'Invasion jaune*... Seigneur, que de guerres ! Rendues plus meurtrières, plus gigantesques et plus cruelles par la science même. Certes, la France sortait presque toujours victorieuse de ces terribles conflits, mais c'était pour moi une mince consolation. J'avais peut-être aussi mal lu Jules Verne. Le capitaine Nemo est fou, le capitaine Hatteras le devient. Dans beaucoup de ces récits, la « bête féroce » jaillit sous l'écorce du prétendu civilisé.

Mon *École de Jules Verne* se devait d'être constructive et optimiste ou sinon perdait toute vertu. Or, dans ces années-là, mon optimisme est tombé en quenouille. Si j'avais été heureux, MM. Wells, Danrit et tutti quanti n'auraient pas pesé lourd face à la vie. Mais, vous le savez, je n'étais pas heureux. Après notre rupture, je me suis marié pour vous oublier, vite, trop vite. J'ai épousé Malvina, qui était tout le contraire de vous : aussi faible que vous me sembliez forte, l'eau à côté du feu. Je l'aimais bien, mais sans passion, j'éprouvais à la protéger une sensation d'accomplissement, et j'ai pris cela, un certain temps, pour de l'amour. Sa santé était déjà plus que médiocre. Il est vite apparu qu'elle ne pouvait pas avoir d'enfant. Nous avons adopté le petit Paul, un enfant intelligent et vigoureux, mais que ses tribulations à l'Assistance avaient rendu farouche, querelleur, dissimulé. Il s'est vite pris d'une extrême affection pour Malvina, mais ne m'a jamais accepté comme père...

La guerre a confirmé toutes mes craintes. A mon retour, je ne croyais plus au progrès de l'humanité, ni au bonheur par la science, ni à *L'École de Jules Verne*. J'ai consacré tout ce qui me restait d'énergie à ma nouvelle carrière : vous savez que j'étais devenu inspecteur primaire en 1912 ; la guerre m'avait à peine laissé le temps de découvrir mon métier. De plus, l'instruction publique maintenait son ostracisme contre Jules Verne. Et de nos jours encore : voyez le sommaire des morceaux choisis et dites-moi combien vous relevez d'extraits de cet auteur. C'est pour moi une grande déception : l'École refuse Jules Verne. L'aimera-t-elle un jour ? J'en désespère. Voilà toute mon histoire... ou presque.

Si je n'aime qu'à moitié *Les Yeux clairs*, le roman scolaire d'Ernest Pérochon, je me sens avec cet écrivain de fortes affinités. Je partage avec lui une infinie curiosité et une profonde inquiétude pour l'avenir de l'humanité. Je crois que l'optimisme apparent de ses romans scolaires est fait de résignation et de courage plus que d'enthousiasme. Il y a une dizaine d'années, Ernest Pérochon a publié un roman d'anticipation, que vous avez peut-être lu, *Les Hommes frénétiques* : un livre plein d'abominables prévisions, qu'il réserve certes au futur lointain. Dans ce récit, la science n'apporte aux hommes, pour finir, que le malheur et le désespoir. Mais que diable, il y a les enfants : c'est à eux (et à Dieu) que l'avenir appartient. Leur instruction et leur éducation restent des priorités, et il faut plus que l'annonce de la fin du monde pour abattre la soif d'enseigner chez un vrai pédagogue. Ernest Pérochon s'est donc lancé dans les livres de lecture, comme le *Livre des quatre saisons* et les *Contes des cent un matins*, puis dans les romans scolaires, *Les Yeux clairs* et *A l'ombre des ailes*. La vie commande.

Et moi ? Les drames du XXIIe siècle ne m'effraient pas trop. Je suis plutôt inquiet pour les dix prochaines années. Je ne suis ni revanchard ni germanophobe, pourtant, l'Allemagne de M. Hitler me paraît un danger pour la paix, pour l'avenir même de nos enfants et petits-enfants.

Or, malgré cette inquiétude, je suis presque heureux. La tendresse de Suzon me comble. Votre généreuse fidélité m'est aussi un réconfort. L'approche de la retraite, et de la vieillesse, me fait moins peur qu'il y a cinq ou dix ans. Vous me dites qu'il n'est pas trop tard pour relever le gant : vos encouragements me touchent. Peut-être vais-je reprendre ce travail que je n'aurais jamais dû abandonner. Mon premier cahier est perdu (pas pour tout le monde, je le crains...), mais j'en ai une copie, et d'ailleurs j'envisage de travailler dans une direction nouvelle : le temps passe, le monde change, chantons l'amour et la beauté de la vie (en vers de huit ou dix pieds) et préparons-nous à les défendre. Voilà ce que je ferai peut-être.

Et, maintenant, je vais vous dire mon secret. Rappelez-vous le temps de nos *fiançailles* : vous ne vouliez ni du mot ni de la chose. Vous voyiez en tout homme une menace pour votre indépendance et votre dignité. Je vous semblais le moins mauvais, le moins dangereux. Mais vous ne vous décidiez pas au mariage, qui eût été pour vous une reddition sans condition. Peut-être n'aviez-vous pas tout à fait tort. Je vous ai attendue longtemps, j'étais fou de vous, comme on dit dans les romans à cinq sous. J'ai essayé de vous forcer la main. Un jour, j'ai joué mon quitte ou double...

Ma chère Rachel, je ne me suis pas trompé de poèmes. De propos délibéré, j'ai substitué aux vers à l'eau de rose dont je vous inondais depuis des mois quelques rimes un peu plus salées. C'était un appel au secours. Mais je n'ai pas eu le courage de le dire. J'ai plaidé, piteusement, l'erreur, et là fut ma faute. Nous partageons ainsi la responsabilité de notre ratage. Il n'est guère de responsabilité qui ne soit plus ou moins partagée.

Je vous souhaite, chère Rachel, une bonne fin d'année scolaire, une bonne fin de carrière et une paisible retraite. Ne vous laissez pas obséder par le certificat : ce n'est pas, comme le croit mon fils, toute la vie.

Je vous embrasse.

Georges Fontanes

6.

Paul Fontanes se réveille au milieu de la nuit en poussant un cri. Il s'assoit sur son lit et tire Claire par l'épaule.

— Chérie, j'ai encore vu la femme en noir !

Claire se réveille à moitié, geint et tourne le dos.

— Mmm... dors.

Paul se dresse, tremble, secoue sa femme pour l'arracher au sommeil.

— Claire, je te dis que j'ai vu la femme en noir, elle me... Elle a pointé le doigt sur moi comme pour me désigner à..., aux...

Claire soupire, bâille, cherche une nouvelle position.

— Mon pauvre chéri, ce n'est qu'un rêve !

— Un rêve terrible, dit Paul en tâtonnant à la recherche de la poire électrique.

Il la trouve enfin. Cette poire est pour le couple une nouvelle pomme de discorde. Paul la presse. La lumière jaillit. Claire se cache les yeux.

— Éteins, s'il te plaît. Éteins !

— Pas avant de t'avoir parlé. Cette fois, j'ai compris. Que peut signifier pour moi, honnête citoyen et bon républicain, une femme en noir qui me montre du doigt ? Je te le demande ?

— Hmm, dit Claire. Le fantôme de l'École normale ?

— Le... Tu crois ? Non, je pense que cette figure symbolise la justice !

— La justice, dit Claire en s'enfonçant dans l'oreiller. La jus...

— Ne t'endors pas, chérie, je t'en supplie. Pas avant de m'avoir écouté. J'ai donc été injuste ? C'est la question que je suis obligé de me poser. Moi qui ai toujours eu un sens scrupuleux de la justice !

— Hmm

— J'aurais été injuste envers Marie Jauffret ? Il est vrai que j'ai songé quelque temps à la renvoyer au cours moyen, pour son bien. Mais, réflexion faite, je préfère la garder dans la classe du certificat. Je pense qu'elle peut être reçue.

— Hmm.

— J'aurais été injuste avec mon fils Antoine ? Nous en avons discuté l'été dernier. Tu as convenu que j'avais eu raison de le garder un an de plus. Il est bien clair que je souhaite le prix cantonal pour lui et pour l'école, pas pour moi.

— Hmm.

— Aurais-je été injuste avec Gustave Maucloux, que j'avais décidé de ne pas présenter au certificat, sous prétexte qu'il est mal élevé avec moi ? Certes, certes. Mais je le soupçonnais aussi de copier, et je ne suis pas encore tout à fait convaincu de sa loyauté.

— Hmm, dors.

— Non, pas avant d'avoir éclairci cette affaire. Aurais-je manqué d'équité avec Mlle Rachel ? Aurais-je eu tort de lui dire ses quatre vérités à propos du Bouillot ? C'est pour le bien des élèves. J'ai d'ailleurs demandé à M. Laporte, le directeur de l'école de Saint-Jean, d'arbitrer entre nous, concernant la limite des Cévennes et *L'Alouette ingénieuse*.

S'il me donne raison, comme je l'espère, nous adresserons une pétition à l'inspecteur d'Académie, au ministre de l'Instruction publique, M. Mallarmé, ainsi qu'au directeur de la Librairie Hachette. J'ai ma conscience pour moi.

— Hmm.

— Mais alors pourquoi cette femme en noir, dans mes rêves, pour la troisième fois au moins ?

— Tu es injuste avec ton petit René, dit Claire.

— Quoi ?

Paul rejette les draps, saute du lit.

— Ninikoff ! Je suis injuste avec ce lézard, ce minus ?

Il se met à sautiller dans son pyjama rayé, comme un bagnard poursuivi à coups de fouet par le garde-chiourme.

— Tu m'en diras tant ! Tu m'en diras tant ! Ninikoff !

— Notre petit René n'est pas un minus ni un lézard, chuchote Claire. C'est un enfant sensible et imaginatif que ta sévérité et tes railleries ont complètement tourneboulé.

— C'est faux, c'est faux ! hurle Paul. Tu es injuste !

— Alors, explique-toi avec la dame en noir !

7.

C'est le mois de mai

La jeune année arrive avec l'aurore au
[front,
Remet le temps à neuf, court d'un pas leste
[et prompt,
Lave le ciel, sourit à la terre engourdie,
Et commence gaiement par une mélodie,
Le printemps. Chantez, nids! O fleurs, dans
[les fossés,
Les ravins, les étangs, les bois, les champs,
[croissez!
Boutons-d'or que j'ai vus aux Feuillantines,
Renaissez! Fourmillez! liserons, églantines,
Pâquerettes, iris, muguets, lilas, jasmins!

Victor Hugo, in L. Dumas,
Livre unique de français, Librairie Hachette.

Moins de deux mois avant le certificat.

Chacun chez soi : les élèves de Saint-André ne monteront plus à Saint-Pierre; ceux de Saint-Pierre ne descendront plus à Saint-André.

Ninikoff est malheureux de ne plus voir Pascaline. A certains signes, il a deviné que Davy aussi avait du chagrin. Mais Davy a au moins une consolation : il est le meilleur et il sera premier du canton. Ninikoff croit à la victoire de son frère. Cousin Martin peut bien raconter ses sornettes, le Jouanen de Saint-Jean ne battra pas Davy, parce que Davy est le plus fort et parce qu'il lit des romans complets sur la vie... Mais si Jouanen en lisait aussi ? Ninikoff a suggéré à Tavou Maucloux de poser la question. Davy a approuvé l'idée, Ninikoff était très fier.

Un lundi matin, avant la morale, Tavou lève la main.

— M'sieu, m'sieu !

Il a mal choisi son moment. Papa n'aime pas être dérangé au moment de commencer la morale. Une fois débarrassé de la leçon, il sourit gaiement, se frotte les mains, sifflote, on peut parler de n'importe quoi. Il pointe sur Tavou la baguette de bambou qui servait à la lecture des petits avant l'école mixte.

— Alors, Maucloux, on a son avis à donner ?

— C'est cousin Martin, m'sieu. Y m'a rapporté au sujet de Jouanen du certificat !

— Oui, oui, bien, bien. Nous en parlerons plus tard.

Quand même, on voit bien que papa est pressé de connaître le rapport de cousin Martin sur Jouanen du certificat. Il expédie en deux temps trois mouvements la maxime du jour : « L'argent est un bon serviteur et un mauvais maître » (Alexandre Dumas fils). Marie Jauffret demande si c'est bien ou mal d'acheter à crédit à la Manufacture d'armes et cycles de Saint-Étienne, comme on fait dans les problèmes. Il l'envoie quasiment au bain.

— On fera une autre leçon de morale sur l'achat à crédit. Maucloux, nous t'écoutons...

Il se campe les mains sur les hanches et se racle la gorge.

— Cousin Martin a donc appris quelque chose d'important ?

— Oui, m'sieu. C'est sûr qu'il est bon en tout, sauf en gym et en chant. Cousin Martin y dit : « Il est bien mariolle, *d'aquel couquinas* de drôle ! » Mais des fois, Jouanen du certificat, il a les sangs retournés pour un rien. Alors il a les *bouffets* qui viennent tout *coufles*...

— Les poumons qui enflent, traduit papa, l'air soucieux. Hum, hum, il me semble que ce jeune homme souffre d'asthme.

Un silence religieux s'est fait dans la grande classe. Même ceux du cours moyen première année ont senti la gravité de l'affaire. On entend une petite voix dire une récitation dans la classe de la dame. Tavou Maucloux poursuit en cherchant ses mots.

— Et quand ça y fait ça, à Jouanen, il vient tout *indourmi*. Il a le porte-plume qui lui tombe de la patte ! Il peut pus lire, pus écrire d'un moment. Des fois, faut qu'y sorte dehors pour se vider les *bouffets* !

Papa marche autour de la classe, hoche la tête gravement.

— Mes enfants, c'est une grave faute morale de se réjouir du malheur d'autrui. Néanmoins..., toutefois... Il semble bien que notre ami Jouanen ne soit pas taillé pour l'École polytechnique. Cet asthme — si c'est de l'asthme, comme je le pense, mais je ne suis pas médecin — pourrait le gêner quelque peu au certificat. Surtout s'il est fort émotif, ainsi que le rapport de cousin Martin le laisse entendre, à l'oral, en particulier. Quant à nous, eh bien, nous allons travailler aussi dur que par le passé, sinon plus.

« Dictée !

A la récréation, les garçons du certificat, plus Ninikoff, se rassemblent autour de Tavou Maucloux. Davy envoie à son copain un coup de poing fraternel dans les côtes.

— J' sens que t'as pas tout dit !

Maucloux ricane, la bouche tordue, l'œil malin.

— Sûr, qu' j'ai pas tout dit. Cousin Martin s'est renseigné, vu qu'y connaît tout l' monde, à Saint-Jean. Y pense que Jouanen a jamais lu d' romans sur la vie. Il est tout *amaïri* pour son âge !

— Qu'est-ce que ça veut dire, *amaïri* ? demande Ninikoff.

— C'est du patois, faon de biche, dit Tavou.

— Il traîne dans les jupes de sa mère, quoi, explique Jeannot Constant.

Davy n'a pas l'air convaincu.

— Comment y peut savoir que Jouanen lit pas de romans sur la vie, ton cousin ?

Tavou Maucloux tord le nez, grimace, roule les yeux.

— Y s'est renseigné, quoi.

César Rouvière hausse les épaules.

— Ça sert à quoi, pour le certif, les romans sur la vie ? J'en lis pas, moi !

Tavou regarde le gros César par en dessous, d'un air rigolard et un peu méprisant.

— Moi non plus, j'en lis pas. Cousin Martin m'essplique tout, j'ai pas besoin d'romans.

— Oka, oka ! dit Davy. Moi, j'en lis, ça m'servira pas bien pour l'écrit. Mais à l'oral un peu ! Tiens, si je tombe sur une bonne femme, en lecture ou en récitation, j'sais ce qu'elles ont dans la tête, les bonnes femmes. J'ferai le maximum, on parie ?

« Dictée », dit papa.

« Je lis la dictée. »

« Dictée ! »

« Relisez la dictée. »

« Voici les notes de la dictée. »

Dictée, dictée, dictée... La moyenne est de deux par jour pour les candidats au certificat : une le matin, à l'heure normale, une autre le soir après la classe. Marie Jauffret a droit, de temps en temps, à une dictée personnelle de rattrapage, avec le maître derrière son dos ou penché sur son épaule pendant un quart d'heure ou vingt minutes et pas loin d'une demi-heure, assis près d'elle sur le banc ou la table, pour une correction immédiate et détaillée. Elle court à sa maison, la tête pleine de frelons et de fredons, emportant cinq verbes à conjuguer, trois règles et sept mots à copier dix fois, un problème sur les intérêts, six dates et quatre départements. Elle a fini par avoir les yeux secs. Elle ne trouve même plus de larmes pour les grandes occasions, qui pourtant ne manquent pas.

— Je l'aurai, dit-elle. Je le sens. Et le maître en est sûr, maintenant. Pourvu que mon papa tienne jusqu'à la date !

Davy n'est pas épargné.

— Puisque la République nous a donné l'électricité, dit papa, il faut profiter de nos soirées. Antoine, Ninikoff, dictée !

Antoine n'en est plus depuis quelque temps aux banales dictées du certificat. Papa fouille de vieux numéros du *Manuel général*, en quête d'exercices de niveau supérieur.

— J'espère qu'une dictée du brevet ne te fait pas peur, mon fils ? Ninikoff, tu t'arrêteras quand tu seras fatigué. Tiens, j'ai là un texte sur les montagnes Rocheuses d'Amérique qui, entre parenthèses, ressemblent beaucoup à nos Cévennes... Ha ! ha ! Ça m'étonnerait que Jouanen fasse des dictées du brevet. Et ne parlons pas de la petite rouquine d'en haut, dont le nom m'échappe. Écoutez !

Qu'on se figure un chaos de précipices presque perpendiculaires, d'anfractuosités, de crevasses lézardées, çà et là tapissées de touffes d'arbustes, de pics superposés les uns aux autres. En suivant le sentier étroit qui rampe entre l'abîme et les parois formées par les pierres, si vos nerfs vous permettent de vous pencher au-dessus du bord...

Tout à fait les Cévennes, songe Ninikoff. Et les nerfs de maman ne supportent pas qu'elle passe au bord des ravins. « Tu ne seras jamais cévenole ! » dit papa en rigolant. Maman en est très malheureuse. Elle dit : « C'est vrai, chez moi, quand on tombe dans un trou, on risque de perdre sa chaussure et de mouiller son bas. Ici, on vient ramasser tes os cent mètres plus bas, cent ans après ! » N'empêche qu'elle se porte maintenant comme un charme, grâce au docteur de Nîmes. Elle a pris le train avec son vélo pour le faire réparer à Alès, elle est revenue en pédalant. Papa en est resté comme deux ronds de flan... Tiens, ça, c'est un vers de douze pieds, ç'a même un nom, mais il a oublié. Il va le noter pour Pascaline.

Maman est revenue d'Alès en pédalant.

Papa en est resté comme deux ronds de flan !

C'est de beaux vers, et il ne les a pas chipés dans le cahier de grand-père l'inspecteur, lui ! Il va écrire à Pascaline, puisqu'il ne la voit plus, maintenant. Il lui fera une lettre tout en vers pour lui donner de ses nouvelles. Douze pieds, huit, dix, il mélangera un peu, ça sera plus vivant. Il se met tout de suite à chercher le troisième. *Maintenant, elle se promène tous les jours...* C'est de maman qu'il parle. Dès la classe finie, elle prend son vélo et part sur la route de Saint-Jean, qui est assez plate jusqu'au pont de... De temps en temps, elle lâche le guidon d'une main et la pose sur son genou pour retenir sa jupe. Quand elle est assez loin du village, elle reprend le guidon à deux mains et laisse sa jupe s'envoler. Ça, c'est Davy et Tavou Maucloux qui l'ont vu avec les jumelles de Pénéquet. Ils ne devraient pas regarder maman quand elle croit que personne ne la voit, au lieu de guetter les amants et les femmes fatales !

Ninikoff se fait du mauvais sang pour son copain Télémaque Farinier. Le pauvre croit que les sbires lui ont volé ses jumelles.

Il tire sa casquette sur ses yeux et se pince le double menton.

— Faut que je t'explique. Tout le monde a dit que l'ancien sultan s'était coupé le kiki avec une paire de ciseaux, histoire de se brûler la cervelle, quoi. Blague à part ! On savait bien que les hommes du grand vizir l'avaient saigné comme un mouton ! L'a fallu qu'on s'esbigne au diable. S'ils nous auraient attrapés, y nous auraient grillés à petit feu pour nous faire causer ou un autre supplice. Ils en connaissent au moins cent !

— Au moins cent !

— Pourquoi tu crois que je me fais passer pour le fiston d'un gargotier de trou perdu ? Ha ! ha ! ha ! Je me cache des sbires !

— Tu crois qu'ils te cherchent toujours ?

— Les sbires ? Y lâchent jamais leur proie, mon petit. Et ça y est, ils m'ont retrouvé et y m'ont volé mes jumelles ! Y me tournent autour pour me mettre sur les dents et que j'me mange les sangs. Y vont essayer de me faire cracher tout le secret !

Ninikoff se sent en faute et il a le cœur serré. Il sait la vérité : Tavou et Davy ont chopé ses jumelles à Pénéquet pendant qu'il faisait un somme. Ninikoff voudrait bien rassurer son copain, lui prouver que les sbires ne sont pour rien dans la disparition des jumelles. C'est donc qu'ils ne l'ont pas encore retrouvé.

« Tu peux dormir sur tes deux oreilles, Pénéquet... » Mais ça serait vendre la mèche, trahir son frère et Tavou. Pendant ce temps, le pauvre Télémaque se fait un sang d'encre.

— Je m' demande bien c' qu'y vont m'inventer comme supplice. Y sont foutus de m'attacher avec une bonne femme !

— Une femme fatale ?

— Ouais, p'tit gars, tu l'as dit. Une femme fatale !

Rien que de penser à ce terrible supplice, Ninikoff en a le ventre tout remué.

La dictée est aussi loin que les montagnes Rocheuses.

8.

Rédaction. *Racontez une scène de la vie de votre école, à votre choix : discussion, dispute, leçon, compte rendu de devoir, visite, incident...*

L. Dumas, *Livre unique de français, cours supérieur, op. cit.*

A midi, ce jour-là, papa brandit une lettre, que le facteur remplaçant venait de lui remettre.

— M. Laporte me propose de lui amener mon « champion »... Ha ! ha ! mon champion, c'est bien le mot qu'il emploie. Le sien, qui se nomme François Jouanen, sera à l'école avec d'autres candidats qui fréquentent assidûment les séances du jeudi. Hum, hum, bien, bien. M. le directeur a sans doute une idée derrière la tête. En tout cas, il a entendu parler de notre champion. Nous sommes connus à Saint-Jean-de-Combas, ce n'est pas désagréable... Eh bien, nous allons relever le défi. Nous irons à Saint-Jean jeudi prochain.

— Jeudi prochain ? dit maman d'un air rêveur. J'ai bien envie de t'accompagner, Paul.

Papa la regarde fixement quelques secondes, le temps de redescendre des sommets où voguait sa réflexion.

— Excellente idée. Tu verras combien nous sommes considérés. Ninikoff gardera Fofette !

Fofette ricane derrière sa main, l'air de dire qu'elle est assez grande pour se garder toute seule. Papa reprend son souffle.

— Et tu ne sais pas la meilleure ?

Non, maman ne sait pas la meilleure. Elle avoue d'un signe. Papa se replonge dans sa lettre. Il lit, le petit doigt en l'air :

— Hum, hum. « J'ai demandé à M. Boisseron Victor, que vous connaissez, d'entraîner en particulier François Jouanen. Les résultats sont probants. » Bon, cela peut paraître assez cavalier de confier une mission de cette gravité à un simple remplaçant. Mais M. Laporte est un excellent pédagogue, il a ses raisons.

Sans lâcher la lettre, papa noue les mains derrière le dos et se met à tourner dans la cuisine. Junie Bezon, la servante, qui vaque à ses occupations ménagères, l'évite une fois, deux fois, le considère d'un œil noir, en grognant : « *La testo me vire !* »

— Voyez-vous, dit papa, M. Boisseron n'est pas un remplaçant comme les autres. D'abord, il a beaucoup voyagé, il a fait les colonies. Et puis il continue ses études pour enseigner plus tard la géographie à l'École normale. Nous lui demanderons en passant si Bédarieux est dans les Cévennes !

Papa revient s'asseoir à table, noue machinalement sa serviette autour du cou. La Junie Bezon déclare que le roi attend que le vin soit tiré pour le boire et que même le *régent* doit attendre que le ragoût soit cuit pour s'emplir la panse. Mais papa se moque des piques de la servante. Il a posé la lettre de Laporte sur la toile cirée, à côté de son assiette, et lisse goulûment le papier. Il lance à toute la famille un sourire triomphant.

Saint-Jean-de-Combas s'étire dans la haute vallée

du Gardon, peu avant la région des méandres et des premiers sommets. Tout autour de la ville, les pentes boisées tombent à pic sur une collerette de terrasses cultivées et de vergers fleuris. La vallée est verte et touffue, coupée par la saignée grise de la rivière. La ville a un air cossu, affairé, marchand. L'autorail a déposé une quinzaine de voyageurs dans la coquette petite gare, entourée d'arbres et de massifs. La menue foule se partage entre ceux qui sautent dans leurs carrioles ou enfourchent leurs bicyclettes pour rentrer chez eux et ceux qui trottent vers le centre du bourg dans leurs souliers ou leurs bottines cirées.

Les Fontanes s'en vont bras dessus, bras dessous. Paul a toujours un air et des gestes de propriétaire quand il promène sa jeune femme en ville. D'un coup d'œil en biais, il s'est assuré qu'elle n'était pas trop maigre. Elle a repris plusieurs kilos, elle lui semble très présentable et ne tranche pas du tout parmi les sèches Cévenoles de tout âge et de toute condition. Il ne regrette pas son voyage à Nîmes : on a beau dire, la science moderne, c'est quelque chose.

Claire est en robe bleue, chapeau bleu, ceinture à nœud ; Paul a mis son costume à carreaux, un peu étriqué, sa cravate à système et son chapeau de paille. Davy, en pull-over et knickerbockers, la casquette sur l'œil, suit ses parents à bonne distance, comme s'il voulait prouver à un espion ou à un sbire qu'il n'est pas de cette famille. Est-ce qu'il y a des sbires à Saint-Jean ?

Arrivé à la place centrale, il s'avance vers une automobile arrêtée sous un platane, il a reconnu la nouvelle Citroën. Elle est basse sur pattes, on dirait une grosse grenouille noire, prête à bondir. Les parents regardent aussi l'auto, sans s'approcher. Il les rejoint, les mains dans les poches.

— C'est la traction avant Citroën. J'en ai vu des tas à Sète.

Papa ne peut s'empêcher de jouer les maîtres d'école.

— On dit « j'en ai vu beaucoup ».

— Si tu veux.

— Il paraît que ces tractions avant ne sont pas au point.

— Ils les ont réparées. Elles roulent bien, maintenant.

— Je suis peut-être sotte, dit Claire, mais je ne comprends pas comment cette mécanique peut rouler *avec le vent* !

Davy lève les yeux au ciel pour garder son sérieux. Son père explique : traction *avant*, pas à *vent*. Ça veut dire que les roues motrices sont à l'avant, pas que c'est une espèce de voilier !

Claire rougit très fort, elle doit se sentir un peu bête. Pauvre maman, songe Davy. Pauvre maman qui ne connaît rien aux choses de la vie. Elle devrait lire des romans complets, ça l'instruirait.

Sur une autre place, l'école des garçons dresse sa hautaine façade de sphinx républicain. M. Laporte répond en personne au coup de sonnette de Paul Fontanes. C'est un homme d'une cinquantaine d'années, qui a laissé son bras droit à la guerre. Sa manche vide est épinglée au revers de sa poche de veste. Son épaisse chevelure grise rejetée en arrière dégage un large front strié de rides. Avec ses fines lunettes à verres ovales et monture courbe, il fait penser à un savant de Jules Verne.

— Madame Fontanes, quelle heureuse surprise !

— J'ai hâte de connaître le verdict de votre géographe.

Ça, c'est bien envoyé. Maman n'a pas la langue dans sa poche. Et son sourire moqueur qui en dit long !

M. Laporte lui rend son sourire, en se mordant la lèvre.

— M. Boisseron nous attend dans mon bureau.

Le directeur conduit ses visiteurs à une petite pièce très encombrée, aux murs transformés en panneaux d'affichage. Il offre une chaise à Claire. Victor est là, vêtu comme s'il se préparait à partir en excursion, et c'est sans doute le cas : veste de sport, pantalon forme anglaise, et les jambes gainées de bandes molletières. Il adresse un signe d'excuse à Claire.

— J'ai décidé d'aller courir la montagne à bicyclette, aujourd'hui. Ces bandes ne sont pas très élégantes, j'en conviens. Mais elles ont un avantage : elles peuvent se transformer en bandes à pansements si je me casse la figure..., ce qui m'arrive souvent, car je suis *très* imprudent et un peu maladroit.

Il se tourne vers Paul Fontanes, bras ouverts et mains levées.

Paul Fontanes a discuté longuement avec le directeur et le remplaçant. Ils ont parlé de la pédagogie et des élèves, du certificat et de leurs champions. Victor Boisseron est sorti pour faire visiter l'école de Saint-Jean à Claire Fontanes. Les deux autres ont poursuivi leur débat, en marchant à travers la classe, jusqu'à ce que les mots ne leur viennent plus et que la fatigue leur cloue la langue. Paul baisse la tête. Il paraît tout à coup accablé par l'ampleur d'une tâche sans fin. Il s'assoit sur une table d'élève, les bras croisés et le dos ployé.

— Vous permettez ?

M. Laporte se précipite pour lui avancer une chaise. Paul Fontanes fait de la main un geste de refus. Un demi-geste, plutôt. M. Laporte insiste.

— Asseyez-vous, mon cher Fontanes.

Paul se laisse glisser lourdement de la table à la chaise. Il plaque les deux mains sur son visage, respire entre ses paumes.

— Excusez-moi...

M. Laporte se penche sur lui.

— Voulez-vous un cordial ? Un verre de vin de Vial vous ferait le plus grand bien.

— Non, non...

Paul Fontanes joint les mains entre ses genoux.

— Mon cher collègue, je vous en prie, écoutez-moi : ça me fera plus de bien qu'un cordial. Vous êtes mon ancien, votre conduite pendant la guerre, votre blessure, votre réputation... J'ai la chance de pouvoir vous parler. Je ne comprends pas ce qui m'arrive. Cette année, la préparation du certificat a été très, très dure. Peut-être parce que mon fils est candidat... Et puis j'ai une gosse très faible que j'ai décidé de présenter quand même, à cause de son père, qui est très malade. Je suis à bout de nerfs, comme une faible femme... et je ne peux pas l'avouer devant la mienne. Je ne comprends pas. C'est la première fois que ça m'arrive. J'ai quarante ans, bon Dieu, ce n'est quand même pas le moment de rendre mon fusil à la mairie !

— Ne vous mettez pas martel en tête, Fontanes, on a tous des moments durs. Vous aurez vos certificats, comme d'habitude, et l'année prochaine vous repartirez d'un bon pied.

— Mon cher Laporte, vous ne savez pas le bien que vous me faites en m'écoutant. A qui voulez-vous que je raconte tout ça ? A ma femme ? A mon père ? Je me suis plusieurs fois donné en spectacle aux enfants et je me suis conduit de façon indigne avec notre collègue, Mlle Pouget. Je vous prie de bien vouloir lui transmettre mes excuses... Je me demande comment une chose pareille a pu m'arriver, à moi. A moi, Paul Fontanes !

Le directeur de Saint-Jean donne encore deux ou trois tapes sur l'épaule de son jeune collègue.

— Calmez-vous, mon vieux. Ça peut arriver à n'importe qui d'entre nous. C'est le surmenage du certificat !

Victor Boisseron ouvre des portes et des portes, s'efface pour laisser passer Claire.

— Votre mari ne va pas vous chercher ?

Leurs pas sonnent dans un couloir vide. Victor s'arrête au pied d'un escalier. Claire tourne le dos, ouvre son sac à main.

— Il est en de bonnes mains, avec votre directeur. Paul a lâché la religion protestante pour le sacerdoce laïque, mais il a épousé une catholique — ou plutôt une ex-catholique — et c'est peut-être pour ça qu'il est obsédé par la confession. Il ne s'en prive pas avec moi, mais je ne peux pas lui donner l'absolution, malgré toute ma bonne volonté. M. Laporte, lui, a l'autorité suffisante pour s'en charger. Je suppose que tout le monde a besoin de se confesser un jour.

— Vous aussi, Claire ?

— Si je me laissais aller, je parlerais une heure sans reprendre mon souffle !

— Pourquoi ne me parlez-vous pas ?

— Nous n'avons pas eu beaucoup d'occasions. Et puis votre barbe m'intimide, monsieur le remplaçant !

Claire a sorti de son sac son petit miroir à double face. La face convexe donne une image réduite : c'est commode parce qu'elle peut voir tout son visage dans une minuscule surface. Et puis elle se trouve mieux en miniature, lointaine, mystérieuse, autre. Placée de biais, dans l'angle d'une fenêtre, elle refait son léger et discret maquillage. Victor s'approche pour la regarder. Elle se lèche les lèvres, force un peu sa grimace.

— Si mon mari savait que je mets du rouge, il pousserait des cris de chat écorché !

— Comment ? dit Victor. Mais il ne le voit pas ?

— Jamais. Il ne voit pas non plus comment je suis coiffée, ni habillée. Il a bien d'autres soucis...

Victor se frotte la barbe d'un air mélancolique. Claire poursuit avec un soupir :

— Je me fais belle pour mon voisin, Augustin Vignes. C'est un tout jeune homme, étudiant en médecine à Montpellier. Il est le seul qui me regarde. Je ne voudrais pas qu'il me prenne pour un cadavre à disséquer !

— Et moi ? Croyez-vous que je ne vous regarde pas ?

Elle fait mine de le découvrir, bat des cils.

— Dites, vous aviez promis de me montrer l'école de Saint-Jean. Je vous suis.

— Je vais vous montrer le grenier, il est plein de merveilles.

Il s'engage dans l'escalier. Claire monte derrière lui.

— Ça ne m'étonne pas, dit-elle. Quand j'ai vu la façade, ce matin, j'ai pensé : « Voilà une école qui a sûrement un grenier plein de merveilles ! »

Victor s'arrête, se retourne, la main sur la rampe.

— Elle a le sens du comique, cette jeune dame.

— Cette jeune dame a lu Molière et Marivaux, figurez-vous. Elle a même joué Elmire dans *Tartufe*, à l'École normale.

— Et elle a de beaux yeux...

— Seulement de beaux yeux ? Je suis bien déçue. Montrez-moi donc votre merveilleux grenier, au lieu de dire des niaiseries !

Les deux champions sont face à face, sous le regard débonnaire des maîtres. M. Laporte fait les présentations.

— Antoine Fontanes est le fils de M. et Mme Fontanes, les maîtres de Saint-André-la-Vallée. Et voici François Jouanen, mon meilleur élève du certificat. Le père de François est employé aux chemins de fer.

Les garçons se serrent la main. Paul Fontanes se sent gêné en face de ce tout petit garçon, frêle, le torse étroit, la figure pâle et les joues creuses. La mise de François Jouanen est pauvre, mais propre ; la blouse qui l'engonce serait presque juste pour Fofette. Paul a grand-peine à s'imaginer que cette petite chose souffreteuse puisse menacer son solide et aventureux garçon.

— François a un petit embarras respiratoire, dit M. Laporte. Surtout au printemps. Les mois de mai et juin sont pénibles pour lui, et la date du certificat ne tombe pas très bien.

Jouanen-du-certificat lève sur Davy, puis sur M. Fontanes, son regard un peu voilé, très clair et très doux.

— Ma mère est serveuse au restaurant.

— Hum, hum, bien, bien, dit Paul.

Mais Davy manifeste aussitôt un enthousiasme suspect.

— Tu as de la chance, toi.

M. Laporte éclate de rire.

— Voilà une réflexion qui ne me surprend pas. Mes enfants disaient la même chose à l'âge de l'école primaire. Il paraît que c'est un grand malheur de naître enfant d'instituteur !

Davy a rougi. Il grogne qu'il ne voulait pas dire ça.

— C'est seulement à cause du chemin de fer. Si ton père est employé, tu peux prendre le train gratis, quoi !

Paul demande au jeune Jouanen ce qu'il veut faire plus tard. Le garçon réfléchit d'un air de gravité presque comique, puis consulte son maître d'un coup d'œil. M. Laporte hoche la tête.

— Eh bien, dis-le, puisque c'est ton idée.

François Jouanen baisse modestement le front, mais un feu secret brille dans ses yeux.

— Je veux être un savant. Dans *Le Tour de France par deux enfants*, il est écrit que tous les savants ont été de gros travailleurs. Et puis aussi que

Laplace, le grand physicien français, est sorti de la classe la plus humble.

— Certes, certes, dit Paul. Voilà un but louable. Hein, Davy ?

Les deux garçons sortis se promener sur proposition du directeur, celui-ci s'assoit sur une table et croise les bras.

— Voyez-vous, mon cher Fontanes, ce gamin me cause bien du souci. Il est vraiment excellent dans toutes les matières. Il vient de faire une dictée du brevet élémentaire : une faute et demie... A onze ans, qui dit mieux ? Mais son émotivité et son asthme sont de graves handicaps. A moins que sa santé ne s'améliore, j'ai peur qu'il ne puisse pas devenir instituteur ou professeur. Quant aux écoles d'ingénieurs ou aux écoles militaires, comment y songer ? Il n'a guère de crises d'asthme dans la journée, sauf en cas d'émotion vive. Or un examen est pour n'importe qui une belle source d'émotion. Je n'ai pas, comme certains collègues, la religion du certificat, et je ne me suis jamais beaucoup préoccupé, jusqu'ici, du prix cantonal, mais le cas de François Jouanen est exceptionnel. J'ai donc changé un peu mon fusil d'épaule pour cette année.

« Je suis sûr d'avoir rencontré une très belle intelligence, malheureusement servie par un corps et des nerfs fragiles. Une intelligence dont je me sens comptable pour l'instruction publique et pour le pays. Cette responsabilité est lourde, mais je suis ancien combattant et officier, comme vous. Je suis prêt à l'assumer. Je sais que pour François Jouanen un échec au certificat, ou même un demi-échec, serait lourd de conséquences pour l'avenir. J'ai donc beaucoup renforcé ma préparation par rapport à ce que je faisais les autres années. J'organise des certificats blancs, dans l'espoir qu'il sera moins tendu le jour du vrai certificat... Je ne le présente pas cette année au concours des bourses pour ne pas le surcharger. L'année prochaine, on verra, car j'ai l'intention de le garder pour lui faire faire son cours supérieur. Si tout se passe bien cette année, je le présenterai alors aux bourses deuxième série. Le prix cantonal lui donnerait un peu de l'assurance qui lui manque et, qui sait ? changerait peut-être sa destinée.

« Voilà, mon cher Fontanes, pourquoi c'est important. Et pourquoi vous me voyez entrer dans un jeu qui m'avait toujours paru assez enfantin. Et si mon jeune prodige vient à battre votre fils, vous me pardonnerez de me réjouir pour lui !

Victor a étalé une longue pièce de chintz pliée en quatre sur un coffre à couvercle rond, qu'il a transformé ainsi en un siège presque convenable. Claire s'est assise, il s'est accroupi devant elle, un genou sur le plancher.

— On n'est pas à la cour, dit-elle. Asseyez-vous près de moi !

Victor s'empresse d'obéir.

— Nous allons être serrés.

— Eh bien, serrez-vous. Où sont les merveilles annoncées ?

— Il n'y a que vous !

— On dirait une fable.

Le grenier est vaste, encombré, plein de vieux bancs, de vieux tableaux, de vieilles cartes, de vieux livres, de vieux journaux, de vieux vêtements, de vieux rideaux, de cent rebuts de toute sorte. Il ressemble à n'importe quel grenier, avec pourtant une odeur tenace, à nulle autre pareille : l'odeur de l'école. Victor montre le décor d'un geste d'excuse.

— Je viens ici pour rêver de vous.

Claire retient le sourire qui plisse son nez et creuse deux fossettes au bas de ses joues. Et la lueur douce et taquine, que Victor connaît bien, s'allume dans ses yeux. Elle pose les mains sur ses genoux.

— Rêver de moi dans un grenier ? Est-ce que je dois être flattée, vu mon grand âge ?

Victor fait mine de scruter le visage de Claire.

— Je vois des rides au coin des yeux. Bientôt cinquante ans ?

— Bientôt quarante. Enfin, trente-six, mais on vieillit vite dans ce métier.

— Voulez-vous que je vous dise un poème ?

— *Mignonne, allons voir si la rose...* Je vous ai entendu déclamer du Ronsard à la belle Thirza Favantin, quand vous étiez à Saint-André. Et Thirza le prenait vraiment pour elle. Si vous me sortez Cassandre, je vous gifle !

— Un jour, je regretterai peut-être la gifle que je n'aurai pas su risquer. Et vous, *quand vous serez bien vieille, au soir à la chandelle*, vous aurez aussi des regrets... Relevez le bord de votre mignon chapeau et regardez la lucarne, en face de vous.

Claire lève la tête, sans toucher à son chapeau.

— Oui ?

— Vous pouvez apercevoir mon coin de ciel préféré. Comme je n'ai pas de roses à vous offrir, je vous donne le ciel.

— Oui, cette échancrure entre deux montagnes est très belle. Juste du bleu et du vert...

— Et du blanc quand il passe un nuage. J'ai beaucoup voyagé et un peu vécu. Assez pour retrouver le monde entier dans un bout de ciel et un lambeau de montagne. J'imagine que je suis prisonnier à vie, quelque part en Asie, et que je n'aurai jamais plus d'autre vision du monde que ce triangle de ciel dans la lucarne. Je serre les dents et je calcule : vingt ans, trente ans... En un mot comme en cent, je suis amoureux, et malheureux.

— Chantez-le-moi, dit Claire.

— Pardon ?

— Je vous permets de me chanter votre amour. A

condition que votre chanson soit la plus belle du monde. En un mot comme en cent, je jugerai l'amoureux à sa chanson !

— Et si ma chanson n'est pas la plus belle, vous me giflerez ?

— Je vous giflerai et je ne vous reverrai plus. Vous en ferez des vers, doux-amers, comme ceux de mon beau-père.

Ils se taisent. Le souffle de Claire s'est précipité, elle pose la main sur sa poitrine. Victor sourit. Un petit nuage passe dans le ciel de la lucarne. Claire caresse les doigts de son compagnon.

— Oubliez ces bêtises. Chantez-moi à mi-voix, tout bas, un bout de chanson que je n'oublierai pas.

Victor saisit la main de Claire, qu'elle dégage doucement. Il fixe la lucarne, respire l'air poussiéreux du grenier.

— Claire, vous méritez la plus belle chanson du monde. Et puisqu'on est au mois de mai, ce sera une chanson de saison.

Alors, d'une voix douce, mélodieuse et lente, presque féminine, il commence à fredonner :

Quand nous chanterons le temps des cerises,
Et gai rossignol et merle moqueur
Seront tous en fête.
Les belles auront la folie en tête
Et les amoureux du soleil au cœur.
Quand nous en serons au temps des cerises,
Sifflera bien mieux le merle moqueur.
Mais il est bien court le temps des cerises,
Où l'on s'en va deux cueillir en rêvant
Des pendants d'oreilles,
Cerises d'amour aux robes pareilles
Tombant sous la feuille en gouttes de sang...

Claire rend sa main à Victor.

— Vous avez gagné.

J'aimerai toujours le temps des cerises...
Et le souvenir que je garde au cœur.

Elle se lève, lisse sa jupe.

— Merci pour ce bon moment. Au fait, pensez-vous que Bédarieux soit dans les Cévennes ?

9.

Mai 1935.

Résultats officiels des élections municipales pour les communes de plus de 5 000 habitants et les chefs-lieux d'arrondissement.

Communistes et communistes dissidents	90
Socialistes (S.F.I.O.)	169
Socialistes de France	15
Républicains socialistes	222
Radicaux indépendants	51
Républicains de gauche	146
Démocrates populaires	9
Républicains U.R.D.	103
Conservateurs	10
Socialistes indépendants	3
Pupistes	1
Douteux ou indéterminés	6

Le 31 mai, M. Fernand Bouisson forme un cabinet de large entente républicaine. Président du Conseil et ministre de l'Intérieur : Fernand Bouisson.

Ministres d'État : maréchal Pétain, Joseph Caillaux, Édouard Herriot, Louis Marin. Affaires étrangères : Pierre Laval.

Éducation nationale : Mario Roustan, etc.

Le 4 juin, le ministère Bouisson est renversé à la Chambre, par 264 voix contre 262. Le 6 juin, M. Pierre Laval constitue le nouveau cabinet.

9 juin. Le Parlement accorde les pleins pouvoirs pour la défense du franc au cabinet de M. Pierre Laval.

17 juin. M. Mario Roustan remplace M. Marcombes, décédé, au ministère de l'Instruction publique.

Lecture de circonstance, classe de M. Paul Fontanes.

Électeurs et élus.

1. Le plus élémentaire devoir d'un délégué du suffrage universel, c'est de rester fidèle au programme sur lequel il a été élu. « Un honnête homme n'a qu'une parole. » Avant l'élection, une attitude franche et des déclarations sincères ; après l'élection, des actes conformes à ces déclarations : voilà ce que les électeurs ont le droit d'exiger de leurs mandataires. C'est pour cela qu'il est bon que de temps à autre ils les obligent à rendre compte de leur mandat.

Les élus ne sont pas nommés pour « faire leurs affaires », pour procurer à eux-mêmes, à leurs parents, à leurs amis toutes sortes d'avantages ou de faveurs imméritées. Ils ne sont choisis que pour travailler au bien commun. Ils doivent les premiers donner l'exemple du désintéressement, du patriotisme, du respect des lois.

Les électeurs ont souvent le grave tort de s'imaginer que leur représentant a pour principal rôle de leur faire obtenir, grâce à son influence, tout ce qu'ils demandent ou ce qu'ils désirent. Ce sont là des mœurs indignes d'un pays libre, indignes d'une république, dans laquelle il ne doit pas y avoir de favoritisme et d'injustice.

Questions à étudier. — 1. Qu'appelle-t-on intérêts de clocher ? Intérêts électoraux ? Exemples. — Quel intérêt doit passer avant ceux-là ?

2. Quand dit-on d'un candidat qu'il « cache son drapeau » ? Pour quels motifs agit-il ainsi ? Approuvez-vous, et pourquoi ?

3. Devoir pour les électeurs de suivre les votes du député et de l'inviter à « rendre compte de son mandat ».

10.

Rédaction. *Un jour, en composition d'arithmétique, vous vous êtes si bien troublé que vous n'avez pas su faire un problème facile. Racontez et donnez vos impressions.*

E. Pérochon, *Les Yeux clairs, op. cit.*

Plus qu'un mois avant le certificat.

Cinq heures et demie de l'après-midi. Le soleil est encore haut, mais les nuages ont assombri le temps, une averse est tombée. Il a fallu allumer l'électricité dans la classe.

— Inutile d'en parler chez vous, dit papa. M. le maire pense que l'éclairage en été est une dépense inutile. Mais un jour, l'électricité sera si bon marché, grâce au progrès, qu'on la laissera allumée toute la journée !

La classe du certificat est réunie pour entendre les résultats de l'examen de préparation du mois de mai, le dernier de l'année. Il manque Marie Jauffret, qui a dû rentrer chez elle à la sortie de l'école, car son père va très mal.

— Je n'ai pas tout à fait fini mes comptes, dit papa. Et je dois revoir certaines corrections. J'en ai pour une heure environ. En attendant, nous allons chercher un problème ou deux sur les fractions. Hum, hum. Celui-ci pour commencer... Je le lis une fois et le dicte. *Pour bâtir un mur, un maçon demande 45 heures ; un second, 60 heures, et un troisième, 36 heures. On les fait travailler tous les trois ensemble. Au bout de combien d'heures auront-ils fini ce travail ?* Attention, réfléchissez bien[1].

Papa s'approche de la fenêtre et marmonne :

— Il pleut, il fait soleil : c'est le temps des demoiselles. Un vieux dicton, assez joli. J'ai presque envie de vous le donner en rédaction. Pourquoi diable est-ce le temps des demoiselles ?

— Pour la rime, m'sieu, répond Davy.

— Sans doute, et elle est pauvre. C'est quand même un joli dicton, et j'ai bien envie que vous me racontiez ce que vous en pensez. Ninikoff !

Ninikoff tourne la tête vers papa, bouche ouverte, et se gratte le haut de l'oreille. Moi ? Oui, toi, Ninikoff. Il ferme aux trois quarts les yeux et voit une demoiselle rousse, en robe d'été, danser dans une flaque d'eau, son parapluie à la main. Elle marche pieds nus et son parapluie brille, brille au soleil. Elle danse, elle tourne, et son jupon vole, son jupon de moisson. *Tourne la belle quatre fois.*

— Bien, bien, dit papa. Ninikoff n'a pas grand-chose à nous raconter. Vous me ferez un paragraphe, dix lignes environ.

Avant de s'asseoir à son bureau, il se retourne vers la classe.

— Vous connaissez tous la mauvaise nouvelle, qui est l'aggravation de la maladie de M. Jauffret, le père de Marie. Je vais sans doute pouvoir vous annoncer une bonne nouvelle, tout à l'heure. Je ne

1. Ensemble, les trois maçons font 1/45 + 1/60 + 1/36 = 15/180 = 1/15 de l'ouvrage. Ils mettront donc 15 heures.

dis pas que l'une compense l'autre, mais je crois qu'elle vous fera plaisir.

Il tire sa chaise, se met à ses corrections et à ses additions. Une minute après, il relève la tête.

— Au fait, j'ai deux bonnes nouvelles à vous annoncer.

Ninikoff se creuse la cervelle pour essayer de deviner au moins une des deux bonnes nouvelles. Papa va annoncer qu'il s'est réconcilié avec Mlle Pouget, c'est presque sûr. On ne remontera peut-être pas à Saint-Pierre, ça fait trop d'histoires, mais Pascaline reviendra à Saint-André pour les séances du jeudi. Quelle peut bien être l'autre bonne nouvelle ?

Et s'il réfléchissait au problème ? Ça n'a pas l'air si compliqué. Trois maçons, 45 heures, 36 heures, 60 heures... Voyons. 45 + 36 + 60 = 141. Comme il y a trois maçons, il faut diviser par 3. Pourvu que ça tombe juste. Si ça ne tombe pas juste, le raisonnement est faux... 141 : 3 = 47. Victoire !

Il guette les autres penchés sur leur cahier de brouillon. Et Davy suce son crayon... Tiens, on dirait que ça n'est pas si simple. Relisons l'énoncé. Oh, et puis sucre ! Pour une fois qu'il a trouvé une réponse, Ninikoff n'a pas envie d'y renoncer.

Il songe au *Jardin mouillé*, une récitation d'Henri de Régnier. Une fois, Pascaline a montré son cahier de récitations à ceux de Saint-André. Elle a posé les lèvres sur une poésie. « Celle-là, je l'aime, oh, que je l'aime ! » Elle a ce geste parfois : elle donne un baiser à son livre, à son cahier, à son plumier. La poésie qu'elle a caressée de ses lèvres, ce jour-là, Ninikoff a eu tout juste le temps de la voir, entre les cheveux roux de Pascaline et l'épaule de Davy : c'était *Le Jardin mouillé*. Il s'est dit : « Je la prendrai pour le certificat, l'an prochain. » Mais où la trouver ? Il a cherché, cherché. Il a fini par la dégotter dans le gros Dumas, cours supérieur, livre du maître, que papa avait oublié de ranger un soir. Il l'a vite recopiée.

Et, ô merveille, il a trouvé des vers de huit pieds, comme il les aime. C'est quand même une récitation difficile, et il a bien du mal à se la fourrer dans la tête. Il se répète le premier quatrain, en regardant par la fenêtre tomber la pluie.

La croisée est ouverte ; il pleut
A petit bruit et peu à peu,
Sur le jardin frais et dormant...

Il a, quand il lit ou récite *Le Jardin mouillé*, une bien curieuse impression : il s'imagine sentir sur sa bouche le baiser mouillé que Pascaline a donné au cahier. Mais ce n'est pas une impression qu'on peut mettre dans une rédaction, et même pas dans l'école de Jules Verne !

Papa semble avoir fini ses comptes. Il passe derrière chacun des élèves pour regarder la solution du problème. Jeannot Constant : juste. César Rouvière : la marche est bonne, mais il y a une erreur de calcul. Thirza Favantin : juste. Sarah Javols : juste. Antoine Fontanes : juste — mais, sacré nom, que c'est sale ! Alix Daudé : faux. Tavou Maucloux : juste. (Mais Ninikoff l'a vu, Davy lui a fait passer la bonne solution !)

Enfin, papa se penche sur l'épaule de Ninikoff et glousse.

— D'après Ninikoff, nos trois maçons vont passer le temps à discuter le coup, et il leur faudra plus d'heures à trois pour bâtir le mur qu'au premier et au deuxième seuls. Minus habens !

Ninikoff sent la chaleur de la confusion lui brûler les joues. Encore heureux que Pascaline ne soit pas là ! Il n'avait pas honte, autrefois, des moqueries de papa. Il se plaisait dans son rôle de bouffon. Maintenant qu'il sait un peu rimer des vers, ce n'est plus pareil...

Il se doutait bien qu'il avait fait une grosse bourde. Mais le calcul le terrifiait, comme un cheval sauvage de l'Ouest. Ah, s'il pouvait dompter le cheval, il le monterait sans peur, il deviendrait un vrai cow-boy de l'arithmétique, et il aiderait Marie Jauffret.

Tout à coup, de façon mystérieuse, la lumière se fait dans sa cervelle. Le premier maçon met 45 minutes pour bâtir le mur. En une minute, il a bâti 1/45 du mur. Le second...

— Hum, hum, bien, dit papa. Jeannot Constant, au tableau !

Trop tard. Mais Ninikoff sait qu'il aurait pu mater ce cheval et lui sauter sur le dos, s'il n'avait pas tant musé dans le jardin mouillé et les vers de huit pieds.

— Voici la première bonne nouvelle, dit papa. Le conseil général offre à tous les premiers du canton du département un voyage en autocar de deux ou trois jours dans les Alpes. Avis aux amateurs.

« La seconde..., vous allez la découvrir avec les résultats du dernier examen de préparation. Hum, hum. Premier, Antoine Fontanes, 91,5 points. Ce n'est pas vraiment une surprise. Mais c'est ton meilleur score, comme on dit en anglais. Avec ces chiffres-là, au certificat, tu as une chance pour le voyage. Je pense toutefois que Jouanen, qui est fils d'un employé du chemin de fer et d'une serveuse d'auberge, et souffre d'une grave maladie, mérite le prix cantonal plus que toi.

« Deuxième, Jeannot Constant, 70,5, qui récolte de justesse la mention bien. Bravo, Jeannot. Deux garçons en tête, c'est surprenant, mais les filles vont se rattraper au certificat, j'en suis sûr. D'ailleurs, elles ne sont pas loin. Troisième, Sarah Javols, 66,5, en léger progrès. Quatrième, Thirza Favantin, 66, à peu près stable. Cinquième, César Rouvière, 59, égal à lui-même, peut faire mieux. Et voici la surprise. Sixièmes ex aequo, Alix Daudé, Marie Jauffret et Gustave Maucloux, 55,5.

« Oui, mes amis, Marie Jauffret est reçue. Antoine et Sarah, en raison de votre classement, vous recevez l'agréable mission de porter ses résultats à Marie. Je pense que ce sera une grande joie pour son pauvre papa. »

Paul Fontanes se réveille comme d'habitude au milieu de la nuit et secoue l'épaule de Claire.

— Encore la femme en noir ? dit Claire.

Elle tourne le dos.

— Mmm... dors.

— Ce n'est pas la femme en noir, dit Paul. Il y a au moins trois nuits que je ne l'ai pas vue. Je pense que c'est bon signe, mais... il faut que je te parle.

Claire bâille, soupire.

— Maintenant, tu es sûr ?

Paul presse la poire électrique. La lumière jaillit, Claire s'enfonce le visage dans l'oreiller.

— Éteins, s'il te plaît. Éteins !

— Pas avant de t'avoir parlé. Chérie, ce que j'ai fait est abominable. J'ai menti, j'ai triché... Tu m'écoutes ? Il le fallait, pour Marie Jauffret, pour son père. Il est au plus mal, tu sais ? Il risque de perdre connaissance d'un moment à l'autre, et alors il ne se réveillera pas. En tout cas, il ne vivra pas jusqu'au certificat. J'ai voulu qu'il s'en aille heureux, persuadé que la petite aura son diplôme. Alors, j'ai faussé les résultats de l'examen blanc. Je lui ai fait gagner une dizaine de points... Oui, pour que son père soit tranquille, j'étais obligé de lui donner une avance. Il m'a fallu ajouter trois ou quatre points à la petite Daudé, qui avait à peine la moyenne. Je ne voulais pas qu'elle soit battue par Marie.

Claire, tout à fait réveillée, pose la main sur le bras de son mari.

— C'est bien, Paul. Je suis contente que tu l'aies fait.

11.

De René Fontanes à son grand-père Georges Fontanes.

Cher grand-père,

Je profite du dimanche pour vous donner des nouvelles de la famille qui sont bonnes. Maman se porte comme un cheval, elle a encore repris un kilo de plus et papa est très content. Ma petite sœur va bien, elle a fait une bonne année scolaire et papa a décidé qu'elle passera dans la grande classe, surtout si elle tire plus la langue. Davy est toujours premier, il est très fort. Tavou Maucloux sait tout ce qui se passe à Saint-Jean par son cousin Martin, il a dit que Davy peut battre Jouanen au certificat, parce qu'il a une petite santé, il est mal fichu de la poitrine et il pratique pas l'hygiène de bien respirer. Enfin, il ne lit jamais de livres sur la vie. Il me fait une mauvaise impression. C'est pourquoi je pense que Davy sera premier du canton.

Papa est très occupé par la préparation du certificat. Il s'occupe surtout des filles, Alix Daudé et Marie Jauffret, pour être sûr qu'elles seront reçues. Davy, Jeannot Constant et Thirza Favantin n'ont plus besoin d'aide. Sarah Javols et César

Rouvière sont très forts aussi. Papa travaille tous les soirs assez tard avec Marie, et même les jeudis et dimanches. C'est pour ça qu'il est fatigué. Et il dit quelquefois : Vivement le certificat ! Mais d'autres fois : Ah, si seulement on avait un mois de plus !

Davy et moi, on va maintenant travailler avec Pascaline Robert, de Saint-Pierre. On ne peut pas aller à l'école de Saint-Pierre, et Pascaline ne peut pas venir à Saint-André, parce que papa et Mlle Rachel sont encore un peu fâchés, pas beaucoup mais un peu, surtout la demoiselle. On se rencontre pour la préparation du certificat juste à mi-chemin, au Mas Gibelin, chez le parrain de Pascaline, M. Balthazar Jourdan. C'est lui qui nous fait travailler en suivant les conseils de la demoiselle et de papa. Pendant ce temps, papa s'occupe des autres candidats, surtout Marie, et la demoiselle de même.

Il nous surveille pas trop, on peut parler, et Davy laisse Pascaline regarder sur son cahier, Pascaline aussi. M. Balthazar dit que ce n'est pas tricher, mais juste échanger, et que c'est très instructif. Il dit que Pascaline, si elle continue de bien travailler, peut battre Davy pour le prix cantonal, à condition que Davy rate son calcul. Davy, ça le fait rire, parce qu'il rate jamais son calcul et il est sûr qu'il sera premier du canton. Après, M. Balthazar nous lit une histoire d'amour, mais pas comme dans la vie, parce qu'il y a une princesse et ça se passe en Russie.

Voilà les nouvelles qui sont bonnes, cher grand-père, et je vous embrasse. Ninikoff.

Poste-scrithomme. Le facteur Jauffret, le papa de Marie Jauffret, est dessédé.

12.

Rédaction. *Il ne faut pas se fier aux apparences. Imaginez quelques scènes pour prouver la justesse de ce précepte.*

E. Pérochon, *A l'ombre des ailes, op. cit.*

— Plus que trois semaines.

— Aujourd'hui, dit M. Balthazar, nous n'allons pas travailler. Nous allons seulement réfléchir comment progresser encore pour le certificat et pour vos études, après le certificat.

— Moi, je veux être vendeuse, parrain, dit Pascaline. Je ne veux pas étudier après le certificat.

— Ma foi, dit M. Balthazar, tu veux donc rester debout derrière un comptoir toute ta vie ? Et, en prime, te faire engueuler par ton patron pour un oui ou pour un non ?

Ninikoff voit Pascaline se frotter les chevilles au sang, sous la table. Elle est pieds nus, son parrain lui permet d'enlever ses chaussures. Il lui permet tout. Elle le regarde d'un air de défi, le nez froncé et la bouche pincée.

— Mon patron n'osera jamais m'engueuler !

— Jamais. Dès qu'il te verra, si pimpante et si rousse, il dira : « C'est la femme de ma vie. Tant pis si elle est presque illettrée. Je l'épouse ! »

Pascaline rougit et baisse le nez sur son livre. Sous la table, elle se frotte les pieds sauvagement. Ninikoff aimerait bien essuyer avec son mouchoir le sang rouge qui perle. Elle va finir par tacher le tapis de son parrain !

— Parrain, dit-elle, vous vous payez ma fiole devant les garçons, c'est très méchant.

M. Balthazar est un homme d'une cinquantaine d'années, grand et fort, le torse massif et un cou de taureau. On le verrait bien monter au grenier, un sac de grain sur chaque épaule. Or il a fait fortune aux colonies, il est revenu vivre dans son mas et il ne travaille pas de ses mains. Il a une jeune et jolie servante, Anaïs, mais il ne veut pas l'épouser : il dit qu'il épousera une femme de la ville, avec de beaux atours, des bas de soie, et qui se lave tous les jours.

Ninikoff a déjà remarqué que Pascaline et Anaïs se détestaient, en essayant de ne pas trop le montrer devant M. Balthazar. Il a calculé : « Elles l'aiment toutes les deux, alors elles sont jalouses, elles s'en veulent ! » Depuis qu'il vient au Mas Gibelin, il a souvent des impressions de grande personne. M. Balthazar marche dans la grande pièce du mas, les mains derrière le dos, les épaules un peu voûtées, comme papa. Mais c'est beaucoup plus impressionnant, vu qu'il a au moins deux fois le volume de papa. Il se retourne soudain, avec une vivacité extrême pour sa corpulence. Il relève les pointes de sa moustache en fixant Pascaline dans les yeux.

— Les garçons savent ce qu'ils veulent. Davy sera au moins instituteur et peut-être inspecteur d'Académie. Ninikoff sera au moins sergent de la coloniale et peut-être, un jour, capitaine ou commandant. J'aurai d'ailleurs quelques bons tuyaux à lui donner s'il persiste dans cette voie. Mlle Rachel a raison : une femme doit avoir une autre ambition que d'épouser son patron !

Pascaline s'arrache la peau des pieds. Elle s'aplatit sur le bord de la table et regarde son parrain en roulant les yeux.

— Je n'ai pas dit que je voulais épouser mon patron !

M. Balthazar la regarde de haut, poings serrés.

— C'est dommage. Je pourrais raconter que ma filleule est la femme du patron, au lieu de dire qu'elle est une petite vendeuse de bonneterie ou n'importe quoi de ce genre !

Pascaline tourne la tête. Ninikoff voit les larmes briller dans ses yeux. Elle se met à griffonner sur son cahier de brouillon.

— Parrain, que voulez-vous que je fasse ?

— Je veux que tu prennes exemple sur Davy. Que tu vises la mention très bien au certificat, à défaut du prix cantonal ! Et d'un. Que tu continues tes études au moins jusqu'au brevet, puisque tu en es capable ! Et de deux.

Davy se tortille sur sa chaise, lève les yeux au plafond.

— Attendez, m'sieu Balthazar. Je suis pas encore premier du canton. Faut pas oublier le Jouanen de Saint-Jean-de-Combas !

— Moi, je parie sur toi, Fontanes. Premier du canton : Antoine Fontanes, de Saint-André-la-Vallée. Second, Jouanen, de Saint-Jean. Troisième, Marguerite Robert, de Saint-Pierre-du-Mont. Voilà... Si Marguerite est reçue, elle aura une bicyclette. Bon, c'est gagné d'avance ; elle l'a choisie dans le catalogue de la Manufacture de Saint-Étienne et je vais la commander pas plus tard que cette semaine. Et si elle est dans les trois premiers, je lui donne en plus mille francs !

Davy regarde Pascaline dans les yeux.

— Tu as quand même de la chance. Mille francs, c'est une somme ! C'est le prix d'une carabine Rival, à répétition automatique, comme celle qui est accrochée au mur, là, dit-il avec un geste du pouce pardessus son épaule.

Pascaline ne peut s'empêcher de rire tout bas.

— Tu as envie d'une carabine à répétition ?

— Pour chasser les fauves...

— Tu as envie de chasser les fauves ?

Davy hausse les épaules. Les filles sont bêtes, songe Ninikoff, même Pascaline, quelquefois. Qui n'aurait pas envie de chasser les fauves ? Avec une carabine ou n'importe comment !

— C'est le prix d'un vélo grand sport à quatre vitesses rétrodirectes ! Le prix d'un poste de T.S.F. à cinq lampes...

— Tu sais le prix de tout ! s'exclame Pascaline, admirative.

— Le prix d'une paire de jumelles qui grossissent trente fois..., quarante fois !

— Tu en as déjà une paire.

— Elles sont à Tavou Maucloux. Et puis elles grossissent rien du tout, six fois peut-être.

M. Balthazar écoute la discussion, debout près de la table où sont assis les enfants. Il décroise les bras pour se caresser la moustache.

— La carabine Rival coûtait mille francs quand je l'ai achetée, il y a plus de dix ans. Elle vaut bien davantage en 1935. Comme vous savez, les prix augmentent beaucoup depuis la guerre. Disons qu'aujourd'hui on peut avoir avec mille francs un fusil Robust assez ordinaire... pour chasser le lapin !

— Je veux m'acheter une motocyclette Gnome & Rhône, quand j'aurai seize ans ou dix-sept, dit Davy. Il faut que je commence à économiser dès maintenant.

Pascaline décoche à M. Balthazar un sourire enjôleur.

— Et si je suis première du canton, parrain, combien me donnerez-vous ?

M. Balthazar enfonce les deux mains dans les poches de sa veste, les ressort aussitôt pour fourrager dans ses cheveux, rares, pose enfin les poings sur ses hanches.

— Dommage que tu ne parles pas sérieusement.

— Mais si, parrain, je parle sérieusement. Un accident est vite arrivé. Jouanen, de Saint-Jean, peut s'étouffer pendant l'examen, et Davy avoir une rage de dents ou je ne sais pas quoi. Moi, je me ferai peut-être saigner les chevilles comme je fais tout le temps, mais ça ne me gênera pas tant. Et alors, toc ! Du coup, je serai la première ! Combien vous me donnerez ?

— Deux mille francs. Davy va nous dire ce qu'on peut acheter avec deux mille francs !

— Une T.S.F. super-hétérodyne à neuf lampes ! dit Davy.

— Eh bien, voilà. Et maintenant, nous allons laisser les questions de gros sous et parler un peu d'amour. Je vous lis la suite de *Premier Amour*, de Tourgueniev. Où est donc ce livre ? Le voilà. J'ai bien marqué la page ? Oui. Nous y sommes.

M. Balthazar s'assoit au bout de la table, respire longuement et se met à lire d'une voix sonore.

— « *Écoutez-moi bien, reprit-elle. Vous ne me connaissez pas encore. Je suis une lunatique. Vous avez seize ans, n'est-ce pas ? Moi, j'en ai vingt et un... Je suis beaucoup plus vieille que vous. Par conséquent, vous devez toujours me dire la vérité... et m'obéir, ajouta-t-elle. Allons, regardez-moi bien en face... Pourquoi baissez-vous tout le temps les yeux ?* »

Ninikoff surveille les pieds de Pascaline sous la table, tout en écoutant la lecture. Cette histoire a l'air d'intéresser beaucoup la rouquine. Elle ne bouge plus du tout les jambes, elle garde ses chevilles croisées, sans les frotter l'une contre l'autre, mais un filet de sang continue de couler et se perd dans sa chaussure.

M. Balthazar lit toujours...

— *Et j'aurais voulu caresser doucement chaque pli de ses vêtements. Je suis en face d'elle, nous avons fait connaissance... Les bouts de ses petits pieds dépassaient, espiègles sous la jupe, et j'aurais voulu les adorer à genoux...*

Ninikoff lève un nez rêveur et se demande s'il aimerait caresser les vêtements de Pascaline. Non, il ne croit pas en avoir envie. Adorer ses pieds à genoux ? Peut-être.

En tout cas, il est bien agréable de travailler avec quelqu'un qui n'est pas maître d'école. Maman lit quelquefois des histoires aux petits, mais on ne peut pas imaginer papa faisant la lecture à ses « certificat ». Ninikoff étouffe un rire tellement l'idée lui paraît drôle. M. Balthazar lève les yeux de son livre.

— Qu'est-ce qui t'amuse tant, jeune Ninikoff ? Avec un nom comme le tien, tu devrais *adorer* les princesses russes !

Et Pascaline éclate de rire. Elle rit tout le temps, comme la princesse. Pourquoi les filles rient-elles sans cesse ? Tiens, encore des vers, un peu boiteux mais tant pis.

— Dictée, annonce M. Balthazar. Attendez, nous allons la faire à ma façon. Je vais la lire, puis je lirai chaque phrase, et on discutera de l'orthographe de tous les mots. Ça vous plaît ?

— Ça nous plaît, dit Pascaline.

Davy grogne un peu.

— Je m'en fiche. Je fais plus de fautes !

Ninikoff se demande si Davy et Pénéquet finiront par lui prêter *L'Atroce Baiser*, comme ils l'ont promis. Ça, c'est un livre sur la vie, un vrai roman complet.

En attendant, il préfère Jules Verne à Tourgueniev.

En sortant du Mas Gibelin, les trois enfants ont couru vers l'ombre et la fraîcheur du valat. Ils se sont assis sur des pierres lisses. Ils regardent les bergeronnettes trotter au bord du ruisseau, ce qui est signe d'orage. De sombres nuées montent au-dessus des collines, du côté de la mer. Le tonnerre se fait entendre par saccades, loin encore. Les éclats du soleil couchant jaillissent entre les nuages, dans l'échancrure de la vallée. Les enfants ont senti tous ensemble la beauté de l'instant. Ils frissonnent d'un trouble secret, fait d'attente et de douce peur.

Davy, le premier, secoue la tête, se force à rire.

— Qu'est-ce qu'on a ? Qu'est-ce que vous avez ?

— On n'a rien, dit Pascaline. C'est l'orage. Ça me serre là...

Elle porte la main à son cou, puis à sa poitrine, où elle la laisse posée, et cherche son souffle au fond de ses poumons.

— Comment trouvez-vous mon parrain ?

Ninikoff ouvre la bouche, mais Davy lui fait signe de se taire.

— Combien il a ?

— Combien il a de quoi ?

— D'argent. De fortune.

Pascaline lâche un rire étouffé.

— Beaucoup !

Ninikoff guette Pascaline du coin de l'œil. Elle a encore les pieds en sang. Ses sandales blanches sont même tachées de brun. Plus il la regarde, plus son nombril se serre, et son ventre ne respire plus du tout. Mais il a l'habitude, maintenant, ça passe au bout d'un moment, et il ne s'étouffe jamais. Et puis ça le prend surtout quand il regarde Pascaline, et ça c'est bien étrange. Elle a peut-être un microbe, et alors il le respire et ça lui descend au ventre. Tant pis, tant mieux, il aime bien la regarder, rester près d'elle sans rien dire, tandis qu'elle parle avec Davy.

Il suce une plaie à son genou pour se donner une contenance.

Si Davy n'était pas là, il aimerait aider Pascaline à se laver les pieds dans le ruisseau, mais elle n'en a peut-être pas envie... Elle a vu qu'il la regardait, elle lui sourit, elle a toujours une moue gourmande, on dirait qu'elle va manger les premières cerises de l'année. Et puis le soleil couchant enflamme ses cheveux, rosit sa peau et donne un brillant cuivré à ses taches de rousseur. Elle rit, elle a l'air d'une image de réclame en couleurs.

Elle s'agenouille devant son cartable. Elle en tire le fouet qui lui sert à chasser grandes oreilles et dents de lapin, elle le fait claquer au-dessus de sa tête et se met à chanter et à danser la *Danse des saisons*.

Tourne, tournons, l'été nous gagne,
Un coquelicot dans tes doigts
Tourne la belle quatre fois!

Elle tourne. Sa robe vole haut sur ses jambes musclées de coureuse de montagne. Ninikoff n'a plus un souffle d'air dans son ventre noué. Elle danse pour Davy, pas pour lui. Il a bien de la chance, Davy ! Il rigole, il se tape sur les cuisses.

— C'est l'orage qui te met dans cet état ?

— C'est l'orage.

Elle danse, elle chante, elle fait claquer son fouet. Elle se cogne les chevilles, s'arrache une croûte, et le sang se remet à couler sur ses pieds agiles.

— Arrête un peu, dit Davy, et écoute-moi. C'est sérieux, tu crois, la proposition de ton parrain ? Les deux mille francs si tu étais première du canton ? Je sais qu'il est riche, mais quand même, deux mille francs, ça fait un gros mois de salaire. On pourrait trouver une moto d'occase, à ce prix. Il y va pas avec le dos de la cuillère, le père Balthazar !

Pascaline se met à tourner au ralenti, en tenant son fouet par les deux bouts. Elle bâille la bouche grande ouverte, parce qu'elle a les deux mains occupées.

— Il a un million. Deux mille francs, c'est rien pour lui. Et puis il sait que je serai pas la première du canton. Si tu veux...

Elle sautille par entrechats, en se servant de son fouet comme corde. Le tonnerre rythme son jeu à petits coups de tambour. Elle regarde Davy, se mord la lèvre et rit en dedans.

— Si tu veux, t'as qu'à faire un problème faux exprès, ou plein de fautes à la dictée, ou rater le calcul mental, ou tout ça à la fois. Et si le pauvre Jouanen a le sifflet coupé par son bobo, je serai la première du canton. Et on partagera les deux fafiots !

Elle rit très fort pour montrer que c'est une blague, puis elle fait tournoyer son fouet à toute vitesse, saute à pieds joints, perd une sandale, jette l'autre, continue. Davy se lève.

— Ouais, et puis y en a peut-être plein d'autres qu'on connaît pas, qui peuvent nous battre.

Pascaline lâche son fouet, reprend son souffle, la bouche ouverte, une main sur la poitrine, les yeux humides.

— Tu as raison. Je voulais rire.

Davy hoche la tête, regarde le ciel du coin de l'œil. Ninikoff est sûr qu'il pense aux mille francs qu'il pourrait gagner sans se fatiguer. Mais, bien sûr, c'est une niche que Pascaline a voulu lui faire. Il donne un coup de pied à une pierre et l'envoie sans coup férir dans la cascade du ruisseau.

— Dommage. C'est la faute à la fée Gogote ! Ninikoff !

Il toise son frère comme s'il découvrait juste sa présence.

— Qu'est-ce que tu fous là ? Cours vite à la maison. Dis à papa et maman que M. Balthazar nous a donné un devoir de plus et que j'arrive dans une demi-heure. Tu as compris ?

Ninikoff se lève. « Oka ! » Il jette sur son épaule le sac bleu qu'il a pris à la place de son cartable et part en trottinant. Mais il s'arrête à cinquante pas et se poste derrière une haie de roseaux pour guetter son frère et Pascaline.

C'est mal, il a honte. Il le fait quand même, la curiosité, qui lui pince le cœur, est plus forte que la honte. N'est-ce rien que la curiosité ? D'habitude, ça ressemble à un chatouillement, et ce qu'il ressent maintenant est presque une douleur, au profond de la poitrine, comme une petite bête qui mord.

Il les guette. Qu'est-ce qu'ils vont faire maintenant qu'ils sont tout seuls ? Se tenir la main ? S'embrasser ? Ils sont assis au milieu d'une touffe de plantes d'eau, et il les voit mal. Ils se sont rapprochés, ils sont presque épaule contre épaule. Davy se penche en avant. On dirait qu'il suce une herbe. Pascaline a l'air de nouer les bras autour de ses jambes, elle baisse la tête comme si elle posait le menton sur ses genoux.

Davy se penche vers elle. Ninikoff est maintenant presque sûr que leurs têtes se touchent. Il renonce à guetter et s'éloigne à reculons. Le tonnerre gronde par-dessus les collines. Les abeilles bourdonnent sur les fleurs sauvages. Le ciel prend une teinte gorge-de-pigeon, les nuages volent vers le nord, le dos gonflé, en rangs serrés. Un éclair immense balaie le valat, les faïsses, les vergers, le Mas Gibelin, le ciel tout entier.

Ninikoff bute en reculant contre un gros mûrier. Il se retourne, appuie les mains aux branches et se cogne la figure, de toutes ses forces, contre l'écorce rugueuse, une fois, deux, trois, jusqu'à ce que son nez se mette à pisser. Le tonnerre sonne sous son crâne. Le sang coule sur sa main ouverte.

Il s'enfuit en courant.

13.

> Rédaction. *Un élève paresseux a échoué à l'examen du certificat d'études. Imaginez ses réflexions, ses regrets, ses résolutions pour l'avenir.*
>
> E. Pérochon, *Les Yeux clairs, op. cit.*

Plus que dix jours avant le certificat.

— Marie ?

Marie se lève, très pâle dans son tablier noir. Paul Fontanes s'approche doucement, pose la main sur son épaule.

— Garde espoir, Marie. On a encore dix jours. Pense à tout ce qu'on peut revoir en dix jours.

Marie s'essuie la joue d'un revers de main.

— M'sieu, s'il vous plaît, quand j'ai eu 55 au dernier examen de préparation, c'était pas vrai ? Vous m'avez donné des points en plus ?

Paul Fontanes baisse les yeux, soupire. Sa pomme d'Adam bouge à petits coups au-dessus de son col serré.

— Marie, quand j'ai su, pour ton papa...

— Oui, m'sieu. J'ai bien compris. Pour que mon papa soit content avant de s'en aller.

— Oui, Marie.

— Vous m'avez ajouté beaucoup de points ?

— C'est difficile à dire.

— Cinq points ?

— Hum, hum. Un peu plus, je pense.

— Dix points ?

— Environ, environ.

— Alors, je n'aurai jamais le certificat pour de bon ?

— Je te dis : garde espoir, tu es très près, et il nous reste encore plus d'une semaine. En travaillant tous les deux seuls, on a pu revoir tous tes points faibles, en grammaire, en conjugaison, les bases du calcul... On a beaucoup avancé, je te le promets. Je te promets que tu n'auras pas 0 en dictée. Tu peux rattraper des points en questions, en histoire et géographie et surtout en lecture et en récitation, si tu ne t'affoles pas. Ce soir, tu es fatiguée, tu vas revoir calmement tes dates et tes départements, c'est tout.

— Le calcul mental me fait peur, m'sieu. Ça va trop vite.

Paul Fontanes sort sa montre de sa poche gousset.

— Nous allons faire encore une séance de calcul mental, sans nous presser. Et puis nous irons de plus en plus vite jusqu'au certificat. Mais je te demande d'essayer de sourire en calculant, tout le temps.

— Mais, m'sieu, je peux pas. Mon pauvre papa..

— Ton pauvre papa est dans un monde meilleur. On achète quatre litres de vin rouge à 1,65 franc le litre. Ne t'affole pas, ne te presse pas. Regarde-moi et souris. Souris, Marie, souris, Marie. Il y a plusieurs façons de faire ce calcul. A mon avis, la meilleure est de partir sur 1,70 franc. Quatre fois un quatre, quatre fois sept vingt-huit. 4 + 2,80 = 6,80. Mais tu as compté 5 centimes de trop quatre fois. Quatre fois cinq vingt. Tu enlèves vingt centimes. 6,80 – 0,20 = 6,60. Tu pouvais aussi calculer à partir de 1,50 franc. Quatre fois un franc cinquante, plus quatre fois quinze centimes...

Marie Jauffret brandit son ardoise en souriant joyeusement.

— J'ai trouvé en même temps que vous, m'sieur !

— Tu vas l'avoir, Marie. Avec l'aide de...

Il a failli dire « avec l'aide de Dieu ». Il pâlit, se mord la lèvre, et se reprend en faisant claquer sa bretelle d'un coup de pouce.

— Tu l'auras en y mettant tout ton cœur, Marie !

Plus que sept jours.

— Hé, merde, c'est comme ça. On l'a fait, Davy et moi !

Tavou Maucloux pose le menton sur ses deux poings.

— Cagagne !

Ils sont une demi-douzaine réunis au bivouac des stratèges, à la cabane des Vignes noires. Et il y a du linge ! Alix Daudé participe pour la première fois au bivouac, en chemise de nuit sous son tablier mal boutonné. La Favantinette a chipé une vieille robe de sa mère pour se donner l'air d'une dame. Quand elle veut faire un pas, elle est obligée de la soulever à deux mains.

— Moi, j'ai rien vu, dit Jeannot Constant. Pourquoi vous l'avez fait ?

Tavou Maucloux grogne en patois. Davy hausse les épaules.

— Fallait que Tavou suive au certificat, pour que mon père le *renvoye* pas au cours moyen. On voulait juste le faire les premiers jours. Et puis on a continué comme ça. Je lui passais la solution des problèmes, des mots de la dictée, les dates...

— Moi, je vous ai vus souvent, dit Alix.

— Moi aussi, dit la Favantinette.

Ninikoff a bien remarqué un drôle de manège entre son frère et Tavou Maucloux, mais il n'a pas songé qu'ils trichaient. Ça n'est pas si étonnant : Davy a bien triché, en se vantant d'avoir écrit les poèmes de *L'École de Jules Verne* qu'il avait pris dans le cahier de grand-père l'inspecteur !

Et maintenant, qu'est-ce qui va arriver ?

— Moi, ça m'est égal si je suis collé, dit Tavou. Le certificat, je m'en torche. Mais je serais bien content que Davy soye le premier du canton, pour la commune, pour l'honneur, quoi.

Jeannot Constant gronde, les poings serrés.

— Qu'est-ce que ça peut te foutre, puisque t'es du Causse ?

— Ça me fout que ça me fout. Et pis cousin Martin m'a dit une bonne nouvelle : Jouanen du certificat est tout malade, y pourra pas aller à l'examen !

Les filles n'arrêtent pas de pouffer et de se regarder par en dessous en se donnant des coups de coude. Les nuits sont longues en juin, le bivouac des stratèges, sans doute le dernier avant le certificat, a lieu ce soir à la lumière du couchant. Jeannot Constant se lève pour aller voir au four le clafoutis d'Alix. Il revient les épaules basses.

— Moi, j'dis que c'est pas une bonne nouvelle. C'est pas une bonne nouvelle qu'un droulet, même de Saint-Jean, y soye patraque pour le certificat.

Tavou Maucloux saute brusquement sur ses pieds.

— *Vaï bé*, j'ai pas envie de rester ici. Ça pue ! Tu viens, Davy, j'ai les jumelles. On va voir un peu ce qui traîne !

Davy hésite, se lève à son tour et suit son copain. Les autres se regardent.

— Qu'est-ce qu'on fait ? demande Thirza.

Ninikoff regarde s'éloigner son frère et Tavou. Il aimerait les suivre pour lorgner avec les jumelles et peut-être apercevoir, enfin, un amant ou une femme fatale. Mai-juin sont les mois où on en voit le plus, d'après Pénéquet. Mais ils se savent chassés en cette saison et se méfient davantage : on a donc peu de chances d'en repérer à l'œil nu.

Tant pis tant mieux ! Il sait que Davy et Tavou ne veulent pas de lui dans leurs expéditions. Et il est bien, là, avec les autres...

— Qu'est-ce qu'on fait ! répond Jeannot. On va voir si le gâteau est cuit et puis on va le bouffer !

Il s'agenouille devant le four. Le regard de Thirza se pose sur Ninikoff, qui cherche d'instinct un trou de mulot pour se fourrer dedans. Pas de trou de mulot ni de taupe à dix lieues à la ronde. Il baisse la tête. Thirza pointe un doigt menaçant.

— Pourquoi tu es pas parti avec eux ?

— J'avais envie de rester.

Thirza regarde Alix Daudé en riant.

— Il est gentil, ce petit.

Le cœur de Ninikoff chavire sous le compliment. Comment avouer le bonheur qu'il éprouve de se sentir près des autres, garçons et filles, accepté par tous ?

— C'est pas pour espionner, au moins ? demande la Daudinette.

Ninikoff se dresse, à genoux, la main droite levée.

— C'est pas pour espionner ! Je le jure sur le paradis et l'enfer. Si je mens, je n'irai plus en chemin de fer !

Le serment de l'école de Jules Verne lui est venu à la bouche tout seul. Ce sont des vers de grand-père l'inspecteur. Les filles éclatent de rire. Thirza le toise en secouant la tête.

— Tu serais bien embêté de plus jamais aller en chemin de fer.

— Je mens pas, dit Ninikoff.

— Qui est-ce qui va avoir son certificat ? demande Alix Daudé comme si elle se parlait à elle-même.

Thirza pointe de nouveau le doigt sur Ninikoff.

— Il le sait. Il a forcément entendu son père en causer.

Ninikoff regarde les filles et sent son cœur devenir immense.

— J'ai entendu papa dire que tout le monde l'aurait.

— Même Marie ?

— Même Marie.

14.

Rédaction. *Le soir du certificat d'études. Le visage radieux, François rentre à la maison. Toute la famille lui fait fête. Il raconte avec entrain ses remarques et ses émotions de la journée. — Et maintenant, mon petit, ajoutent ses parents...*

A. Souché, *La Lecture nouvelle et le français..., op. cit.*

Plus que quatre jours.

A cause de la fatigue qui l'abat en fin de journée, Paul Fontanes laisse les élèves sortir en débandade. Depuis plusieurs soirs, il n'accompagne plus les enfants des deux classes jusqu'à la porte de la cour ou au bord de la rue. Parfois, il n'a plus la force de se lever de son bureau.

Pourtant, la journée est loin d'être finie pour lui. Outre les corrections et préparations pour les deux cours moyens et pour le cours de fin d'études, il passe une heure et demie à deux heures avec Marie Jauffret, pour l'aider à réviser son programme. « Le combat de la dernière chance », dit-il.

Nul ne se plaint de ce favoritisme. On chuchote qu'il « a promis au pauvre Jauffret sur son lit de mort ». Tout le monde sait maintenant qu'il a grossi les notes de Marie pour donner une dernière joie à son père. La plupart des gens l'approuvent ; mais les protestants les plus rigoristes soutiennent que la religion n'autorise en aucun cas le mensonge.

— Marie !

Elle filait à l'anglaise. Il l'a rappelée d'une voix sèche, un peu enrouée, sans un geste.

— Marie, je t'attends d'ici trois quarts d'heure. N'oublie pas !

Ninikoff entre à ce moment dans la classe, à pas feutrés. Il vient prendre ses affaires dans son sac bleu pour monter au Mas Gibelin. Son père tourne la tête mais ne semble pas le voir. Ninikoff emballe en hâte ses affaires. Papa n'a pas l'air dans son assiette. Il se tient raide, les bras posés sur son bureau, les épaules droites, et il fixe le mur du fond ou le tuyau du poêle, sans bouger, sans ciller. Puis, petit à petit, ses épaules s'abaissent, sa tête dodeline. Soudain, il s'effondre, la tête appuyée sur son bras, de côté.

Ninikoff retient un cri. Papa n'est pas mort, sa poitrine se soulève, il est seulement tombé dans les pommes. Ninikoff se précipite vers le bureau puis s'arrête. Il hésite. Secouer papa pour le tirer de son évanouissement ? Il pourrait lui faire très mal, sans le vouloir. Il court à la classe de maman. Par bonheur, elle est encore là.

— Maman, papa s'est évanoui !

Il l'a bien dit, en français, sans trembler. Une minute plus tard, maman se penche sur papa, l'appelle « mon chéri ». On dirait qu'il a grogné un peu, mais il ne revient pas à lui.

— Ninikoff, va vite appeler M. Constant ou M. Amat !

Elle a dit « Ninikoff », pas « René ». Il court, prévient tous les voisins. M. Constant, le père de Jeannot, arrive le premier, son fils l'accompagne, puis M. Amat, qui propose d'appeler le docteur.

— Attendez, attendez, dit maman, ce n'est peut-être pas grave...

Le pasteur Pierret est arrivé. Les trois hommes ont transporté papa dans l'escalier et l'ont déposé sur son lit.

— Il respire normalement, dit le pasteur.

M. Constant frappe dans ses mains puissantes, comme pour applaudir, juste devant la figure de papa.

— Mais il dort, nom d'un chien ! Oui, m'dame, il dort ! Il dort comme un juste ! Un bienheureux !

Claire approuve d'un signe de tête.

— Il dort. Il est si fatigué.

A ce moment, Paul Fontanes soulève les paupières un instant.

— Plus que quatre jours... Plus que quatre jours !

Plus qu'un jour.

Mlle Rachel a invité Pascaline à venir admirer sa nouvelle machine à coudre, qui trône depuis quelques jours dans une petite pièce de l'étage, baptisée salon.

— J'ai projeté de grands travaux de couture pour ma retraite. Mes revenus vont diminuer et j'aurai beaucoup de temps libre. Alors, je ferai mes vêtements moi-même, et aussi mes confitures. Je travaillerai mon jardin. Je porterai mes olives au moulin. Je suis sûre de ne pas m'ennuyer.

Elle prononce ces mots sur un ton qui dit juste le contraire. Pascaline voit bien que cette peur hante sa maîtresse : « Comme je vais m'ennuyer à la retraite ! » Elle se force à sourire.

— Je suis sûre que vous n'aurez pas le temps de vous ennuyer.

— Et puis j'aurai la lecture. Ne pas oublier la lecture !

— Oui, mademoiselle. Je suis sûre que vous lirez beaucoup.

Mlle Rachel tourne le dos à la machine et pose les mains sur les épaules de son élève.

— Et toi, ma fille, tu viendras me voir de temps en temps ?

— Oui, mademoiselle. Je ne pourrai peut-être pas venir tous les dimanches, mais deux fois par mois. Puisque vous habiterez tout près d'ici, je viendrai vous voir chaque fois.

— Comme tu es gentille. Si tu continues, je pourrai t'aider...

Pascaline se dandine d'un pied sur l'autre. Même debout, elle trouve le moyen de se frotter les chevilles au sang.

— Vous savez bien que je n'ai pas envie de continuer. Je ne me sens pas la force d'aller à l'école des années et des années. Si je pouvais, je n'irais même pas au certificat, après-demain !

— Marguerite, tu peux avoir la mention très bien. C'est une simple formalité pour toi.

— Il me semble que je ne sais plus rien, que tout se brouille dans ma tête. Ça ne m'était jamais arrivé.

— Mais ça arrive à tout le monde, avant l'examen.

— Davy Fontanes n'a pas ça, lui. Je sens que je vais être collée... Oh, et puis tant mieux. Comme ça, je ne serai pas obligée d'aller à l'école supérieure l'an prochain !

— Marguerite, assieds-toi tranquillement et écoute-moi. Tu n'as pas peur du certificat. Tu as peur de l'année prochaine !

— Oui, mademoiselle, les deux.

— Les deux, si tu veux. Je te comprends. Les grandes personnes ont leurs idées sur la vie et voudraient les imposer aux enfants. Oui, j'ai rêvé de te voir à l'École normale et, un jour, institutrice. Je pense que ça serait bien pour toi, mais c'est surtout pour moi, je l'avoue, pour avoir l'impression que ma vie à moi est réussie. C'était mon rêve, pas le tien.

« Maintenant, je te dis ceci, ma fille : tu feras ce

que tu voudras. Je te jure que personne ne forcera ton choix, surtout pas moi. Tu décideras. Si tu veux, nous en parlerons toutes les deux..., tous les trois, avec ton parrain. Et puis tu décideras seule. Tu es tranquille, maintenant ?

— Oui, mademoiselle. Merci, mademoiselle. Je peux vous demander quelque chose, mademoiselle ? Est-ce que vous avez été heureuse, toute la vie... sans vous marier ?

Le regard de la femme et celui de la presque jeune fille se croisent un instant. Pascaline baisse les yeux. Mlle Rachel a pâli. Après un long silence, elle soupire.

— Je vais être franche avec toi. J'ai été tantôt heureuse, tantôt malheureuse. Mais tout le bonheur que j'ai eu, je le dois à mon métier... et à des élèves comme toi.

que tu voudras. Je te jure que personne ne forcera ton choix, surtout pas moi. Tu décideras. Si tu veux nous en parlerons toutes les deux..., tous les trois avec ton parrain. Et puis tu décideras seule. Tu es tranquille, maintenant ?

— Oui, mademoiselle. Merci, mademoiselle. Je peux vous demander quelque chose, mademoiselle ? Est-ce que vous avez été heureuse, toute la vie... sans vous marier ?

Le regard de la femme et celui de la presque jeune fille se croisent un instant. Pascaline baisse les yeux. Mlle Rachel a pâli. Après un long silence, elle soupire.

— Je vais être franche avec toi. J'ai été tantôt heureuse, tantôt malheureuse. Mais tout le bonheur que j'ai eu, je le dois à mon métier... et à des élèves comme toi.

15.

Plus que quelques heures.

Davy et Ninikoff se sont réveillés ensemble, au milieu de la nuit, dans la chambre qu'ils partagent. Davy s'est cogné assez violemment contre la cloison de bois qui sépare son territoire de celui de son frère.

Un mince croissant de lune, à la fin du dernier quartier, laisse couler par les volets entrouverts une clarté trouble qui dessine à peine les lignes des cloisons et des meubles. Presque à tâtons, Davy avance jusqu'au lit de son frère et s'assoit en bâillant sur le bord du matelas.

— Tu dors, Ninikoff ?

Ninikoff se dresse à demi, sur les coudes, brusquement.

— Non, et toi ?

— Eh, merde, je peux pas pioncer à cause d'un putain de rêve. Je vais avoir un œil qui se ferme toute la sacrée journée du certif ! Hein, dis quelque chose !

— C'est le jour du certificat.

— Malin ! Figure-toi que je suis à la page. Je l'ai lu sur le journal !

— Tu as fait un rêve ?

— Une saloperie de cauchemar à la gomme !

J'étais que troisième. J'étais battu par Jouanen, de Saint-Jean, et devine par qui encore... Une fille...

— Pascaline !

— Ha ! ha ! pire que Pascaline : Marie Jauffret !

— Mais c'était qu'un rêve. Tu es le plus fort, Davy.

— Ah, putain, j'en sais rien. C'était qu'une saloperie de bordel de rêve. Mais maintenant, j' peux plus pioncer. J' vais être frais comme un poisson pêché de trois jours, pour le certificat !

— T'as qu'à lire un livre sur la vie. Je vais te prêter ma bougie, si tu veux.

— Les livres sur la vie, pauvre andouille, c'est de la roupie de sansonnet ! Ça vaut pas un clou ! Ça vaut pas un trognon de chou ! Ça vaut pas un pet de lapin !

Marie Jauffret ne dort pas. Le jour terrible est arrivé. Elle a la bouche sèche, les mains qui tremblent, le cœur qui roule, l'estomac au bord des lèvres. Un bref éclair de lampe électrique pour lire l'heure au réveil. Quatre heures du matin... Il faut économiser la lampe de poche, maintenant que papa est mort, on ne pourra plus acheter de piles. Le réveil, sa grand-mère le lui a prêté pour le jour du certificat. La sonnerie est montée sur six heures. Marie se doute bien que le sommeil reviendra, presque invincible, à six heures moins le quart. Elle arrivera à Saint-Jean, pour l'examen, les yeux collés, la bouche mauvaise, un bâillement sans fin au fond de la gorge et pipi... J'aurai tout le temps besoin de faire pipi. Elle n'aura pas son certif, elle n'a aucune chance.

Elle s'assoit sur son lit. « Papa, j'ai fait tout ce que j'ai pu. Le monsieur m'a beaucoup aidée, j'ai progressé, tu sais. Mais je ne suis pas assez forte. Et puis j'avais trop sommeil et trop besoin de faire pipi pendant la dictée et le calcul. Je te demande pardon, papa, j'aurais tant voulu y arriver, pour toi, papa, pour toi... » Une idée folle lui passe par la tête. Non... mais pourquoi pas ?

Elle se lève pour de bon, entreprend d'allumer sa petite lampe Pigeon. L'odeur de l'essence lui donne envie de vomir. Où peut donc être cette image ? Forcément au fond du carton attaché d'une grosse ficelle et glissé sous l'armoire qu'elle partage avec sa grand-mère... Mais le tirer de sous l'armoire, et surtout le vider, le fouiller, en pleine nuit sans réveiller personne dans la maison, ça va être un drôle de chiendent. Ça serait même chercher une aiguille dans une botte de foin !

Elle renonce, ferme les yeux, mais ne s'allonge pas ni n'éteint la lampe Pigeon. « Mon Dieu, faites que je sois reçue ! Non, Vous ne pouvez pas, je ne suis pas assez forte. Vous ne pouvez pas faire un miracle pour moi seule ! »

Dans sa tête, c'est la soupe au pain noir ! Elle ne retrouve rien. « Prenons les intervalles... Voyons, s'il y a un arbre ou un piquet à chaque bout, il y a un arbre de plus que d'intervalles. Ça c'est facile, tu peux le compter sur tes doigts. S'il n'y a pas d'arbres au bout, c'est le contraire. »

Elle essuie deux larmes. « Rappelle-toi, le jour de Saint-Pierre, quand ça t'est venu que tu pouvais l'avoir. C'était très fort, ça ressemblait un peu à un miracle, et tu y as cru. Et depuis la mort de ton papa, tu n'y crois plus. Pourquoi ? »

Elle ne peut s'empêcher de penser de nouveau à l'image de communion de sa cousine catholique, Isabelle. « Si tu la trouvais, ça serait un miracle, ça voudrait dire que tu peux avoir le certificat ! »

Cinq minutes plus tard, elle a tiré le carton au milieu de la chambre et posé la lampe Pigeon sur une chaise. Elle fouille parmi les vieilleries de toute sorte : jouets, cahiers, cartes postales, calendriers, livres pour enfant, premiers essais de couture et de broderie... Elle a peu d'espoir.

Soudain, l'image est là, sous ses doigts. Au verso, le nom de sa cousine et la date de la communion : Isabelle Comte, 11 juin 1933, Alès. Au recto, l'image de Sainte Marie, la Vierge, avec son voile blanc et bleu. Elle l'avait cachée, parce que sa mère et sa grand-mère sont intransigeantes sur le chapitre de la religion, mais son père s'en fichait.

Elle tourne l'image dans ses mains. Elle ne sait pas prier la Sainte Vierge Marie. Il y a une prière catholique qui dit : « Je vous salue Marie... » Mais elle n'en sait pas plus. Elle décide de coudre l'image avec un fil, sous sa chemise. Vite, une aiguille... Si elle se faisait surprendre par sa mère ou sa grand-mère, ça serait terrible !

16.

Le jour du certificat.

On se montrait les examinateurs, on cherchait à lire dans leurs yeux s'ils étaient indulgents ou sévères. Des solitaires, les prunelles fixes, marmonnaient des leçons à bouche muette. On attendait M. l'inspecteur.

M. Truchard, ayant rejoint les autres maîtres, revint au milieu des enfants. C'était plus fort que lui : un grand besoin de les rasséréner encore, de les aider jusqu'au dernier instant. S'il avait pu passer l'examen à leur place ! Mais il n'aurait même plus le droit, tout à l'heure, de pénétrer dans sa propre classe.

— Franquin, surveille ton écriture. Le calcul marchera très bien, tu auras dix ; mais soigne ta composition française... Toi, Jean, gare à l'étourderie ! Si tu veux, tu te distingueras... Eh bien, Boudard ? Ça va ? On est d'aplomb ? Je suis sûr que tu seras reçu... Bonjour, Buteau. Je vous présente, messieurs, un de mes meilleurs élèves. Où est François ? Voilà des rivaux acharnés.

Maurice Genevoix, *Le Jardin dans l'île*,
Flammarion in *La Lecture nouvelle et le français...*, *op. cit.*, par A. Souché,

Ninikoff est du voyage. C'est papa qui l'a décidé.

— Il faut que tu voies comment ça se passe pour l'an prochain.

Maman garde les deux classes de Saint-André, réduites de moitié. Elle occupera de son mieux des élèves d'autant plus énervés qu'un orage monte, porté par le vent du sud. Un autocar affrété par les communes cueille les candidats au bord de la route ou sur la place des villages. Mais la mairie de Saint-Pierre n'a pas voulu payer pour le transport, et les candidats de Mlle Rachel iront à Saint-Jean en auto ou en carriole.

Le groupe de Saint-André est réuni devant la cour de l'école. Le car ne va plus tarder, on attend César Rouvière. Papa gesticule en silence, au milieu de sa petite bande. Il a une extinction de voix depuis la veille. Sa pomme d'Adam monte, descend, saute et tremble, on dirait qu'elle va jaillir hors de son cou. Les enfants, impressionnés, se tiennent cois.

Ninikoff n'ose pas se mêler à ses camarades du certificat. De loin, il essaie de deviner qui a bien dormi. Alix Daudé a l'air très reposée. Marie Jauffret est blanche comme un linge. La Favantinette se ronge les ongles. Tavou Maucloux crâne et se pavane. Jeannot Constant est aussi placide que d'habitude. Sarah Javols se tient à l'écart, hautaine, les yeux au ciel.

César Rouvière arrive en courant.

— Attendez-moi ! Attendez-moi !

Davy pointe le doigt sur la route de Saint-Jean, qu'on voit sinuer le long du Gardon.

— Trop tard, on est déjà partis !

César se trémousse de contentement comme un chien qui a retrouvé son maître.

— Ça va, vous êtes pas partis. J'ai eu peur, je

dormais comme une marmotte et le réveil a pas sonné !

— T'es sûr que t'as pas pissé au lit ? demande Davy.

Il est grognon, mal luné, il en veut à tout le monde à cause de son cauchemar. César baisse les yeux, renifle.

— Pourquoi j'aurais pissé au lit ? J'suis pas mouillé !

— J'ai senti une odeur, dit Davy. C'est juste la colle !

Ninikoff se souviendra de ce matin, du soleil blanc, du ciel trop bleu, de la brume de chaleur qui flotte sur la vallée. Personne ne fait attention à lui, les autres n'ont pas l'air de le voir. Même papa l'a oublié. Il est devenu transparent.

Le vieux car au mufle long vient se ranger. Le chauffeur se lève, regarde sa montre, dit qu'il a peut-être le temps d'aller boire un verre au café Amat. Papa lui barre le passage.

— Non, vous n'avez pas le temps, en route !

Il a soufflé les mots qu'il ne peut prononcer. Mais son expression et son geste sont si menaçants que le chauffeur renonce vite à son projet. Ninikoff se cache derrière le car, en essayant d'attirer l'attention de quelqu'un. Il voudrait que papa vienne le chercher et le pousse au milieu des autres. Mais papa a trop de soucis. Ninikoff a peur et envie à la fois qu'on le laisse au bord du chemin.

Ça y est, ils sont partis. Appuyé contre un mûrier, il regarde s'éloigner l'autocar bringuebalant et poussif. Il s'en fiche, il peut aller à Saint-Jean à pied, par le sentier qui coupe les crêtes. Ça lui prendra peut-être deux heures, mais il n'est pas pressé.

Il s'en fiche, mais il enrage. Il se mord la lèvre pour ne pas pleurer. Il a envie de rire aussi, son malheur lui procure un secret plaisir. Il se met en route à petits pas. Il fait une centaine de mètres sur la route, une automobile roule derrière lui, s'arrête à sa hauteur. Il reconnaît l'élégante Peugeot 301 de M. Balthazar Jourdan. Pascaline est assise à côté de M. Balthazar. Elle est vêtue d'une robe à carreaux gris, col Claudine, et coiffée d'un béret blanc. A l'arrière se tiennent Roux et Bonnet, deux autres candidats de Saint-Pierre. M. Balthazar penche la tête par la portière dont la glace est baissée.

— On part aux colonies, jeune homme? On a oublié son casque et sa carabine Rival?

Ninikoff ne sait que répondre. La vérité lui fait un peu honte. Avouer que l'autocar l'a oublié et qu'il va à Saint-Jean à pied, par le sentier? Il aimerait bien monter dans l'auto de M. Balthazar, mais il lui faudrait s'asseoir à côté des deux garçons de Saint-Pierre, qui lui font très peur. Pascaline tourne la tête.

— Tu vas au certificat pour voir?

Ninikoff baisse les yeux, répond oui d'un signe timide. M. Balthazar pousse du coude sa filleule.

— Je parie que notre Ninikoff n'est jamais monté dans une Peugeot 301 !

Et voilà, Ninikoff poursuit le voyage, sur la banquette arrière de l'auto, serré entre la portière et un des garçons de Saint-Pierre, Roux ou Bonnet, tous ces montagnards se ressemblent. Ils se sont à peine dérangés et ne lui ont laissé qu'un petit quart de place, mais il se contenterait de bien moins. Il se coucherait même par terre, devant, roulé en boule aux pieds de Pascaline... En montant, il a eu le temps de voir qu'elle portait des bas blancs, assortis à son béret. On dirait une dame.

Enfin, il est assis dans une puissante automobile, qui ne va pas tarder à dépasser le car sur la route de Saint-Jean !

— Puisque tu es là, dit Pascaline, tu vas me faire réciter mes dates. Tiens mon cahier. On verra si tu me portes chance. C'est vrai que tu as un nom de mascotte... Ninikoff.

Et Ninikoff est follement heureux d'avoir un nom de mascotte, le matin du certificat, dans l'auto de M. Balthazar. Il prend le cahier où Pascaline a recopié les dates, les départements et quelques règles de grammaire. Elle écrit gros, c'est facile à lire. Il demande, la gorge un peu serrée

— Révocation de l'édit de Nantes ?

— Hein, quoi ? Oh, ce truc ! J' sais plus. 1648 ?

Ninikoff secoue la tête. M. Balthazar lâche le volant d'une main et sort de sa poche un paquet de cigarettes Naja « tabac d'Orient » et le tend à sa filleule. Pascaline prend une cigarette dans le paquet, la glisse entre les lèvres de son parrain, puis l'allume avec un gros briquet en argent. Une odeur sucrée se répand et se mêle au parfum de Pascaline, lavande et linge frais repassé. Ninikoff ferme les yeux pour mieux humer.

— Révocation de l'édit de Nantes ? dit Pascaline. 1814 ? 732 ?

— Non...

Il a compris qu'elle s'amusait pour passer le temps. Elle sait toutes ses dates, mais elle est très énervée. Elle emprunte la cigarette de son parrain, en tire une bouffée et souffle la fumée au nez de Ninikoff. Les garçons de Saint-Pierre se taisent, les dents serrées, l'air mauvais. L'auto roule vite. Ninikoff se sent bien, il a le nombril un peu serré, mais il n'a pas peur. Soudain, Pascaline éclate de rire.

— Je t'aime bien, Ninikoff, quand t'es comme ça, sérieux comme un pape. Des fois, on dirait que tu as sept ans. C'est pour ça que je t'aime bien. La date, c'est 1685 !

Le certificat est au chef-lieu de canton une célébration à nulle autre pareille : cela tient du marché, de la fête religieuse, du comice agricole, du conseil de révision, de la mobilisation générale... Le tout en douceur, jusqu'au soir, où se mêlent les flonflons et le glas.

Dès l'arrivée des cars et de l'autorail, la petite foule des candidats, des maîtres et des parents se répand dans les rues. On se précipite à la boulangerie pour ravitailler ceux qui sont venus le ventre vide, à la mercerie pour changer les lacets cassés au dernier moment... Que de lacets cassés, ce jour-là ! Il y a queue à la pharmacie et à l'épicerie qui vend des fournitures.

Puis tout le monde se rassemble bien à l'avance dans la cour de l'école des garçons. M. Laporte reçoit ses collègues du canton en balançant sa manche vide. On s'enquiert de la santé du petit Jouanen. « Jouanen ! »

Jouanen a passé une bonne nuit. Il est un peu pâle, à peine essoufflé, et se prépare pour la bataille.

Les instituteurs de la commission, les examinateurs, se tiennent à part. Les élèves ne se mélangent guère de classe à classe, et une multitude de petits groupes échangent des regards curieux ou hostiles. Quelques collègues entourent Paul Fontanes, qui gesticule plus que d'habitude et parle d'abondance, hélas, sans pouvoir se faire entendre à cause de son extinction de voix.

Pascaline fait un signe à Ninikoff avant de rejoindre Mlle Rachel et les garçons de Saint-Pierre. Une cloche tinte, grêle et pressée. Un homme se hisse sur le perron de l'école, un feuillet à la main. C'est l'appel. Une vague pousse la foule en avant.

La Renault au nez écrasé vient s'arrêter devant l'école. Grand-père l'inspecteur entre dans la cour d'un pas vif, le chapeau sur l'oreille, la pipe au bec, une lourde serviette sous le bras. Ninikoff se colle contre un mur puis s'échappe vers la rue, soulagé et déçu à la fois que son grand-père ne l'ait pas vu.

A ce moment, une main se pose sur son épaule
— Viens, Ninikoff, je te paie un verre !

Ninikoff regarde bouche bée M. Balthazar. C'est la première fois de sa vie qu'un adulte le traite en homme.

— Oui, m'sieu.

Il suit le parrain de Pascaline, cœur battant. M. Balthazar s'est mis sur son trente et un : veste noire, pantalon blanc, guêtres blanches, cravate blanche... Il est coiffe d'une élégante casquette à carreaux et il tient à la main une espèce de cravache dont il se claque la jambe en marchant. De temps en temps, il porte son autre main aux jumelles qui pendent à son cou. Il surprend le coup d'œil curieux de Ninikoff, sourit.

— Jumelles de chasse, grand angle, grossissement cinq fois. J'ai l'intention de trouver un point élevé d'où je puisse observer la cour de l'école. J'aimerais voir la tête de ma fille..., de ma filleule quand elle sortira de la salle d'examen.

Ninikoff a bien entendu. M. Balthazar s'est trompé. Il a dit « ma fille ». Après, il s'est repris : « ma filleule »... On entend dire que Pascaline *est* la fille de M. Balthazar. Comment est-ce possible ? Ninikoff n'a pas encore lu assez de romans complets pour bien comprendre ce genre de mystère.

Il sirote sa limonade au café des Cévennes. Tout à coup, une idée lui passe par la tête. Il scrute sournoisement M. Balthazar, qui s'est tourné de biais pour lire son journal. Y a-t-il une ressemblance entre Pascaline et son parrain ? Les yeux, peut-être, la bouche ? Il n'en sait rien. Il ne sait même pas pourquoi les enfants ressemblent quelquefois à leurs parents...

Il s'aperçoit que M. Balthazar le regarde avec une moue chineuse sur ses grosses lèvres. Tout à fait l'air de Pascaline...

— Ce jour est aussi une grande date pour toi !

Ninikoff se demande où M. Balthazar veut en venir. Le parrain de Pascaline sort son paquet de Naja puis son briquet en argent. Enfin, il suspend ses gestes et fixe Ninikoff des yeux.

— Eh bien, mon garçon, ton frère va partir en pension. Tu ne seras plus obligé de faire l'imbécile pour avoir la paix !

La dictée est terminée. Le texte vient de parvenir à M. Laporte, qui le commente à quelques-uns de ses collègues rassemblés dans la cour.

— C'est un texte de Pérochon.

— Tiré de son roman scolaire, *Les Yeux clairs*.

— Aucune difficulté particulière ?

— A part « relie », du verbe « relier ». La bonne moitié des élèves auront mis un « t » !

— On a écrit un mot au tableau.

— C'est l'aboiement du chien : « Ouap ! Ouap ! »

— « Ouap ! Ouap ! » répète pensivement un des maîtres.

— J'en connais plus d'un qui aura oublié le « e » à « fée » !

— Ou qui aura mis un « s » à « prêt » !

M. Laporte secoue la tête.

— C'est la dictée la plus facile que nous ayons eue de longtemps.

— C'est pour fêter le mariage de M. l'inspecteur ! lâche une voix féminine.

— Vous verrez que les zéros en orthographe seront rares !

M. Laporte tend le texte polycopié à Mlle Rachel.

— Vous qui avez la plus belle voix du canton, voulez-vous nous *dire* cette dictée avec émotion ?

Mlle Rachel prend la feuille d'une main un peu tremblante.

— Excusez-moi, c'est mon dernier certificat.

Elle commence à lire très lentement, sur un ton un

peu moqueur, avec des gestes de sa main libre, levée à hauteur de son visage (elle porte un sac d'épaule).

— La fée. Une voix inconnue se fait entendre. Elle sort d'un petit appareil qu'un fil relie à la boîte. Aussitôt : Ouap ! Ouap ! Ouap ! C'est Tom, le chien de garde, qui aboie... Il dormait au coin du feu. La voix inconnue l'a réveillé en sursaut. Pour lui, aucun doute : il y a un étranger quelque part dans la maison. Alors, en brave gardien qu'il est, il donne l'alarme et se dresse, prêt à défendre ses maîtres. La fillette éclate de rire en prenant le chien par le cou.
« — Veux-tu te taire, Tom ! Tu ne comprends donc pas que c'est la fée !
« Il n'y a pas de fée. Ce qu'il y a, sur ce guéridon, c'est un poste récepteur de téléphonie sans fil ou, comme on dit en abrégé, de T.S.F.

Ernest Pérochon[1].

La voix de Mlle Rachel se brise sur le nom de l'auteur.

— Pérochon... Il me semble que je vais le quitter aussi !

— C'est vrai, dit un jeune instituteur, que la T.S.F. est une fée. La fée des retraités !

Une larme brille sous les cils de Mlle Rachel.

Au milieu de la matinée tombent les premières gouttes d'une petite averse d'été, sans orage. Une rumeur se répand dans la cour, sous les préaux où quelques maîtres se sont réfugiés, et jusque dans la rue et les bistrots voisins.

— Il y a un piège au premier problème !

— Les trois quarts des candidats se seraient fait pincer !

1. Voir les questions en annexe 2.

— Ça, c'est un coup du père Fontanes.

— Tous les ans, il invente un piège.

— Fallait bien que ça tombe sur nous un jour ou l'autre !

M. Laporte part aux nouvelles.

— Ça m'étonnerait quand même que Jouanen se soit laissé prendre à un piège de calcul.

Il revient cinq minutes plus tard, avec l'énoncé du problème.

— Oh, oh, très joli !

Il lit à haute voix, en se retenant de rire.

— Problème I. Une salle de classe a 9,20 mètres de longueur, 6,70 mètres de largeur, 3,55 mètres de hauteur. 1. Quel est le volume de la salle ? 2. Quel est le volume d'oxygène dans cette salle, si on admet que l'air contient 21 % d'oxygène ? 3. Il y a dans cette classe 27 élèves. Quel est le volume d'air disponible par personne, en mètres cubes ? En hectolitres[1] ?

Les instituteurs fixent M. Laporte puis se regardent.

— Le volume d'air par personne... Avec le maître ou la maîtresse, il y a vingt-huit personnes dans la classe !

— Il y a eu un miracle, dit Pascaline. Oui ! Marie Jauffret n'a pas eu besoin de faire pipi une fois !

Davy rigole en se tapant la cuisse.

— Un miracle de la Sainte Vierge !

— Les Jauffret sont catholiques ? demande Pascaline.

— J' crois pas. Mais c'est bien la Sainte Vierge

1. Voir la solution et le second problème, ainsi que le calcul mental, en annexe 2.

qui fait les miracles ? Hein, à Lourdes ? Si on était catholiques, comme ma mère, on aurait pu y envoyer Fofette et Ninikoff, pour que la Vierge les rende malins !

Ninikoff avale l'affront doux comme lait. Davy fait un drôle de nez depuis le calcul, il a sa chique, il est à cran. Il n'a pas compté le maître au premier problème, alors que Pascaline y a songé, de même que Tavou Maucloux et Jeannot Constant !

— Putain de bordel, c'est un coup de mon cochon de papet !

Pascaline se campe, les mains sur les hanches.

— Tu pourrais causer poliment, pour mon parrain qui t'invite.

Les instituteurs du canton profitent du certificat pour se réunir à table. Les candidats mangent avec leur famille. Papa a donné à Davy un billet de vingt francs pour Ninikoff et lui. « Et ne gaspillez pas la monnaie ! » Mais M. Balthazar les a invités tous les deux, avec sa filleule, dans un restaurant de la ville qui propose un « repas du certificat », copieux et léger : bouillon aux vermicelles, salade, saucisse d'Anduze à la purée, clafoutis aux cerises pour dessert. Davy n'arrête pas de tripoter le billet dans sa poche. M. Balthazar s'est déjà installé à une table de l'auberge Villaret et est plongé dans la lecture du menu.

— Putain de bordel, ça ne me fait pas peur, dit-il. J'en ai entendu d'autres et des plus vertes aux colonies. Je comprends que Davy l'ait sec, mais enfin c'est un guignon, pas une calamité. Si tes calculs sont justes, on t'enlèvera un point ou deux. Ou peut-être même pas. L'énoncé n'était pas clair, de toute évidence.

Davy se cache la figure dans les mains.

— C'était voulu. C'était un putain d'attrape-nigaud ! J' comprends que Jeannot Constant se soit pas pris les pattes dedans. Bon, même Tavou, c'est un feignant, mais un malin...

Il toise Pascaline avec un sourire malveillant.

— Mais toi, alors, comment t'as fait, dis donc ?

Pascaline réfléchit, le menton dans la main. Sous ses cils, ses yeux brillent comme l'eau de la rivière sous le soleil du plein été Un sourire incertain flotte sur ses lèvres.

— J' voyais tous les gosses de la classe en train de respirer des mètres cubes... Whou ! Whou ! Ça m'a donné envie de rire. Et la maîtresse... J'ai imaginé Mlle Rachel qui respirait très fort... Whou ! Whou ! Et alors, je me suis dit : tiens, ils ont oublié la maîtresse ! J'ai songé un moment. Ils n'en parlent pas, mais il faut bien la compter comme personne !

Les examinateurs déjeunent dans une arrière-salle du restaurant des Cévennes, route de Florac. Le potage avalé, un silence soudain fige la table où sont réunis, autour de l'inspecteur, une demi-douzaine de maîtres et de maîtresses.

Georges Fontanes vide son verre et prend la feuille, légèrement tachée de gras, que lui tend un instituteur chauve, au nez rubicond, chaussé de grosses lunettes.

— Qu'est-ce qui vous chagrine, Dupré ?

— Je n'ai encore jamais donné un 10 en rédaction au certificat d'études, monsieur l'inspecteur. Mais là, je me sens presque obligé de le faire.

Une institutrice approuve d'un signe de son haut chignon.

— Nous avons tous lu ce devoir. Nous voudrions que vous le lisiez, monsieur l'inspecteur. Nous inclinons pour 10, mais nous voudrions avoir votre accord.

L'inspecteur émet un gloussement de gourmandise, pêche son étui à lunettes dans la poche de sa veste.

— C'est une fille, hein ?

— Une élève de Mlle Pouget.

— Ça ne m'étonne pas, dit l'inspecteur en ajustant ses lunettes sur son nez. Voyons ça.

Son regard pétille derrière ses verres.

Sujet. Vous avez assisté près de chez vous, dans votre village ou ailleurs, à une scène surprenante, drôle ou dramatique, qui vous a particulièrement frappé. Racontez.

Quand j'étais plus jeune, j'habitais Alès. Puis mes parents sont venus vivre dans un village des Cévennes, Saint-Pierre-du-Mont. Peu après, j'ai assisté à une scène étonnante.

Cela se passait chez nos voisins. Je ne dis pas leur nom, par discrétion : ils ne seraient pas très contents s'ils savaient que j'ai écrit cette histoire. Le vieux grand-père était sur le point de mourir. La grand-mère et ses filles le soignaient dans sa chambre, au premier étage. Dans la cuisine, en bas, et dans la cour de la ferme, ses fils et ses petits-fils allaient et venaient, discutaient tout bas, avec de grands gestes, mais parfois on entendait des éclats de voix. Mes parents m'avaient envoyée aux nouvelles, avec un pot de gelée de groseilles : il paraît que c'est bon pour les grands malades. Moi, je n'osais pas entrer à cause de tout ce mouvement. Je me suis dit : « Le pauvre papet doit être en train de passer ! »

J'ai demandé à un petit-fils que je connaissais de vue et qui avait l'air moins en colère que les autres, surtout les hommes mariés : « Dites, voisin, est-ce que ça ne va pas ? » Mais je me trompais, il était aussi très en colère. Il m'a fusillée des yeux. « Eh non, ça ne va pas. Il n'a toujours rien dit. Je sais pas s'il est gaga ou s'il refuse de parler pour nous embêter ! » Je n'ai pas osé demander des explications. J'ai senti qu'il se passait quelque chose de terrible.

Un des fils est sorti de la maison, tête basse. Les autres se sont précipités vers lui. Ils ont demandé tous à la fois, en parlant patois (je le comprends un peu) : « Alors, est-ce qu'il a parlé ? » L'homme a secoué la tête et battu des bras d'un air désespéré. Il a répondu : « Non, non, il fait même semblant de pas comprendre ce qu'on veut ! » Ils avaient tous l'air bien malheureux. Ils se souciaient pas trop que le grand-père plie ses chemises comme on dit. Mais ils attendaient qu'il leur donne son secret avant de mourir.

Puis le docteur de Saint-Jean est arrivé dans son auto. Ils l'ont entouré à plusieurs. « Monsieur le docteur, il faut le faire parler avant qu'il passe ! » Le pauvre docteur avait l'air tout étonné. Un des petits-fils a expliqué : « Il connaît au moins douze boletières. Il nous en a montré aucune ! » Les boletières sont les places dans les bois où on trouve les bolets, en français, les cèpes. Un des fils a dit, en serrant les poings : « Ah, il les emportera pas en paradis. Faut qu'il nous explique ! »

Plus tard, quelqu'un m'a raconté que le grand-père rigolait tout seul, dans son lit de mort. Il est décédé sans avoir révélé à sa famille le secret des boletières. Mon parrain en rit encore.

— Hé, hé, hé ! fait l'inspecteur. Ha ! ha ! ha !

— Nous aurions donné 10 sans hésiter, dit un instituteur, si ce n'était la dernière phrase qui nous a un peu choqués.

— « Mon parrain en rit encore » ? Cette enfant a bien de la chance d'avoir un parrain qui ait tant d'humour. Ma foi, vous en rirez bien, tous, tant que vous êtes, l'an prochain à la même époque. Mesdames, messieurs, à côté de ce devoir, toutes les compositions françaises du certificat que j'ai lues depuis des années ne sont, pour parler sans ambages, que du caca d'oie. Voyez dans le règlement si on ne peut pas lui donner 11 !

Après les averses du matin, la température s'est réchauffée d'un coup. Une touffeur d'orage s'est abattue sur la petite ville, lovée dans sa cuvette au creux des montagnes.

— J'ai trop chaud, gémit Pascaline. Je vais quitter mes bas !

Davy, la vengeance en tête, ricane méchamment.

— T'as qu'à te mettre en jupon !

— J'ai pas de jupon, t'es fou, dit Pascaline. J'ai voulu prendre les bas que parrain m'a offerts. Je pensais pas qu'il ferait si chaud. Il faut que je les quitte maintenant. Si j'ai trop chaud cet après-midi, je vais tout manquer !

— Tu peux aller aux lavabos, dit M. Balthazar.

Pascaline baisse la tête, l'air geignard, se frappe les genoux à deux mains.

— Mais je peux pas toute seule. Ils sont collés aux chevilles. J'ai besoin que quelqu'un m'aide. Ninikoff !

M. Balthazar allume une Naja, se renverse sur sa chaise, tire une bouffée et souffle la fumée au plafond.

— Tu t'es frotté les chevilles, au sang ?

— Vous savez bien que je ne peux pas m'en empêcher, parrain.

— Mais comment as-tu pu te blesser à travers tes bas ?

— J'avais des croûtes d'hier et d'avant-hier. Il faudrait que Ninikoff m'aide à décoller mes bas.

Davy propose ses services. Pascaline lui tire la langue.

— Tu es trop grand. Tu en profiterais pour te rincer l'œil !

— Ma foi, c'est bien possible, dit M. Balthazar en riant.

Pascaline observe la salle du restaurant où les convives du certificat, parents et enfants, se mêlent à la clientèle ordinaire, gens en villégiature et voyageurs de commerce. Le brouhaha des conversations remplace peu à peu le bruit des couverts. Puis Pascaline regarde son parrain en se mordant la lèvre.

— Je crois que j'ai bien réussi ma rédac. J'avais peur de pas pouvoir finir, ou alors d'avoir pas assez de place sur la feuille. Mais tout s'est bien passé. J'espère avoir au moins 7 sur 10...

Elle se lève, baisse la voix.

— Voilà ce que je vais faire. Je vais aller aux cabinets. Je quitterai mes jarretières et je roulerai mes bas au-dessous des genoux. Puis je reviendrai et Ninikoff me les décollera avec de l'eau. Je peux pas le faire toute seule.

Cinq minutes plus tard, Ninikoff est agenouillé devant Pascaline, tremblant d'émotion. La table et un rideau tiré contre une cloison les cachent à demi de la salle. Il a une grosse boule de coton sous le nombril, qui lui étouffe le ventre. Et le coton gagne ses bras et ses jambes, sa tête. S'il n'était pas à genoux, il tomberait par terre devant tout le monde !

Pascaline allonge sa jambe gauche. Le sang a traversé le doux tissu blanc et l'a collé aux croûtes, en formant une large tache rouge-noir. Elle roule le bas jusqu'au-dessus de sa cheville.

— A toi, vas-y doucement. Tu t'es mouillé les doigts ? Attends, j'ai une meilleure idée. Prends une gorgée d'eau... Oui, non, ne l'avale pas, imbécile. Maintenant, décolle mon bas avec la bouche !

Davy s'esclaffe. M. Balthazar hoche la tête en souriant. Pascaline croise sa jambe gauche par-dessus la droite. Ninikoff est quand même obligé de se mettre à quatre pattes. Il prend le mollet de Pascaline d'une main, son pied de l'autre, et pose ses lèvres mouillées sur la blessure. Pascaline lui ébouriffe gentiment les cheveux.

— Ne regarde pas ma culotte !

M. Balthazar se lève, les mains dans les poches.

— Je vais demander de l'eau chaude à la patronne : ça sera plus efficace !

Histoire.

Par qui fut signé l'édit de Nantes ? En quelle année ?

Par qui fut-il révoqué ? En quelle année ? Conséquences de cette révocation.

Géographie.

Donnez le nom et le chef-lieu de chaque département qui limite le département du Gard, y compris sur la rive gauche du Rhône. Citez trois lignes de chemin de fer traversant le Gard. Quelles sont les deux principales villes du département ? Donnez leur population.

Dialogue de deux maîtresses.

— L'édit de Nantes, tous les petits protestants le connaissent par cœur.

— C'est un cadeau pour compenser le piège du problème.

— Vous croyez ? Et le tirage au sort ? Enfin, sur les conséquences de la révocation, il y aurait des pages à écrire.

— Elles ont été écrites, plutôt dix fois qu'une.

— Mais la plupart des candidats ne sauront pas le dire.

— Dans notre livre, il n'y a que trois lignes, mais bien senties.

— Je suis sûre que vous pourriez les réciter mot à mot !

— Oh oui. *En 1685, la révocation de l'édit de Nantes a dépeuplé nos villes...*

— Et nos campagnes, alors !

— *... et appauvri nos industries. Les guerres incessantes ont ruiné le pays. C'est ce qu'on appelle l'envers du Grand Siècle.*

— Je voudrais bien qu'on me montre l'*endroit* !

— Je connais des catholiques pour admettre que la révocation est le plus grand malheur que la France ait jamais connu.

— Des catholiques ? Ça existe encore ? Mon Dieu, vivement qu'il n'y ait plus de catholiques ni de protestants et que nous soyons tous laïques !

— Dites-moi, je pense à quelque chose. Est-ce que le Gard touche la Drôme, enfin, à travers le Rhône ?

— Vous voulez rire ? Le Gard s'arrête au confluent de l'Ardèche et du Rhône. La Drôme commence vers Les Blaches, au moins cinq kilomètres plus au nord.

— Je suis de Montpellier, vous savez. Pour moi, c'est le bout du monde ! Et vous croyez que beaucoup de candidats ne vont pas oublier l'Aveyron ?

— Il y a toujours des élèves qui oublient tout, à l'examen. Même le vase de Soissons ! Même le lièvre et la tortue !

Ninikoff s'est senti empoigner par le bras.

— Viens donc, nous allons faire un tour en auto !

C'est grand-père, avec son chapeau et sa pipe..., sa pipe droite en bruyère que Ninikoff a aidé Suzon à choisir. « Modèle pouvant sans danger se mettre allumé dans la poche... » Mais grand-père la garde presque tout le temps à la bouche. Ninikoff se rengorge : c'est la preuve qu'il a bien choisi.

— Oui, oui, grand-père, je veux bien. Bonjour, grand-père. Pardon, grand-père, je vous avais pas vu !

— Tu pourrais dire grand-père l'inspecteur, aujourd'hui !

— Oui, grand-père l'inspecteur.

— Mais non, bonhomme. Je te charriais !

Ninikoff, tout étourdi, s'assoit à l'avant de la grosse Renault, en guignant son grand-père du coin de l'œil. Quel regard a-t-il aujourd'hui ? Le spécial ou un ordinaire ? Le sévère pour rire ? Le brillant-pétillant qui accompagne les bonnes blagues ? Celui qui voit à l'intérieur, caresse, pardonne ? Encore un autre ? De plus, la pipe change complètement son air, et Ninikoff ne sait plus trop ce qu'il doit penser.

— Et alors ? dit grand-père l'inspecteur.

Dieu soit loué, il a son regard à blagues. Ninikoff se décrispe sur le siège de l'auto et ose demander où on va. Grand-père sort sa pipe et la tient au bord de sa bouche.

— On va à Saint-André-la-Vallée. Je te ramène chez toi.

— Mais... mais..., commence Ninikoff.

Il a dû se tromper sur le regard de grand-père. Celui-ci mord sa pipe et, parlant du coin de la bouche, annonce d'un ton glacé :

— Tu as été vu avec une fille. Ce n'est pas de ton âge... De plus, une candidate, un jour d'examen : c'est grave.

Ninikoff se tait, le souffle coupé. Grand-père insiste, la voix déformée par la pipe qu'il mâchonne en parlant.

— Les instituteurs du canton, réunis en commission spéciale, m'ont chargé de te ramener à ta mère. Ce n'est pas l'école de Jules Verne, ici, c'est l'école de la république !

Il éclate de rire et donne un coup de poing sur le volant. Ninikoff, ahuri, tourne la tête pour le guetter du coin de l'œil.

— C'est..., c'est une blague, grand-père ?

L'inspecteur tète sa pipe en silence et écrase l'accélérateur. La Renault traverse un hameau en klaxonnant à grands coups. Une poule noire s'élance sur la route, bat des ailes, vole à moitié, retombe. Ninikoff se soulève sur son siège pour mieux voir. Ah, elle va réussir à traverser devant la voiture. Non, elle se ravise et, au dernier moment, repart dans l'autre sens. Bang ! Le choc fait un bruit formidable. Ninikoff se retourne et aperçoit une tache très noire au milieu de la route très blanche... Grand-père ôte sa pipe.

— Voilà une bonne question de morale : qui a tort dans cette affaire, le paysan, la poule ou un inspecteur primaire en mission spéciale et très pressé ? M. Pérochon nous en parlerait pendant dix pages. Tu me feras penser de m'arrêter au retour pour dédommager les propriétaires ?

Ninikoff ne perd jamais une occasion de rester bouche bée

— Au..., au retour ?

— Oui, bien sûr. Nous allons voir ce qui se passe à Saint-André en vitesse. Je ne te cache pas que j'ai l'intention de bavarder cinq minutes avec ta maman. Et puis nous reviendrons à Saint-Jean pour connaître la suite des exploits de notre jeune rouquine aux yeux verts... Tu vois qui je veux dire ? Mais oui, tous les deux. Tu n'as quand même pas pris au sérieux ma petite blague de tout à l'heure ? Et je suppose que tu as aussi envie que moi d'être là quand on donnera les résultats ?

Grand-père l'inspecteur a décidé d'arrêter son auto à l'autre bout du village.

— Allons-y à pied. Nous les surprendrons : j'ai envie de faire une niche à ta maman.

Ninikoff n'est pas sûr que maman goûtera ce genre de niche, mais elle ne dira rien parce qu'elle aime beaucoup grand-père. Les voilà partis à travers le village. Grand-père a laissé sa serviette dans l'auto. Il salue les gens qu'il croise, sur un ton jovial, en ôtant sa pipe et en soulevant son chapeau.

— On tombe en pleine récréation, dit-il. C'est très bien.

Le jour du certificat, maman a la charge des deux classes, mais l'effectif est très réduit. Les parents en profitent pour envoyer les enfants garder les bêtes ou travailler dans les faïsses. L'été est là, les grandes vacances sont proches... Grand-père s'arrête, pose la main sur le bras de Ninikoff.

— Je voudrais arriver par-derrière. Guide-moi.

— Il y a une petite porte...

Les voilà dans la cour. Ça piaille fort, à cause peut-être de l'orage qui monte. Maman doit être à son bureau, elle ne les a pas vus. Les filles du cours moyen jouent à colin-maillard. Noémi Javols, son bandeau sur les yeux, tourne au milieu d'un groupe rieur et trépignant. A l'entrée de l'inspecteur, que Ninikoff suit de loin, le silence se fait peu à peu. Les grands l'ont reconnu. Noémi se rend compte qu'il se passe quelque chose. Elle court, les mains en avant, vers les autres qui se dispersent. L'inspecteur traverse la cour à pas de loup. Il est sacrément leste pour soixante ans ! Il passe derrière Noémi, lui plaque les mains sur la figure, par-dessus le bandeau.

— Qui est là ?

Un silence religieux s'est abattu sur la cour tout entière. Même les tout-petits ont suspendu leurs jeux et se taisent. Noémi arrache son bandeau et se retourne en hurlant :

— Un pivert !

Elle se trouve nez à nez avec l'inspecteur et s'enfuit.

— Un Berbère ! Un Berbère !

Grand-père salue d'un coup de chapeau maman qui arrive en courant.

— Elle veut dire un *pervers*, je suppose ? Oh, je le suis si peu !

Pendant que la récréation se prolonge, sous la surveillance de Ninikoff, Georges Fontanes a conduit sa belle-fille dans un sentier au bord de la rivière. Il lui prend soudain le bras.

— Je suis très heureux de vous voir en bonne santé, Claire. Et, de plus, en beauté ! Vous vous demandez pourquoi cette visite impromptue, le jour du certificat ? J'ai une mission délicate à accomplir.

Il a lâché le bras de Claire et noué les mains derrière son dos. Il marche en regardant la pointe de ses souliers.

— Ma foi, hum, hum, j'ai un message à vous transmettre de la part de M. Victor Boisseron. Hum, tout cela est difficile à dire à sa propre belle-fille...

Claire regarde le fond du ciel et sourit.

— Je m'en doute.

Il lui reprend le bras.

— Je vous aime beaucoup, Claire. *Lui aussi*, mais pas de la même façon. Ce qui est arrivé est un peu ma faute, j'en conviens. Victor est fou de vous, Claire. Il n'avait donc qu'une seule ressource : partir. Il est parti. Il ne vous reverra pas. Il m'a prié de vous demander pardon.

L'inspecteur laisse glisser sa main, serre le poignet de sa belle-fille.

— Il m'a juré qu'il ne vous oublierait jamais. Je ne vous demande pas de l'oublier. Mais la vie continue. Mangez...

— Pardon ?

— Ne vous laissez pas mourir de faim, je vous en supplie ! Si vous préférez partir en ville, dites-le-moi. Paul cédera.

Claire s'arrête, dégage doucement son poignet, cueille un épi de salicaire et écrase dans sa paume les minuscules fleurs roses. De nouveau, elle lève la tête, fixe le ciel plombé, les collines au-dessus de la rivière. Elle porte la main à sa gorge, respire avec effort. Georges Fontanes s'éponge le front avec son mouchoir.

— Je ne vous demande pas une réponse aujourd'hui.

— Je crois que je resterai, dit Claire. Je me suis attachée à ces montagnes.

Filons, dit grand-père. Nous sommes en retard. Je te paierai le cinéma avec le prix de cette poule. Il faut que les paysans apprennent à ne plus lâcher leurs volailles sur la route. Vu la circulation qui augmente chaque année, ça deviendra une extermination. *Cette leçon vaut bien un fromage*, n'est-ce pas ? Ah, La Fontaine, notre maître à tous, avec Jules Verne !

La Renault traverse en trombe, klaxon hurlant, le hameau où la pauvre géline fut proprement écrabouillée à l'aller. Grand-père a son regard sévère-pour-rire et, de temps en temps, donne un coup de poing sur le volant, en lâchant un petit rire.

— Eh, mon cher Ninikoff, voilà un certificat qui fera date. L'an prochain, ce sera le tien, une simple formalité. Et puis, un jour, on le supprimera. D'ailleurs, les examens sont une chose ridicule, on les supprimera tous, même le brevet supérieur... Dis-moi, si tu étais... mettons Merlin l'enchanteur ou la fée Morgane... et que puisses choisir le premier du canton, à qui donnerais-tu le prix ?

Ninikoff réfléchit. Il a beau faire, il ne se voit pas en enchanteur ni en fée. Ce serait pourtant bien amusant, et il connaîtrait sans doute le secret de l'amour. Pour le prix cantonal, il se sent partagé. Il se tait, grand-père soliloque.

— Moi qui ne suis ni Merlin ni Morgane, il m'arrive de jouer à l'enchanteur, avec mon crayon en guise de baguette. Quand il y a des ex aequo à départager, par exemple, on me demande quelquefois de trancher. Et même lorsque les deux ou trois premiers se suivent à un demi-point près, je relis les devoirs, si j'ai le temps, en particulier les dictées et les rédactions. J'attache beaucoup d'importance à la rédaction et, en revoyant les notes, je puis faire pencher la balance d'un côté ou de l'autre. Ce n'est qu'un jeu. Il y a plus important. Je demande toujours à voir les notes des candidats qui sont juste au-dessous de la moyenne, jusqu'à deux, trois points. J'essaie toujours de les sauver, quitte à resuivre tous leurs devoirs écrits. Le certificat est important dans la vie, on le demande encore pour beaucoup de petits emplois. L'avoir ou ne pas l'avoir peut changer la vie de quelqu'un, et je m'assure autant que possible qu'une grave injustice ne sera pas commise.

L'auto a escaladé en ronflant la crête qui sépare les deux vallées; elle dévale à toute vitesse vers Saint-Jean-de-Combas. Grand-père s'exclame soudain :

— Puisque tu es là, Ninikoff, tu peux te rendre utile ! N'as-tu pas un de tes camarades à me recommander, en cas de besoin ?

Ninikoff répond sans hésiter :

— Marie Jauffret !

Grand-père hoche la tête.

— Marie Jauffret, très bien. Prends ma pipe dans ma poche de veste, s'il te plaît, et mets-la-moi à la bouche. Je ne veux pas lâcher le volant dans la descente. Merci... Tu disais : Marie Jauffret. Qu'est-ce qui arrive à Marie Jauffret ?

— Son pauvre père est mort très content, parce qu'il pensait qu'elle aurait le certificat. Seulement, papa avait triché sur les notes des compositions...

— Oh, mais c'est du Shakespeare ! Raconte-moi vite cette tragique histoire.

— La pauvre Marie...

Tandis que Ninikoff raconte de son mieux, l'inspecteur bougonne à mi-voix : « La *pauvre* Marie et son *pauvre* père... Voilà, en effet, une pauvre famille et bien méritante ! » Ninikoff conclut gravement :

— Papa n'en dort plus. Il réveille maman la nuit en criant : « J'ai vu la dame en noir ! J'ai vu la dame en noir ! » On voudrait bien, tous, que la pauvre Marie ait son certificat.

Grand-père se dresse contre son siège, s'appuie à deux mains sur le volant.

— Bon Dieu, il faut faire quelque chose. Et on va être en retard... Tant pis, on fonce. Prends ma pipe et garde-la à la main, tu me la rendras quand nous entrerons à Saint-Jean.

Il donne un coup d'accélérateur. Les six cylindres et cinquante-deux chevaux de la Vivasix lâchent un grondement terrifiant. Le klaxon mugit comme une sirène. L'aiguille du compteur de vitesse oscille sur quatre-vingt-dix kilomètres à l'heure. Grand-père se soulève pour mieux voir la route.

— Tant pis pour les poules, les oies, les chiens, les moutons... Je ne freine que pour les vaches !

On attend l'annonce des résultats dans la cour de l'école. L'orage monte et gronde vers l'Aigoual. La foule mêlée, maîtres, parents et enfants, va, vient, grouille, frissonne, se fige.

Une jeune institutrice paraît sur le perron, deux feuilles à la main. Elle regarde de tous côtés, elle a l'air timide, effaré. Elle prononce quelques mots. La foule avance, se serre. Quelqu'un crie : « On n'entend rien ! » La jeune femme fait une deuxième tentative, sa voix aiguë perce le brouhaha. Puis le silence se fait. Les noms tombent, par ordre alphabétique.

Ninikoff s'était juré de s'en aller à ce moment, pour ne pas savoir. Mais il suit le mouvement, et il ne peut s'empêcher d'entendre : Daudé Alix... Constant Jean... Fontanes Antoine... Jauffret Marie...

Marie ! Marie !

Les autres noms suivent, vite, vite. L'institutrice lit à la hâte, comme pressée d'en finir. Javols Sarah... Jouanen François... Maucloux Gustave... Tavou Maucloux est reçu !

Robert Marguerite... Rouvière César... Pascaline ! Le gros César ! Tous, tous ! Ils sont tous reçus !

L'institutrice essaie maladroitement de fixer les feuilles au volet d'une fenêtre. Un maître vient l'aider.

Et le prix cantonal ? Papa passe en courant et hurle :

— Ils sont occupés à refaire les comptes pour les trois premiers. J'y vais !

Ninikoff joue des coudes pour s'échapper. Soudain, Marie se jette sur lui.

— Est-ce que tu as entendu mon nom ?

— Oui.

— Tu es sûr ?

— Tu l'as pas entendu ?

— Si, mais... J'ose pas aller voir les listes qu'ils ont affichées. Va les voir pour moi, Ninikoff. S'il te plaît, Ninikoff !

Ninikoff se précipite. Les feuilles sont fixées un peu haut, mais il a de bons yeux. Le nom de Jauffret Marie est là, au milieu, il se voit comme le nez sur la figure. Il se retourne, cherche Marie. Elle a disparu.

Il aperçoit Pascaline entre son parrain et une belle femme rousse, qui doit être sa mère. Ninikoff avale sa salive. Cette rouquine, si ce n'était pas la mère de Pascaline, on dirait presque une femme fatale !

En tout cas, Pascaline ne le voit pas, et Marie a dû partir fêter en ville son succès. Pauvre Ninikoff, personne ne te voit, personne ne s'occupe de toi. Tu ne comptes pas !

Il sort vite de la cour. Dans la rue, il se met à courir. L'année du certificat, c'est fini Le certificat, c'est fini. Il s'en fiche, il est malheureux, si malheureux qu'il n'a même plus envie de connaître le premier du canton.

Ça doit être Davy, ou alors Jouanen de Saint-Jean... Mais il s'en fiche ! Il décide de rentrer à pied. L'autocar, qui ne l'a pas amené, ne l'attendra pas. M. Balthazar croira qu'il est rentré avec son père... Il s'élance sur la route. Il doit prendre un peu d'avance pour que M. Balthazar avec son auto ne le rattrape pas. A deux kilomètres de Saint-Jean, il tournera au raccourci. Les jours sont longs, il sera rentré avant la nuit, ou plutôt avant l'orage qui roule au-dessus de la montagne. Et tant pis s'il a mal aux pieds !

Allez ! Il va grimper sur la crête sans une pause. Tant pis s'il a un point de côté et si son nez se met à saigner ! Il monte au petit trot, sous le soleil encore haut. Les cigales chantent : allez, Ninikoff, plus vite, plus vite !

Tant pis s'il rentre à la maison à moitié mort de fatigue, trempé de sueur et de pluie, le cœur près de sortir de sa poitrine. Il verra tout noir, saignera du nez et tombera peut-être évanoui. Ah, c'est ça qui serait bath, s'il pouvait tomber dans les pommes juste devant sa porte ! Maman s'occuperait de lui tout le soir et peut-être toute la nuit. Et pour son père, quelle punition de le trouver allongé sur son lit, les yeux fermés, pâle comme un mort !

Les cigales, excitées par l'orage, saluent l'été avec des crissements sauvages. Ninikoff faiblit, trébuche, perd son souffle. Le point de côté, « la rate », survient plus tôt que prévu. Il continue tout plié, mais, si ça ne passe pas, il n'ira pas loin. Il s'arrête et s'assoit sur le bord de la route. La douleur se calme un peu, mais il a soudain très sommeil. Il voudrait bien savoir, maintenant, qui est premier du canton. Oh, c'est Davy, c'est sûrement Davy !

Le courage lui manque, il s'appuie le dos au talus, ferme un œil, peut-être les deux. Le ciel se couvre, le tonnerre gronde. Une auto monte de Saint-Jean, donne un coup de klaxon puissant. Ninikoff se lève d'un bond. L'auto s'arrête devant lui.

— On t'a cherché partout, dit M. Balthazar.

— On t'a cherché partout! répète Pascaline, assise à l'arrière.

La femme rousse, presque fatale, a pris place à l'avant. Bonnet et Roux doivent rentrer avec leurs parents. Pascaline ouvre la portière.

— Alors, tu ne sais pas? Tu es parti avant le prix cantonal, je t'ai vu... Monte vite!

Et, soudain, elle fond en larmes. Elle rit et pleure en même temps, de joie. Elle serre Ninikoff dans ses bras, frotte le nez contre sa joue.

— Je l'ai, Ninikoff, je l'ai!

La femme presque fatale se retourne et fixe sur Ninikoff de grands yeux brûlants.

— Ma fille est première du canton. Le second est un nommé Auguste Blanc, de Saint-Jean, le troisième Jouanen, de Saint-Jean aussi. Ton frère n'est pas cité. Sale coup pour la fanfare!

Oui, c'est terrible pour papa. Mais Marie Jauffret est reçue, et même Tavou Maucloux : ça le consolera peut-être.

Quatrième partie

NINIKOFF

1.

Étais-je si naïf ?

Oui, je le crois. J'étais une petite merveille de candeur, d'ingénuité, d'innocence.

Je me revois le jour où Pénéquet m'a prêté enfin *L'Atroce Baiser*, « roman d'amour inédit » de Pierre Vaumont. D'ailleurs, je ne le lui ai jamais rendu et je l'ai retrouvé des années plus tard, avec *La Femme fatale* et *Rose-Mai*, au milieu de mes livres et de mes cahiers du cours moyen.

Il m'a répété qu'il en savait long.

— J'en sais long, tu comprends. C'est pour ça que les sbires m'ont volé mes jumelles et qu'ils veulent ma peau ! Tiens, j'en sais long sur les femmes. Blague à part, mon vieux, j'ai été élevé dans un harem !

Je baissais les yeux et retenais mon souffle.

— Dans un harem ?

— Tu en as jamais entendu parler ? C'est le quartier des femmes chez un sultan. Les riches Arabes peuvent avoir trente épouses si ça leur chante. A une époque, le sultan Abdülaziz en avait plus de cent ! Et des jeunes et des belles, je te prie de me croire. Ma mère en faisait même partie avant que le sultan la donne à mon père en récompense. Elle avait encore des amies au harem, elle m'emmenait les voir. Je les ai vues toutes nues plus d'une fois, les femmes du sultan, mais j'étais un peu jeune pour en profiter. Et puis après, quand j'étais un peu plus vieux, j'avais appris à me méfier.

— Te méfier ? Pourquoi ?

— Ha ! ha ! ha ! Mon petit Ninikoff, il faut toujours se méfier des femmes. Elles sont prêtes à toutes les manigances pour te jobarder. Et quand tu en as une qui te tient, mon pauvre vieux, tu es foutu. Si tu veux un conseil, te marie jamais !

J'ai secoué la tête, avec une moue de mépris bien imitée.

— Ça risque pas que j'en aie envie !

— Tant mieux. D'abord, elles ont un serpent dans le ventre...

Là, je me suis mis à hoqueter.

— Tu me fais rire.

Mais je ne riais pas. J'avais la bouche sèche et le cœur au bord des dents. Pénéquet se tapait sur les cuisses à grands coups.

— Blague à part !

Je suis parti avec le précieux petit « roman complet ». Je me rappelais la crise de colère de Davy, la nuit du certificat. « Les livres sur la vie, pauvre andouille, c'est de la roupie de sansonnet ! Ça vaut pas un clou ! Ça vaut pas un trognon de chou ! Ça vaut pas un pet de lapin ! » Voilà ce qu'il avait dit. Je n'avais pas oublié un mot. Mais je voulais y croire encore.

Alors, je suis allé me cacher, cœur battant, pour lire *L'Atroce Baiser*. Dans ce fascicule à soixante centimes, j'espérais trouver deux fois plus de secrets que dans les « romans complets » à vingt-cinq ou trente centimes. C'était l'histoire d'une jolie marchande de fleurs séduite par un amant, mais sauvée par son amoureux et son frère, juste avant d'être expédiée au fin fond de l'Asie. Je l'ai dévoré jusqu'au dénouement, jusqu'à la lettre finale que le méchant amant écrit à l'héroïne pour lui demander pardon. Il annonce alors qu'il s'engagera dans la Légion étrangère et qu'on n'entendra plus jamais parler de lui...

Peut-être les secrets étaient-ils cachés entre les lignes : j'étais trop petit ou trop bête pour les découvrir. Mais je commençais à douter. Et si Davy disait vrai ? Si les romans sur la vie n'étaient que de la « roupie de sansonnet » ? Et si Pénéquet était un menteur ? Existaient-ils seulement, ces mystérieux sbires qui le pourchassaient depuis Istanbul et qu'il accusait de lui avoir volé ses jumelles pour le tenir à leur merci ? Je savais que Davy et Tavou Maucloux lui avaient chipé les jumelles... Et ces histoires de harem et de serpent ?

J'ai pris la résolution d'en parler franchement à grand-père l'inspecteur quand je serais seul à seul avec lui.

Et puis la réponse à mes questions est venue, petit à petit, sans que je n'aie rien demandé à personne. Oui, Pénéquet était un menteur. Les fascicules à soixante centimes pouvaient sans doute ouvrir des horizons à un petit campagnard pas très malin, mais c'était folie d'y chercher les secrets de la vie et de l'amour...

Je grandissais doucement.

2.

Mon père sortait changé de cette dure année. Ma mère aussi, mais c'est une autre histoire.

Paul Fontanes pouvait marcher la tête haute dans le village : ses huit candidats étaient revenus de Saint-Jean avec leur peau d'âne, même la *pauvre* Marie. Même Maucloux, le tricheur. Et il ne se privait pas d'aller le cou raide, le front levé, le regard au-dessus des montagnes... Mais, dès qu'il rentrait à l'école, à la maison, ses épaules s'affaissaient, son dos se voûtait, son regard fuyait.

Le prix cantonal, c'était la cerise sur le gâteau que les enfants se disputent. Il n'avait pas eu la cerise, il digérait mal la pâte.

Il aurait dit le soir du certificat : « Pas un élève dans les trois premiers, je suis déshonoré ! » Plus tard, il a nié avec force. Eh bien, il l'a peut-être dit quand même, la nuit d'après, en se réveillant en sursaut, près de ma mère. Elle a murmuré, avant de se rendormir : « Marie est reçue, c'est l'essentiel. »

Il a répété : « Oui, oui, tu as raison. Marie est reçue, c'est l'essentiel. » Alors, cette phrase est devenue une litanie de notre vie quotidienne. Il l'a prononcée pendant plusieurs semaines au moins vingt fois chaque jour. Sa voix et son regard démentaient à moitié ses paroles. A moitié seulement, car il était heureux comme nous tous du succès inespéré de Marie Jauffret.

Et, de temps en temps, quelqu'un lâchait une allusion au pauvre Jauffret qui devait être bien content, là-haut. Et mon père approuvait d'un signe, en marmonnant : « Là-haut... » Le facteur était mort content et, s'il vivait encore, là-haut, il devait flotter dans le bonheur : sa fille chérie avait eu le certificat.

Mais mon père ne passait plus jamais son pouce sous sa bretelle, ne lançait plus le menton en avant. Il allait les bras ballants, l'air absent. Il avait une façon terrible de fixer Davy. Pas de reproches... Il avait dit une fois, deux, peut-être : « Je ne te demande pas ce que tu as fait au certificat. C'est un mystère insondable ! » Puis plus rien. Moi, il me considérait avec un sourire pensif, comme s'il évaluait mes chances pour l'an prochain, sans trop d'illusions. Avec Fofette, il était d'une gentillesse surprenante. Il lui caressait la joue et le menton, l'embrassait parfois sur le front, et lui faisait à peine les gros yeux quand elle tirait la langue. Elle en devenait muette. Il lui faudrait apprendre à avoir un père, et ce serait long.

Pour Davy, l'épreuve a dû être très douloureuse. Il crânait, il frayait de plus en plus avec Maucloux : tous les deux se donnaient tant qu'ils pouvaient l'air de préparer un mauvais coup ensemble. Mais Davy souffrait dans son orgueil comme un loup blessé. Il n'était plus le phénix de Saint-André-la-Vallée. Son ramage n'égalait pas son plumage : il rentrait dans le rang. Les grandes filles, surtout Thirza et Sarah, savaient le lui faire sentir. Leurs yeux disaient : « Tu n'es qu'un petit garçon comme les autres ! »

Le jour de la fête des écoles, Tavou Maucloux, qui n'était guère venu en classe que deux ou trois fois depuis le certificat, est arrivé habillé en semaine, mains dans les poches, son menton en galoche levé haut, l'air plus ricaneur que jamais. Et il a raconté que Davy avait fait exprès de rater le prix cantonal. La bouche à l'abri de sa paume sale, il lâchait comme un secret trahi :

— Ouais, exprès. J' te fous mon billet que ça y a même rapporté gros !

Thirza et Sarah avaient déjà quitté l'école. La Daudinette a tiré la langue à Maucloux.

— Qu'est-ce que c'est que cette blague !

A midi, j'ai posé la question à Davy.

— Tu l'as pas fait exprès pour de bon, quand même ?

Mon frère a haussé les épaules et détourné les yeux.

— Pourquoi pas, si ça pouvait rapporter gros !

Il n'a rien voulu dire de plus. Maucloux a continué sa propagande.

— Comment qu'il aurait été premier du canton, Davy, s'il avait voulu ! Cousin Martin y m' disait justement, avant l'certif : « Jouanen y peut pas battre ton copain, vu qu'il a pas de santé et qu'y sait rien d' la vie ! Sauf si... »

A ce moment, un clin d'œil est venu appuyer la démonstration.

— « Sauf s'y s'arrangeaient tous les deux, des fois », y m' disait comme ça, cousin Martin.

C'est ainsi que le bruit a été lancé, par Tavou Maucloux, mais Davy n'a jamais dit le contraire. Et au bal du 14 Juillet, la nouvelle a commencé à circuler, déjà déformée par la rumeur, chez les jeunes gens et les vieilles personnes.

— Les Fontanes se sont accommodés avec les Jouanen de Saint-Jean, pour le certificat !

Les commères chuchotaient des précisions derrière leur main.

— Le petit Jouanen avait besoin d'être premier du canton pour entrer à l'École polytechnique.

— Ses parents ont dû payer.

— M. Laporte, le directeur de l'école, s'est entremis.

— Mais les Fontanes n'ont rien touché, vu que la gamine de Saint-Pierre les a tous coiffés !

— N'aie crainte. Ils ont été payés avant le certificat : c'est du monde qui connaît le droit !

Ces clabaudages ont fini par arriver aux oreilles de papa qui, le soir même, nous a convoqués en classe, Davy et moi, pour une explication. Il n'était même pas en colère, seulement un peu troublé. Il s'est assis à sa place habituelle, les coudes sur son bureau, il s'est pris le visage dans les mains. Sa pomme d'Adam sautait à petits coups. Nous nous taisions. Je guettais Davy du coin de l'œil. Mon frère se trémoussait, soufflait, essuyait de la paume la sueur qui lui mouillait le front et le cou.

Enfin, papa a écarté les mains, claqué le pouce.

— Un de vous deux saurait-il, par hasard, d'où vient cette excellente blague que j'ai entendue au sujet du certificat ?

J'ai regardé Davy, qui se taisait résolument, tête basse. Papa a ajouté sur un ton rêveur :

— Hum, hum, bien, bien. Il me semble qu'on en parlait à l'école ces jours-ci. Votre camarade Maucloux l'a-t-il inventée tout seul ? Je passais au village pour un imbécile. Maintenant, j'ai l'air d'un malhonnête homme, tout en restant un imbécile !

Davy a grogné quelque chose. Papa l'a prié de parler « à haute et intelligible voix ». Davy a dit, en regardant ses pieds :

— C'est pas Jouanen. C'est Pascaline : elle m'a proposé cinq cents francs pour que je lui laisse la première place.

— Quoi ?

Papa s'est dressé en hurlant.

— Et tu l'as fait ! Marguerite Robert..., cette petite..., cette petite traînée ! Et son rastaquouère de parrain ! Car c'est lui, n'est-ce pas, qui a tout organisé ! Salopard ! Et toi, Antoine, tu sais ce que tu es..., ce que tu es... Tu le sais ? Tu es un..., un..., un fripon !

C'est ainsi que l'« affaire du certificat » a commencé.

3.

Papa n'a pas dormi de la nuit. La dame en noir est revenue le visiter au moins cinq fois.

Au petit jour, il nous a jetés du lit tous les deux

— Et maintenant, qu'allons-nous faire ?

Davy s'est frotté les yeux.

— Moi, je suis en vacances. Je voudrais dormir.

Je n'oublierai pas le ricanement terrible de papa.

— Dormir ? Sur le mol oreiller de ta conscience ! Tu es un filou, un aigrefin, un gredin ! Tu me déshonores !

Il a promené longuement ses mains sur son front.

— Ah, dis-moi que c'était une blague...

Puis il s'est tourné vers moi.

— Si tu sais quelque chose, Ninikoff, tu dois parler. Tout de suite, sans hésiter.

Davy m'a regardé d'un air maussade.

— T'as qu'à le dire.

Je me suis rappelé la discussion qu'il avait eue avec Pascaline, un soir dans le valat, en sortant du Mas Gibelin. Elle lui avait dit : « Tu n'as qu'à faire un problème faux exprès, ou plein de fautes à la dictée, ou rater le calcul mental, ou tout ça à la fois, alors je serai peut-être première du canton. Et on partagera les deux fafiots ! » J'ai raconté l'histoire, papa s'est exclamé :

— Deux fafiots ? Tu veux dire deux billets de mille francs ! Plus que je gagne en un mois !

Davy m'a repris.

— Ninikoff se trompe. Les deux fafiots, c'était des cinq cents francs. C'est mille francs que le parrain de Pascaline lui avait promis si elle était première du canton.

J'ai insisté.

— Non, deux mille !

Papa et Davy se sont mis d'accord pour dire que j'étais un petit imbécile. Moi, je me croyais sûr de ma mémoire. J'ai pensé que Davy mentait. Mentait-il sur ce point seulement ou sur toute la ligne ?

Papa a retroussé sa lèvre et serré le poing.

— Bien, bien, nous allons voir Mlle Rachel.

Davy a protesté.

— J'ai pas envie.

Papa a tranché.

— On ne discute pas !

Nous sommes montés à Saint-Pierre, avec seulement deux ou trois pauses pour souffler. Mlle Rachel habitait encore la maison d'école, elle était dans son jardin. Elle nous a vus venir de loin. Elle nous attendait, droite, échevelée, souveraine, son chapeau dans une main, un bouquet dans l'autre.

A cinquante pas, mon père a crié :

— Je vous amène deux vauriens. Deux vauriens !

Il me croyait complice de Davy et me mettait dans le même sac. Il tenait Davy par le col de sa chemise.

— Qui, selon vous, a vendu son droit d'aînesse pour un plat de lentilles ?

Mlle Rachel a haussé les épaules.

— Je suis laïque. Je ne lis plus la Bible depuis belle lurette !

— Oh, vous savez, « belle lurette » est une déformation de « belle heurette »..., une petite heure, quoi... Ça ne fait pas très longtemps !

— Cessez de dire des âneries, cher collègue. Belle heurette ou pas, vous avez élevé votre fils sans morale !

Alors, papa a forcé Davy à tout avouer devant Mlle Rachel.

— Pascaline m'avait promis de partager ses fafiots. J'ai à moitié raté mon calcul *exprès*. J'ai fait des fautes *exprès*. Je me suis trompé en grammaire *exprès*...

Il faisait la lippe, le front baissé, l'air buté et répétait : « Exprès..., exprès..., exprès. » Et il mentait. Je ne savais pas ce qui s'était passé au juste, mais il mentait.

Mlle Rachel est devenue très pâle. Puis elle s'est mise à rire.

— Nous n'allons pas nous fâcher pour une histoire de gosses. Votre fils a tout inventé pour s'excuser d'avoir été battu par une fille. Les hommes sont ainsi !

— Mais Ninikoff a témoigné.

A mon tour de baisser la tête. Mlle Rachel devenait de plus en plus pâle. « Oh, Ninikoff... » On aurait dit qu'elle allait se trouver mal. Puis elle s'est reprise, elle a eu un coup de colère, comme dans sa classe le jour où on s'était disputés pour *La Mort du bœuf*, de Pierre Loti. Elle avait maintenant une joue blanche et l'autre rouge. Elle a gesticulé, crié, elle nous a insultés tous les trois. Et mon père :

— Naturellement, je vais me plaindre aux gendarmes. N'aggravez pas votre cas.

Elle s'est calmée, mais elle tremblait de la tête aux pieds.

— Attendez. Je vais voir Marguerite, et j'en aurai le cœur net.

Nous sommes partis. Elle nous a suivis quelques pas, puis elle a perdu son souffle. Je me suis retourné et je l'ai vue s'adosser à un coin de mur, fermer les yeux. J'ai eu peur qu'elle ne tombe évanouie. Et j'ai su que mon frère avait commis une très mauvaise action, une malfaisance, une vilenie.

L'après-midi, nous étions tous les deux consignés en classe par papa. Davy refusait de dire un mot. J'essayais de lire mon Mironneau. J'avais choisi un extrait des *Grands Cœurs*, d'Edmondo de Amicis : *Charbonnier et gentilhomme.*

Hier matin, Nobis s'était querellé avec Betti — un des plus petits, le fils du charbonnier — et ne sachant que lui dire, parce qu'il se sentait dans son tort, il s'écria : « Ton père n'est qu'un gueux ! » Plus tard, M. Nobis, le gentilhomme, oblige son fils à demander pardon à Betti, et il serre lui-même la main du charbonnier. M. Perboni conclut devant les élèves : « Souvenez-vous, les enfants, de ce dont vous avez été témoins aujourd'hui ; c'est la plus belle leçon de l'année. »

J'étais sûr d'avoir reçu, moi aussi, une bonne leçon.

Et puis Pascaline est arrivée, elle a regardé par la fenêtre et a fait signe à Davy de sortir. Il a soupiré, il s'est levé avec effort, il a marché jusqu'à la porte comme s'il traînait un boulet. Je l'ai suivi, pas très fier, avec l'espoir insensé que tout pourrait encore s'arranger — grâce à moi.

Pascaline était tête nue, des brindilles dans les cheveux, elle avait dû dévaler par un raccourci. Rouge de chaleur autant que de colère, elle avait des taches de son jusqu'aux yeux, et son regard brillait. Elle m'a toisé, sans un mot, et j'ai lu sur ses lèvres un mélange de mépris et de pitié. J'aurais voulu disparaître sous terre. Enfin, elle a dit, sur un ton de dédain :

— Ninikoff... Ninikoff !

Puis elle a fixé Davy bien en face.

— C'est une blague, hein, Davy ? C'est une blague ?

Il a mis les mains dans ses poches et baissé les yeux.

— Ouais, c'est une blague.

Capon qui s'en dédit ! Miteux, chiffe molle... J'ai eu honte pour lui. J'ai eu mal. Mon frère aîné que j'avais tant admiré. Mais je n'étais qu'à moitié surpris : il avait chipé le cahier de l'école de Jules Verne pour s'attribuer les vers de grand-père. Il avait volé, avec Tavou Maucloux, les jumelles de ce pauvre Pénéquet... et il m'avait menti cent fois.

Ah, si Pascaline avait su que j'écrivais des vers pour de bon, que je n'avais pas besoin de les copier dans un cahier volé !

Elle se tenait très droite devant lui et cherchait à croiser son regard qui fuyait. Elle triturait un petit mouchoir taché de rouge.

— Davy !

J'ai vu qu'elle avait encore les chevilles en sang. J'étais sûr qu'elle ne pardonnerait jamais à mon frère.

— Davy, regarde-moi !

Davy a levé les yeux.

Elle a lâché le mouchoir et l'a giflé des deux mains, très fort.

— J'aime pas ce genre de blague.

Ses joues sont devenues très rouges. Il a levé la main, j'ai cru qu'il allait la frapper à son tour. Elle attendait le coup, visage offert, le nez pincé, deux larmes sur les joues. Mais il a haussé les épaules et tourné les talons. Et il est rentré dans la classe.

Pascaline l'a regardé. Elle semblait tout à fait désemparée. Elle a dit, à mi-voix :

— Moi, je me fiche du prix cantonal. C'est pour Mlle Rachel.

Mlle Rachel est arrivée un peu plus tard. Un voisin l'avait amenée avec sa charrette, tirée par un mulet. Il l'a aidée à descendre. Elle tenait à peine sur ses jambes, elle portait une écharpe nouée autour du cou, mais elle avait une grande ombrelle bleue, fermée, qu'elle pointait comme une arme.

Ma mère est descendue l'accueillir. Mlle Rachel a eu un mouvement de recul.

— J'espère que votre mari n'est pas allé à la gendarmerie ? Vous savez, ce n'est pas vrai. Votre fils a menti !

Ma mère l'a regardée longtemps et a dit :

— Mon Dieu !

Mlle Rachel a frappé le sol avec son ombrelle.

— Ah, laissez votre religion. Prenez vos responsabilités de femme et de mère. Il faut que votre fils avoue !

4.

Le lendemain, nous nous sommes retrouvés tous chez le pasteur Pierret : en terrain neutre, M. Pierret desservant les deux paroisses. D'abord, Mlle Rachel refusait d'entrer chez un ministre du culte ; elle a fini par céder aux instances de M. Balthazar.

Nous étions neuf : Mlle Rachel, Pascaline, sa mère et son parrain, mes parents, Davy et moi. J'aurais bien aimé que grand-père l'inspecteur soit là aussi, mais mon père ne voulait surtout pas qu'il soit informé de nos malheurs. Nous faisions tous des têtes d'enterrement, sauf Pascaline, qui souriait et qui a même esquissé un pas de danse en entrant. Les grandes personnes l'ont regardée de travers, sauf M. Balthazar, qui se forçait à prendre un air grave et qui peut-être s'amusait beaucoup en secret.

Le pasteur Pierret a déclaré la séance ouverte. Mlle Rachel, les mains à plat sous le menton, appuyées très fort pour les empêcher de trembler, a regardé longuement mon père, puis ma mère, puis Davy, puis elle est revenue à mon père.

— Votre fils a menti.

Papa a cogné du poing le rebord de la table.

— Je préfère un mensonge à un vol. En tout cas, j'ai honte pour lui et pour son professeur de morale.

Le prix cantonal n'est rien, mais l'honnêteté... Nous, protestants...

Mlle Rachel a levé la main droite.

— S'il vous plaît, pas de religion ici. Nous sommes tous laïques... Oh, excusez-moi, monsieur le pasteur.

— Vous êtes tout excusée, a dit le pasteur avec un geste d'impuissance, les bras ouverts.

Pascaline regardait Davy en souriant. Mon pauvre frère baissait la tête et mâchonnait sa lèvre. J'ai senti à ce moment combien il pouvait être malheureux. Je l'ai plaint et je lui ai pardonné. Mais je n'imaginais pas que Pascaline pouvait lui pardonner aussi.

Maman a vérifié que le col de son corsage était bien boutonné, puis elle a caressé distraitement son cou.

— S'il vous plaît, tous, n'en faisons pas un drame.

L'autre rousse, la mère, qui regardait dans le vide, les sourcils froncés et la bouche pincée, a dit soudain, du bout des lèvres :

— N'en faisons pas un plat !

M. Balthazar a approuvé d'un signe de tête.

— N'en faisons pas un fromage.

Puis il a allumé une Naja, et le tabac d'Orient a changé aussitôt l'atmosphère. Mon père s'est détendu, il a presque souri.

— Certes, certes...

Tout le monde s'est détendu, sauf Mlle Rachel, qui s'est dressée, les mains nouées, la figure crispée, les yeux hors de la tête.

— Je vous en prie ! Je vous en prie ! Vous êtes donc inconscients ? Cette affaire... Cette horrible affaire... C'est pour moi... Il n'y a pas de mots !

M. Balthazar a soufflé un rond de fumée.

— Calmez-vous, chère mademoiselle. Toute palabre doit être menée par l'homme blanc dans le calme et la sérénité.

Mlle Rachel l'a foudroyé d'un coup d'œil.

— Une palabre ! Vous vous croyez encore avec vos esclaves nègres ?

Mon père s'est tourné vers M. Balthazar.

— D'après Ninikoff, votre filleule a bien proposé de l'argent à mon fils.

Mon Dieu, j'avais trahi Pascaline. Le sang de la honte m'a brûlé le front. Pascaline a pouffé derrière sa main.

— On s'amusait. Si Davy jure que je lui ai donné de l'argent, qu'il le montre ou qu'il dise ce qu'il en a fait !

Une demi-douzaine de paires d'yeux se sont braquées sur mon frère. Seuls M. Balthazar et maman regardaient ailleurs. M. Balthazar suivait ses ronds de fumée et maman jouait avec son alliance.

Je ne pouvais pas voir sous la table, mais j'étais sûr que Pascaline continuait de s'écorcher les chevilles au sang.

Davy s'est levé.

— Je peux aller le chercher ?

Un petit gémissement a griffé le silence. Mlle Rachel a porté la main à sa bouche. « Non... » Puis elle a fermé les yeux. Davy est sorti. Tout le monde baissait la tête, sauf M. Balthazar, qui étudiait le plafond. Longtemps après, Davy est revenu avec un gros billet qu'il a posé sur la table. Un billet mauve et ocre, avec des tresses d'épis, un large filigrane et les mots : « Banque de France. Cinq cents francs »...

La mère de Pascaline a avancé la main vers le milieu de la table.

— Cet argent est à nous. Vous devez le rendre !

Mon père s'est étranglé.

— Vous nous prenez pour des voleurs ?

— Votre fils l'a volé, oui ou non ?

Mlle Rachel s'est penchée en avant pour mieux

voir Pascaline. On aurait dit qu'elle allait se jeter sur elle. Pascaline était très rouge, les larmes brillaient dans ses yeux. Elle a enfoncé la tête dans les épaules, s'est recroquevillée comme si elle essayait de disparaître. Puis elle s'est caché la figure dans les mains.

— J'avoue.

Sa mère a ramassé le billet de Davy. Mlle Rachel s'est levée, blanche comme un cachet d'aspirine.

— Il ne me reste plus qu'à...

Il ne me reste plus qu'à mourir ? Je suis sûr qu'elle avait ce mot sur les lèvres et qu'elle l'a retenu au dernier moment. Elle a respiré en pinçant les narines.

— Il ne me reste plus qu'à m'en aller.

Le pasteur l'a rappelée parce qu'elle oubliait son chapeau. Elle est revenue et a posé sur mes parents, puis sur les autres, sur nous tous, un regard d'une tristesse infinie.

— Je me demande à quoi ma vie aura servi !

Peu après, elle est allée vivre dans son petit mas isolé dans la montagne. Tout de suite, elle s'est tenue à l'écart de tout et de tous. Elle arrêtait le boulanger et le Caïffa sur la route. Quand elle voulait prendre le car ou le train, elle descendait en évitant hameaux et villages.

On racontait qu'elle fermait sa porte à ses anciens élèves, aux parents, à tous les gens de Saint-Pierre, sauf à un vieux berger sourd. Et puis, dit quelqu'un, elle avait chassé Pascaline, qui était venue lui demander pardon à genoux, sous sa fenêtre. Trop beau pour être vrai...

Mais elle était affligée, et le chagrin la rendait à moitié folle. Elle aimait Pascaline comme l'enfant qu'elle n'avait pas eu et se sentait trahie. Sans doute pleurait-elle autant sur sa vie, sur le bonheur qu'elle avait refusé par orgueil, que sur la malice de son élève chérie.

Un jour, à la fin de l'été, je l'ai croisée dans un chemin. J'ai voulu me précipiter pour lui parler et jurer de mon innocence. Elle m'a chassé aussi d'un moulinet du bras.

— Va-t'en ! Va-t'en ! Je ne veux plus jamais voir un Fontanes, de près ou de loin !

Je suis resté figé sur place. Elle a continué à faire ses moulinets, bien loin de moi. Elle parlait haut, pour les oiseaux. Elle avait l'air d'une vraie folle.

Un dimanche, à l'ouverture de la chasse, M. Balthazar est passé pas très loin de chez elle en traquant un sanglier avec son chien Boy. Elle s'est dressée devant lui, soudain, elle lui a barré le chemin et s'est mise à l'insulter.

— C'est vous, n'est-ce pas, triste individu ! Vous avez laissé accuser les enfants, mais c'est vous qui avez tout manigancé ! Avouez ! Avouez !

Comme il ne répondait pas, elle s'est jetée sur lui pour lui griffer la figure avec ses ongles. « On aurait dit qu'elle voulait lui arracher les yeux ! » a raconté un camarade de chasse de Balthazar Jourdan. Ils ont essayé de la maîtriser, en vain. Puis, effrayée par les chiens, elle s'est échappée en criant encore des injures.

L'hiver suivant, elle s'est mise à s'habiller avec des hardes de pauvresse.

L'année scolaire 1935-1936 nous a éparpillés : Pascaline à Nîmes, où son parrain avait une maison, Davy à Alès, et moi qui passais le certificat à Saint-André. L'année d'après, grand-père l'inspecteur et sa Suzon m'ont pris en pension, et j'ai rejoint mon frère à l'école supérieure.

Je savais que Davy et Pascaline, mystérieusement réconciliés, continuaient à se rencontrer aux vacances.

— Cette gamine n'arrête pas de courir après notre aîné ! gémissait mon père.

— Ils sont si jeunes, disait ma mère.

— Hum, hum, si jeunes, si jeunes... Notre fils est encore un enfant, mais, sous l'Ancien Régime, on mariait des filles de l'âge de Marguerite Robert !

— Si c'était ce que tu crois, elle choisirait un garçon plus âgé qu'elle. As-tu jamais entendu dire qu'on l'ait vue avec un jeune homme ?

— Elle cache son jeu.

Un soir d'été, peu après le certificat — le mien, j'étais un grand, maintenant... —, un orage venu de la montagne a éclaté brusquement au-dessus de notre vallée. Maman a appelé Fofette, qui adorait courir sous l'averse au risque d'« attraper la foudre ». Davy était absent aussi. Maman était de nouveau très maigre et d'une nervosité extrême. Elle a crié que ses enfants la rendraient folle et m'a envoyé à la recherche de ma petite sœur. J'ai couru dans le village. En quelques minutes, l'obscurité était tombée. Mais les éclairs illuminaient de temps en temps le ciel, les murs, les ruelles. J'ai buté contre Fofette. Elle m'a pris le bras. « Chut, viens voir ! » Elle m'a montré dans un recoin, sous un porche de grange, Pascaline et Davy, serrés l'un contre l'autre. « Ils s'embrassent ! » Non, je ne crois pas qu'ils s'embrassaient. Pascaline tenait les poignets de Davy qui se débattait mollement, le dos appuyé à la porte de la grange, et elle lui parlait à l'oreille, à cause du tonnerre qui grondait.

J'ai tiré Fofette à la maison. Davy est arrivé presque en même temps que nous. Il est tombé quelques gouttes de pluie.

L'été d'après, nous nous sommes croisés à la gare d'Alès. Davy partait pour Sète. Je l'avais accompagné pour l'aider à charger ses bagages. Pascaline a sauté du train qu'il allait prendre. Sans doute venait-elle de chez sa tante de Lozère. Ils se sont vus, ils se sont arrêtés à deux pas l'un de l'autre, ils ont posé sacs et valises. J'étais là, je les gênais. Pascaline scrutait Davy. On pourrait dire qu'elle le dévorait des yeux. Davy la guignait sournoisement, en se balançant d'un pied sur l'autre.

Un employé du chemin de fer a donné un coup de sifflet. J'ai pressé Davy. « Ton train ! » Pascaline l'a regardé monter dans son wagon. Il s'est mis à la fenêtre, elle lui a envoyé un signe de la main. Puis elle est venue vers moi.

— Prends mes bagages, puisque tu es là.

Je l'ai accompagnée au car de Saint-Jean. Avant de me quitter, elle m'a donné une tape sur la main.

— Mon petit Ninikoff..., rigole un peu. La vie est belle !

Un autre été, un autre soir d'orage. Cette fois, les nuées s'amassaient du côté de la mer depuis le début de l'après-midi, et la vallée bouillait encore une heure avant le crépuscule.

J'avais lu au bord de l'eau un roman policier en deux volumes. Les romans policiers étaient ma nouvelle passion. Davy allait et venait, entre la rivière et le village. Plongé dans mon livre, je me désintéressais de ses occupations. J'avais posé le premier volume sous une pierre et attaqué le second.

Le ciel devenait noir. Le tonnerre grondait par intervalles. Je me suis aperçu soudain que j'étais seul, et j'ai pris le sentier du village. J'étais assommé par des heures de lecture haletante. En arrivant, je me suis rappelé l'autre volume que j'avais laissé au bord du Gardon. J'ai hésité un instant avant de repartir.

Alors, je les ai vus, à un coude de la rivière, dans une pénombre propice. Ils couraient, plus qu'à moitié nus, entre l'eau et les rochers. J'avais quatorze ans, eux quinze. Je les ai guettés, le cœur battant. Les nuages se sont déchirés. Une lueur de jour a couru sur la vallée. La chevelure de Pascaline a flamboyé une seconde dans cette pâle clarté.

C'est à peu près à cette époque que maman s'est mise à grossir. Enfin !

On était tous très contents.

ÉPILOGUE

C'est le printemps ; la danse est ouverte. Davy a mis sur le tourne-disque *La Valse de Paris* que chante Édith Piaf : *Je me souviens des grands boulevards...* Je me souviens des sentiers, j'ai très envie de danser avec la mariée. Elle est toujours aussi rousse, épanouie, vivante, elle a mis sa robe couleur de temps : le blanc des fleurs de cerisier. Elle a vingt-quatre ans, bientôt vingt-cinq, elle ne coiffera jamais Sainte-Catherine. *Tourne, tournons, l'été nous gagne et le soleil brûle le buisson.*

Je me demande si elle a encore, sous sa robe blanche, du sang aux chevilles. Je me demande qui parlera le premier de l'année du certificat.

— Ton grand-père, dit-elle, est venu me féliciter.

— En route pour les soixante-quinze berges, bon pied, bon œil, grand-père l'inspecteur.

— Il est venu me féliciter pour ma rédaction du certificat, pas pour mon mariage.

— Pour ton mariage aussi, non ?

— Pour les deux, si tu veux... Ninikoff. J'ai fait mieux depuis, mais pas tellement, je crois.

Elle aimait déjà Davy pour de bon, cette année-là. Elle a *avoué* parce qu'elle l'aimait, pour l'aider à sauver la face. Si ce n'est pas une preuve d'amour, je n'en connaîtrai jamais aucune. Elle a sacrifié une belle carrière de vendeuse pour faire ces études qu'elle redoutait, le suivre à l'École normale et partager avec lui un poste double. Ils l'auront, ce poste, à la rentrée.

— Tu sais que nous sommes nommés ?

On valse sous les chênes et les micocouliers du Mas Gibelin. M. Balthazar a fait disposer un plancher de bal. Pascaline rit. *Le rossignol chante les mois, tourne la belle quatre fois.* Je lui demande où elle est nommée, je n'écoute pas la réponse. Elle s'inquiète de savoir pourquoi je ne suis pas venu en uniforme.

— Je ne suis qu'un petit sous-lieutenant. Pas de quoi impressionner la foule..., surtout pas les Cévenols.

Elle me regarde d'un air rêveur.

— Mais tu es à Paris.

Davy et elle ont invité la classe du certificat. Mais il y a deux manquants. Tavou Maucloux a été fusillé par les Allemands en 1944, César Rouvière, qui était de l'autre bord, purge cinq ans de prison. Les filles sont toutes mariées : elle est la dernière. Marie Jauffret a une petite fille de trois ans qui lui ressemble.

— Tes hommes t'appellent Ninikoff ?

— Ils ne sauront jamais, si tu ne leur dis pas.

— J'ai envie d'aller te voir, pour tout leur raconter.

Je voudrais savoir pourquoi mon frère et ma nouvelle belle-sœur ont attendu si longtemps pour se marier. Ils ne se sont presque jamais quittés de toute la guerre. C'est un mystère.

— Il ne voulait pas, tu sais. Il n'était pas prêt... Il disait qu'un homme ne doit jamais se marier avant vingt-cinq ans.

Je fais mine d'être déçu.

— Ah bon ? Je croyais que tu attendais parce que tu ne te décidais pas à choisir entre nous deux.

Elle rit trop haut. Davy a mis *Manola ma brune*, un paso doble. Nous sautons du plancher et nous essayons de danser sur l'herbe rase. Jeannot Constant invite maman. Grand-père l'inspecteur s'incline devant Marie Jauffret, les voilà sur la piste. Grand-père a attendu douze ans sa récompense. Sans lui, Marie n'aurait jamais été repêchée : il lui manquait quatre points. Davy fouille dans sa boîte de disques, tripote son phonographe. M. Balthazar danse avec la mère de sa filleule.

Pascaline s'appuie à un arbre, secoue sa jupe, s'essuie le front.

— J'ai trop chaud. Comme autrefois... Tu te souviens, j'avais *toujours* trop chaud.

— Tu veux que je t'aide à quitter tes bas ?

Elle me regarde gravement.

— Non, cette fois, je vais appeler Davy.

J'ai le cœur un peu pincé. Douze ans. Ma passion d'enfant revit comme si c'était hier. Je n'oublierai jamais l'année du certificat. Pascaline me caresse la joue.

— Mon Ninikoff... Tu es jeune, tu as toute la vie devant toi.

Ne dirait-on pas qu'elle a l'âge de ma mère ! Elle soulève sa jupe pour regarder ses chevilles gainées de nylon.

— Pas une goutte de sang, dit-elle fièrement. Je me sens une grande personne aujourd'hui. J'y ai mis le temps... Oh, tu sais, Mlle Rachel m'a fait dire qu'elle viendra, quand elle aura le courage. Il lui en faudra beaucoup. Elle n'est pas allée à une fête ou à une réunion de famille depuis... Eh bien, depuis douze ans !

Davy a passé un slow, *La Vie en rose*, trop langoureux pour l'humeur des gens d'ici. Il remet *La Valse de Paris*. Jeunes et moins jeunes se bousculent sur le plancher.

J'ai la nostalgie de mes jours d'enfance...
Et tant que je vivrai, jamais je n'oublierai...

Davy et moi, nous sommes assis à une table, un peu à l'écart du bal. Il vide pour la dixième ou la vingtième fois sa coupe de champagne. Il boit très sec, mon frère, aujourd'hui.

M. Balthazar a bien fait les choses, et de nombreuses bouteilles trempent dans la glace. Je voudrais dire à Davy de penser à sa nuit de noces, mais je me tais. Nous ne sommes plus très proches — et l'avons-nous jamais été ?

Il cherche quelqu'un des yeux. Pascaline ? Non, son regard s'arrête sur nos parents qui dansent maintenant ensemble, pour la première fois.

— Sais-tu qui est venu nous voir, l'été dernier ? Victor Boisseron, le remplaçant ! En héros de la Résistance, marié à une actrice... On était vraiment contents de le voir. Mais maman... Maman a failli se trouver mal !

Je n'ai pas le temps de répondre ni de poser une question. Mlle Rachel est près de nous, comme surgie de nulle part. Elle accroche son chapeau à une branche basse, ses cheveux lui tombent sur la figure. Elle est vêtue d'une robe d'hiver, marron sale, chiffonnée, la ceinture entortillée. Elle a une pèlerine beige sur les épaules, elle s'est mis du rouge aux lèvres et du fard aux joues. On jurerait qu'elle est venue jouer pour nous son rôle de vieille folle. Elle pointe sur Davy un index de maîtresse d'école. « Toi... » Elle refuse la chaise qu'il lui avance. Ils se font face, debout. Je me lève aussi, elle ne me voit pas.

— Tu vas me dire... Antoine Fontanes... tu ne peux pas mentir le jour de ton mariage... Tu vas me dire la vérité. Marguerite t'a vraiment payé pour le certificat ?

Davy ne paraît pas très surpris de la question. Il

est très à l'aise, dans son élégant costume bleu, trois pièces. Quand même, il ne peut s'empêcher de regarder du côté des parents et de desserrer légèrement sa cravate. Mlle Rachel l'observe, les yeux plissés, le nez levé.

— Tu es beau, dit-elle. Allez, réponds-moi !

— Seulement, si vous vous asseyez.

Mlle Rachel s'assoit sur la chaise de bois, les genoux serrés, les mains crispées, elle tremble.

Davy pousse un immense soupir.

— Je croyais cette histoire oubliée... après juin 40 et juin 44 ! C'est si loin. Non, mademoiselle, Marguerite ne m'a pas payé. Elle n'a pas volé son prix cantonal. Dois-je ajouter qu'elle m'a pardonné depuis longtemps cette méchante bêtise. La preuve !

Mlle Rachel balance le buste, hoche la tête à petits coups, la bouche grande ouverte.

— *Dieu soit loué !* dit-elle.

Le nom de Dieu dans la bouche de Mlle Rachel, c'est un événement. Davy et moi nous regardons, le souffle coupé.

Mlle Rachel suspend son manège et dit à voix basse, pour elle seule :

— J'ai eu la première du canton...

Puis plus bas encore :

— Tu l'as quand même eu, Rachel Pouget, ce prix cantonal que tu as attendu toute ta vie !

Puis elle se dresse, menace Davy.

— Mais l'argent, le billet de cinq cents francs ?

Davy rougit tout en riant.

— J'étais un voyou, en ce temps-là, mademoiselle. Marguerite aimait ce côté en moi, je le déplore, mais c'est vrai. Les cinq cents francs, je les avais..., je me les étais procurés d'une façon, très, très malhonnête, mais qui n'avait rien à voir avec le certificat. Ils me brûlaient d'ailleurs les doigts, et j'ai été très content de les remettre à la mère de Marguerite.

Je ne vous dirai pas d'où ils venaient, pour ne pas mettre en cause quelqu'un que j'aime. Le vilain, le méchant, dans cette histoire, c'est moi, rien que moi. Et comme il n'y a pas de justice, j'ai le grand bonheur d'épouser aujourd'hui ma pauvre victime. Nos livres de morale d'avant-guerre sont périmés !

Mlle Rachel a ramassé son chapeau, s'est recoiffée. Davy l'invite à rester, à boire le champagne...

— Le champagne ? dit-elle comme si c'était un mot inconnu. Le champagne !

Il la force à se rasseoir. Elle se caresse le front d'une main décharnée.

— Alors, tu n'as pas fait exprès de rater ton certificat ?

Davy éclate de rire, sert à boire.

— Je n'étais pas si bon que ça, en réalité. L'exigence de mon père m'a usé les nerfs. Je n'ai pas dormi et puis..., et puis..., c'est si loin. De toute façon, Marguerite était meilleure que moi. Elle a repris ses études et sera un jour professeur. Professeur, mademoiselle, ça doit vous faire plaisir ?

Mlle Rachel secoue la tête. Elle ne sait pas si ça lui fait plaisir. La vie s'est arrêtée pour elle.

Pascaline nous rejoint à ce moment. L'index vengeur de Mlle Rachel se pointe vers elle.

— Pourquoi as-tu avoué, Marguerite ? Pourquoi ? Tu m'as fait tant de mal !

Pascaline s'empourpre. Elle est si jolie que j'ai envie de mourir. Je vide ma coupe de champagne.

— J'ai avoué parce que je l'aimais, dit-elle.

Le soir même, avant le départ des mariés pour leur voyage de noces, je me suis trouvé un moment seul avec mon frère. J'ai demandé, un peu trop sèchement :

— Pour l'histoire, d'où venait le fameux billet de cinq cents francs ?

Il m'a regardé en souriant. Il se payait ma tête. Il

s'est forcé à prendre une voix enfantine, la bouche en cul de poule.

— *Putain de bordel*, tu le savais pas ? *Il s'en passait de drôles et de sacrées*, à Saint-André-la-Vallée, l'année du certificat. Tu l'as jamais su ? Avec les jumelles de Pénéquet, j'avais repéré maman et le remplaçant, Victor Boisseron, qui se promenaient la main dans la main. J'ai même cru les voir s'embrasser, mais je me trompais sans doute. Comme j'avais commencé à économiser le prix de ma future moto, j'ai soutiré cinq cents francs à M. Boisseron pour le prix de mon silence. Oui, c'était du chantage, ni plus ni moins. J'étais un vrai voyou...

« Eh oui, mon pauvre Ninikoff, un voyou... pourtant, c'est moi que Pascaline a aimé !

ANNEXES

Annexe 1

LES BELLES RÉCITATIONS...

La danse des saisons

La danse fleurie est ouverte,
Mets ta robe couleur du temps,
Comme s'habille le printemps :
Casaque rose et toque verte.

Le rossignol chante les mois.
Tourne la belle quatre fois.

Tourne, tournons, l'été nous gagne,
Le soleil brûle le buisson,
Mets le jupon de la moisson ;
Or de Venise et bleu d'Espagne.

Un coquelicot dans tes doigts,
Tourne la belle quatre fois.

Tourne, tournons, voici l'automne,
Le ciel rougeoie, et le vieux mur
Laisse tomber sa vigne sur
Le chrysanthème monotone.

Mets ta robe couleur des bois.
Tourne la belle quatre fois.

Tourne, tournons, chante la bise,
La neige emmitoufle le toit,

L'hiver est blanc, le ciel a froid,
La terre vêt sa mante grise.

Où sont les robes d'autrefois ?
Tourne la belle quatre fois.

Robert Campion,
Le Jardin défleuri

Les vendanges

Hier, on cueillait à l'arbre une dernière pêche,
Et ce matin voici, dans l'aube épaisse et fraîche,
L'automne qui blanchit sur les coteaux voisins.
Un fin givre a ridé la pourpre des raisins.
Là-bas voyez-vous poindre, au bout de la montée,
Les ceps aux feuilles d'or dans la brume argentée ?
L'horizon s'éclaircit en de vagues rougeurs,
Et le soleil levant conduit les vendangeurs.
Avec des cris joyeux ils entrent dans la vigne ;
Chacun dans le sillon que le maître désigne.
Serpe en main, sous le cep a posé son panier.
Honte à qui reste en route et finit le dernier !
Les rires, les clameurs stimulent sa paresse.
Aussi, comme chacun dans sa gaîté se presse !
Presque au milieu du champ, déjà brille, là-bas,
Plus d'un rouge corsage entre les échalas ;
Voici qu'un lièvre part, on a vu ses oreilles ;
La grive au cri perçant fuit, et rase les treilles.
Malgré les rires fous, les chants à pleine voix,
Tout panier s'est déjà vidé plus d'une fois,
Et bien des chars ployant sous l'heureuse vendange,
Escortés des enfants, sont partis pour la grange.

Victor de Laprade, *Le Livre d'un père*

Le soir

C'est le moment crépusculaire.
J'admire, assis sous un portail,
Ce reste de jour dont s'éclaire
La dernière heure de travail.

Dans les terres de nuit baignées,
Je contemple, ému, les haillons
D'un vieillard qui jette à poignées
La moisson future aux sillons.

Sa haute silhouette noire
Domine les profonds labours.
On sent à quel point il doit croire
A la fuite utile des jours.

Il marche dans la plaine immense,
Va, vient, lance la graine au loin,
Rouvre sa main et recommence ;
Et je médite, obscur témoin,

Pendant que, déployant ses voiles,
L'ombre, où se mêle une rumeur,
Semble élargir jusqu'aux étoiles
Le geste auguste du semeur.

Victor Hugo,
Chansons des rues et des bois

Nuit de neige

La grande plaine est blanche, immobile et sans voix.
Pas un bruit, pas un son, toute vie est éteinte.
Mais on entend parfois, comme une morne plainte,
Quelque chien sans abri qui hurle au coin d'un bois.

Plus de chansons dans l'air, sous nos pieds plus de
[chaumes ;
L'hiver s'est abattu sur toute floraison ;
Des arbres dépouillés dressent à l'horizon
Leurs squelettes blanchis, ainsi que des fantômes.

La lune est large et pâle et semble se hâter.
On dirait qu'elle a froid dans le grand ciel austère.

De son morne regard elle parcourt la terre,
Et, voyant tout désert, s'empresse de nous quitter.

Et froids, tombent sur nous les rayons qu'elle darde,
Fantastiques lueurs qu'elle s'en va semant.
Et la neige s'éclaire au loin sinistrement,
Aux étranges reflets de sa clarté blafarde.
Oh ! La terrible nuit pour les oiseaux !
Un vent glacé frissonne et court par les allées.
Eux, n'ayant plus l'asile ombragé des berceaux,
Ne peuvent pas dormir sur leurs pattes gelées.

Dans les grands arbres nus que couvre le verglas,
Ils sont là, tout tremblants, sans rien qui les protège.
De leur œil inquiet ils regardent la neige,
Attendant jusqu'au jour la nuit qui ne vient pas.

Guy de Maupassant, *Des vers*

Le premier sourire du printemps

Tandis qu'à leurs œuvres perverses
Les hommes courent haletants,
Mars qui rit, malgré les averses,
Prépare en secret le printemps.

Pour les petites pâquerettes,
Sournoisement, lorsque tout dort
Il repasse des collerettes
Et ciselle des boutons-d'or.

Dans le verger et dans la vigne
Il s'en va, furtif perruquier,
Avec une houppe de cygne,
Poudrer à frimas l'amandier.

La nature au lit se repose ;
Lui descend au jardin désert

Et lace les boutons de rose
Dans leur corset de velours vert.

Tout en composant des solfèges
Qu'aux merles il siffle à mi-voix,
Il sème aux prés les perce-neige
Et les violettes au bois.

Sur le cresson de la fontaine
Où le cerf boit, l'oreille au guet,
De sa main cachée, il égrène
Les grelots d'argent du muguet.

Sur l'herbe, pour que tu la cueilles,
Il met la fraise au teint vermeil,
Et te tresse un chapeau de feuilles
Pour te garantir du soleil.

Puis, lorsque sa besogne est faite
Et que son règne va finir,
Au seuil d'avril tournant la tête
Il dit : « Printemps, tu peux venir ! »

Théophile Gautier
Émaux et Camées

Après la bataille

Mon père, ce héros au sourire si doux,
Suivi d'un seul housard qu'il aimait entre tous
Pour sa grande bravoure et pour sa haute taille,
Parcourait à cheval, le soir d'une bataille,
Le camp couvert de morts sur qui tombait la nuit.
Il lui sembla dans l'ombre entendre un faible bruit.
C'était un Espagnol de l'armée en déroute,
Qui se traînait, sanglant, sur le bord de la route,
Râlant, brisé, livide, et mort plus qu'à moitié,
Et qui disait : « A boire, à boire par pitié ! »
Mon père, ému, tendit à son housard fidèle
Une gourde de rhum qui pendait à sa selle,

Et dit : « Tiens, donne à boire à ce pauvre blessé. »
Tout à coup, au moment où le housard baissé
Se penchait vers lui, l'homme, une espèce de Maure,
Saisit un pistolet qu'il étreignait encore
Et vise au front mon père en criant : « Caramba ! »
Le coup passa si près que le chapeau tomba,
Et que le cheval fit un écart en arrière.
« Donne-lui tout de même à boire », dit mon père.

Victor Hugo, *La Légende des siècles*

L'étoile du soir

Pâle étoile du soir, messagère lointaine,
Dont le front sort brillant des voiles du couchant,
De ton palais d'azur au sein du firmament,
Que cherches-tu dans la plaine ?
La tempête s'éloigne et les vents sont calmés ;
La forêt qui frémit pleure sur la bruyère,
Le phalène doré, dans sa course légère,
Traverse les prés embaumés.
Que cherches-tu sur la terre endormie ?
Mais déjà vers les monts je te vois t'abaisser ;
Tu fuis en souriant, mélancolique amie,
Et ton tremblant regard est près de s'effacer.
Étoile qui descends sur la verte colline,
Triste larme d'argent du manteau de la nuit,
Toi que regarde au loin le pâtre qui chemine,
Tandis que pas à pas son long troupeau le suit,
Étoile, où t'en vas-tu dans cette nuit immense ?
Cherches-tu sur la rive un lit dans les roseaux ?
Ou t'en vas-tu, si belle à l'heure du silence,
Tomber comme une perle au sein profond des eaux ?

Alfred de Musset, *Poésies nouvelles*

Annexe 2

Quelques épreuves du certificat : troisième partie, chapitre 16

Problème I. Une salle de classe a 9,20 mètres de longueur, 6,70 mètres de largeur, 3,55 mètres de hauteur. 1. Quel est le volume de la salle ? 2. Quel est le volume d'oxygène dans cette salle, si on admet que l'air contient 21 % d'oxygène ? 3. Il y a dans cette classe 27 élèves. Quel est le volume d'air disponible par personne, en mètres cubes ? En hectolitres ?

Réponse. Volume de la salle : 9,20 × 6,70 × 3,55 = 218,82 m^3

Volume d'oxygène : 218,82 × 21/100 = 45,95 m^3

Volume d'air par personne : 218,82/28 = 7,815 m^3, soit 78,15 hl.

Problème II. Un poste de T.S.F. est vendu 1 800 francs. Si le client paie comptant, l'électricien lui fera une remise de 1 %. Mais le client ne peut verser que 1 000 francs au moment de l'achat. Il n'aura pas droit à la remise et il paiera le reste, majoré de 5 %, en 12 versements égaux. 1. Quel est le montant de chaque versement ? 2. Quelle économie le client aurait-il faite en payant le poste entièrement comptant ? 3. Un autre commerçant propose le même poste au même prix, mais à des conditions différentes : la moitié comptant, le reste en 6 versements de 156 francs chacun. Quel est dans ce cas le pourcentage de la majoration appliquée ? 4. Si le client avait placé le prix du poste à la Caisse nationale d'épargne, au taux de 3 %, pendant quinze mois, quel intérêt aurait produit cette somme ?

Réponse. Reste à payer à crédit 800 F. Frais de crédit : 800 × 5 % = 40 F.

1. Montant de chaque versement : 840 : 12 = 70 F

2. Prix de revient du poste : 1 800 + 40 = 1 840 F. Économie : 40 + 18 = 58 F

3. Montant des six versements : 156 × 6 = 936 F. Majoration : 36 F. Pourcentage de la majoration : 36 × 100/900 = 4 %

4. Intérêt produit par 1 800 F en quinze mois : 1 800 × 3 × 15/100 × 12 = 67,50 F.

Questions sur la dictée. 1. Pourquoi la petite fille compare-t-elle la T.S.F. à une fée ? Pourquoi éclate-t-elle de rire ?

2. Expliquez : *réveillé en sursaut, donne l'alarme, récepteur, en abrégé.*

3. Nature et fonction des mots : *qui* (aboie), *maison, donc*. Conjuguez le verbe *aboyer* à la troisième personne du singulier du passé simple, du futur simple et du plus-que-parfait de l'indicatif ; le verbe *défendre* à la première personne du singulier du présent, de l'imparfait, du passé simple et du futur simple de l'indicatif.

Calcul mental (15 s par question)

1. Combien coûtent 25 timbres à 0,50 F ?
2. Quelle est en ares la surface d'un terrain de football qui mesure 110 m de long et 70 m de large ?
3. Sur un costume de 240 F, on me fait une remise de 10 %. A combien me revient le costume ?
4. Quel est le prix de 750 g de jambon à 32 F le kilo ?
5. Quel est l'âge d'un homme né en 1877 ?

Annexe 3

PROBLÈMES ET SOLUTIONS

Première partie, chapitre 7

Problème 1. Trois robinets coulent dans un même bassin. Le premier peut le remplir en 2 h 30 mn ; le second en 3 heures ; le troisième en 5 heures. 1. Si on les fait couler ensemble, quelle fraction du bassin auront-ils remplie en 1 heure ? 2. Sachant que la quantité d'eau déversée dans le bassin est alors de 2 800 litres, quelle est la contenance totale de ce bassin ? 3. Sa hauteur est de 1 mètre, sa base, qui a la forme d'un rectangle, mesure 2 mètres de longueur. Trouver sa largeur.

Réponse. En 1 heure, les trois robinets auront rempli 2/5 + 2/6 + 2/10 du bassin, soit 28/30 ou 14/15. 2. La contenance du bassin est égale à 2 800 l × 30/28 = 3 000 l (règle de trois). 3. 3 000 l = 3 m³. La base du bassin mesure 3 m³/1 m = 3 m². Sa largeur est égale à 3/2 = 1,5 m.

Problème 2. Vous commandez à la Manufacture française d'armes et cycles de Saint-Étienne la bicyclette Hirondelle à deux vitesses rétro-directes et pneus superballon, modèle dames, à 595 francs franco. Vous examinez les conditions de crédit, et d'expédition du catalogue de la Manufacture, p. 9. Vous décidez d'acheter la bicyclette avec un crédit de 6 mois. Augmentation de 7,50 % sur le montant total de la commande. Paiement 1/4 au comptant, le solde en 6 traites mensuelles.

1. Calculez le versement à la commande.
2. Calculez le montant de chaque traite.

(On arrondira au franc inférieur ou supérieur, suivant le cas.)

Réponse 1. Frais de crédit : 595 × 7,50 % = 45 F. Montant total de la commande : 595 + 45 = 640 F. Versement à la commande : 640 : 4 = 160 F. 2. Reste à payer : 640 − 160 = 480 F. Montant de chaque traite : 480 : 6 = 80 F.

Deuxième partie, chapitre 6

Construire un carré de 9 cm de côté. Du centre de ce carré, décrire une circonférence de 3,5 cm de rayon. Le croquis ainsi obtenu représente, à l'échelle 1/200, un parterre au milieu duquel on a creusé un bassin circulaire. Calculez, sur le terrain : 1. La surface occupée par le bassin. 2. La surface de la pelouse comprise entre les côtés du carré et le bassin. 3. La capacité totale du bassin en m^3, puis en hl, si ce bassin a 0,70 m de profondeur (pi = 22/7). 4. Un jet d'eau qui alimente ce bassin peut donner 30 l d'eau à la minute. Pendant combien de temps faut-il laisser ouvert le jet d'eau pour que le niveau de l'eau, dans le bassin primitivement vide, arrive à 10 cm du bord supérieur.

Réponse. Dimensions réelles : 2 m × 9 = 18 m de côté ; 2 m × 3,5 = 7 m de rayon.

Surface du bassin : 7 × 7 × 22/7 = 154 m^2.

Surface du terrain : 18 × 18 = 324 m^2. Surface de la pelouse : 324 − 154 = 170 m^2.

Capacité du bassin : 154 × 0,7 = 107,8 m^3 ou 1 078 hl. Quantité d'eau à recevoir : 154 × 0,6 = 92,4 m^3 ou 92 400 l. Temps nécessaire : 92 400 : 30 = 3 080 mn ou 51 h 20 mn.

Trois robinets alimentent un bassin long de 2,5 m,

large de 1,2 m et profond de 0,9 m. Le premier débite 16 l d'eau à la minute, le second 0,3 l à la seconde, le troisième 960 l à l'heure. Combien d'heures et minutes faudra-t-il aux trois robinets coulant ensemble pour remplir le bassin ?

Réponse. Débit horaire du premier robinet : 16 × 60 = 960 l.

Deuxième robinet : 0,3 × 60 × 60 = 1 080 l.

Débit horaire des trois robinets ensemble : 960 + 1 080 + 960 = 3 000 l. Débit à la minute : 3 000 : 60 = 50 l. Volume du bassin : 2,5 × 1,2 × 0,9 = 2,7 m^3 ou 2 700 l. Temps nécessaire pour remplir le bassin : 2 700 : 50 = 54 mn.

Deux robinets coulent dans un bassin. Le premier le remplirait seul en 2 h 30 mn. Le deuxième le remplirait en 3 h 15 mn. Le bassin étant vide et les robinets ouverts, on demande dans combien de temps, en heures, minutes et secondes, ce bassin sera rempli, sachant qu'il existe un robinet inférieur qui le viderait en 3 heures.

Réponse. Fraction du bassin remplie par le premier robinet en 1 heure : $\frac{1}{2\text{-}\frac{1}{2}} = \frac{2}{5}$.

Fraction remplie par le second robinet en 1 heure : $\frac{1}{3/4}$ *ou* $\frac{1}{13/4}$ *= 4/13.*

Fraction enlevée par le robinet inférieur : 1/3.

Si les trois robinets sont ouverts, il y aura au bout d'une heure dans le bassin : 2/5 + 4/13 − 1/3 de la capacité totale. Soit 78 + 60 − 65 : 195 = 73/195.

Nombre d'heures nécessaire au remplissage : 195/73 = 2 h 40 mn 16 s.

Problèmes de courrier : troisième partie, chapitre 2.

Problème I. Un homme part du village A, à 5 heures du matin, et se dirige par la route sur la ville B, en marchant à 4 km à l'heure. Un autre homme part de la ville B, à

5 h 45 du matin, et se dirige par la route sur le village A, en faisant 4,5 km à l'heure. Les deux voyageurs se rencontrent à 9 h 45. Quelle distance sépare A de B ? Croquis.

Réponse. A 5 h 45, le premier piéton a parcouru 4 km × 3/4 = 3 km.

A 9 h 45, les deux hommes ont marché : 9 h 45 – 5 h 45 = 4 heures. Ils ont parcouru ensemble (4 + 4,5) × 4 = 34 km.

La distance entre A et B est : 34 + 3 = 37 km.

Problème II. Il y a 33 km d'Alès à Uzès par la route. Un piéton sportif part d'Alès, à destination d'Uzès, à 6 h 30. Il marche à la vitesse moyenne de 5,5 km à l'heure. Un cycliste quitte Alès à 8 h 15, également à destination d'Uzès. Il roule à la vitesse moyenne de 12,5 km à l'heure. 1. A quelle heure et à quelle distance d'Alès le cycliste rattrapera-t-il le piéton ? 2. A quelle heure chacun des courriers arrivera-t-il à Uzès, compte tenu que le piéton, après avoir effectué les 2/3 du parcours, se repose 1 h 30 mn ?

Réponse. A 8 h 15, le piéton a déjà marché 1 h 45 mn et parcouru 9,625 km. A partir de ce moment, le cycliste rattrape 12,5 – 5,5 = 7 km par heure. Pour rattraper 9,625 km, il lui faudra 9,625 : 7 = 1,375 h ou 1 h 22 mn 30 s.

Le cycliste rattrapera le piéton à 8 h 15 + 1 h 22 mn 30 s = 9 h 37 mn 30 s.

Le cycliste parcourt la distance Alès-Uzès en 33 : 12,5 = 2 h 38 mn. Il arrivera à 8 h 15 + 2 h 38 = 10 h 53 mn.

Le piéton met 33 : 5,5 = 6 heures. Il arrivera à Uzès à 6 h 30 + 6 h + 1 h 30 = 4 heures.

Problème III. La distance de Paris à Lyon est de 512 km. A 6 heures, un train quitte Paris pour se rendre à Lyon, et à 8 heures un train part de Lyon pour Paris. La vitesse du premier train est de 54 km à l'heure, et celle du second train de 60 km à l'heure. A quelle heure et à quelle distance des deux villes la rencontre aura-t-elle lieu ?

Réponse. A 8 heures, le train de Paris aura déjà parcouru 54 × 2 = 108 km.

Les deux trains seront distants de 512 – 108 = 404 km. Ils se rapprochent de 54 + 60 = 114 km par heure. Ils parcourent la distance qui les sépare en 404 : 114 = 3,544 h ou 3 h 32 mn 38 s.

Ils se rencontreront à 8 h + 3 h 32' 38" = 10 h 32' 38".

Le premier aura parcouru 108 + (54 × 3,544) = 299,37 km. Ce sera la distance de Paris. Le second aura parcouru 60 × 3,544 = 212,63 km. Ce sera la distance de Lyon. (299,37 + 212,63 = 512 km...)

Problème IV. Un train part de Paris à destination de Strasbourg à 8 h 45 ; il arrive à Strasbourg à 19 h 12. Un train rapide part de Strasbourg à destination de Paris à 10 h 15 ; il arrive à Paris à 18 h 6. La distance de Paris à Strasbourg par le train est de 502 km. A quelle heure les deux trains se sont-ils rencontrés et à quelle distance de Paris ?

Réponse. Durée du voyage, premier train : 19 h 12 – 8 h 45 = 10 h 27 = 627 mn.

Vitesse du premier train (à la minute) : 502 : 627 = 0,80 km (48 km/h).

Durée du voyage, deuxième train (en minutes) = 7 h 51 = 471 mn.

Vitesse du deuxième train : 502 : 471 = 1,0660 km (64 km/h).

Le train qui part de Paris a 1 h 30 (90 mn) d'avance. Il parcourt avant le départ de l'autre : 0,80 × 90 = 72 km. Reste à parcourir 502 – 72 = 430 km.

A ce moment, ils se rapprochent de 0,80 + 1,0660 = 1,866 km/mn.

Il leur faudra pour se rejoindre 430 : 1,866 = 230,44 mn, soit 3 h 50' 26".

Le train parti de Paris aura parcouru 72 + (0,80 × 230,44) = 256,36 km : ce sera la distance de Paris.

Le train parti de Strasbourg aura parcouru : 1,066 × 230,44 = 245,64 km.

(256,36 + 245,64 = 502 km.)

Heure de rencontre : 10 h 15 + 3 h 50′ 26″ = 14 h 05′ 26″.

Problème supplémentaire. Une locomotive part de Paris à 6 h 37. Elle parcourt 60 km à l'heure. A quelle heure une deuxième locomotive doit-elle partir de Marseille, à la vitesse de 57 km à l'heure, et une troisième locomotive doit-elle partir de Genève avec une vitesse de 53 km à l'heure pour arriver toutes les trois en même temps à Mâcon ?

Distance de Paris à Mâcon : 441 km ; de Mâcon à Marseille : 422 km ; de Mâcon à Genève : 185 km.

Réponse. Temps mis par la première locomotive : 441 : 60 = 7 h 21 mn.

Heure d'arrivée de la première locomotive 6 h 37 + 7 h 21 = 13 h 58 mn.

Temps mis par la deuxième locomotive 422 : 57 = 7 h 24 mn.

Temps mis par la troisième locomotive 185 : 53 = 3 h 29 mn.

Heure de départ de la deuxième locomotive : 13 h 58 mn – 7 h 24 mn = 6 h 34.

Heure de départ de la troisième locomotive : 13 h 58 mn – 3 h 29 mn = 10 h 29 mn.